中國語言文字研究輯刊

七　編

許　錟　輝　主編

第 3 冊

傳鈔古文《尚書》文字之研究（第一冊）

許　舒　絜　著

花木蘭文化出版社

國家圖書館出版品預行編目資料

傳鈔古文《尚書》文字之研究（第一冊）／許舒絜 著 -- 初版
-- 新北市：花木蘭文化出版社，2014〔民 103〕
目 6+402 面；21×29.7 公分
（中國語言文字研究輯刊 七編：第 3 冊）
ISBN 978-986-322-843-1（精裝）
1.尚書　2.研究考訂
802.08　　　　　　　　　　　　　　　　103013629

ISBN-978-986-322-843-1

9 789863 228431

中國語言文字研究輯刊
七　編　　第三冊　　　　　ISBN：978-986-322-843-1

傳鈔古文《尚書》文字之研究（第一冊）

作　　　者　許舒絜
主　　　編　許錟輝
總 編 輯　杜潔祥
副總編輯　楊嘉樂
編　　　輯　許郁翎
出　　　版　花木蘭文化出版社
社　　　長　高小娟
聯絡地址　235 新北市中和區中安街七二號十三樓
　　　　　　電話：02-2923-1455／傳眞：02-2923-1452
網　　　址　http://www.huamulan.tw 信箱 hml810518@gmail.com
印　　　刷　普羅文化出版廣告事業
初　　　版　2014 年 9 月
定　　　價　七編 19 冊（精裝）新台幣 46,000 元

傳鈔古文《尚書》文字之研究（第一冊）

許舒絜 著

作者簡介

許舒絜，1972 年 3 月生，臺灣花蓮人。國立臺灣師範大學國文系、研究所畢業曾任教台北市立大直國中（現改爲大直高中）、國立花蓮女中。師從許錟輝先生，2000 年以論文《說文解字文字分期之研究》獲碩士學位。2002 年考取該所博士研究生，師從許錟輝先生、許學仁先生，2011 獲博士學位，其間兼任慈濟大學講師。主要從事說文解字、古文字與出土文獻相關研究，發表《說文解字部序之初探》、《郭店楚簡〈語叢〉一、二、三的字體特色》、《日本簡帛學研究評述》等數篇論文。

提 要

　　本文研究以文字形體爲中心，從各傳鈔、傳刻古本《尚書》文字及傳鈔著錄古《尚書》文字之比對辨析入手，以今傳世本——《四部叢刊》之《孔氏傳》本《古文尚書》——爲底本進行對校，呈現其文字特點並加以分析，著重於文字形體的流變——字體、字形在傳鈔及書體轉換間的形構演變、異同與特色。

　　本文在《尚書文字合編》所蒐集的《尚書》古本二十餘種的基礎上，加之新出土資料載及《尚書》文字者、《汗簡》、《古文四聲韻》、《訂正六書通》等傳鈔著錄之古《尚書》文字，將出土文獻所見《尚書》文字、《尚書》古寫本、《尚書》隸古定刻本等諸本《尚書》文字、諸類字體逐字對照，列入傳鈔著錄古《尚書》字形，並與出土文字資料，如甲骨文、金文、古陶、璽印、簡帛等先秦文字進行合證，溯其源流，理清文字形體的演變脈絡，再及漢魏晉唐的簡帛、碑刻、石刻、印章、字書、韻書中的文字，辨其異同，亦即結合「縱向溯流」與「橫向流變」的推求，以考辨各類傳鈔古文《尚書》文字在字體轉寫、形構之流變或訛變關係，尤其是隸古定古本《尚書》文字的形體結構、字形源流、書寫現象。

　　傳鈔古文《尚書》各本不同文字階段的字形，多數與其前代或前一字體演變階段具有相承關係，也多與《說文》引古文《尚書》所見一致。其形構相異者，或承甲金文等古文字階段所沿用之字形，或爲源自甲金文書寫變異或訛變之戰國文字形體，或其轉寫爲篆文、篆文轉寫爲隸體、隸古定方式轉寫古文、將隸古定字改爲楷字等等字體轉換，歷經傳鈔摹寫而致形體多訛變。隸古定古本《尚書》文字與今本《尚書》文字構形相異者，多數與傳鈔著錄古《尚書》文字與《說文》引《尚書》文字、魏石經《尚書》古文等字形類同，乃承襲甲、金文或戰國古文形構。其文字特點是形體訛亂，混雜許多篆文不同隸定寫法、隸書俗寫及抄寫過程求簡或訛作的俗別字。其中有未見於先秦古文字而可由傳鈔著錄古《尚書》文字、或其他傳鈔著錄古文相證者，並不必然是古本《尚書》古文字形加以隸古定的原貌，乃雜有許多其成書時代——正處文字隸變、楷變尚無定體的漢魏六朝——漢字未定型的各種俗寫形體。

傳鈔古文《尚書》各本文字形體探源，來自甲、金、戰國等古文、篆體、隸書、俗別字等等，數量最多源自古文字形之隸定、隸古定、或隸寫古文形體訛變者，可與傳鈔著錄《尚書》古文、《說文》古籀等或體、出土資料先秦古文、其他傳鈔著錄古文相比對。其中可溯源見於戰國古文者最多，或者源於先秦古文字形演變。《書古文訓》的隸古定字多由傳鈔著錄古文或《說文》古籀等或體而來，戰國古文經過輾轉傳鈔著錄形體本就訛變多端，其中又雜以著錄隸變俗書的漢魏碑刻，《書古文訓》隸古定字形亦有不少由此再轉寫者。隸古定古本《尚書》文字字體兼有楷字、隸古定字形、俗字，或古文形體摹寫，字形或兼雜楷字、隸古定字、俗字、古文形體筆畫或偏旁，或因隸書筆勢轉寫古文、篆文，而造成字形多割裂、變異、位移、訛亂、混淆。隸古定古本《尚書》文字多有因聲假借或只作義符、聲符，或常見同義字替換，與其為抄寫本性質有關。隸古定古本《尚書》以隸古定字形保留因輾轉傳鈔而變得形構不明、難以辨識的隸古定古文形體，而形構不明但應屬於俗字的特殊形體，則經傳鈔保存以致易被誤視為古文字形。

文字認爲乃源出於漢代出現的孔府壁藏本；〔註4〕敦煌等地唐寫本《尚書》經姜亮夫、王重民等考定最早爲南北朝，最晚爲唐朝初年民間的抄寫本，〔註5〕又據劉起釪先生所考，甘肅敦煌鳴沙山石室所藏敦煌寫本都是唐代而且還有唐代以前的手抄本，大部分是「宋齊舊本」的唐抄本，有一部分則是「僞中之僞」的抄本，〔註6〕檢視其中可以看到衛包改動以前的原字，這些唐寫本保存了隸古定本的原貌，且多是同於宋齊舊本之本，亦即原隸古定本。

　　何琳儀先生稱爲「地上戰國文字」〔註7〕之傳鈔古文，爲古代發現戰國文字之轉鈔著錄，如《說文解字》所載的古文、籀文、魏石經古文、〔註8〕《汗簡》、《古文四聲韻》等等，學者或運用傳鈔古文來考釋古文字，或運用出土古文字資料來疏證傳鈔古文，其整理研究之成果卓然。〔註9〕傳鈔古文或與戰國文字相符者眾，或有可從甲骨文、金文找到其源頭者，可證其並非僞造，儘管在輾轉傳鈔、摹刻的過程中有訛變舛錯，但傳鈔古文的形體對古文字的研究具有重要的參考價值。今已見學者將傳鈔著錄之《老子》古文與郭店楚簡《老子》、其他出土古文字資料相對照，〔註10〕其研究證明傳鈔著錄之《老子》古文不僅來源有據，且相當可靠，亦證明歷史上流傳的《老子》古文絕非向壁虛造，而是淵

〔註4〕如劉盼遂《觀堂學書記》：「師云：孔安國以隸體寫壁中古文爲隸古定。今可見者爲敦煌石室出之唐人寫本隸古定尚書，如海作𣴃，會作𣿭；然亦不能一致。日本復有唐寫本〈禹貢〉，法國有唐寫本〈堯典〉。聞英國亦藏有數篇。可見唐初年《逸書》尚存古文，自元宗命衛包改爲今楷，而古文本遂絕」。

〔註5〕姜亮夫，《敦煌寫本論文集》，上海：上海古籍出版社，1987，頁160。王重民，《敦煌古籍敘錄》，臺北：國泰文化事業有限公司，1970，頁20、21。

〔註6〕劉起釪，《尚書源流及傳本考》，九、尚書的各種傳本，2.尚書隸古定本古寫本，瀋陽：遼寧大學出版社，1997，頁211～213。

〔註7〕何琳儀，《戰國文字通論（訂補）》，南京：江蘇教育出版社，2003，頁34。

〔註8〕魏三體石經的内容據王國維考證。參見：何琳儀，《戰國文字通論（訂補）》，南京：江蘇教育出版社，2003，頁58。

〔註9〕如：何琳儀，《戰國文字通論（訂補）》第二章〈戰國文字與傳鈔古文〉，南京：江蘇教育出版社，2003；許學仁師，《古文四聲韻古文研究》，臺北：文史哲出版社，1999；黃錫全，《汗簡注釋》，武漢：武漢大學出版社，1993；徐在國，《隸定古文疏證》，合肥：安徽大學出版社，2002等等。

〔註10〕徐在國、黃德寬，〈傳鈔老子古文輯證〉，《中央研究院歷史語言研究所集刊》第七十三本，第二分，臺北：中央研究院，2002.9。

源有自的,多數是來源於戰國時代的《老子》寫本。而《汗簡》、《古文四聲韻》大量徵引《古尚書》、《古周易》、《古周禮》、《古論語》、《古孝經》等古佚書,這些材料雖不一定完全可靠,但根據其書名,知其與漢魏流行的古文經有關,〔註11〕而敦煌等地古寫本、日本古寫本等《尚書》寫本正是魏晉至隋唐之間廣泛流傳用隸古定字體書寫的古文本《尚書》,將之與傳鈔著錄《尚書》古文相互比較,可見到許多相吻合的字體,如:「變」字作 𢜜 汗 4.48 𢜜 四 4.24〔註12〕 𢜜 敦煌 P3315 𢜜 內野本 𢜜 足利本、「圖」字作 𡇇 汗 3.33 𡇇 四 1.26 𡇇 敦煌本 P2533 𡇇 九條本、內野本、上圖本 (八)、「終」字作 𠔿 汗 6.82 𠔿 四 1.12 𠔿 敦煌本 P3169 等等,這說明《汗簡》、《古文四聲韻》等書的確保存有唐代衛包改字以前的古文轉抄材料,宋代呂大臨已見其可參證《古尚書》、《孝經》、石鼓文等戰國文字,而云:〔註13〕「孔安國以伏生口傳之書訓讀壁中書,以隸定古文,然後古文稍能訓讀。其傳於今者有《古尚書》、《孝經》,陳倉石鼓文,及郭氏《汗簡》、夏氏《集韻》(即《古文四聲韻》)等書尚可參考。」因此藉傳鈔著錄《尚書》古文與隸古定本《尚書》字形的比對,亦可探析《尚書》古文與隸古定的字體形構演變關係,再與出土戰國楚簡所引《尚書》文字、其他古文字資料詳加比對研究,當可就傳鈔流傳的《尚書》古文之淵源加以釐清,或如《老子》古文乃源自戰國時代寫本。而段玉裁在《古文尚書撰異》中所論斷衛包錯改的字、《古文尚書》的古文原字,亦可利用傳鈔著錄《尚書》古文、敦煌等地古寫本、日本古寫本等傳鈔古文《尚書》加以考訂,或作討論壁中書《古尚書》之古文形體原貌的參考。

然而至今仍未有就傳鈔著錄《尚書》古文與敦煌等古寫本、日本古寫本等傳鈔古文《尚書》文字進行全面比勘之研究,〔註14〕《尚書文字合編》諸本文

〔註11〕 何琳儀,《戰國文字通論(訂補)》,南京:江蘇教育出版社,2003,頁 72。

〔註12〕 本文所引《汗簡》、《古文四聲韻》所著錄古《尚書》文字,各於字形右下注作「汗」、「四」並以數字標注卷、頁。

〔註13〕 呂大臨,《考古圖釋文》,北京:中華書局,1987,頁 271。

〔註14〕 本論文研究撰寫完成【第二部份 傳鈔古文《尚書》文字辨析】,並就成果進行研究分析撰寫【第三部分綜論】至第三章時(2009 年 5 月),欣見大陸學者林志強 2003 年博士論文《古本尚書文字研究》(廣州:中山大學出版社,2009)於 2009 年 4 月出版,與本論文《尚書》文字研究之總結分析相互輝證。該書以《尚書文字合編》爲基本研究材料,從文字學的角度對古本《尚書》文字現象進行專題探

字、諸類字體的研究專著亦未得見，加以近年地下發掘新出的出土文獻、文字資料提供《尚書文字合編》之外的《尚書》研究新材料，如戰國楚簡所引《尚書》文字：1993 年湖北省荊門市郭店一號楚墓出土包括十餘種典籍的竹簡，荊門市博物館編撰《郭店楚墓竹簡》（北京：文物出版社，1998 年 5 月）其中〈緇衣〉、〈成之聞之〉等篇所引，及 1994 年上海博物館購藏戰國竹簡出版《上海博物館藏戰國楚竹書（一）》〈緇衣〉篇所見，提供數種《尚書》文字形構異同、異文現象，有助於《尚書》文字、古文形構、文義等研究，以及數部古本《尚書》的存在、戰國時代《尚書》寫本面貌、《尚書》成書流傳等問題之討論。

　　筆者師承　許錟輝師，研習甲骨文、金文等古文字與《說文》研究，仰慕　錟公由《說文》研究奠基作爲碩士論文《說文解字重文諧聲考》，〔註15〕又學術研究致遠以《尚書》研究作博士論文《先秦典籍引尚書考》，〔註16〕慕　許學仁師戰國文字研究〔註17〕之深刻、傳鈔古文研究之宏碩，〔註18〕筆者碩士論文以《說文解字文字分期研究》〔註19〕爲題，今博士論文研究以傳鈔古文《尚書》文字爲題，竊自期許承襲　許錟輝師、許學仁師學術研究之道。

二、研究目的

　　本論文研究擬從各類傳鈔、傳刻古文《尚書》文字與今傳世本《尚書》文字之比對辨析入手，著重於文字形體的流變——字體、字形在傳鈔及書體轉換間的形構演變、異同與特色，欲在《尚書文字合編》所蒐集的《尚書》古本二

討，其重點研究的文字 65 字列於附錄古本《尚書》字樣調查表。本論文研究材料及範圍涵蓋該書，增以傳抄著錄《尚書》古文之比對，《尚書》文字出現形構異體、異文者逐一辨析，字形列表則全面呈現，共辨析 1429 字。

〔註15〕許錟輝師，《說文解字重文諧聲考》，國立臺灣師範大學國文研究所，碩士論文，1964。

〔註16〕許錟輝師，《先秦典籍引尚書考》，國立臺灣師範大學國文研究所，博士論文，1970。

〔註17〕許學仁師，《戰國文字分域與斷代》，國立臺灣師範大學國文研究所，博士論文，1986。

〔註18〕許學仁師，《古文四聲韻古文研究》，臺北：文史哲出版社，1999。

〔註19〕許舒絜，《說文解字文字分期研究》，國立臺灣師範大學國文研究所，碩士論文，2000。

十餘種的基礎之上，加之新出的文字資料、傳鈔著錄之古《尚書》文字，[註20]將出土文獻所見所引之《尚書》文字、《尚書》古寫本、傳鈔著錄古文等諸類傳鈔古文《尚書》文字、各種字體進行全面比對辨析，並與其他出土文字資料合證，如甲骨文、金文、簡帛等先秦文字及漢代簡帛、漢魏晉唐碑刻、歷代石刻、印章、字書、韻書等等，相比勘文字形體，以今傳世本——即出自唐代衞包所改今字本唐文宗開成年間刻爲石經《唐石經・尚書》之《四庫全書》重刊宋本《十三經注疏》之《尚書》（即《孔氏傳》本《古文尚書》、《孔氏傳尚書》）——爲底本，經由歷代不同字體傳鈔寫本、刻本等諸本《尚書》的對校，呈現其文字特點並加以分析。主要研究傳鈔著錄古《尚書》文字與傳鈔寫本、刻本等諸古文本《尚書》文字與今傳世本《尚書》文字之形構異同，進而討論《尚書》文字在先秦古文、隸書、隸古定、楷書等字體、字形在傳鈔及書體轉換間的形構演變、異同與特色，尤其是《尚書》隸古定文字的形體結構、字形源流、書寫現象，期能梳理其來龍去脈，釐清《尚書》傳鈔古文、隸古定文字的演變關係及其淵源。而歷經輾轉抄載、文字形體變異錯訛屢見的傳鈔古文《尚書》文字與魏石經古文、隸古定寫本（敦煌等古寫本、日本古寫本）、隸古定刻本（《書古文訓》、晁公武石刻《古文尚書》）之字體是否一脈相承，對於考訂《尚書》的古文原字、段玉裁《古文尚書撰異》中所論斷衞包錯改的字，或討論壁中書《古尚書》古文形體原貌等等課題，期能有所助益。

　　茲依上述研究動機與目的，析分論文章次如下：

【第一部份　緒論】

　　第一章前言說明研究動機與目的、研究材料與研究方法及前人研究概述，第二章《尚書》流傳、字體變遷與傳鈔古文《尚書》之序列，概述《尚書》流傳、字體變遷，並說明傳鈔古文《尚書》時代，確定本論文研究進行「傳鈔古文《尚書》文字辨析」各類傳鈔古文《尚書》之序列；

【第二部份　傳鈔古文《尚書》文字辨析】

〔註20〕因傳鈔所著錄古《尚書》文字徵引其標注出處包括《古尚書》、《尚書》石經、《夏書》、《周書大傳》、《書經》等（詳見「研究材料」「二」），故本文於敘述時作「傳鈔著錄古《尚書》文字」或云「傳鈔著錄《尚書》古文」、「傳鈔《尚書》古文」以涵括之。

　　將出土文獻所見所引之《尚書》文字、《尚書》古寫本、傳鈔著錄《尚書》古文等諸本傳鈔古文《尚書》文字、諸類字體，與今傳世本《四庫全書》重刊宋本《十三經注疏》之《尚書》（即《孔氏傳》本《古文尚書》、《孔氏傳尚書》）〈虞書〉、〈夏書〉、〈商書〉、〈周書〉（源自唐代開成石經《唐石經·尚書》）等五十八篇依序進行文字比對辨析；以「傳鈔古文《尚書》文字與今本《尚書》各句比較表」逐句並列各類傳鈔古文《尚書》文字與今本《尚書》文字；文句各字有不同字形者爲標題字首，以「傳鈔古文《尚書》『△』字構形異同表」〔註21〕列其辭例及各本文字字形，考察該字在各類傳鈔古文《尚書》文字所見的種種形構異同；

【第三部份　綜論】

　　由文字考察辨析的結果綜合研究論述，<u>第一章傳鈔古文《尚書》文字與今本《尚書》文字構形異同研究</u>，<u>第二章傳鈔古文《尚書》隸古定本文字形體類別及其探源</u>，<u>第三章傳鈔古文《尚書》隸古定本文字之探析</u>；

【第四部份　結論】

　　爲本論文研究成果述要，並且提出傳鈔古文《尚書》文字研究價值與展望。

第二節　研究材料與研究方法

一、研究材料

　　《尚書》流傳曲折，書寫字體複雜，顧頡剛、顧廷龍所輯《尚書文字合編》蒐羅《尚書》歷代不同字體之版本，將漢魏唐石經、敦煌等唐寫本、日本古寫本、《書古文訓》等歷代《尚書》古本材料匯爲一編，是目前網羅《尚書》文字

〔註21〕「△」指傳鈔古文《尚書》文字與今本《尚書》比較有不同字形者之標題字首，如「時」字傳鈔古文《尚書》魏三體石經作[圖]魏、敦煌本作肖P3767、足利本作[圖]等形，則列「時」字爲「傳鈔古文《尚書》文字辨析」之標題字首，列其辭例及各本文字字形作「傳鈔古文《尚書》『時』字構形異同表」如下：

傳抄古尚書文字 時 汗3.33 四1.19	戰國楚簡	石經	敦煌本	岩崎本	神田本b〔註21〕	九條本b	島田本b	內野本	上圖本（元）	觀智院b	天理本b	古梓堂b	足利本	上圖本（影）	上圖本（八）	古文尚書晁刻	書古文訓	尚書篇目
朕之愆允若時		[圖]魏	肖P3767					皆					昭	昭	㫖		㫖	無逸

資料最爲齊全的一部書，《尚書》歷代傳本字體變遷脈絡由此得以清楚呈現。其〈凡例〉謂所收之本凡七類：一、《漢石經》；二、《魏石經》；三、《唐石經》；四、宋晁公武石刻《古文尚書》；五、敦煌等唐寫本；六、日本古寫本；七、薛季宣《書古文訓》等，共收入古文、篆文、隸書、隸古定、楷書等歷代不同字體的《尚書》古本二十餘種，爲本論文研究的基本材料。其中《漢石經》爲漢代流行之《今文尚書》，《唐石經》爲唐天寶三年衛包改「隸古定」爲楷體今字本，是今本最古版本，而《魏石經》則保存漢魏《古文尚書》面貌，其餘四種皆屬用隸古定字體寫成的隸古定古字本。〔註22〕寫本的寫成時代或有存六朝之古文、年代早於隋唐者，〔註23〕或有隋唐之間者，其中大部分是唐代衛包改字前後的古寫本以及源於唐寫本的日本古抄本。

本論文「傳鈔古文《尚書》文字」係指：屬於先秦古文之《尚書》文字的傳鈔書寫及其傳鈔轉刻著錄、或轉刻於碑石、或刊刻成書。主要比對研究各類傳鈔古文《尚書》文字，即其文字形體的流變——在文字傳鈔及書體轉換間的形構演變、異同與特色。

依研究材料「傳鈔古文《尚書》文字」之傳寫特質可分五大類：

（一）出土文獻資料所引《尚書》文字：戰國楚簡二種——《上海博物館藏戰國楚竹書（一）》、《郭店楚墓竹簡》；

（二）石經《尚書》：東漢熹平石經、魏石經（含三體直行式、三體品字式、古篆二體直行式）；唐石經

（三）傳鈔著錄《尚書》古文：《說文》所引《尚書》古文、《汗簡》《古文四聲韻》、《訂正六書通》（含《訂正六書通摭遺》）；

（四）《尚書》隸古定古寫本，即敦煌、新疆、日本等唐代手抄寫本或源於唐寫本之日本古抄本：敦煌、新疆等古寫本三十七種——敦煌本 34 種，P3315（釋文）、P3462（釋文）、P3015、P3605、P3615、P3469、P5522、P4033、P3628、P4874、P5543、P2533、P3752、P5557、P2643、P3670、P2516、P2523、P2748、P3767、P2630、P4509、P3871、P2980、P2549、P4900、S801、S11399、S799、

〔註22〕除敦煌本 P3015《尚書》〈堯典〉、〈舜典〉、P2630〈多方〉、〈立政〉爲今字本外，其餘唐寫本皆屬古字本。

〔註23〕詳見註1。

S6017、S5626、S6259、S2074；新疆本 3 種，吐魯番本、和闐本、高昌本；日本古寫本十二種，岩崎本、九條本、神田本、島田本、內野本、上圖本（元）、觀智院本、古梓堂本、天理本、足利本、上圖本（影）、上圖本（八）；

（五）《尚書》隸古定刻本，即宋晁公武石刻經文、薛季宣訓解之《書古文訓》清康熙十九年（1680）《通志堂經解》刻本。

以下分別說明本論文各項研究材料，並且列置其書影。其中已收入《合編》者，以該書「引用資料」說明爲本，並加註按語扼要說明該本今存情形。〔註24〕

一、出土文獻資料所引之《尚書》文字

本論文比對研究之出土文獻資料《尚書》文字，乃限於直接標明出自《尚書》篇章之文句，漢碑等出土文獻或見暗用《尚書》文句者，則僅作異文之參證。本論文研究材料中出土文獻資料所引之《尚書》文字，係指戰國楚簡所引《尚書》文字，即戰國郭店楚簡〈緇衣〉、〈成之聞之〉等篇及上海博物館藏戰國楚竹書（一）〈緇衣〉篇（以下簡稱「上博一〈緇衣〉」）所見。茲將本文所用材料〔註25〕及今本《尚書》文字並列如下，其中〈緇衣〉篇所見《尚書》文字依次並列今本《尚書》、楚簡〈緇衣〉篇二種、今本《禮記・緇衣》文字：

【圖1】上博一楚簡

【圖2】郭店楚簡

〔註24〕 各本文字完整之所存起訖情形詳見本文【附錄一】「尚書文字合編收錄諸本起訖目」。又本文【附錄二】列劉起釪《尚書源流與傳本》（瀋陽：遼寧大學出版社，1997）中「漢石經《尚書》殘存文字表」、「魏石經《尚書》殘存文字表」、「國內所見尚書隸古定本古寫本影本各篇殘存情況及字數表」將諸本殘存文字疏理至爲詳備，並校以唐石經、今本尚書。

〔註25〕 郭店〈緇衣〉22 引「〈祭公之顧命〉員：『毋以少（小）悔（謀）敗大惜（作），毋以卑（嬖）御息（塞）妝（莊）句（后）。毋以卑（嬖）士息（塞）夫＝（大夫）卿事（士）』」、上博 1〈緇衣〉12 引「〈葉公之寡命〉員：『毋以少（小）悔（謀）敗大惜（作），毋以辟（嬖）御〔聿下酉〕妝后。毋以辟（嬖）士〔聿下酉〕夫＝（大夫）向（卿）使（士）。』」疑爲佚篇，今本《尚書》未見，故不作異文之討論。

（一）郭店〈緇衣〉、上博一〈緇衣〉

郭店楚簡、上博一〈緇衣〉篇引《尚書》共 6 篇 9 條：〈咸有一德〉1 條、〈君牙〉1 條、〈君陳〉2 條、〈呂刑〉3 條、〈康誥〉1 條、〈君奭〉1 條：

1、〈咸有一德〉：「惟尹躬暨湯，咸有一德。」

郭店〈緇衣〉5 引「〈尹鼎〉員：隹尹躬（𧰼）及湯，咸又一惪。」

上博 1〈緇衣〉3 引「〈尹鼎〉〔註26〕員：隹尹夋（𡥈）及康，咸又一惪。」

今本〈緇衣〉引「〈尹吉〉曰：惟尹躬及湯，咸有壹德。」

2、〈君牙〉：「夏暑雨，小民惟曰怨咨，冬祁寒，小民亦惟曰怨咨。」

郭店〈緇衣〉9.10 引「〈君牙〉員：日俗（𧇛）雨，少 9 民隹曰惜（𢝗），晉冬旨滄，少民亦隹曰惜10。」

上博 1〈緇衣〉6「引〈君牙〉員：日俁（𢛆）雨，少民隹曰命（𠷎）。晉冬耆寒，少民亦隹曰令（𠔉）。」

今本〈緇衣〉引〈君雅〉曰：「夏日暑雨，小民惟曰怨，資冬祁寒，小民亦惟曰怨。」

3、〈君陳〉：「凡人未見聖，若不克見，既見聖，亦不克由聖。」

郭店〈緇衣〉19 引「〈君迪（𨒰）〉員：未見聖，如其弗克見，我既見，我弗迪聖。」

上博 1〈緇衣〉10.11 引「〈君緟（𨓚）〉員：未見 10 耶（𥅆），女丌＝弗克見，我既見，我弗貴（𧶴）耶（𥅆）11。」

今本〈緇衣〉引〈君陳〉：「未見聖，若己弗克見，既見聖，亦不克由聖。」

4、〈君陳〉：「出入自爾師虞，庶言同則繹。」

郭店〈緇衣〉39.40 引〈君迪（𨒰）〉員：「出內自尔帀于 39，庶言同 40。」

上博 1〈緇衣〉20 引「〈君迪（𨓚）陳〉員：出內自尔帀雯，庶言同。」

今本〈緇衣〉引〈君陳〉云：「出入自爾師虞，庶言同。」

5、〈康誥〉：「敬明乃罰。」

郭店〈緇衣〉28 引「〈康鼎〉員：敬明乃罰。」

〔註26〕郭店楚簡、上博一文字隸定依：荊門博物館編輯，《郭店楚墓竹簡》，北京：文物出版社，1998；馬承源主編，《上海博物館藏戰國楚竹書（一）》，上海：上海古籍出版社，2001。

上博 1〈緇衣〉15 引「〈康𡞦〉員：敬明乃罰。」

今本〈緇衣〉引「〈康誥〉云：敬明乃罰。」

6、〈君奭〉：「在昔上帝割申勸寧王之德，其集大命于厥躬。」

郭店〈緇衣〉36.37 引「〈君奭〉員 36：昔才上帝戡紳觀文王惪，其集大命于㪵身 37。」

上博 1〈緇衣〉18.19 引「〈君奭〉員：『□□□□□□□□□□□ 18，集大命于氏身 19。」

今本〈緇衣〉引「〈君奭〉云：昔在上帝周田觀文王之德，其集大命於厥躬。」

7、〈呂刑〉：「一人又有慶，兆民賴之。」

郭店〈緇衣〉13.14 引「〈邵型〉員：一人又慶，塆（）民購（）之。」

上博 1〈緇衣〉8 引「〈呂型〉員：一人又慶，壐（）民訧（）之。」

今本〈緇衣〉引「〈甫刑〉云：一人有慶，兆民賴之。」

8、〈呂刑〉：「苗民弗用靈，制以刑，惟作五虐之刑曰法。」

郭店〈緇衣〉26.27 引「〈呂型（）〉員：非甬銍，折以型（）26，隹乍五瘧（）之型（）曰法 27。」

上博 1〈緇衣〉14 引「〈呂型〉員：覞民非甬霝，折以型，隹复五虔（）之型曰金（）。」

今本〈緇衣〉引〈甫刑〉曰：「苗民匪用命，制以刑，惟作五虐之刑曰法。」

9、〈呂刑〉：「播刑之迪。」

郭店〈緇衣〉29 引「〈呂型（）〉員：翻（）型（）之迪。」

上博 1〈緇衣〉15 引「〈呂型〉員：𢿱（）型之由。」

今本〈緇衣〉引「〈甫刑〉曰：播刑之不迪。」

（二）郭店〈成之聞之〉

郭店〈成之聞之〉篇引《尚書》共 2 篇 3 條：〔註27〕〈君奭〉2 條、〈康誥〉

〔註27〕郭店楚簡〈成之聞之〉、〈唐虞之道〉尚有疑引自《尚書》3 篇 3 條之文句，本文未列入出土文獻資料《尚書》文字之研究材料：廖名春，〈郭店楚簡成之聞之、唐虞之道篇與尚書〉謂郭店楚簡〈成之聞之〉25：「〈詔命〉曰允帀淒惪」疑爲今本〈同

1 條：

1、〈君奭〉：「惟冒丕單稱德。」

　　郭店〈成之聞之〉22 引「〈君奭〉曰：唯冒不單稱憙」

2、〈君奭〉：「襄我二人，汝有合哉言。」

　　郭店〈成之聞之〉29 引「〈君奭〉曰：叚（襄）我二人，毋又合才音」

3、〈康誥〉：「文王作罰，刑茲無赦，不率大戞」

　　郭店〈成之聞之〉38、39 引「〈康誥〉曰：不還大暊，文王复罰**38**，型茲亡愸**39**」

二、石經《尚書》

本論文比對研究之石經《尚書》文字凡三類：〔註28〕一是《漢石經》，漢熹平年間以隸書改寫古文字，爲漢時流行之《今文尚書》；二爲《唐石經》，唐天寶年間衛包以楷書將隸古定字體改寫，唐文宗開成年間將之刻成石經，是今日傳世本所源自，此二者是經過兩次徹底改寫的《尚書》文字；三是在兩次之間的《魏石經》，魏正始年間以古文、篆文、隸書三體直行刻寫，另有三體品字式及古文、篆書二體直行式，其古文字體屬於輾轉傳鈔之古文資料。

（一）《漢石經》

漢熹平年間刻，以隸書寫刻，爲漢時流行之《今文尚書》。

1、1962 年、1968 年河南洛陽出土石經，顧頡剛藏拓。

命〉，或屬先秦《尚書》佚篇，〈成之聞之〉33：「大塙曰余才宅天心」疑爲今本〈大禹謨〉。廖名春，〈郭店楚簡成之聞之、唐虞之道篇與尚書〉，《中國史研究》1999：3。又郭店〈唐虞之道〉27、28：「昊賝曰大明不出，完物皆訇。聖者不才上，天下杝壞。幻（治）之，至羖不枲；亂之，至滅臤。」裘錫圭疑「昊賝」當讀爲〈虞詩〉（荊門博物館編輯，《郭店楚墓竹簡》，北京：文物出版社，1998，頁 160），廖明春則疑爲〈虞志〉，郭店〈唐虞之道〉所引不見於今本《尚書·虞書》，或爲〈虞書〉佚文。

〔註28〕 本文【附錄二】列「漢石經《尚書》殘存文字表」、「魏石經《尚書》殘存文字表」、「國內所見尚書隸古定本古寫本影本各篇殘存情況及字數表」，轉引自劉起釪《尚書源流與傳本》（瀋陽：遼寧大學出版社，1997），將諸本殘存文字疏理至爲詳備，表中並校以唐石經、今本尚書，足資參考，故本論文不再列述各類石經《尚書》各篇殘存情況及字數。

2、馬衡《漢石經集存》所載拓本，1957 年科學出版社影印本。

3、宋代洪适《隸釋》，據《漢石經》翻刻，清同治十年（1871）洪氏晦木齋刻本。

按：本論文中《漢石經》之字形注作「漢」，《隸釋》所錄《漢石經》之字形，則注作「隸釋」。

【圖 3.1】漢石經

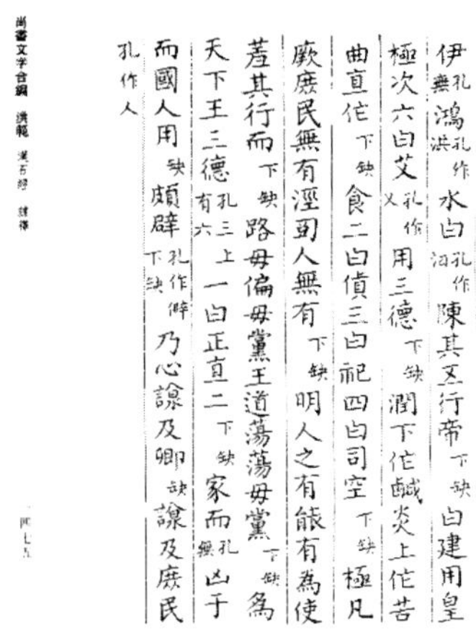

【圖 3.2】漢石經《隸釋》

（二）《魏石經》

魏正始年間刻，有古文、篆書、隸書三體直行式，殘。另有三體品字式及古文、篆書二體直行式（今存《皋陶謨》、《禹貢》等篇殘石）。其古文一體尚存漢魏時《古文尚書》之略貌。

1、潘景鄭藏拓片。

2、顧廷龍藏拓片。

3、1945 年、1957 年西安市出土的石經殘石拓片，據劉安國《西安市出土的止始三體石經殘石》，《人文雜誌》1957 年第 3 期。

4、孫海波《魏三字石經集錄》，1937 年北平大業印刷局影印本。

按：《魏石經》三體直行式之字形，列於本論文各字字表中注作「魏」，行文中簡稱或注作「魏三體」；三體品字式之字形列於各字字表中、行文中簡稱或注作「魏品式」，二體直行式之字形簡稱或注作「魏二體」。

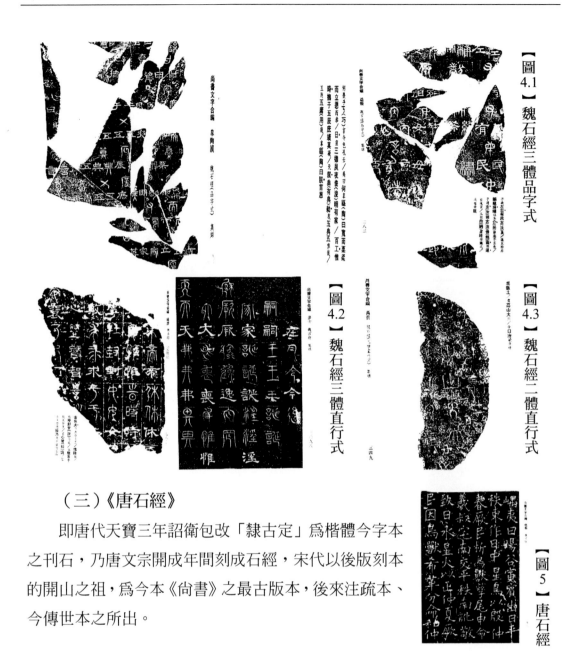

【圖4.1】魏石經三體品字式

【圖4.3】魏石經二體直行式

【圖4.2】魏石經三體直行式

（三）《唐石經》

即唐代天寶三年詔衛包改「隸古定」爲楷體今字本之刊石，乃唐文宗開成年間刻成石經，宋代以後版刻本的開山之祖，爲今本《尚書》之最古版本，後來注疏本、今傳世本之所出。

【圖5】唐石經

三、傳鈔著錄古《尚書》文字

本論文研究材料之傳鈔著錄古《尚書》文字，係指見於《說文解字》所引《尚書》文字及《汗簡》、《古文四聲韻》、《訂正六書通》等各書所徵引著錄之傳鈔《尚書》古文：

（一）《說文解字》引《尚書》文字

《說文解字》（以下簡稱《說文》）引《尚書》文字有壁中古文《尚書》、今文《尚書》之異者，如川（巛）部「川」字引「虞書曰濬く巜距川」（段注本「距」改作「距」），谷部「睿」字引作「虞書曰睿畎澮距川」，前爲古文《尚書》，後

者爲今文《尚書》；或有合一篇二處文句爲一者，如玉部「玠」字引「周書曰稱奉介圭」，乃合〈顧命〉「大保承介圭」、「賓稱奉圭兼幣」二句爲一；或有所引《尚書》文字爲今本《尚書》之異文者，如牛部「牿」字引「周書曰今惟牿牛馬」，大小徐本皆同，而今本作〈費誓〉作「今惟淫舍牿牛馬」增「淫舍」二字。

　　凡《說文》所引《尚書》文字，於本文《尚書》文字辨析及字表一併收錄，並於文字辨析各章節中加以說明。

（二）《汗簡》

　　宋郭忠恕《汗簡》（四部叢刊本）謂「郭忠恕修《汗簡》所得凡七十一家事蹟」首列《古文尚書》，又茼部下列 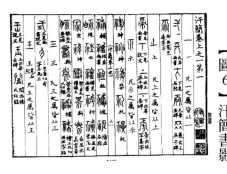 汗 **2.18** 字形注云：「蔑，出《周書大傳》」，《汗簡》引《周書大傳》僅見此字。又《汗簡》引《書經》共 8 字，見卷四「光」、「燠」、「熙」、「栽」、「災」、「業」、「狂」、「灼」等字下云：「並見書經」。總計《汗簡》所著錄《尚書》古文共 425 字，乃引自《古尚書》、《周書大傳》、《書經》等。

【圖6】汗簡書影

　　《汗簡》所著錄《尚書》古文字形，列於本文各字字表及行文中皆於字形右下注作「汗」並以數字標註卷、頁，除見於《古尚書》之字形外，標註其出處，如 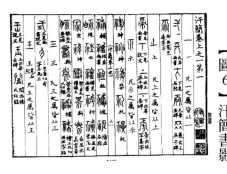 汗 **2.18** 周書大傳。

（三）《古文四聲韻》

　　宋夏竦《古文四聲韻》（學海書局）謂「古文所出書傳」中屬《尚書》古文者有《古尚書》、《尚書》石經、《夏書》、《周書大傳》等，本文一并收錄，其標註《古尚書》者不再標註外，其餘皆加以標註。

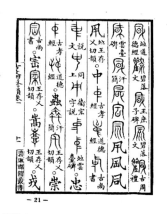

【圖7】古文四聲韻書影

　　書中標註《周書大傳》者有二字：卷四泰韻第十二「帶」字：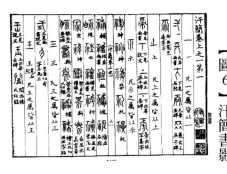 四 **4.12**（《訂正六書通》此形注《古尚書》：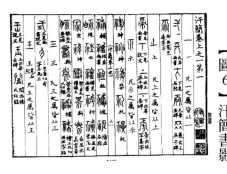 六 **268**），卷五屑韻第十七「蔑」字：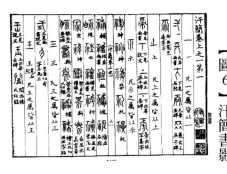 四 **5.13**

（即《汗簡》所錄「薆」字  汗 **2.18** 周書大傳）；標注《夏書》者僅見一例「闢」字：界 四 **5.17**；書中古文標注《尚書》石經則未見。總計《古文四聲韻》所著錄《尚書》古文共 341 字，乃引自《古尚書》、《夏書》、《周書大傳》等。

　　《古文四聲韻》所著錄《尚書》古文字形，列於本文各字字表及行文中皆於字形右下注作「四」並以數字標註卷、頁，除見於《古尚書》、《尚書》石經之字形外，標註其出處，如 界 四 **5.17** 夏書。

（四）《訂正六書通》

　　明閔齊伋輯，清畢弘述篆訂《訂正六書通》，清畢星海輯《訂正六書通摭遺》（上海古籍書店影印本，1981），收有《古尚書》古文。

　　《訂正六書通》所著錄《尚書》古文字形，列於本文各字字表及行文中皆於字形右下注作「六」並以數字標註頁碼。

【圖 8】訂正六書通書影

四、《尚書》隸古定古寫本

（一）敦煌、新疆等古寫本

　　《合編·凡例》謂「唐寫本」係唐衛包改字以前流行之孔傳《古文尚書》，字作楷書，猶存古文結構，即所謂「隸古定」寫本。然其中或有存六朝之古文、年代早於隋唐者，故本論文又謂之「古寫本」。

　　《合編》共收錄敦煌、新疆等古寫本 37 號，包括敦煌本法藏 26 號（伯希和（P）編號），敦煌本英藏 8 號（斯坦因（S）編號），新疆出土本（吐魯番本、和闐本、高昌本）3 號。以下依《合編》將敦煌伯希和編號本以「P」表之，斯坦因編號本以「S」表之。

　　1、敦煌本：甘肅敦煌石窟所出唐寫本，殘。

　　（1）法國巴黎圖書館藏本照片，用伯希和（P）編號。

　　（2）英國大英博物館藏本照片，用斯坦因（S）編號。

　　（3）羅振玉《鳴沙石室佚書》，一九一三年影印本，用伯希和（P）編號。

　　（4）羅振玉《吉石庵叢書初集》，一九一六年影印本，用伯希和（P）編號。

　　按：敦煌所見《尚書》寫卷除 P3315、P3462 為《尚書釋文》外，全部

是偽孔傳本，而敦煌寫卷中尚存之陸德明《尚書釋文》殘卷，是對《尚書》經傳的摘字注音本，具有特殊性，且保留宋齊舊本中的隸古定文字。《合編》所收敦煌《尚書》寫本 [註29] 編號爲：P3315（釋文）、P3462

〔註29〕許健平《敦煌文獻叢考・敦煌本尚書敍錄》（北京：中華書局，2005，頁 1～22）
收錄敦煌《尚書》寫本 43 號，經比對較《尚書文字合編》所收（不含《尚書釋文》
P3315）多 7 號，以下爲《尚書文字合編》未收錄者：

（1）S9935＋BD14681《尚書》〈堯典〉、〈舜典〉：《英藏敦煌文獻》定名《古文尚書
（堯典）》。S9935 爲殘片，5 殘行，僅存經文 5 字，傳文 11 字，起「宅南交」
之「交」至「曰昧谷」之「谷」，經文僅「交」、「希革」、「昧谷」5 字。BD14681
存〈堯典〉、〈舜典〉凡 159 行，前 4 行上下端均有殘缺，第 5 至 13 行、31 至
38 行下截缺損，起自〈堯典〉「九族既睦，平章百姓」傳「言化九族而平和章
明」之「九族」，至〈舜典〉末。陳紅彥認爲殘卷「治」字或諱或不諱，應是
唐高宗時期寫本，說見陳紅彥〈北京圖書館藏敦煌新 881 號尚書殘卷校勘後
繼〉，《北京圖書館館刊》，1997：4，頁 107。按：中國國家圖書館藏敦煌藏經
洞之《尚書》長卷，原北圖編號爲新 881，今統一之「北敦」即 BD 編號爲
BD14681。

（2）S3111V-4＋S3111V-3《尚書・大禹謨》：兩卷可綴合，合爲 4 行，起「罔攸伏
野」至「乃武乃文」傳「謂所及者遠聖無所不通」之「不」字。

（3）Дx02883：共 6 行，起「威用六極」傳「此以上禹所第敍之也」至「二曰」。
殘損嚴重。

（4）Дx02884：共 12 行，起「稼穡作甘」傳「五行之下」之「行」字至「女則念
之」。《俄藏敦煌文獻》將此與上卷綴合爲一，定名《尚書洪範》，許建平謂「其
實此二卷行款、字體均不同，且前後並非密合，不應綴合。」（《敦煌文獻叢
考・敦煌本尚書敍錄》，北京：中華書局，2005，頁 12）。

（5）S8464《尚書》〈泰誓中〉、〈泰誓下〉：《英藏敦煌文獻》定名《隸古定尚書（泰
誓）》，共 14 行，存〈泰誓中〉末及〈泰誓下〉之前部，起自「周或無畏」傳
「無敢有無畏之心」的「心」字，至經文「祝降時喪」之「時」字。「世」、「民」
皆缺筆，當是唐寫本。

（6）S10524A《尚書・君奭》：《英藏敦煌文獻》定名《隸古定尚書（君奭）》，9 殘
行，起「若伊尹格於皇天」傳「謂致太平」，至「則商實百姓也」傳「皆知禮」，
許建平謂此卷與 S5626＋S6259 字體相同，本當爲一卷，但中間不連接，斷缺
之處不知何在。（《敦煌文獻叢考・敦煌本尚書敍錄》，北京：中華書局，2005，
頁 14）。

（7）72TAM179《尚書》〈禹貢〉、〈甘誓〉：見《吐魯番文書》第 3 冊 364 頁，定名

（釋文）、P3015、P3605、P3615、P3469、P5522、P4033、P3628、P4874、
P5543、P2533、P3752、P5557、P2643、P3670、P2516、P2523、P2748、
P3767、P2630、P4509、P3871、P2980、P2549、P4900、S5745、S801、
S11399、S799、S6017、S5626、S6259、S2074。除 P3015《尚書》〈堯
典〉、〈舜典〉、P2630〈多方〉、〈立政〉爲今字本外，餘皆爲古字本，
即隸古定本。〔註30〕

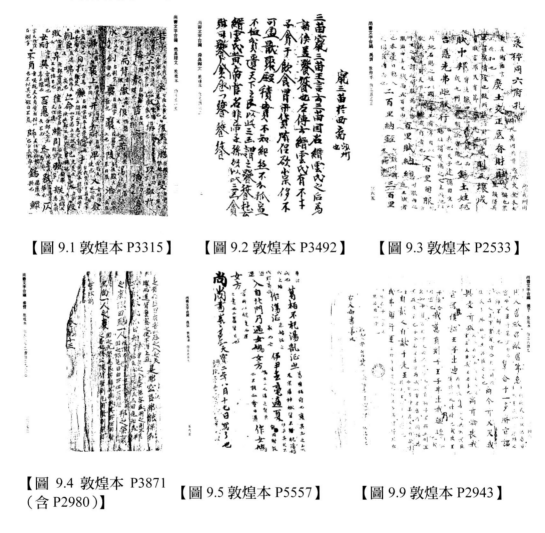

【圖 9.1 敦煌本 P3315】　【圖 9.2 敦煌本 P3492】　【圖 9.3 敦煌本 P2533】

【圖 9.4 敦煌本 P3871
（含 P2980）】　　【圖 9.5 敦煌本 P5557】　　【圖 9.9 敦煌本 P2943】

爲《唐寫〈尚書〉孔氏傳〈禹貢〉、〈甘誓〉殘卷》，殘損嚴重，僅剩 5 大片、
2 小片，起〈禹貢〉「豬野」至〈甘誓〉「甘誓」傳「將戰先誓」。

另收錄兩種碎片，皆見於《敦煌寶藏》：碎片 049《尚書·呂刑》：4 殘行，内容與
今本無別。「五過之疵」之「五」字寫作古字。碎片 049《尚書·文侯之命》：4 殘
行，文字與今本無大別。「嗚呼」作「烏呼」。

〔註30〕各本文字所存起訖情形詳見本文【附錄一】「尚書文字合編收錄諸本起訖目」。

2、吐魯番本：新疆吐魯番所出唐寫本，殘。德國柏林普魯士博物館藏本
　　照片。

　　按：存〈大禹謨〉｜剗茲有苗。禹拜昌言曰俞班師振旅。帝乃誕敷文德，舞
　　干羽于兩階・七旬有苗格」。〔註31〕

3、和闐本：新疆和闐所出唐寫本，殘。據日本大谷光瑞《西域考古國譜》，
　　日本大正四年（1915）國華社影印本。

　　按：存〈太甲〉上「率乃祖攸行。惟朕以懌，萬世有辭，王未克變。伊
　　尹曰茲乃弗（不）誼（義），習與性成。予弗（今本無弗）狎于弗（不）
　　順，營于同（桐）宮，密尒（邇）先王其訓，亡（無）俾世迷。

4、高昌本：新疆吐魯番高昌地區所出唐寫本，殘。據黃文弼《吐魯番考
　　古記》，一九五四年上海社會科學院出版。

　　按：存〈大禹謨〉「禹曰於帝念哉，惟善政在養民，水火金木土穀惟修」。

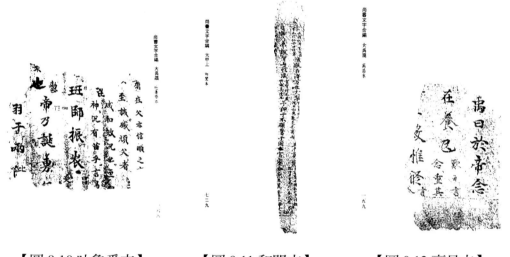

【圖 9.10 吐魯番本】　　　【圖 9.11 和闐本】　　　【圖 9.12 高昌本】

（二）日本古寫本

日本古寫本鈔寫年代不一，源出於唐寫本。其中內野本、足利本、上圖本
（影天正本）、上圖本（八行本）四種全書完整。

1、岩崎本：殘。岩崎男舊藏。日本大正七年（1918）影印本。

　　按：存〈禹貢〉「夾右碣石入于河」訖「三邦底貢厥（厥）名」，〈盤庚〉
　　上「既爰宅于茲」訖篇終、〈盤庚〉中.下、〈說命〉、〈高宗肜日〉、〈西伯
　　戡黎〉、〈微子〉,〈畢命〉、〈君牙〉、〈冏命〉、〈呂刑〉。

〔註31〕字小偏下者爲殘缺之字，其上加標記「・」者爲殘泐之字，（　）內爲今本所作。

2、九條本：殘。九條道秀公舊藏。日本昭和十七年（1942）《京都帝國大學文學部影印舊鈔本》第十集影印本。

　　按：存〈酒誥〉、〈梓材〉、〈召誥〉、〈君奭〉「秉德迪知天畏（威）」訖篇終、〈蔡仲之命〉、〈多方〉、〈立政〉、〈費誓〉、〈秦誓〉。

3、神田本：殘。神田醇容安軒舊藏。日本大正八年（1919）《容安軒舊書四種》影印本。

　　按：存〈泰誓〉上（缺篇題）.中.下、〈牧誓〉、〈武成〉。

4、島田本：殘。島田翰舊藏。一九一四年羅振玉《雲窗叢刻》影印本。

　　按：存〈洪範〉、〈旅獒〉、〈金縢〉「乃元孫不若旦多材多藝」訖「武王既喪」又「王執書以泣」訖篇終、〈微子之命〉篇首訖「律乃有民」。

5、內野本：影寫日本元亨二年（1322）沙門素慶刻本，全。內野皎亭舊藏。日本昭和十四年（1940）東方文化研究所影印本。

6、上圖本（元亨本）：日本元亨三年（1323）藤原長賴手寫本，殘。上海圖書館藏。原件後間有脫佚，據羅振玉《雲窗叢刻》影印楊守敬本配補。

　　按：本文簡稱「上圖本（元）」。存〈盤庚〉上.中（配補《雲窗叢刻》本）、〈盤庚〉下、〈說命〉上.中.下、〈高宗肜日〉、〈西伯戡黎〉、〈微子〉。

7、觀智院本：日本元亨三年（1323）藤原長賴手寫本，殘。東寺觀智院藏。日本複印件。

　　按：存〈周官〉、〈君陳〉、〈顧命〉、〈康王之誥〉。

8、古梓堂本：日本元亨三年（1323）藤原長賴手寫本，殘。古梓堂文庫舊藏。日本複印本。

　　按：存〈文侯之命〉篇首訖「惟時上帝集厥命于文王」、〈秦誓〉「仡仡勇夫」訖篇終。

9、天理本：日本鐮倉末期寫本，殘。天理圖書館藏。日本複印本。

　　按：存〈太甲〉上.中.下、〈咸有一德〉。

10、足利本：日本室町時期寫本（1336～1573），全。足利學校遺跡圖書館藏。日本複印本。

11、上圖本（影天正本）：日本影寫天正六年（1578）秀圓題記本，有松田本生印記，全。南翔姚文棟舊藏，其子明輝捐贈上海歷史文獻圖書館，今歸上海圖書館藏。

　　按：本文簡稱「上圖本（影）」。

12、上圖本（八行本）：室町時期後期寫本（1336～1573）全，每半葉八
行，行大字二十，有松田本生印記。上海圖書館藏。

按：本文簡稱「上圖本（八）」。

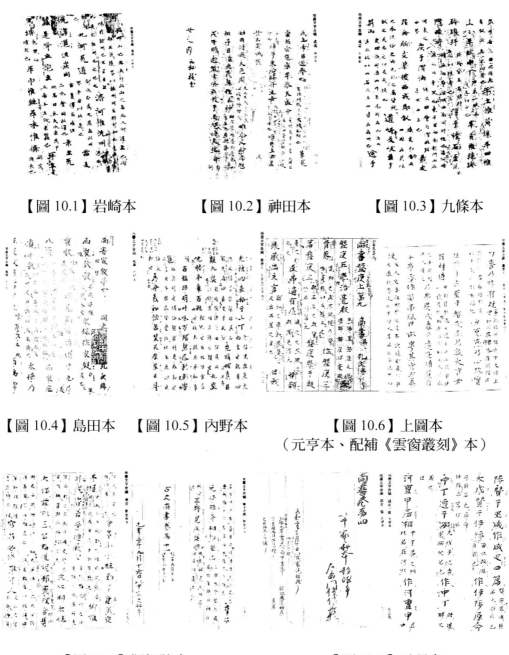

【圖 10.1】岩崎本　　　【圖 10.2】神田本　　　【圖 10.3】九條本

【圖 10.4】島田本　　【圖 10.5】內野本　　　　【圖 10.6】上圖本
（元亨本、配補《雲窗叢刻》本）

【圖 10.7】觀智院本　　　　　　　　【圖 10.8】天理本

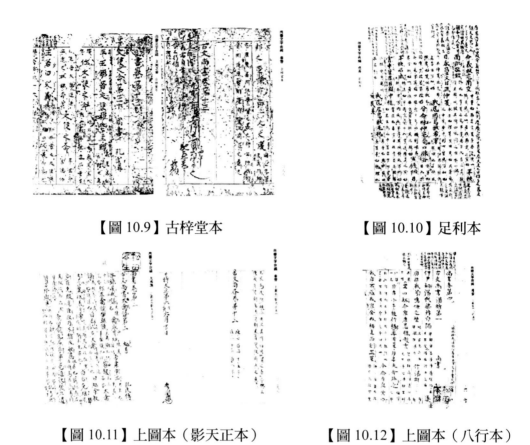

【圖 10.9】古梓堂本　　　　　　　【圖 10.10】足利本

【圖 10.11】上圖本（影天正本）　　【圖 10.12】上圖本（八行本）

五、《尚書》隸古定石刻經文、刻本〔註32〕

（一）晁公武石刻《古文尚書》

　　爲隸古定《尚書》石刻，乃晁公武得自宋次道王仲室至家保存的《尚書》藏本，此部孔安國傳本《古文尚書》共十三卷，載錄五十九篇。宋乾道六年（1170）晁公武石刻，殘。四川博物館藏原拓。

　　按：本文字表欄位簡稱「晁刻古文尚書」，《尚書文字合編》列爲石經《尚書》，然其字體爲「隸古定」本，又僅存〈禹貢〉31 字（含 5 字殘泐）、

【圖 11】晁公武石刻古文尚書

〔註32〕隸古定《尚書》於宋代經多次刊刻，可知者有四種：呂大防據唐寫本刻《古文尚書》、晁公武取呂大防本石刻《古文尚書》、金履祥《尚書表注》謂「今辰州有《古文尚書》版、薛季宣撰《書古文訓》。今日可見者僅薛季宣《書古文訓》全書及晁公武石刻《古文尚書》殘字，故本文《尚書》隸古定刻本僅取此二種爲研究材料。

〈多士〉35 字（含 4 字殘泐），故本文於用字及字體之辨析中將此列爲「隸古定刻本」《尙書》文字討論。

　　晁公武石刻《古文尙書》今存〈禹貢〉「**海岱惟青州**」訖「**蒙羽其藝**」（中有缺文）、〈多士〉「**惟天弗（不）畀允罔固亂**」訖「**降致罰**」（中有缺文）等。

（二）薛季宣《書古文訓》

【圖 12】書古文訓

　　薛季宣《書古文訓》爲隸古定《尙書》刊刻本。宋薛季宣訓解，清康熙十九年（1680）《通志堂經解》刻本。雖出宋代，時有僞訛，然其字體有據者尙多，於唐寫本猶可印證。

　　本論文研究材料各種傳鈔古文《尙書》文字就文字演變階段加以分類，首先爲古文字階段之傳鈔古文《尙書》文字：出土文獻資料所引《尙書》文字，主要爲戰國楚簡材料，雖僅爲引文但存古之眞，於古本《尙書》文字及傳鈔著錄《尙書》古文之文字形體及相關問題研究爲重要材料，乃爲古人親筆，列爲第一手的古《尙書》文字傳鈔書寫資料。《說文》所引壁中古文《尙書》、魏石經《尙書》古文、《汗簡》、《古文四聲韻》、《訂正六書通》等所著錄的《尙書》古文，或屬於古《尙書》轉鈔本或源於碑石之古《尙書》傳刻材料，屬於第二手的傳鈔資料。石經《尙書》就其文字材料性質，又屬於出土文獻資料，故魏石經《尙書》古文又兼爲出土文獻。其次爲以楷書筆畫書寫古文之隸古定文字：敦煌等地《尙書》古寫本、日本古寫本多爲隸古定手寫抄本，材料豐富，亦爲古人親筆，眞實可信，惟受寫手及當時俗字影響，間有文字形體錯訛現象；《書古文訓》、宋晁公武石刻《古文尙書》皆爲隸古定刊刻本，所據爲段玉裁稱「僞中之僞」本，後人穿鑿整理之跡明顯，《四庫全書・提要》云：「季宣此本有以古文筆畫改爲今體，奇形怪態，不可辨識，……故雖宋人舊帙，今亦無取焉。」然雖時有僞訛，其字體有據者尙多，於敦煌等地《尙書》古寫本、日本古寫本猶可見相印證之文字形體，亦有可與傳鈔著錄《尙書》古文相證者；再者爲楷體今本之《尙書》文字：《唐石經》及承其之《四部叢刊》《孔氏傳尙書》、《十三經注疏》本之《尙書》，爲今之傳世刊本。

　　下表是本論文研究材料各類傳鈔古文《尙書》文字之分類與其文字材料性

質、字體特點之對應：

分類	出土文獻		傳抄著錄尚書古文				隸古定本尚書		
	戰國楚簡所引尚書	石經尚書	說文所引	汗簡	古文四聲韻	訂正六書通	古寫本 敦煌等地	日本古寫本	隸古定刻本
傳鈔古文尚書別	郭店《成之聞之》引 郭店《緇衣》引 上博1《緇衣》引	唐石經 魏石經 漢石經	今文《尚書》 壁中古文《尚書》	《周書》《書經》《古尚書》《書大傳》	《夏書》《周書大傳》《尚書》《尚書》石經《古尚書》	·《古尚書》	敦煌伯希和（P）編號本 P3315 P3462 P3015 P3605 P3615 P3469 P5552 P4033 P3628 P4874 P5543 P2533 P3752 P5557 P2643 P3670 P2516 P2523 P2748 P3767 P2630 P4509 P3871 P2980 P2549 P4900 敦煌斯坦因（S）編號本 S5745 S801 S11399 S799 S6017 S5626 S6259 S2074 吐魯番本 和闐本 高昌本	岩崎本 九條本 神田本 島田本 內野本 上圖本（元）觀智院本 古梓堂本 天理本 足利本 上圖本（影）上圖本（八）	書古文訓 晁刻古文尚書（石刻）
字體	古文（戰國楚簡.石經中之魏石經古文.傳抄著錄尚書古文）篆文（魏石經篆文）隸體（魏石經隸體.漢石經）隸古定文字（部分古文四聲韻著錄尚書古文）楷書（唐石經）						隸古定文字、楷書 備註：P3015〈堯典〉.〈舜典〉、P2630〈多方〉.〈立政〉爲今字本		

二、研究方法

　　本論文研究以文字形體爲中心，首先對傳鈔古文《尚書》各本文字進行全面的比對辨析，以《四庫全書》重刊宋本《十三經注疏》之《尚書》（即《孔氏傳》本《古文尚書》、《孔氏傳尚書》）經文爲底本，將出土文獻資料所引之《尚書》文字、石經《尚書》、《尚書》隸古定寫本（敦煌等古寫本《尚書》）、隸古定刻本《書古文訓》等各本傳鈔古文《尚書》經文逐字對照，列入傳鈔所著錄該字古《尚書》文字字形，比對各本文句差異，以「傳鈔古文《尚書》文字與今本《尚書》各句比較表」進行比對、呈現各文句各種文字異同現象，如衍文、脫漏、倒置、訛誤、形構相異等等。依序將各文句文字於各本所見字形有異者列爲標題字首，逐字以「傳鈔古文《尚書》『△』字構形異同表」列其辭例及各本文字字形，考察該字在各類傳鈔古文《尚書》文字所見的形構異同，如「時」字傳鈔古文《尚書》魏三體石經作[圖]魏、敦煌本作旹P3767、足利本作旹等形，

則列「時」字爲「傳鈔古文《尚書》文字辨析」之標題字首，作「傳鈔古文《尚
書》『時』字構形異同表」如下：

時 傳抄古尚書文字 畄汗3.33 峕四1.19	戰國楚簡	石經	敦煌本	神田本b 岩崎本	島田本b 九條本	內野本	上圖(元) 觀智院b	天理本 古梓堂b	足利本	上圖本(影)	上圖本(八)	古文尚書晁刻	書古文訓	尚書篇目
朕之愆允若時	魏		肯 P3767			峕			眤	眤	峕		峕	無逸

　　論文【第二部份　傳鈔古文《尚書》文字辨析】逐句逐字考察傳世本《尚
書》各文句與各類傳鈔古文《尚書》所見的文字形構異同，【第三部份　綜論】
就文字考察辨析的結果綜合研究論述。本論文文字考察及研究論述所利用之研
究方法，乃採取比較法及偏旁分析法，以形爲主而兼及音義，首重形體的比較
與分析，將《尚書》各文句各類傳鈔古文《尚書》所見的文字形體一一比對考
察，並透過文字間偏旁與部件的比較分析，考辨同一文字偏旁或部件之形體差
異，以討論傳鈔古文《尚書》文字各類字體之演變過程或規律。文字歷時形體
演變利用羅振玉所倡「由許書以溯金文，由金文以窺書契」，〔註33〕即「歷史比
較法」，〔註34〕將不同歷史階段的古文字材料進行比較，由上而下順推或向上溯
其源流，並且運用王國維「二重證據法」〔註35〕「以紙上材料與地下材料相互
參證」，將該《尚書》文字及傳鈔《尚書》古文與商周等古文字——特別是戰國
秦漢文字——進行合證，溯其源流，理清文字形體的演變脈絡，並與魏晉唐宋
時期的碑刻、印章、字書、韻書中的文字進行合證，辨其異同，亦即結合「縱
向溯流」與「橫向流變」的推求，〔註36〕以考辨文字異形的流變或訛變關係。

〔註33〕羅振玉，《增訂殷虛書契考釋》，臺北：藝文印書館，1981，頁6。

〔註34〕陳煒湛、唐鈺明謂：「『歷史比較法』是將不同歷史階段的古文字材料如甲骨文、
　　　　金文、戰國文字乃至小篆等進行比較，亦即將該字置於歷史長河中進行考察。可
　　　　以用由上而下的順推法，也可以用由下而上的逆推法。逆推法就是前述羅振玉所
　　　　提倡的『由許書以溯金文，由金文以窺書契』。」說見陳煒湛、唐鈺明《古文字學
　　　　綱要》，廣州：中山大學出版社，1991，頁38。

〔註35〕王國維，《古史新證·總論》，北京：清華大學出版社，1994，頁2。

〔註36〕黃德寬謂：「縱向溯流與橫向流變的推求應更好地結合起來，尤其是隸定古文異形
　　　　繁多時，有些異形存在彼此間的橫向流變或訛變關係，應該予以重視。」說見《隸
　　　　定古文疏證·序》（徐在國，《隸定古文疏證》，合肥：安徽大學出版社，2002）。

並且以對校、本校、他校、理校等校勘方法及「辭例推勘法」辨析文字本義、假借義、引申義。〔註37〕

梅賾所上《隸古定尚書》其隸古定字來源為何，從本論文對《尚書》隸古定寫本（敦煌、日本等古寫本《尚書》）、隸古定刻本《書古文訓》等各本《隸古定尚書》文字的逐字考校，經由「縱向溯流」與「橫向流變」的考察，也就能得到進一步的探求，並且可試以呈現各個隸古定字形演變的過程。透過傳鈔古文《尚書》文字的研究，及各本《尚書》經文異文現象的比對、呈現，並涉及《尚書》成書、流傳及衛包改字等問題，對《尚書》文獻的整理及綜合研究，當能有進一步的貢獻。

本論文比對傳鈔古文《尚書》各本文字，首先撰寫「傳鈔古文《尚書》文字辨析」，乃將傳鈔古文《尚書》各本文字逐句及逐字辨析其形構異同，與古文字進行合證，溯其源流，考察文字形體的演變脈絡。並將其中包含出土文獻所引之《尚書》、石經《尚書》、《尚書》隸古定寫本（敦煌等古寫本《尚書》）、隸古定刻本《書古文訓》等，與傳鈔著錄《尚書》古文字形，依《說文》各卷文字之次序製成「傳鈔古文《尚書》文字構形異同表」（附錄三）。其次由其文字考察辨析的結果就「傳鈔古文《尚書》文字與今本《尚書》文字構形異同」及「傳鈔古文《尚書》隸古定本文字形體類別探源」、「傳鈔古文《尚書》隸古定本《尚書》文字之探析」各為章節綜合研究論述。結論則綜述本論文研究成果，並說明《尚書》出土文獻、傳鈔著錄《尚書》古文、隸古定文字等各本傳鈔古文《尚書》文字研究之價值。

〔註37〕對校、本校、他校、理校等校勘方法為陳垣在歷代學說的基礎上概括和歸納出「校法四例」：①對校法，即以同書祖本與別本對校，其作用是可校各本的異同；②本校法，以本書前後內容互證，抉摘差異，以知謬誤，此法宜用於未得其他資料之時；③他校法，凡著書均有採錄前人或為後人所引用的現象，故可用他書校本書，這也是證明書有訛誤的良法；④理校法，凡遇無古本可據或數本互異而無所適從時，則應由通誤者斷於情理，故名「理校」。說見陳垣，《校勘學釋例》，臺北：臺灣學生書局，1971 年 4 月。陳煒湛、唐鈺明謂：「『辭例推勘法』是將該字置於衣錠的語言環境中，依靠上下文或同類的文例進行推勘以見其義。」說見陳煒湛、唐鈺明《古文字學綱要》，廣州：中山大學出版社，1991，頁 37。

第三節　前人研究概述

　　《尚書》的文獻文字繁難複雜，歷來學者研究課題紛多，成果豐富。其中陳夢家《尚書通論》、蔣善國《尚書綜述》、劉起釪《尚書學史》都是總結歷代研究成果，而加以系統呈現的《尚書》通論性著作，顧頡剛則在《尚書》文獻的匯積做了集成性的工作。顧頡剛整理《尚書》，和顧廷龍合編《尚書文字合編》，搜集了《尚書》經文文字變遷資料，並且主編《尚書通檢》，按書中任何一字即可查到書中任何一句，爲研究或閱讀《尚書》提供方便，爲研究《尚書》奠定了良好的基礎。許錟輝師《尚書著述考（一）》〔註38〕收錄上起先秦下迄近代，中外有關《尚書》之論著：專書、單篇之序跋、題記、讀後、例言、提要、解題等，亦收錄日本、韓國以中文寫作者，著錄其書名、篇名、作者簡介、存佚、傳本等等資料，並加以考證說明，爲研究《尚書》者提供詳富而全面的歷代著述資料檢索。

　　顧頡剛計畫將《尚書》按篇以校勘、解釋、今譯、論證四項加以整理，寫成《〈尚書大誥〉今譯（摘要)》，以唐石經爲底本，把各種古刻（漢、魏石經）和古寫本（敦煌寫卷和日本古寫本）逐一校勘，再選取古今人的注釋，爲之疏通貫穿，然後把全文分節標點，譯成現代漢語，最後加上史實的考證和引用書說明，不僅對《尚書》字詞作了疏證，而且對每篇產生的歷史背景也進行細緻考訂，成績可觀。論者以爲其資料繁富，體例創新與二重證據法揮灑自如，是對《尚書》力求進行總結性的整理工作，〔註39〕其後劉起釪承其師依此體例接續完成《尚書校釋譯論》一書，〔註40〕結合疑古、辨僞、考信爲一，會通漢魏以後各類專家學說的精華，疏證詳明精確，創獲甚豐。許錟輝師博士論文《先秦典籍引尚書考》〔註41〕將先秦典籍所引《尚書》，無論明徵、暗引、或檃括其辭者皆蒐羅無遺，與兩漢所見書相互參校，正其舛謬、補其亡佚，博取群書以考辨《尚書》篇數、篇名、序次、分類、儒墨授《書》之同異、《尚書》與《佚

〔註38〕許錟輝師，《尚書著述考（一）》，臺北：國立編譯館，2003。

〔註39〕參見李平心，〈從〈尚書〉研究論到〈大誥〉校釋〉，《李平心史論集》，北京：人民出版社，1983，頁44。

〔註40〕顧頡剛、劉起釪，《尚書校釋譯論》，北京：中華書局，2005.4。

〔註41〕許錟輝師，《先秦典籍引尚書考》，國立臺灣師範大學國文研究所，博士論文，1970。

周書》之關係、僞古文《尚書》之所由出，其析論詳博，於《尚書》本源之探索、先秦《尚書》舊觀之恢復，俾助厥偉。

《尚書》文字方面清代學者做了許多梳理校證的工作，解決許多《尚書》文字歧異的問題，如段玉裁的《古文尚書撰異》，據早期字書解決文字句讀，並且分析今古文，把兩漢《尚書》作詳盡的剖析；孫星衍《尚書今古文注疏》、王氏父子《讀書雜志》、《經義述聞》、《經傳釋詞》、《廣雅疏證》在傳世文獻用例方面用力至勤，解決許多問題。此外，清代後期王懿榮、吳大澂、孫詒讓、王國維等學者結合出土資料，援引甲骨文、金文等地下材料，對《尚書》文字進行綜合研究，而不侷限於不同文獻的比勘或傳世古文的對照，因此成果豐碩：王懿榮、吳大澂等學者指出《尚書》「寧王」、「寧考」等「寧」字爲「文」字之誤、孫詒讓指出〈洛誥〉「王命作冊逸」句中「作冊」是職官名，「逸」是人名；〔註42〕王國維提倡「二重證據法」，其《觀堂集林》、《觀堂學書記》、《古史新證》多援引甲骨、金文以證《尚書》文字，創獲不少，其學生楊筠如《尚書覈詁》〔註43〕則呈現其師生二人的研究成就。于省吾《雙劍誃尚書新證》亦循此路而有所創發，沿吳大澂所開創的以金文詞匯做比較來研究，所掌握材料遠較之豐富，此書亦是運用二重證據法研究而有豐收。新近則有臧克和《尚書文字校詁》〔註44〕結合古文字材料、《尚書》古寫本文字校詁《今文尚書》二十八篇文字，偶有新見，然其內容主要統整前人之說，尤多延自段玉裁《古文尚書撰異》一書。

《尚書》異文的整理，如清代段玉裁《古文尚書撰異》集合異文異說，莊述祖《尚書今古文考證》、陳喬樅《今文尚書經說考》蒐集今文三家之說頗爲完備，皮錫瑞《今文尚書考證》〔註45〕則將今文《尚書》作簡明的總結性敘述，近人屈萬里《尚書異文彙錄》，〔註46〕蒐集異文取材更兼及《尚書》敦煌寫卷、日本古寫本等，皆是詳爲搜集《尚書》異文異說之重要著作。

〔註42〕 參見裘錫圭，〈談談清末學者利用金文校勘《尚書》的一個重要發現〉，《古籍整理與研究》，1988：4，收入《古代文史新探》，江蘇：江蘇古籍出版社，1992。

〔註43〕 楊筠如，《尚書覈詁》，臺北：學海出版社，1978。

〔註44〕 臧克和，《尚書文字校詁》，上海：上海教育出版社，1999。

〔註45〕 （清）皮錫瑞《今文尚書考證》，北京：中華書局，1998。

〔註46〕 屈萬里，《尚書異文彙編》，臺北：聯經出版事業公司，1983。

　　《尚書》傳寫本的整理與研究，及《尚書》隸古定文字的研究，在敦煌等地古本《尚書》寫卷發現後，成果更加豐富，如王國維《古文尚書孔氏傳匯校》中即用日本古寫本校敦煌《隸古定尚書》，蔣斧、羅振玉、劉師培、王重民、陳夢家、姜亮夫、吳福熙、饒宗頤、陳鐵凡、顧頡剛、劉起釪等都參與敦煌《尚書》寫卷的研究，日本學者對古本《尚書》也很有研究，皆頗有著述。

　　許建平〈敦煌出土《尚書》寫卷研究的過去與未來〉〔註47〕一文對敦煌出土《尚書》寫卷研究的成果與現況，有十分詳實的評述。

　　羅振玉在《尚書》敦煌寫卷研究上具有開拓之功，其《〈隸古定尚書顧命〉殘卷補考》贊成段玉裁以薛季宣《書古文訓》為偽中之偽本的說法，認為薛書乃是採集諸家字書所引而益以《說文解字》中之古文而成，〔註48〕並非隸古定原本，並且認定其偽始於郭忠恕。劉師培將《尚書》敦煌寫卷與唐石經及通行本對勘，〔註49〕指出寫卷可糾正傳本錯訛之處，又對隸古定字做了考察，認為大多與《說文》、及《三體石經》之古文相合，從而認定「雖非孔書偽託，未可據依，然傳者欲託之壁經，則採輯古文之字必非盡與古違」此說多為後人所接受。王重民《敦煌古籍敘錄》則對以往有關敦煌古籍的研究成果所做的總結，敘錄23號殘卷，〔註50〕並論定 P4509〈顧命〉寫卷為晚唐抄本。王重民將散見各處的研究成果彙為一編，為後人利用這些成果提供方便，此書是研究《尚書》

〔註47〕見許建平，《敦煌文獻叢考》，〈敦煌出土《尚書》寫卷研究的過去與未來〉，北京：中華書局，2005，頁 78。

〔註48〕說見羅振玉，《〈隸古定尚書顧命〉殘卷補考》。其《鳴沙石室佚書》中收錄《尚書》寫卷三件——P2533《古文尚書夏書》、P2516《古文尚書盤庚說命等卷第五》、P4509《顧命》殘卷，認為三卷皆為魏晉以來相承的隸古定原本；又考其分卷與唐石經相合，遂肯定「天寶以後改字並不改卷」，並進一步重申《〈隸古定尚書顧命〉殘卷補考》的說法。

〔註49〕劉師培，〈敦煌新出唐寫本提要·隸古尚書孔氏傳夏書殘卷〉，《劉申叔遺書》下冊，南京：江蘇古籍出版社，1997，頁 2022。

〔註50〕王重民《敦煌古籍敘錄》《尚書》寫卷分別敘錄「古文尚書」（P2516、P2533、P2549、P2643、P2748、P3169、P3469、P3605、P3615、P3628、P3670、P3752、P3767、P3871、P4033、P4509、P5522）、「今字尚書」（P3015、P2630）、「尚書釋文」（P3315）。見王重民，《敦煌古籍敘錄》，臺北：國泰文化事業有限公司，1980，頁 8～26。

寫卷必須參考的重要著作。姜亮夫〈敦煌尚書校錄〉〔註51〕則呈現其收集《尚書》寫卷的成果,作 15 種殘卷的提要,並校勘之,但僅出具異文。陳鐵凡《敦煌本尚書述略》、《敦煌本虞書校證》、《敦煌本夏書斠證》、《敦煌本虞夏商書斠證補遺》、《敦煌本易書詩考略》〔註52〕等文,又著《敦煌本商書校證》〔註53〕用石經本(漢、魏、唐)、宋刊本(巾箱本、互注本、單疏本、八行本)、阮刻本及多種日本古寫本參校,對《尚書》寫卷作了較全面的校勘,不僅是出具異文的校記,他校對諸古本《尚書》文字異同,而且利用多種文獻定奪正訛,成績可觀,但法國藏卷沒有公佈且尚有數卷未能寓目,且其文對傳本《尚書》清人的研究成果利用較少。陳鐵凡在 60 年代發表敦煌本《尚書》研究的論著多篇,是迄今為止對《尚書》寫卷研究最有系統性,也是成果最多、貢獻最大的學者。〔註54〕吳福熙《敦煌殘卷古文尚書校注》〔註55〕用《十三經注疏》的傳本《尚書》校勘敦煌寫本,收錄 27 個《尚書》寫卷,並做了錄文、校注,該書是中國大陸對敦煌本《尚書》作全面整理的第一本書,也是迄今為止唯一的一本書,〔註56〕但所收錄卷號有缺漏,錄文則見粗疏,如徐在國作〈《敦煌殘卷古文尚書

〔註51〕姜亮夫,〈敦煌尚書校錄〉,見於《敦煌學論文集》,上海:上海古籍出版社,1987。

〔註52〕陳鐵凡《敦煌本尚書述略》,《大陸雜誌》,22:8,1961,共收錄《尚書》寫卷 28 號,其中英藏 7 號,法藏 21 號,是第一篇為英藏《尚書》寫卷作提要的文章。其後發表《敦煌本虞書校證》(《南洋大學中文學報》,第 2 期,1963.12)、《敦煌本夏書斠證》(《南洋大學中文學報》,第 3 期,1965.2)、《敦煌本虞夏商書斠證補遺》(《大陸雜誌》,38:8,1961)。又,陳鐵凡《敦煌本易書詩考略》(《孔孟學報》,第 17 期,1969.4)對 75 種《周易》、《尚書》、《詩經》寫卷所作的提要,《尚書》寫卷共有 34 號。

〔註53〕陳鐵凡,《敦煌本商書校證》,國家長期發展科學委員會叢書第 6 種,臺北:台灣商務出版社 1965.6。

〔註54〕參見許建平,《敦煌文獻叢考》,〈敦煌出土《尚書》寫卷研究的過去與未來〉,北京:中華書局,2005,頁 87。

〔註55〕吳福熙,《敦煌殘卷古文尚書校注》,甘肅:甘肅人民出版社,1992。

〔註56〕許建平,《敦煌文獻叢考》,〈敦煌出土《尚書》寫卷研究的過去與未來〉,北京:中華書局,2005,頁 88,註 1:「2000 年 7 月,在敦煌研究院召開的敦煌學國際學術研討會的開幕式上,敦煌學界者宿饒宗頤先生批評該書沒有吸收前人特別是海外的學術成果」。

校注》校記〉、〈《敦煌殘卷古文尚書校注》字形摹寫誤例〉〔註57〕二文糾正該書
錄文。而且其名爲「校注」，實則有校無注，其「校」是將殘卷與阮刻本做了初
步的對勘，基本上是紀錄異文，偶有考證之處，均爲拆解阮元《校勘記》的內
容而成，而自 1909 年以來所有關於《尚書》寫卷研究無一利用，「不足之處甚
多而發明極少」。〔註58〕劉起釪《尚書源流及傳本考》，則介紹《尚書》歷代傳
習，梳理《尚書》不同版本、傳本和歷代石經、隸定古寫本、版刻本。

　　顧頡剛、顧廷龍合輯的《尚書文字合編》四巨冊，將漢魏唐石經、敦煌等
地唐寫本（古寫本）、日本古寫本、《書古文訓》等歷代《尚書》古本材料彙爲
一編，是目前網羅《尚書》文字資料最全的一本書，其中收錄唐寫本 37 號，包
括法藏 27 號，英藏 8 號，新疆出土本 2 號，實收敦煌寫卷 35 號之影本，也是
迄今爲止收錄敦煌《尚書》寫卷材料最齊全者。敦煌《尚書》寫卷在《尚書文
字合編》之後又續有所獲，許建平《敦煌經籍敘錄》著錄敦煌經籍文獻，所收
錄敦煌經籍寫卷最爲豐富、全面，敘錄《尚書》寫卷 48 號，其中敦煌寫本 42
號，包括伯希和編號 27 號、斯坦因編 12 號、俄藏敦煌漢文寫本 2 號、北京圖
書館藏敦煌文獻 1 號，2002 年又新得俄藏敦煌《尚書》寫卷 3 號，如此敦煌《尚
書》寫卷共 45 號。〔註59〕《尚書》共 58 篇，敦煌寫本涉及者已 34 篇，其中完
整的篇目有 22 篇，其內容已近全書之半。該書依照各書的著作時代先後順序（同
一書下的各篇敘錄按其首句出現的前後次序編排）記錄敦煌《尚書》寫卷內容
的起訖、完缺情況、所存行數，若今有通行本者，則標明其內容在通行本中的
起訖頁碼和行數，以便查核與使用。並且考其抄寫時代，著錄研究概況，比定

〔註57〕徐在國〈《敦煌殘卷古文尚書校注》校記〉，《古籍整理研究學刊》，1996 年第 6 期，
　　　　徐在國〈《敦煌殘卷古文尚書校注》字形摹寫誤例〉，《敦煌研究》，1998 年第 3 期。

〔註58〕許建平，《敦煌文獻叢考》，〈敦煌出土《尚書》寫卷研究的過去與未來〉，北京：
　　　　中華書局，2005，頁 88。

〔註59〕見許建平，《敦煌文獻叢考》，〈敦煌出土《尚書》寫卷研究的過去與未來〉，北京：
　　　　中華書局，2005，頁 90～91。〈敦煌本《尚書》敘錄〉一文則謂「共得殘卷 48 號，
　　　　包括伯希和編號 25 號、斯坦因編 12 號、俄敦編號 1 種、北敦編號 1 種、吐魯番
　　　　文書 3 種、和闐本 1 種、碎片 2 種、《經典釋文·尚書音義》2 種」，該文發表於
　　　　2000 年 6 月「紀念敦煌藏經洞發現一百週年國際學術研討會」，原載於《敦煌文獻
　　　　論集：紀念敦煌藏經洞發現一百週年國際學術研討會論文集》，瀋陽：遼寧人民出
　　　　版社，2001.5，又收入《敦煌文獻叢考》。

未曾定名之寫卷，糾正前人的錯誤定名、評判前人得失。許建平《敦煌經籍敘錄》、《敦煌文獻叢考》之〈敦煌本《尚書》敘錄〉、〈敦煌出土《尚書》寫卷研究的過去與未來〉，〔註60〕與王重民《敦煌古籍敘錄》、〔註61〕顧頡剛《尚書隸古定本考辨》、劉起釪〈尚書隸古定本、古寫本〉、《尚書源流與傳本考》、《日本的尚書學與其文獻》〔註62〕等研究皆有助於理清《尚書文字合編》所收諸古本《尚書》的序列及其相互關係，而有重大的成果。

敦煌寫卷中尚見《尚書經典釋文》（P3315），雖然並非古本《尚書》寫本，但研究價值重大，此卷的時代源流經吳士鑑、馬敘倫、吳承仕、龔道耕等研究均認為即陸德明《經典釋文》原書，陳夢家〈敦煌寫本尚書經典釋文跋記〉〔註63〕一文便利用敦煌《尚書釋文》寫卷來證明清人以為〈舜典〉篇首之「濬哲文明溫恭允塞玄德升聞乃命以位」16 字為隋劉炫偽造說之誤，因為陸德明作《經典釋文》早於劉炫。而由此源自北周時陸德明《經典釋文》之寫本，可了解當時當時學者對《尚書》注釋注音的內容，尤其是《隸古定尚書》的面貌及文字形體，更可由此得見。

第一篇研究敦煌《尚書經典釋文》寫卷的論文，為日本狩野直喜〈唐鈔本古本尚書釋文考〉，該文已言陸德明《舜典釋文》以王肅注為底本，其後吳士鑑〈唐寫本經典釋文校語〉、吳承仕〈唐寫本尚書舜典釋文箋〉、〈尚書傳孔王異同〉，皆以通行本對勘考校，龔道耕撰〈唐寫殘本尚書釋文考證〉一文糾正吳士鑑〈唐寫本經典釋文校語〉之訛，是所有關於《尚書釋文》寫卷校勘最精審的一篇論文。〔註64〕

〔註60〕許建平，《敦煌經籍敘錄》，北京：中華書局，2004。許建平，《敦煌文獻叢考》，北京：中華書局，2005。

〔註61〕王重民，《敦煌古籍敘錄》，臺北：國泰文化事業有限公司，1980。

〔註62〕劉起釪，〈尚書的隸古定本、古寫本〉，《史學史資料》，1984 年第 3 期。劉起釪，《尚書源流及傳本考》，瀋陽：遼寧大學出版社，1997。劉起釪，《日本的尚書學與其文獻》，北京：商務印書館，1997。

〔註63〕陳夢家〈敦煌寫本尚書經典釋文跋記〉，《尚書通論》，北京：中華書局，2005，頁365～382。

〔註64〕吳士鑑〈唐寫本經典釋文校語〉，吳承仕〈唐寫本尚書舜典釋文箋〉，《國華月刊》第 2 期第 3.4 冊，1925，1.2 月；〈尚書傳孔王異同〉，《國華月刊》第 2 期第 7.10 冊，1925，5.11 月，第 3 期第 1 冊，1926，4 月。龔道耕，〈唐寫殘本尚書釋文考

　　敦煌《尚書》寫卷的收集、整理、考辨等研究已形成共識而無異議：如改字並非始自衛包，故不能將今本《尚書》錯訛之處一律歸咎於衛包；薛季宣《書古文訓》非梅賾原本，然其所採資料並非全僞；《尚書釋文》爲陸德明原本，《舜典釋文》所用者爲王肅注〔註65〕等等，皆爲敦煌《尚書》寫卷對《尚書》文獻及其源流研究的重要價值。

　　隸古定文字的研究，清代李遇孫的《尚書隸古定釋文》〔註66〕已專門考訂薛季宣《書古文訓》，對《尚書》隸古定文字多有研究，其內容多以傳鈔《尚書》古文及漢碑等字形相比對梳理，然而尚缺乏對隸古定字形體結構演變之討論。

　　傳鈔古文的研究，如研究《說文》古文的有許錟輝師《說文重文形體考》、〔註67〕商承祚先生《說文中之古文考》、〔註68〕舒連景《說文古文疏證》、〔註69〕胡光煒《說文古文考》、〔註70〕曾憲通〈三體石經古文與說文古文合證〉〔註71〕等，並隨著戰國文字材料的大量發現和戰國文字研究蓬勃發展而興起，如何琳儀《戰國文字通論（訂補）》第二章〈戰國文字與傳鈔古文〉〔註72〕以傳鈔古文來考釋古文字，呈現傳鈔古文與戰國文字的密切關係及其重大研究價值；黃錫全《汗簡注釋》〔註73〕運用出土文字材料疏證《汗簡》傳鈔古文，並間以敦煌

　　　證〉，《華西學報》第 3 期、第 4 期；〈唐寫殘本尚書釋文考證（續）〉，《華西學報》第 5 期、第 6 期。

〔註65〕許建平，《敦煌文獻叢考》，〈敦煌出土《尚書》寫卷研究的過去與未來〉，北京：中華書局，2005，頁 100。

〔註66〕（清）李遇孫，《尚書隸古定釋文》，《聚學軒叢書》7，劉世珩輯，臺北：藝文印書館。

〔註67〕許錟輝師，《說文重文形體考》，臺北：文津出版社，1973.3。

〔註68〕商承祚，《說文中之古文考》，臺北，學海出版社，1979。

〔註69〕舒連景，《說文古文疏證》，商務印書館，1937。

〔註70〕胡光煒，《說文古文考》，中國社會科學院歷史研究所出版，2009。

〔註71〕曾憲通，〈三體石經古文與《說文》古文合證〉，《古文字研究》第七輯，北京：中華書局，2005 年 6 月。

〔註72〕何琳儀，《戰國文字通論（訂補）》第二章〈戰國文字與傳鈔古文〉，南京：江蘇教育出版社，2003。

〔註73〕黃錫全《汗簡注釋》，武漢：武漢大學出版社，1993。

等寫本《尚書》證之；許學仁師《古文四聲韻古文研究》〔註74〕將《古文四聲韻》傳鈔古文與出土文字材料相證，首先大量引用《尚書文字合編》所收敦煌等寫本《尚書》、日本古寫本《尚書》論證傳鈔古文字形，就《尚書》寫本所見隸古定文字，或有可從甲骨文、金文找到其源頭者，梳理傳鈔古文、隸古定文字的形體演變，並列表呈現，對於歷經輾轉傳鈔而有訛變舛錯的傳鈔古文、隸古定文字，考察其形體演變及源頭，成果卓然；徐在國《隸定古文疏證》〔註75〕對《說文》、《玉篇》、《篆隸萬象名義》、《類篇》、《廣韻》、《集韻》、《古文四聲韻》、《一切經音義》、《龍龕手鑑》等歷代字書、韻書中的隸定古文進行綜合研究；徐在國、黃德寬〈傳鈔老子古文輯證〉〔註76〕則證明傳鈔《老子》古文來源有據，歷史上流傳的《老子》古文多數是來源於戰國時代的《老子》寫本。本論文在前賢研究基礎上，將傳鈔《尚書》古文、隸古定《尚書》文字與石經、敦煌等古本《尚書》及運用出土古文字資料比勘疏證，當亦可溯知其文字之源，考察傳鈔《尚書》古文、隸古定《尚書》文字的形體演變。

漢語俗字的研究方面，孔仲溫《〈玉篇〉俗字研究》、〔註77〕張涌泉《漢語俗字研究》、〔註78〕《敦煌俗字研究》、〔註79〕《漢語俗字研究》〔註80〕等皆有重大研究成果，敦煌等古本《尚書》寫於盛行俗字的隋唐五代，且受寫手個別書寫習慣影響而多致俗訛，在漢語俗字的研究成果之上，方能辨析隸古定《尚書》文字形體與俗字的關係。

近年出土戰國郭店楚簡、上博楚簡中有不少《尚書》引文，為古本《尚書》提供戰國時代的不同文字現象，研究論文豐富，如林素清〈利用出土戰國楚竹書資料檢討《尚書》異文及相關問題〉、〔註81〕廖名春〈郭店楚簡〈緇衣〉篇引

〔註74〕許學仁師，《古文四聲韻古文研究》，臺北：文史哲出版社，1999。

〔註75〕徐在國，《隸定古文疏證》，合肥：安徽大學出版社，2002。

〔註76〕徐在國、黃德寬，〈傳鈔老子古文輯證〉，《中央研究院歷史語言研究所集刊》第七十三本，第二分，臺北：中央研究院，2002.9。

〔註77〕孔仲溫，《〈玉篇〉俗字研究》，臺北：學生書局，2000。

〔註78〕張涌泉，《漢語俗字研究》，湖南：岳麓出版社，1995。

〔註79〕張涌泉，《敦煌俗字研究》，上海：上海教育出版社，1996。

〔註80〕張涌泉，《漢語俗字叢考》，北京：中華書局，2000。

〔註81〕林素清，〈利用出土戰國楚竹書資料檢討《尚書》異文及相關問題〉，《龍宇純先生

〈書〉考〉與〈郭店楚簡《成之聞之》、《唐虞之道》篇與《尚書》〉、〔註82〕臧克和《簡帛與學術》中「楚簡及《書》」〔註83〕等等討論《尚書》異文及其內容與成書問題；林志強〈新出材料與《尚書》文本的解讀〉，〔註84〕從語法邏輯角度解讀《尚書》文本；李學勤〈尚書孔傳的出現時間〉、〈竹簡〈家語〉與漢魏孔氏家學〉（《簡帛佚籍與學術史》）、〈論魏晉時期古文尚書的傳流〉（《古文獻叢論》）、〈對古書的反思〉（《當代學者自選文庫‧李學勤卷》）〔註85〕等，則就郭店楚簡、上博楚簡中所引《尚書》〈君陳〉等古文《尚書》篇目討論《尚書》孔傳的源流等等問題，並且對古文《尚書》在魏晉時期的流傳情形多有研究並提出重要意見。

新近陳楠《敦煌寫本尚書異文研究》〔註86〕一文，將皆以偽古文《尚書》為底本的今傳本《尚書》和敦煌寫本《尚書》加以比較，發現兩者在內容及語法上的差異並不大，其主要差別在於異文現象嚴重。該文析論二者的異文類型，有古字和今字、通假字和本字、俗字和正字等三類；敦煌寫本《尚書》異文特點為大量使用古字、通假字、俗字，並且保留了抄寫時期的語法習慣，為用語言學方法確定文獻價值尋找可能的理論和依據。

林志強《古本尚書文字研究》〔註87〕以顧頡剛、顧廷龍合輯的《尚書文字合編》為主要材料，理清《尚書文字合編》所收唐寫本和日本古寫本的序列及

七秩晉五壽慶論文集》，臺北：學生書局，2000.11。

〔註82〕廖名春，〈郭店楚簡〈緇衣〉篇引〈書〉考〉，《西北大學學報》2000 年 1 期。廖名春，〈郭店楚簡《成之聞之》、《唐虞之道》篇與《尚書》〉，《中國史研究》1999：3，1999。

〔註83〕臧克和，《簡帛與學術》，鄭州：大象出版社，2010。

〔註84〕林志強，〈新出材料與《尚書》文本的解讀〉，《福建師範大學學報》哲學社會科學版，2004：3，2004。

〔註85〕李學勤〈尚書孔傳的出現時間〉，《古籍整理研究學刊》，2000：1，2000；〈竹簡〈家語〉與漢魏孔氏家學〉，《簡帛佚籍與學術史》，江西教育出版社，2001；〈論魏晉時期古文尚書的傳流〉，《古文獻叢論》，上海：上海遠東出版社，1996；〈論魏晉時期古文尚書的流傳〉、〈對古書的反思〉，《當代學者自選文庫‧李學勤卷》，安徽教育出版社，1999。

〔註86〕陳楠，《敦煌寫本尚書異文研究》，江蘇揚州大學中國古代文學，碩士論文，2006。

〔註87〕林志強，《古本尚書文字研究》，廣州：中山大學出版社，2009。

其源流關係，所得結果與本論文全面比對二十餘種古本《尚書》文字所見彼此文句、文字異同關係相合，本論文的全面比對正足以實證古寫本的序列及其源流關係：內野本和上圖本（八）淵源甚密，足利本和上圖本（影）如影隨形，而四本同出一源，皆來源於唐寫本；敦煌等地所出的《尚書》寫本和傳入日本的《尚書》古抄本，實爲一系，前者是源，後者是流。「古書的傳抄是在承繼舊本又有所變化的過程中進行的。在衛包改字之前，《尚書》傳本已經出現今字本，而改字之後，古字本還仍然有所留存，衛包改字並非古字本和今字本的分水嶺。」書中對文字形構特別的二十二個古本《尚書》隸古定字作疏證，分析隸古定字在形音義上的特點：在形體方面，隸古定文字在解散篆體的過程中產生了象形裂變、偏旁訛混等現象；在語音方面，隸古定的因聲假借非常普遍，有些假借已形成定勢，有長期沿用的系統和一定的變化規律；隸古定文字在意義上的聯繫主要表現爲同義字的替換，大致有四種情況：一是形義的替換，二是音義的替換，三是單純義同義近的替換，四是形音義的綜合作用。隸古定文字詭異的原因，主要有筆劃變異、偏旁移位、以借字爲本字等。作者還論列了九個（組）俗字之例，指出古本《尚書》中俗字的構形有草書楷化、構件或筆劃的簡省和增繁、偏旁訛混以及改換聲符等四個特點。作者並將上博簡、郭店簡引《書》中能與古本《尚書》直接對應的十二句文例進行對校，可以看出《尚書》的文本在傳承的過程中確實經過增刪調整。作者對 65 個古本《尚書》中的特殊文字進行字樣調查，製成 65 個字的構形異同表，列於附錄古本《尚書》字樣調查表，文中共梳理 25 個字異體之間的關係，考察其演變的軌跡。然而本論文研究材料及範圍涵蓋該書，並且增列傳抄著錄《尚書》古文之比對，就傳鈔古文《尚書》文字與今傳世本《尚書》文字出現形構異體、異文者逐一辨析，共梳理辨析傳鈔古文《尚書》文字 1429 字例，依《尚書》各文句列「傳鈔古文《尚書》文字與今本《尚書》各句比較表」，及各字例之「傳鈔古文《尚書》『△』字構形異同表」。

　　本論文在上述各方面的研究成果上，結合新出的有關材料，對傳鈔古文《尚書》文字進行全面的比較探索，逐一梳理文字構形異同與字形演變，探究各階段文字轉寫的傳鈔古文《尚書》文字與傳鈔著錄《尚書》古文構形，尤其是隸古定字來源的考察、字形的演變，以及其中混雜古文、篆文、隸古定字、俗別

字等文字形體變化的探析，希望能對相關研究有所補充，並就各類傳鈔古文《尚
書》文字提供全面的文字構形比較之梳理與呈現。爲能全面呈現字形異同，將
傳鈔古文《尚書》各個文字依《尚書》文句次序就各類傳鈔古文《尚書》、各篇
《尚書》文字辭例以表格明列，以論文【第二部份　傳鈔古文《尚書》文字辨
析】1745 頁加以呈現，乃因傳鈔古文《尚書》文字傳本歧異、字體變遷、傳鈔
摹刻及字形流變等等錯綜複雜，同一條的文句多呈現數種甚而十餘種異體、異
文，如不具體一一列表，恐將無以明識傳鈔古文《尚書》文字變化，故致本論
文卷帙浩繁，實爲傳鈔古文《尚書》文字全面研究之所必要。

第二章 《尚書》流傳、字體變遷與傳鈔 古文《尚書》之序列

第一節 《尚書》流傳及字體變遷概述

《尚書》是我國最古老的歷史文獻之一，在流傳過程中得而復失，失而復得，並且經歷今文、古文之爭，其版本、篇目、內容、文字都發生變化。

先秦時期是《尚書》的成篇、集結階段，戰國時期諸子興起百家爭鳴，各家鼓吹學說，利用古代文獻作為佐證，因此各自收集一部分《尚書》，並利用《尚書》篇目內容來稱道古史，宣揚自己的學說。至秦始皇禁《詩》、《書》、百家語，及項羽火燒秦宮室，《尚書》屢遭焚毀。漢時除挾書之令，開獻書之路，《尚書》或得之壁中，出現孔壁古文《尚書》，或獲自中祕，或獻於民間。秦博士伏生所傳的今文《尚書》凡二十八篇，被立為五經之一，並發展出「今文三家」，漢代《尚書》傳者多家並存，而文字有古文、今文之異，興起今文、古文之爭，互為消長。

西晉永嘉之亂，今文、古文《尚書》皆亡，漢魏石經亦遭殘毀。東晉初年，梅賾獻孔安國《古文尚書》傳，〔註1〕陸德明為之撰《音義》，這是部用隸古定

〔註 1〕 蔣善國，《尚書綜述》，上海：上海古籍出版社，1988，頁304。

字體書寫的《尚書》，即用隸書筆畫書寫古文，這種版本的《尚書》包括三十三篇古文和二十五篇僞古文，凡五十八篇。直到唐玄宗天寶年間命衛包改字之前，流傳通用的《尚書》主要就是這種隸古定字體書寫的。〔註2〕隸古定字難以認讀，范寧將之改寫成楷書，〔註3〕《經典釋文·敘錄》云：「豫章內史梅賾奏上孔傳古文《尚書》，……後范寧變爲今文集注。」范寧所改寫的今字本唐代時已經失傳。隋唐之際，民間仍有鄭玄的古文本《尚書》流傳，但孔穎達作《五經正義》取僞古文本，天寶年間衛包奉詔將隸古定《尚書》改爲楷字，因此僞《古文尚書》又有古字本（即隸古定本）與今字本（即楷字本）之別，今通行之《尚書》即衛包改字本。唐代開成年間將此今字本《尚書》刻上石經，即《唐石經》，全石都用楷書一體書寫，流傳至今；宋代以後版刻開始流行，而唐石經則是這些版刻本的開山之祖。

敦煌等地《尚書》古寫本經姜亮夫先生考定最早爲南北朝，最晚爲唐朝初年民間的抄寫本。〔註4〕這一時期民間流傳的《尚書》版本主要有四種：

一、奇字不太多的隸古定《尚書》本，是從晉到宋、齊傳下來的，陸德明稱之爲「宋齊舊本」；〔註5〕

二、奇字很多的隸古定《尚書》本，在隋唐之間廣泛流傳，陸德明稱之爲「穿鑿之徒」，〔註6〕段玉裁稱之爲「僞中之僞」；〔註7〕

三、晉代范寧所改寫的今字本；

四、鄭玄本古文《尚書》在北方仍有流傳。

因此敦煌等地《尚書》古寫本的祖本紛繁複雜，據劉起釪先生所考，敦煌寫本中大部分是「宋齊舊本」的唐抄本，有一部分則是「僞中之僞」的抄本，今字部分則有可能與范寧所改寫的今字本有關。〔註8〕

〔註2〕劉起釪，《〈尚書〉的隸古定本、古寫本》，《史學史資料》，1984 年，第 3 期，頁 38。

〔註3〕（唐）陸德明，《經典釋文》，北京：中華書局，1983，頁 8。

〔註4〕姜亮夫，《敦煌寫本論文集》，上海：上海古籍出版社，1987，頁 160。

〔註5〕（唐）陸德明，《經典釋文》，北京：中華書局，1983，頁 2。

〔註6〕（唐）陸德明，《經典釋文》，北京：中華書局，1983，頁 2。

〔註7〕（清）段玉裁：《古文尚書撰異》，上海書店，1988 年，頁 2。

〔註8〕劉起釪，《尚書的隸古定本、古寫本》，《史學史資料》，1980 年，第 3 期，頁 40。

　　敦煌等地唐寫本《古文尚書孔氏傳》以及日人唐代抄本及古寫本，王國維、顧頡剛等由其文字認為乃源出於漢代出現的孔府壁藏本；〔註9〕敦煌唐寫本《尚書》經姜亮夫、王重民等考定最早為南北朝，最晚為唐朝初年民間的抄寫本，〔註10〕又據劉起釪先生所考，甘肅敦煌鳴沙山石室所藏敦煌寫本都是唐代而且還有唐代以前的手抄本，大部分是「宋齊舊本」的唐抄本，有一部分則是「偽中之偽」的抄本，〔註11〕檢視其中可以看到衛包改動以前的原字，這些唐寫本保存了隸古定本的原貌，且多是同於宋齊舊本之本，亦即原隸古定本。

　　敦煌等地、日本《尚書》古寫本的傳鈔古文《尚書》，屬於孔傳古文《尚書》，孔傳古文《尚書》自宋代吳棫、朱熹以來，其真偽備受懷疑，孔傳古文《尚書》雖然已非先秦舊典，但至少可以肯定是魏晉時期的產物。〔註12〕這些古寫本的傳鈔古文《尚書》保存抄寫時代所見版本文字現象，又能顯現與抄寫時代前後文字變化，聯繫先秦《尚書》文字，又下及唐宋《尚書》文字，尤其是魏晉以來《尚書》文字變化。因此敦煌等地、日本《尚書》古寫本傳鈔古文《尚書》雖然屬於孔傳古文《尚書》，但並不影響傳鈔古文《尚書》文字於時代變化的討論，因此本論文研究並不包含孔傳古文《尚書》真偽的問題。

　　《尚書》傳本字體之變遷，就目前所見，有古文、篆文、隸書、隸古定文字、楷書等不同字體，有古文改寫作篆文、隸書，古文用隸書筆畫改寫為隸古定文字，隸古定文字改寫為楷書等等字體轉換改寫，在不同書寫字體轉換間極

〔註9〕如劉盼遂《觀堂學書記》：「師云：孔安國以隸體寫壁中古文為隸古定。今可見者為敦煌石室出之唐人寫本隸古定尚書，如海作㴾，會作𣥠；然亦不能一致。日本復有唐寫本〈禹貢〉，法國有唐寫本〈堯典〉。聞英國亦藏有數篇。可見唐初年《逸書》尚存古文，自元宗命衛包改為今楷，而古文本遂絕」。

〔註10〕姜亮夫，《敦煌寫本論文集》，上海：上海古籍出版社，1987，頁160。王重民，《敦煌古籍敘錄》，臺北：國泰文化事業有限公司，1970，頁20、21。

〔註11〕劉起釪，《尚書源流及傳本考》，九、尚書的各種傳本，2.尚書隸古定本古寫本，瀋陽：遼寧大學出版社，1997，頁211～213。

〔註12〕李學勤先生對古文《尚書》在魏晉時期的流傳情形多有研究並提出重要意見，參見《論魏晉時期古文尚書的流傳》、《對古書的反思》（《當代學者自選文庫‧李學勤卷》，安徽教育出版社，1999）李學勤：《論魏晉時期古文尚書的傳流》《古文獻叢論》，頁285～296，上海遠東出版社，1996年。、《竹簡〈家語〉與漢魏孔氏家學》（《簡帛佚籍與學術史》，江西教育出版社，2001）等文章）。

易產生訛變，另外尚有六朝至唐代抄寫出現的俗別字及其對隸古定文字傳寫產生的形體變化。

《尚書》字體變遷、轉換改寫的主要經歷可分爲三個階段：

一是先秦古文字體與漢代以隸書書寫、改寫的《尚書》，並有經學上古文《尚書》、今文《尚書》的歧異：《尚書》成篇、集結在先秦時期，以古文字體著於竹簡的《尚書》，漢時又有得之於孔宅，用先秦古文書寫的孔壁《尚書》；漢時伏生所傳，用隸書寫成的今文《尚書》；漢熹平年間徹底改寫作隸書的《漢石經》《尚書》；魏正始年間又有以古文、篆書、隸書三體刻寫《魏石經》《尚書》。

二是東晉時梅賾所獻 58 篇僞《古文尚書》，即用隸書筆畫書寫古文的隸古定《尚書》，主要有陸德明稱之爲「宋齊舊本」，〔註13〕奇字不多的隸古定《尚書》民間抄寫本，以及在隋唐之間廣泛流傳，陸德明稱之爲「穿鑿之徒」，〔註14〕段玉裁稱之爲「僞中之僞」，〔註15〕奇字很多的隸古定《尚書》本，東晉至唐玄宗天寶年間命衛包改字之前，所流傳通用的主要就是這種隸古定字體書寫的古文本《尚書》。魏晉時期的《尚書》，尚有晉代范寧以楷書改寫梅賾所獻孔傳《古文尚書》的今字本，以及在北方仍有流傳的鄭玄本古文《尚書》。

三是天寶年間唐玄宗命集賢學士衛包將隸古定《尚書》改寫爲楷書的今字本《尚書》。唐文宗開成年間將之刻成石經，即唐石經，爲宋代以後版刻本的開山之祖。今通行之《尚書》即衛包改字本，爲今字本之古文《尚書》，隸古定本《尚書》則爲古字本古文《尚書》。

第二節 傳鈔古文《尚書》之序列

本論文研究材料傳鈔古文《尚書》文字共五大類（出土文獻資料所引《尚書》文字、石經《尚書》、傳鈔著錄古《尚書》文字、《尚書》隸古定古寫本、《尚書》隸古定刻本）六十種，〔註16〕爲能將此龐複材料善加利用、有效呈現傳鈔古文《尚書》文字傳本歧異、字體變遷、形構異同，本節將各類各種傳鈔古文

〔註13〕（唐）陸德明，《經典釋文》，中華書局，1983 年，頁 2。

〔註14〕（唐）陸德明：《經典釋文》，中華書局，1983 年，頁 2。

〔註15〕（清）段玉裁：《古文尚書撰異》，上海書店，1988 年，頁 2。

〔註16〕詳見本論文【第一部分】頁 6。

《尚書》加以序列，以傳鈔古文《尚書》文字之字體時代爲經，兼及傳鈔古文《尚書》之文字材料時代，其中「傳鈔著錄古《尚書》文字」爲《尚書》個別獨立文字形體之徵引，無關《尚書》文句文字之比對，故此節不列其序號。然而因其爲古代發現戰國文字之轉鈔著錄，字體時代爲「戰國」，故於【第二部份傳鈔古文《尚書》文字辨析】各字例之「「傳鈔古文《尚書》『△』字構形異同表」徵引之，列於傳鈔古文《尚書》文字序列之首。如「傳鈔古文《尚書》『時』字構形異同表」：

時 傳抄古尚書文字 旹汗3.33 旹四1.19	戰國楚簡	石經	敦煌本	岩崎本	神田本b	九條本	島田本b	內野本	上圖(元)	觀智院b	天理本	古梓堂b	足利本	上圖本(影)	上圖本(八)	古文尚書晁刻	書古文訓	尚書篇目
朕之愆允若時		魏	旹 P3767				旹							旽	旹		旹	無逸

茲將本論文傳鈔古文《尚書》之序列說明如下：

字體時代爲「戰國」：傳鈔著錄古《尚書》文字

傳鈔著錄古《尚書》文字，主要見於《汗簡》、《古文四聲韻》、《訂正六書通》、《說文解字》等書著錄《尚書》古文：宋郭忠恕《汗簡》著錄《尚書》古文有見於《古尚書》、《周書大傳》、《書經》等；宋夏竦《古文四聲韻》中屬《尚書》古文者有《古尚書》、《夏書》、《周書大傳》等；明閔齊伋輯、清畢弘述篆訂《訂正六書通》，清畢星海輯《訂正六書通摭遺》（上海古籍書店影印本，1981），收有《古尚書》古文；《說文解字》引有壁中古文《尚書》文字、漢代今文《尚書》文字。傳鈔著錄古《尚書》文字，爲輾轉傳鈔的先秦文字，字形多屬戰國時代。

一、戰國：上海博物館藏戰國楚竹書、郭店楚簡所引《尚書》

近年出土文獻資料《尚書》文字，即上海博物館藏戰國楚竹書（一）〈緇衣〉篇及楚簡郭店〈緇衣〉、〈成之聞之〉等篇所見，時代爲戰國，雖是《尚書》引文，但其存古之眞，可謂眞正的「古文」《尚書》，先秦時期的《尚書》，今可見者惟先秦典籍所引及此戰國楚簡郭店、上博簡中的零章斷句，爲古本《尚書》提供戰國時代的不同文字現象，可說是時代最早的傳鈔古文《尚書》文字。

二、東漢：漢石經

《漢石經》為熹平年間以隸書改寫古文字，乃漢時流行之《今文尚書》，此熹平石經殘石為兩漢魏晉之間見於文章史籍所引之外的《尚書》，為實物的漢代古本《尚書》。

三、魏：魏石經

《魏石經》為魏正始年間所刻，有古文、篆書、隸書三體直行刻寫，另有三體品字式及古文、篆書二體直行式。《魏石經》所列之古文字體屬於輾轉傳鈔的戰國古文資料，尚存漢魏時《古文尚書》之略貌，亦為文章史籍所引之外的實物古本《尚書》。

四、六朝至隋唐之前、隋唐之間、唐代衛包改字前後：敦煌、新疆等地《尚書》古寫本

《合編》所收敦煌、新疆等地《尚書》古寫本種類有編號 P3315（釋文）、P3462（釋文）、P3015、P3605、P3615、P3469、P5522、P4033、P3628、P4874、P5543、P2533、P3752、P5557、P2643、P3670、P2516、P2523、P2748、P3767、P2630、P4509、P3871、P2980、P2549、P4900、S801、S11399、S799、S6017、S5626、S6259、S2074 等，以及新疆本 3 種——吐魯番本、和闐本、高昌本。這些發現於敦煌等地，自六朝至唐代的《尚書》古寫本，尚存陸德明《經典釋文》《尚書釋文》殘卷（P3315），為〈堯典〉、〈舜典〉的部分，是對《尚書》經傳的摘字注音本，保留宋齊舊本中的隸古定文字。除 P3315《尚書釋文》殘卷外，這些古寫本全部是流傳至今可見到的孔傳《古文尚書》；《合編·凡例》謂這些「唐寫本」係唐衛包改字以前流行之孔傳《古文尚書》。其文字作楷書，部分文字形體猶存古文結構，為所謂「隸古定」寫本，即古字本。其中尚能看到楷字本，即今字本，除 P3015〈堯典〉、〈舜典〉、P2630〈多方〉、〈立政〉為今字本外，餘皆為隸古定本（古字本）。這些敦煌等地所出編號不同的古本《尚書》或為一本所裂，或為前後相承。如 P2549、P2980、P3871 為一卷之分裂，P3605、3615、3469、3169 亦一本所裂，P5543、3752、5557 原亦一本。

敦煌、新疆等地《尚書》古寫本的寫成時代，依前人討論及研究成果，整

理綜述如下：〔註17〕

（一）六朝至隋唐之前：敦煌本 P2549、P2980、P3871

P2549、P2980、P3871 爲一卷之分裂，民字不缺筆，王重民謂其存六朝古文，且存天寶之今字，爲六朝至隋唐寫本。〔註18〕

（二）隋唐之間：敦煌本 P3767、P2533、P3315

P3315 爲《尚書釋文》殘卷，存〈堯典〉部分及〈舜典〉全，是《尚書釋文》唯一的隸古定抄本，前人多以爲是陸德明原本，民字不缺筆，不避唐太宗「民」諱，抄寫時代當在隋唐之間。P3767 王重民謂此卷「民字不諱，應是隋唐間寫本」，〔註19〕P2533 古體多，亦不避「民」諱、高宗「治」諱，亦太宗前寫本。

（三）唐初至衛包改字之前：

（四）敦煌本 P3670、P2516、P5522、P4033、P3628、P4874、P5543、
P3605、P3615、P3469、P3169、P3752、P5557、P4509、P3015、
S5745、S801、S11399、S799、S6017、S2074；

（五）新疆本：吐魯番本、和闐本、高昌本

P3670、P2516 陳夢家、王重民、吳福熙以爲一卷之分。P2516 民字缺末筆，「世」、「治」不缺筆，劉師培以爲或書於太宗時。〔註20〕

P5522、P4033、P3628、P4874，「治」字不缺筆，可定爲寫於高宗前。

P3605、P3615、P3469、P3169 亦一本所裂，《合編》將 P3615、P3469 綴合，P3605、P3615「治」字不缺筆，P3469、P3169「治」字缺筆，此卷「治」字或缺筆或不缺，抄寫時間當在高宗時或高宗後。

P5543、P3752、P5557 原亦一本，〔註21〕P5557 篇末題「天寶二年八月十

〔註17〕參見許健平《敦煌文獻叢考・敦煌本尚書敘錄》（北京：中華書局，2005，頁 1～22）、林志強，《古本尚書文字研究》（廣州：中山大學出版社，2009，頁 9～17）。

〔註18〕見王重民，《敦煌古籍敘錄》，臺北：國泰文化事業有限公司，1980，頁 15。

〔註19〕同上。

〔註20〕同上，頁 12。

〔註21〕饒宗頤將三篇綴合「所書爲禹貢第一，甘誓第二，五子之歌第三，胤征第四，當

七日寫了也」，乃天寶改字前一年寫本，晚於太宗、高宗。

新疆本只見吐魯番本、和闐本、高昌本三種，皆僅存十餘字或四十餘字，〔註22〕但因其中見隸古定字，如吐魯番本「旅」字作𡥏，和闐本「訓」字作𧗱，高昌本「民」字作𡥪，故時代可定爲衛包改字前。

（六）衛包改字之後至唐末：敦煌本 P2748、P2643、P2630、S5626、S6259

P2643 末題「乾元二年正月廿六日義學生王老子寫了也記之也」，「乾元二年」爲西元 759 年，即天寶二年（西元 744 年）衛包改字後第十五年。

敦煌、新疆等地《尚書》古寫本的寫成時代研究，依前人討論及研究成果，或有存六朝之古文、年代早於隋唐者，有隋唐之間者，或爲唐初至衛包改字之前者，有衛包改字之後者。經由這些古本《尚書》材料的觀察研究，先秦兩漢的《尚書》原貌遺跡及孔傳古文《尚書》的當時全貌皆得以一探究竟。

五、源於唐寫本、唐代抄寫、元明時期抄寫（日本鎌倉至室町時期）：日本《尚書》古寫本

導源六朝至唐代的《尚書》古寫本的日本古抄本，也是流傳至今的孔傳古文《尚書》的古字本。日本古寫本鈔寫年代不一，大致是在唐代抄寫，爲唐寫本，岩崎本、九條本、神田本、島田本等即是，或者爲日本鎌倉至室町時期即元明時期抄寫的日本寫本，即內野本、上圖本（元）、觀智院本、古梓堂本、天理本、足利本、上圖本（影）、上圖本（八）等。經前人研究，〔註23〕這些日本古抄寫本無疑是源出於唐寫本，有些殘缺的敦煌等《尚書》古寫本，正可由日本古抄本的對照觀察得到補證。

日本《尚書》古寫本有岩崎本、九條本、神田本、島田本、內野本、上圖

今本《古文尚書》卷三後半。」說見饒宗頤，《法藏敦煌書苑精華・經史（一）・解說》，廣東人民出版社，1993，頁 249。

〔註22〕參見本論文「研究材料」一節，頁 10～11，及【附錄一】「尚書文字合編收錄諸本起訖目」。

〔註23〕參見劉起釪，《尚書源流及傳本考》，九、尚書的各種傳本，2. 尚書隸古定本古寫本，瀋陽：遼寧大學出版社，1997，頁 211～213；林志強，《古本尚書文字研究》（廣州：中山大學出版社，2009，頁 13～17。

本（元）、觀智院本、古梓堂本、天理本、足利本、上圖本（影）、上圖本（八）等十二種，其中內野本、足利本、上圖本（影天正本）、上圖本（八行本）四種全書完整。各本抄寫或收藏、流傳的時代簡述如下：

1、岩崎本：殘。岩崎男舊藏。日本大正七年（1918）影印本。

2、九條本：殘。九條道秀公舊藏。日本昭和十七年（1942）《京都帝國大學文學部影印舊鈔本》第十集影印本。

3、神田本：殘。神田醇容安軒舊藏。日本大正八年（1919）《容安軒舊書四種》影印本。

4、島田本：殘。島田翰舊藏。一九一四年羅振玉《雲窗叢刻》影印本。

5、內野本：影寫日本元亨二年（1322）沙門素慶刻本，全。

6、上圖本（元亨本）：日本元亨三年（1323）藤原長賴手寫本，殘。

7、觀智院本：日本元亨三年（1323）藤原長賴手寫本，殘。

8、古梓堂本：日本元亨三年（1323）藤原長賴手寫本，殘。

9、天理本：日本鐮倉末期寫本，殘。

10、足利本：日本室町時期寫本（1336～1573），全。

11、上圖本（影天正本）：日本影寫天正六年（1578）秀圓題記本，有松田本生印記，全。

12、上圖本（八行本）：室町時期後期寫本（1336～1573），全，每半葉八行，行大字二十，有松田本生印記。

六、字體時代與唐寫本同、材料時代爲宋代：《尚書》隸古定石刻經文（晁公武石刻《尚書》）、刻本（《書古文訓》）

宋乾道六年（1170）晁公武石刻《尚書》經文，乃其得自宋次道王仲室至家保存的《尚書》藏本，此部孔安國傳本《古文尚書》共十三卷，載錄五十九篇，《尚書文字合編》列爲石經《尚書》，宋代薛季宣訓解之《書古文訓》，爲隸古定《尚書》刻本。二者字體爲「隸古定」文字，字體時代與唐寫本同，因其材料時代爲宋代，時代晚於隸古定《尚書》寫本——寫在六朝至隋唐之前、隋唐之間、唐代衛包改字前後的敦煌、新疆等地《尚書》古寫本，及主要源於唐寫本、唐代抄寫的日本《尚書》古寫本——，故列於其後。

七、唐石經

《唐石經》即唐天寶三年詔衛包改孔傳古文《尚書》「隸古定」爲楷體今字本之刊石，乃唐文宗開成年間刻爲石經之《唐石經‧尚書》，爲宋代以後版刻本的開山之祖，今通行本之最古版本。

下表列出本論文研究材料各類傳鈔古文《尚書》的時代。《尚書》古寫本的寫成時代，依前輩學者討論研究成果以及前文綜述，可知或有存六朝之古文、年代早於隋唐者，有隋唐之間者，或爲唐初至衛包改字之前者，有衛包改字之後者。

傳鈔古文尚書時代	楚簡所引	石經	傳鈔古尚書文字	古寫本				刻本	備註
				敦煌伯希和（P）編號本	敦煌斯坦因（S）編號本	新疆本	日本古寫本		
戰國	上博1緇衣 郭店緇衣. 成之聞之		汗簡 古文四聲韻 訂正六書通 說文解字						指所著錄古尚書文字之古本尚書時代
東漢		漢石經	說文解字						
魏		魏石經							
六朝至隋唐之前				P2549.P2980. P3871					
隋唐之間				P3767.P2533. P3315					
唐初至衛包改字之前				P3670.P2516. P5522.P4033. P3628.P4874. P5543.P3605. P3615.P3469. P3169.P3752. P5557.P4509. P3015	S5745.S801. S11399.S799. S6017.S2074	吐魯番本 和闐本 高昌本	岩崎本 九條本 神田本 島田本		
衛包改字之後至唐末		唐石經		P2748.P2643. P2630	S5626.S6259				P4900. P3462. P2523 年代不明
宋代								晁公武石刻尚書 薛季宣書古文訓	
元明時期（日本鎌倉至室町時期）							內野本 上圖本（元） 觀智院本 古梓堂本 天理本 足利本 上圖本（影） 上圖本（八）		此係日本古寫本鈔寫年代經比對其文句字形亦源出於唐寫本

本論文研究傳鈔古文《尚書》文字，經由歷代諸類傳鈔古文《尚書》的對校，爲呈現歷經輾轉抄載、文字形體變異的《尚書》文字，作「傳鈔古文《尚

書》文字今本《尚書》各句比較表」逐句並列，以《四庫全書》重刊宋本《十三經注疏》《尚書》（即《孔氏傳》本《古文尚書》、《孔氏傳尚書》）經文爲底本，並將其所出唐代衛包所改今字本刻爲開成石經之《唐石經・尚書》，列於表格最右欄。研究材料各類傳鈔古文《尚書》依字體兼及材料時代先後，由左至右序列如下：

戰國楚簡	漢石經	魏石經	敦煌本、新疆本[註24]		岩崎本	神田本	九條本	島田本	內野本	上圖本（元）	觀智院本	天理本	古梓堂本	足利本	上圖本（影）	上圖本（八）	晁刻古文尚書	書古文訓	唐石經

〔註24〕凡敦煌、新疆等地出土古寫本《尚書》均列在魏石經與日本古寫本之間，因敦煌等地古本《尚書》各篇今存本數篇目不一，故依各篇實際所見敦煌本《尚書》寫本列出文句。

第二部份　傳鈔古文《尙書》文字辨析

凡　例

　　一、傳鈔古文《尙書》文字辨析以《四庫全書》重刊宋本《十三經注疏》之《尙書》〔註1〕（即《孔氏傳》本《古文尙書》、《孔氏傳尙書》）各篇經文爲依，各篇依序編次，從第一篇〈堯典〉至最末篇〈秦誓〉共五十八篇。

　　二、先以經文爲主，以「傳鈔古文《尙書》文字與今本《尙書》各句比較表」（文中不再列出此表名稱）逐句並列各類傳鈔古文《尙書》文字與今本《尙書》文字。〔註2〕各傳鈔古文《尙書》依字體兼及材料時代先後由左至右序列，如下：

堯典	戰國楚簡	漢石經	魏石經	敦煌本P3315	敦煌本〔註3〕		岩崎本	神田本	九條本	島田本	內野本	上圖本（元）	觀智院	天理本	古梓堂本	足利本	上圖本（影）	上圖本（八）	古文尚書晁刻	書古文訓	唐石經
日若稽古帝堯曰放勳											日若乱古帝堯曰欽勲					日若乱古帝堯曰放勳	日若乱古帝堯曰放勳	若稽古帝堯曰放勳	粵若稽乱古帝堯曰放勳	日若稽古帝堯曰放勳

〔註1〕使用版本爲（清）阮元刻本，《十三經注疏》，臺北：藝文印書館，1989。

〔註2〕各傳鈔古文《尙書》除戰國楚簡、傳鈔著錄古《尙書》文字之外，皆掃描自顧頡剛、顧廷龍輯，《尙書文字合編》，上海：上海古籍出版社，1996。

〔註3〕凡敦煌、新疆等地出土古寫本《尙書》均列在魏石經與日本古寫本之間，因敦煌等地古本《尙書》各篇今存本數篇目不一，故依各篇實際所見敦煌本《尙書》寫本列出文句。

三、先說明該句經文文獻上及各類傳鈔古文《尚書》文句及文字差異、各種異文、衍文、脫漏、倒置等等現象。

四、次以文句各字有不同字形者爲標題字首，依序以 1.、2.、3.、……等等加以編號，逐字以「傳鈔古文《尚書》『△』字構形異同表」列其辭例及各本字形，考察該字在各類傳鈔古文《尚書》文字所見的形構異同，如「傳鈔古文《尚書》『時』字構形異同表」：

時	傳抄古尚書文字 旹汗 3.33 旹四 1.19	戰國楚簡	石經	敦煌本	岩崎本 神田本 b〔註4〕	九條本 島田本 b	內野本	上圖（元） 觀智院 b	天理本 古梓堂 b	足利本	上圖本（影）	上圖本（八）	古文尚書晁刻	書古文訓	尚書篇目
朕之愆允若時			[illegible] 魏	旹 P3767			旹			[illegible]	[illegible]	旹		旹	無逸

五、凡不同的用字、不同的字形形構皆條列疏證，依序以（1）、（2）、（3）……等等加以編號；各字形形構或有因筆畫變化而異者，依序於各字形其右下標註以 1、2、3……等等編號，以利說明各種字形變化。

六、各字形說明條列，先說明辨析其傳抄古文、考古資料、漢魏石經等字形，再辨析寫本或刻本字形。

七、辭例之用字、字形不同者皆爲各字表所必列，該本已見之字形或列以前見字形或註以「✓」號。

八、本論文於隸古定本《尚書》文字形體之書寫與古文字形體關係，其用語說明如下：

1、「隸定」係指該字用一般隸變的原則進行轉寫，字形筆畫轉寫與今日楷書寫定者相同，如「若」字《書古文訓》或作叒，爲《說文》「叒」字篆文[illegible]的隸定。

2、「隸古定」係指依古文、篆文等古文字形以楷書筆法書寫但未必同於今日楷書筆畫，以楷書筆法書寫仍雜有古文形體筆畫而形構未訛變者，亦屬「隸古定」。如「堯」字作[illegible]，爲《說文》古文[illegible]隸古定，「旁」字作[illegible]、「徒」字作辻，屬篆文「隸古定」。

〔註 4〕因頁面篇幅所限，故岩崎本與神田本、九條本與島田本、上圖本（元）與觀智院本、天理本與古梓堂本《尚書》文字字形並列於同一欄位，各欄以字形右側標註「b」分別表示爲神田本、島田本、觀智院本、古梓堂本等。

　　3、「隸古訛變」或「隸古定訛變」係指該字形結構中部份保留古文字形筆畫而訛變者，或其雖用楷書筆法書寫古文形體然卻結構筆畫有所訛變。如「旁」字作𤕫，為《說文》古文𤕫隸古定，作𤕫則為隸古訛變。《書古文訓》「若」字作桒桒桒桒桒桒桒𦱤等形，為𤑃魏三體𤑃四 5.23𤑃汗 5.66 之隸古定訛變。

〈虞書〉

一、堯　典

堯典	戰國楚簡	漢石經	魏石經	敦煌本 P3315			岩崎本	神田本	九條本	島田本	內野本	上圖本（元）	觀智院	天理本	古梓堂本	足利本	上圖本（影）	上圖本（八）	古文尚書晁刻	書古文訓	唐石經
日若稽古帝堯曰放勳											曰若乱古帝堯曰放勳					日若乱古帝堯曰放勳	日若乱古帝堯曰放勳	曰若乱古帝堯曰放勳	若稽古帝堯曰放勳	粤若稽古帝堯曰放勳	日若稽古帝堯曰放勳

1、日

「曰若稽古」，蔡沈《書集傳》云：「曰、粵、越通，古文作『粵』；『曰若』者，發語辭」，《爾雅》云：「粵、曰也」又云：「粵、越通」，李遇孫《尚書隸古定釋文》云：[註1]「〈召誥〉孔疏引周書月令三日粵朏以爲日。又梁元帝〈金樓子興王篇〉『曰若稽古』作『粵若稽古』，唐〈碧落碑〉亦作『粵若』，北魏穆子容撰〈太公呂望碑〉『其辭曰』作『其辭粵』……蓋『粵』『曰』古本通用。」《文選》〈東都賦〉、〈魯靈光殿賦〉李善注引作「粵」，臧琳《經義雜記》云：「李

〔註 1〕 參見：李遇孫，《尚書隸古定釋文》卷二.2，劉世珩輯，《聚學軒叢書》七，台北：藝文印書館。

賢引經後即引鄭注，則鄭所注《古文尚書》作『粵』矣。宋薛季宣《書古文訓》尚作『粵』，是《孔傳》本此字猶與鄭同，今本蓋後人所改。」孫星衍《尚書今古文注疏》以爲此字李善注文選多引作「粵」，「曰」「粵」或今古文異字，《說文》「粵」字下引「〈周書〉『粵三日丁亥』」，陳喬樅《經說考》亦云：「『粵』『曰』古今文之異」，朱駿聲《說文通訓定聲》則以「曰」通假爲「粵」。

敦煌本《經典釋文‧堯典》P3315、日古寫本內野本、足利本、上圖本（影）、上圖本（八）「曰若稽古」作「曰」，《書古文訓》作「粵」。〈召誥〉「越若來三月」，內野本、足利本、上圖本（影）、《書古文訓》「越」皆作「粵」，敦煌本P2516〈微子〉「殷遂喪越至于今」、神田本〈武成〉「越翼日癸已」「越三日庚戌」「越」作「曰」，敦煌本P2643、S799、其他日古寫本、《書古文訓》作「粵」，「越」、「曰」、「粵」通用，古韻皆屬月部。

王國維《觀堂學書記》謂「《小盂鼎》云『粵若翌乙亥』〈召誥〉云『越若來三月』《漢書歷律志》引〈佚武成〉：『粵若來二月』《漢書王莽傳》云『越若翌辛丑』皆其例也。雩、粵、越、曰，古通用〔註2〕」。

「粵」字，甲骨文作 𡔷𡳞𡳡𡳠 甲 **0601.**綜類 **170** 等形，羅振玉《增訂殷虛書契考釋‧中》云：〔註3〕「《說文解字》『粵，亏也，審愼之詞者，从亏从寀。』古金文皆从于从雨作 𩅰盂鼎作 𩅰靜簋作 𩅰毛公鼎.吳中丞曰从雨从 𦏊 省，卜辭中或从雨省从 𦏊 或从雨从于與古金文同。」盂鼎 𩅰 字即「雩」，器銘「粵（雩）若翌乙亥」，王國維〈毛公鼎銘考釋〉謂「𩅰雩，古粵字，小篆作 粵，猶霸之訛爲 𩅰矣。」其說是也。《汗簡》錄石經「粵」字作 𩅰汗 **2.23**，黃錫全《汗簡注釋》云：〔註4〕「《隸續》錄石經『粵』字古作 𩅰，此形同。古雩字作 𩅰盂鼎 𩅰中山王鼎等形，義同典籍之『粵』、『越』。」由〈中山王鼎〉「雩」字 𩅰其上雨字形，可窺見「雩」字訛變成「粵」字 𩅰隸續石經 𩅰汗 **2.23** 石經 粵說文篆文之跡。楊樹達《積微居小學述林》〈彝銘與文字〉亦云：「蓋古文有『雩』無『粵』，金文『雩』字之用與經傳之『粵』同，知『粵』乃『雩』之變」其〈毛公鼎跋〉云：「『雩』字誤作『粵』，經傳作『越』」。

〔註2〕說見：王國維〈觀堂學書記〉，《古史新證》，北京：清華大學，1994，頁261。

〔註3〕羅振玉，《增訂殷虛書契考釋‧中》，台北：藝文印書館，1981，頁77。

〔註4〕黃錫全，《汗簡注釋》，武漢：武漢大學出版社，1993，頁198。

　　傳鈔、考古文獻《尚書》所見之「曰」字，或作「粵」、「越」、「雩」（金文），「曰若」一詞則有「粵若」、「雩若」、「越若」三種異文。曰、雩、越三字音近通用，「雩」則形誤爲「粵」，二字音亦近，「曰」、「雩」、「粵」、「越」等字音近同通用，古聲皆屬匣母，古韻皆屬月部。

　　「曰」字在傳鈔古文《尚書》有下列不同字形：

　　（1）曰：魏品式魏三體隸釋 郭店.緇衣27

　　魏品式石經〈咎繇謨〉「曰」字古文作，魏三體石經〈洪範〉、〈多士〉、〈無逸〉、〈君奭〉、〈多方〉、〈立政〉等皆作、〈文侯之命〉作，郭店〈緇衣〉27引〈呂刑〉「曰」字作郭店.緇衣27，皆與金文「曰」字同形：師旂鼎孟鼎陳猷釜郑公華鐘等等，《隸釋》錄漢石經尚書殘碑皆作，爲隸變之形。

　　（2）粵：₁₂₃

　　〈書古文訓〉、岩崎本「曰」字或作「粵」₁₂，₂形中少一畫，源自金文作「雩」，如孟鼎「雩（雩）若翌乙亥」、麥方尊「雩（雨亏）若二月」、「雩（雨亏）若翌日」、小孟鼎「雩（雩）若翌日乙酉」等。岩崎本或作₃，其下「亏」與「方」形近混同。

　　（3）

　　上圖本（影）或作之形，乃誤多一縱筆而訛近「田」字。

【傳鈔古文《尚書》「曰」字構形異同表】

曰	戰國楚簡	石經	敦煌本	岩崎本	神田本b	九條本b	島田本b	內野本	上圖（元）	觀智院b	天理本b	古梓堂b	足利本	上圖本（影）	上圖本（八）	古文尚書晁刻	書古文訓	尚書篇目
曰若稽古																	粵	堯典
若稽古帝舜曰重華																	粵	舜典
禹拜曰都帝予何言		魏品																益稷
綏爰有眾曰無戲怠		白隸釋												田				盤庚下
群臣咸諫于王曰				粵														說命上

曰天子天既訖我殷命				𡘍				西伯戡黎
水曰潤下火曰炎上						淊		洪範
王若曰爾殷多士	𤔲魏							多士
王若曰父義和丕顯文武克慎明德	𤔲魏							文侯之命
惟作五虐之刑曰法	曰郭店緇衣27							呂刑

2、若

「若」字之古文字形義乃象人跽坐舉兩手，或謂理髮而順、或謂諾時巽順之狀爲古「諾」字，〔註5〕甲骨文作 𦥑《甲》頁205，《金文編》列入「叒」字下，作 𦥑亞若癸匜 𦥑父己爵 𦥑盂鼎 𦥑毛公鼎、或加「口」爲方國名〔註6〕作 𦥑毛公鼎 𦥑象伯簋 𦥑揚簋 𦥑申鼎、𦥑詛楚文、戰國時變作 𦥑中山王鼎 𦥑中山王墓兆域圖 𦥑信陽楚簡1.5，再變作 𦥑說文籀文叒，隸變作「若」。

《說文》叒、若二字，徐鉉並音「而灼切」，可知二者原即一字，即甲骨文、金文中所見若字或未增口 𦥑或增口 𦥑之二體，增口的「若」字 𦥑（揚簋）人形已不明顯，春秋戰國時 𦥑有寫作 𦥑郘公匜（鄭公郘字所從）走樣更甚，小篆便誤把兩手訛成艸，把帶長髮的人形 𦥑訛成了「彐」。〔註7〕許慎誤以「叒」、「若」爲二字分別著錄之，篆文「叒」𦥑是古 𦥑 𦥑字之訛變，又錄「叒」之籀文作 𦥑，亦即「若」字 𦥑之傳寫形誤，此形又隸變作《玉篇》籀文作 𦥑玉篇卷12.161。〔註8〕

《魏三體石經》〈多士〉、〈無逸〉、〈君奭〉、〈多方〉之「若」字古文皆作 𦥑，

〔註5〕 說見：吳大澂謂「象伯戎簋之若字，古通作 𦥑，其字象人舉手跽足並以口承諾之狀，實爲古諾字。」（吳大澂，《說文古籀補》，台北：藝文印書館，1968。）丁佛言《說文古籀補補》說「若義爲順，象人席坐兩手理髮之形，取其順也。」（丁佛言，《說文古籀補補》，北京：中華書局，1988。）羅振玉《增訂殷虛書契考釋·中》（台北：藝文印書館，1981，頁56）：「象人舉手而跽足，乃象諾時巽順之狀。」

〔註6〕 參見：魯實先，《殷契新詮》，臺北：黎明文化事業股份有限公司，2003。

〔註7〕 參見：張桂光，〈古文字中的形體訛變〉，《古文字研究 15》，北京：中華書局，頁167。

〔註8〕 參見：徐在國，《隸定古文疏證》，合肥：安徽大學出版社，2002，頁133。

《古文四聲韻》、《汗簡》若字下收《古尚書》字形分別爲：🔣 四 **5.23** 🔣 汗 **5.66** 與之同形，《魏三體石經》古文大多出於漢時所傳古文，故孫星衍《魏三體石經遺字考》謂石經此字（🔣）當作🔣，按🔣是增口之形🔣的訛變，其跽坐人形訛作🔣。章炳麟《新出三體石經考》之吳承仕〈附記〉云：「《說文》叒字形應作🔣，如戴侗說。此作🔣者即🔣形之變。上從叒，下從襄省聲。」此字（🔣）下所從並非「襄」字，而是人形之訛變。孫海波《魏三體石經集錄》云此字（🔣）從🔣，即兩手；🔣象人首，甲金文從🔣，而此從🔣者，蓋古文從人之字與從女無別也。」張桂光〈古文字中的形體訛變〉指出〔註9〕西周金文中，表現人體的部件不僅有跪跽狀逐漸消失的趨勢，而且有加寫腳趾🔣的習慣，如甲骨文🔣續 **3.31.5** 之作🔣揚簋、🔣虢季子白盤等，其腳部🔣與跪跽狀消失的「女」字（🔣）十分相似。🔣訛爲🔣的現象，西周中期以後（延續到春秋戰國）十分常見，如🔣毛公鼎.埶藝，🔣兮甲盤.訊🔣師酉簋.夙等等。魏三體石經若字古文🔣、🔣四 **5.23** 🔣汗 **5.66** 等應是由戰國文字🔣中山王鼎🔣中山王墓兆域圖🔣信陽楚簡 **1.5** 🔣郭店尊德義 **23** 變化而來。

　　下表爲「若」字形體演變的分析說明：

🔣🔣	A 人形不明顯→	🔣（克鼎）🔣（說文叒）
		🔣長髮人形（或兩手高舉人形🔣）訛成🔣，兩手訛成🔣
	B 人形變化→	🔣盂鼎－作跪跽狀
	C 人形變化、增口→	🔣揚簋🔣毛公鼎
		🔣說文籀文叒－跽坐人形作🔣，即🔣🔣字、增口
		🔣璽彙 1294〔晉〕🔣中山王墓兆域圖－人形作🔣跪跽狀消失、右側加飾筆
		🔣包山 155－人形作🔣、增口
		🔣信陽 1.5－人形作🔣、右側加飾筆、增口
		🔣郭店.尊德義 23－人形作🔣、右側加飾筆、增口
		🔣上博二.子羔 8－人形作🔣、右側加飾筆、增口
		🔣魏三體石經－跪跽狀變爲女字形，（或人形與🔣結合、或增口而結合，而與跪跽狀消失的「女」字（🔣）相似），兩側加飾筆

　　「若」字在傳鈔古文《尚書》有下列不同字形：

〔註9〕張桂光，〈古文字中的形體訛變〉，《古文字研究 15》，北京：中華書局，頁 158。

（1）𦰩：𦰩 魏三體 𦰩 汗 5.66 𦰩 四 5.23 𦰩 𦰩 𦰩 𦰩 𦰩 𦰩 1 𦰩 𦰩 𦰩 𦰩 𦰩 2 𦰩 𦰩 𦰩 𦰩 3

魏三體石經〈多士〉、〈無逸〉「若」字古文作𦰩，《汗簡》、《古文四聲韻》錄《古尚書》「若」字作𦰩 汗 5.66 𦰩 四 5.23 與此類同，源自戰國 𦰩 璽彙 1294〔晉〕曾箱漆書「若」字𦰩 𦰩，及楚簡 𦰩 信陽 1.5 𦰩 郭店.尊德義 23 𦰩 上博二.子羔 8 等形。𦰩上半部是雙手及長髮 𦰩 之訛變，下半部是人形之訛變，由人形 𦰩 𦰩、跪跽狀 𦰩 變爲女字形，或爲人形 𦰩 與 𦰩 結合、或因增口而與口結合，而與跪跽狀消失的「女」字（𦰩）相似，二點劃爲飾筆，由楚簡只加右側演變爲加兩側飾筆，使字形對稱。《書古文訓》「若」字多作 𦰩 𦰩 𦰩 𦰩 𦰩 𦰩 1 𦰩 𦰩 𦰩 𦰩 𦰩 2 𦰩 𦰩 𦰩 𦰩 3 等形，爲𦰩 魏三體 𦰩 四 5.23 𦰩 汗 5.66 之隸古定訛變，其下皆由人形變作「女」字，再加兩側飾筆而訛變。

（2）𦰩

《書古文訓》「若」字〈湯誥〉「若將隕于深淵」一例作𦰩，是「若」字未增口之初文字形𦰩、《說文》「𦰩」字篆文𦰩的隸定。

（3）若：𦰩 𦰩 𦰩 1 𦰩 2 𦰩 3 𦰩 𦰩 𦰩 𦰩 4 𦰩 5 𦰩 𦰩 6

敦煌本《經典釋文·堯典》P3315「若」字作𦰩 1，岩崎本、《書古文訓》或作𦰩 𦰩 1，其 𦰩 形爲 𦰩 長髮人形（或兩手高舉人形 𦰩）訛成 𦰩 之隸定，人之兩手訛成 𦰩 隸定成艸與艸形相混，如敦煌本 P2748、內野本或作𦰩 2，敦煌本 P2643 或作𦰩 3，「艸」變似「廿」（𦰩 P2643）、⺍、𦰩 等形；S799、岩崎本、九條本、內野本、上圖本（八）或省變作𦰩 𦰩 𦰩 𦰩 4；上圖本（八）或省變作𦰩 5 𦰩 𦰩 6，形 6 訛似「各」字。

（4）而：𦰩 而

〈秦誓〉：「不啻若自其口出」，「若」字除九條本作𦰩 外，敦煌本 P3871、內野本、上圖本（八）作「而」𦰩 而。

（5）如：𦰩 如

〈秦誓〉：「不啻若自其口出」古梓堂本、足利本、上圖本（影）、書古文訓「若」字作「如」𦰩 如。

（6）弟

〈梓材〉：「惟曰若稽田既勤敷菑」，「若」字九條本作「弟」其旁書有若字：

，故知「弟」字乃字之誤寫。

【傳鈔古文《尚書》「若」字構形異同表】

傳抄古尚書文字 若 四5.23 汗5.66	戰國楚簡	石經	敦煌本	神田本b/岩崎本	島田本b/九條本	內野本	觀智院本b/上圖本(元)	天理本/古梓堂本b	足利本	上圖本(影)	上圖本(八)	古文尚書晁刻	書古文訓	尚書篇目
日若稽古帝堯曰放勳						若			若	若	若		若(古)	堯典
若稽古帝舜曰重華			碧 P3315			若			若	若	若		若(古)	舜典
予創若時娶于塗山									若	若	谷		若(古)	益稷
夏德若茲今朕必往					若	若			若	若	谷		若(古)	湯誓
若將隕于深淵						若			若	若	丢		若(古)	湯誥
予若籲懷茲新邑			若 P3670	若			若		若	若	天		若(古)	盤庚中
奉若天道建邦設都			若 P2643 / 若 P2516	碧			若		若	若	若		若(古)	說命中
若日月之照臨			若 S799						若	若	若		碧	泰誓下
惟日若稽田既勤敷菑					弟	若			若	若	若		碧	梓材
篤敘乃正父罔不若予			若 P2748 / 若 S6017				若		若	若	若		碧	洛誥
王若曰爾殷多士		魏	若 P2748				若		若	若	若		碧	多士
允若時不啻不敢含怒		魏	若 P3767				若		若	若	若		碧	無逸
王若曰猷告爾			若 S2074	若		若			若	若			碧	多方
人之有技若已有之			若 P3871	若		若	若b		若	若	若		粹	秦誓
不啻若自其口出			若 P3871	若		而	如b		如	如	而		如	秦誓

3、稽

「日若稽古」之「稽」字，敦煌本《經典釋文・堯典》（P3315）、日本古寫

本內野本、足利本、上圖本（影）作「乩」。〔註10〕《隸古定釋文》云：〔註11〕「碧落碑『粵若稽古』作『乩古』，又蘇頲朝覲頌『乩虞氏』亦以乩作稽。」

《玉篇》卜部：「卟，公兮切，卜以問疑也。」乙部：「乩，古奚切，今作稽」《說文》：「卟，卜以問疑，从口卜，讀與稽同。《書》云『卟疑』。」（洪範：明用稽疑、七稽疑擇建立卜筮）。卟、稽二字古通，《書·洪範》「明用稽疑」《漢書藝文志考證》引「稽」作「卟」，《汗簡》：「卂汗 5.69 稽出古尚書」，「卟」、「乩」，皆爲占問之義，引申有考察之義，讀與「稽」同而通假。

《古文四聲韻》「稽」字錄《古尚書》作「乩」、「䭫」形：乩鶺四 1.27，又收䭫四 1.27汗簡䭫䭫卂乩四 1.27切韻等形，其中卂乩四 1.27切韻即隸定爲「乩」字，卂形左所從「古」字爲「占」字之訛變，其右「人」形爲丿、乚之訛變。䭫䭫四 1.27切韻爲「稽首」之本字「䭫」，䭫从旨从首，旨是旨字俗體；䭫从二首，左旁作「首」乃「旨」俗作旨與右旁「首」相涉類化，變作从二首，徐在國《隸定古文疏證》云：「䭫疑爲䭫之俗字，䭫从首，䭫即涉右側形旁而類化。如：體字敦煌寫本 3618《秋吟》作軆，渼俗作渼，湎俗作湎」。〔註12〕

《尚書》中「稽」字用於「占問」或「考察」之義者，在傳鈔古文《尚書》有下列不同字形：

（1）乩：卂汗 5.69乩四 1.27乩乩1乩乩2乩乩3

《汗簡》、《古文四聲韻》「稽」字錄《古尚書》作卂汗 5.69乩四 1.27，敦煌本《經典釋文·堯典》P3315「稽」字作乩1，與此同形，敦煌本 S801、P3670、P2643 用於「占問」或「考察」之義者，亦作此形。此義「稽」字《書古文訓》多用「乩」，只有一例用䭫字：〈周官〉「唐虞稽古建官惟百」。內野本、上圖本（元）用於此義者皆作「乩」字作1形，其餘各古寫本則「乩」、「稽」二形互見。

上圖本（八）、上圖本（影）「稽」字或作乩乩2，所從「卜」筆畫寫似「人」，與「占」字作占陶彙 5.402齊合合武威簡.特牲 3占睡虎地 5.23等所從「卜」形類

〔註10〕徐在國，《隸定古文疏證》，合肥：安徽大學出版社，2002，頁 135。

〔註11〕李遇孫，《尚書隸古定釋文》卷二，頁 1，劉世珩輯，《聚學軒叢書》7，台北：藝文印書館。

〔註12〕其注謂參見張涌泉，《漢語俗字研究》，湖南：岳麓書社，1995.4，頁 68～69，徐在國，《隸定古文疏證》，合肥：安徽大學出版社，2002，頁 135。

同。《書古文訓》、岩崎本或作**乩乩₃**，偏旁「占」字訛誤作「古」，與**扎**四 1.27
切韻類同。

（2）**龠₁龠₂**

岩崎本〈盤庚上〉「卜稽曰其如台」「稽」字作**龠₁**（**合**），〈盤庚中〉「不
其或稽自怒曷瘳」「稽」字作**龠₂**，皆作「乩」字之訛變，其偏旁「占」字上加
人字形，與《古文四聲韻》所收王存乂《切韻》**凡**四 1.27 **扎**四 1.27 形近，**扎凡**之
右形是「乩」字所从乚訛變，**龠₁**（**合**）移於上，**龠₂**則復訛增乚。

（3）稽：**稽₁䭫₂䭫₃䭫₄**

九條本「稽」字或作**稽₁**，右上變如「九」形。足利本、上圖本（影）、上
圖本（八）或作**䭫₂䭫₃**，爲禾上旨下之形，「尤」字之點或相連或消失，與《古
文四聲韻》所錄《汗簡》作 **䭫**四 1.27 同。上圖本（影）或作**䭫₄**，所从「禾」
寫與「礻」形近。

（4）𥡴：**𥡴**汗 2.23 **𥡴**四 1.27 **𥡴₁𥡴₂**

《汗簡》、《古文四聲韻》「稽」字錄《古尚書》又作**𥡴**汗 2.23 **𥡴**四 1.27，《書
古文訓》〈周官〉「唐虞稽古建官惟百」「稽」字作**𥡴₁**，與此同形，爲「稽首」
爲「稽首」之本字「𥡴」，《說文》首（𩠐）部「𥡴」字本作**𥡴**，神田本〈微子
之命〉「惟稽古崇德象賢」「稽」字作**𥡴₂**，亦爲「𥡴」字，其左**旨**爲「旨」字
俗體；二例乃假借「𥡴首」「𥡴」字爲「稽考」之「稽」字。

（5）迪：**迪**隸釋

《隸釋》漢石經尚書〈盤庚〉「不其或稽自怒曷瘳」，「稽」字作「迪」，「稽」
「迪」韻近通假。

【傳鈔古文《尚書》「稽」字構形異同表】

稽 傳抄古尚書文字 **乩𥡴**四 1.27 **𥡴**汗 2.23 **乩**汗 5.69	戰國楚簡	石經	敦煌本	岩崎本	神田本b	九條本	島田本b	內野本	上圖本（元）觀智院b	天理本古梓堂b	足利本	上圖本（影）	上圖本（八）	古文尚書晁刻	書古文訓	尚書篇目
曰若稽古								乩			乩	乩䭫			乩	堯典
若稽古帝舜曰重華		乩 P3315						乩			乩	乩䭫			乩	舜典

經文	隸釋	敦煌等寫本			諸本				今本	出處
無稽之言勿聽		S801								大禹謨
卜稽曰其如台										盤庚上
不其或稽自怒曷瘳	迪 隸釋	P3670 P2643								盤庚中
次七日明用稽疑										洪範
七稽疑擇建立卜筮										洪範
惟稽古崇德象賢										微子之命
作稽中德										酒誥
面稽天若今時										召誥
唐虞稽古建官惟百										周官
惟貌有稽										呂刑

（表格各欄位為傳鈔古文字形摹寫，不另錄。）

　　「稽」字在尚書又見於「稽首」（拜稽首、拜手稽首）之「稽」字（上聲）。《汗簡》䭫 汗 2.23「䭫，稽見尚書，黃錫全」《汗簡注釋》云：「䭫，古作頌鼎、師酉簋，從頁，也作公臣簋（案：又䭫）、三體石經殘石，從首。此形從古文旨。䭫即稽首本字，經典通作稽。〔註13〕」「䭫」、「稽」二字古通，如《周禮・春官・大祝》作「稽首」，《釋文》「稽」作「䭫」，《穆天子傳》卷三：「奔戎再拜䭫首」郭注：「䭫，古稽字。」《說文》首（𩠐）部「䭫」本作䭫，從𩠐旨聲，《玉篇》云：「周禮大祝辨九拜，一曰䭫首……今作稽。」《隸古定釋文》：「漢書諸侯王表厥角䭫首從此。〔註14〕」綜言之，「稽首」（拜稽首、拜手稽首）之「稽」字本作䭫、䭫（苦禮切），從𩠐（首）旨聲，與「稽」字（古奚切）雙聲疊韻（脂溪）而通用。

　　《尚書》中「稽」字用「稽首」（拜稽首、拜手稽首）之義者，在傳鈔古文《尚書》有下列不同字形：

〔註13〕黃錫全，《汗簡注釋》，武漢：武漢大學出版社，1993，頁 199。

〔註14〕李遇孫，《尚書隸古定釋文》卷二，頁 11，劉世珩輯，《聚學軒叢書》7，台北：藝文印書館。

（1）䫡：{古文字形}汗 4.48{古文字形}四 3.12{古文字形}1{古文字形}2{古文字形}3{古文字形}4{古文字形}5{古文字形}6{古文字形}7

《古文四聲韻》上聲「稽」字錄《古尚書》作{古文字形}四 3.12，左從「旨」之古文，《汗簡》旨部錄《古尚書》作{古文字形}汗 2.23 稽見尚書與此類同，首部錄作{古文字形}汗 4.48 稽見尚書上聲讀之，左訛多一畫，三者皆爲「䫡」字，爲稽首本字。

《書古文訓》「稽首」「稽」字皆作{古文字形}1，與傳抄著錄《古尚書》「稽」字同形。敦煌本《經典釋文・堯典》P3315、S801「稽首」「稽」字作{古文字形}2，敦煌本 P3605.3615 作{古文字形}3，偏旁「眢」（首）字下訛少一畫，岩崎本或作{古文字形}4，「眢」訛少二畫；敦煌本 P2643 作{古文字形}5，偏旁「眢」（首）字訛作{古文字形}，巛形下訛與「旨」俗作{古文字形}混同；敦煌本 P2516、P2748、S2074、P2630、九條本或作{古文字形}6，偏旁「眢」字作「首」；天理本、觀智院本作{古文字形}7 形，左右已類化形近。上述諸形皆爲「䫡」字，而或有訛誤。

（2）䪽：{古文字形}{古文字形}

九條本、觀智院本「稽首」「稽」字或作{古文字形}，乃左旁「旨」俗作{古文字形}與右旁「首」相涉類化，變作從二首，寫成「䪽」。

（3）譄：{古文字形}

岩崎本「稽首」「稽」字或作{古文字形}，從言從眢，所從「言」爲「旨」字之訛誤。

（4）嵇：{古文字形}{古文字形}

足利本、上圖本（影）、上圖本（八）「稽首」「稽」字或作{古文字形}{古文字形}形，「稽」、「䫡」雙聲疊韻而通用。

（5）乩：{古文字形}{古文字形}1{古文字形}2{古文字形}3{古文字形}4

內野本「曰若稽古」與「稽首」之「稽」字皆作「乩」，「乩」字與「稽古」「稽」字同義。足利本、上圖本（影）、上圖本（八）「稽首」之「稽」字或作{古文字形}{古文字形}1，上圖本（影）、上圖本（八）或作{古文字形}2，左爲偏旁「占」訛誤作「古」；內野本、上圖本（影）或作{古文字形}3，「占」所從「卜」省作一筆；足利本、上圖本（影）或作{古文字形}{古文字形}4，偏旁「占」字省成二直劃。

【傳鈔古文《尚書》「稽（上聲）」字構形異同表】

稽（上聲）傳抄古尚書文字〔▢汗4.48 ▢四3.12〕	戰國楚簡	石經	敦煌本	神田本b／岩崎本b	島田本b／九條本	內野本	上圖本（元）／觀智院b	古梓堂b／天理本	足利本	上圖本（影）	上圖本（八）	古文尚書晁刻	書古文訓	尚書篇目
禹拜稽首讓于稷契暨皋陶			▢ P3315			▢			▢	▢	▢		▢	舜典
禹拜稽首固辭帝曰毋惟汝諧			▢ S801			▢			▢	▢	▢		▢	大禹謨
皋陶拜手稽首			▢ P3605. P3615			▢			▢	▢	▢		▢	益稷
實萬世無疆之休王拜手稽首						▢			▢	▢	▢		▢	太甲中
乃不良于言予罔聞于行說拜稽首			▢ P2643 ▢ P2516	▢		▢	▢		▢	▢	▢		▢	說命中
說拜稽首曰敢對揚天子之休命			▢ P2643 ▢ P2516	▢		▢	▢		▢	▢	▢		▢	說命下
拜手稽首旅王若公誥告庶殷					▢	▢			▢	▢	▢		▢	召誥
拜手稽首曰予小臣					▢	▢			▢	▢	▢		▢	召誥
拜手稽首誨言			▢ P2748			▢			▢	▢	▢		▢	洛誥
拜手稽首休享			▢ P2748			▢			▢	▢	▢		▢	洛誥
周公若曰拜手稽首			▢ S2074 ▢ P2630		▢	▢			▢	▢	▢		▢	立政
拜手稽首后矣			▢ S2074		▢	▢			▢	▢	▢		▢	立政
皆再拜稽首王義嗣德荅拜						▢		▢b	▢	▢	▢		▢	康王之誥
太保暨芮伯咸進相揖皆再拜稽首						▢		▢b	▢	▢	▢		▢	康王之誥

4、古

「古」字在傳鈔古文《尚書》有下列不同字形：

（1）古：**吉**1**古**2

內野本、足利本、上圖本（八）「古」字或作**吉**1**古**2，所从「十」之直畫寫作乀，或近於橫畫，俗書常見。

〈君奭〉「故殷禮陟配天」，「故」字《魏三體石經》古文作**古**，古、故古今字也。足利本「故」字作**故**，上圖本（八）作**故**，其偏旁「古」字寫法亦同。

（2）**古**

內野本「古」字或作**古**，口形中增一「丶」，當承自戰國文字「古」字作如**古**古陶 5.464 **古**中山王壺 **古** 古幣.布空大 **古** 古幣.圜.上 242 之形。

【傳鈔古文《尚書》「古」字構形異同表】

古	戰國楚簡	石經	敦煌本	岩崎本	神田本b	九條本	島田本b	內野本	上圖（元）	觀智院b	天理本	古梓堂b	足利本	上圖本（影）	上圖本（八）	古文尚書晁刻	書古文訓	尚書篇目
若稽古帝舜曰重華								吉										舜典
今不承于古															吉			盤庚上
嗚呼古我前后															古			盤庚中
汝曷弗念我古后之聞															古			盤庚中
自古王若茲監罔攸辟								古										梓材
自古商人亦越我周文王								古					古					立政

5、帝

「帝」字甲骨文作**禾**粹 1128 象花蒂或花萼之形，〔註15〕一說象架木或束木燔以祭天之形。〔註16〕甲骨文上部或加一短橫作**禾**甲 1164，金文、戰國文字承

〔註15〕此說見吳大澂《字說》（台北：藝文印書館，1975）頁 1～2，《甲骨文詁林》案語，言鄭樵《六書略》已言之，非創於吳大澂，王國維〈釋天〉以爲帝即蒂象花萼全形，郭沫若引吳、王二說加以補正，至爲詳悉。

〔註16〕說見：葉玉森《殷墟書契前編集釋》（台北：藝文印書館，1966。）、朱方圃《殷

襲此形而或有訛變，如：![帝]商尊 ![帝]如其卣三 ![帝]寡子卣 ![帝]馱簋 ![帝]秦公簋 ![帝]中山王壺 ![帝]楚帛甲 6.33 ![帝]信陽 1040 ![帝]郭店緇衣 37。

甲骨文「帝」字![帝]粹1128 形最爲常見，「木」之直筆上貫，與《古文四聲韻》、《汗簡》、《訂正六書通》所收《古尙書》「帝」字作 ![帝]四 4.13 ![帝]汗 1.3 ![帝]六書通 7.6 相同；甲骨文 ![帝]後上 26.15 形與魏品式石經〈堯典〉古文作 ![帝]魏品式、《訂正六書通》《古尙書》「帝」字作![帝]（但少中間橫畫之兩側豎筆）相同。三體石經〈君奭〉「我亦不敢寧于上帝命」、「格于上帝巫咸乂王家」等「帝」字則俱作![帝]魏三體，中間多一橫畫，同於《訂正六書通》帝字籀文![帝]。戰國「帝」字又作![帝]中山王壺 ![帝]楚帛甲 6.33 ![帝]信陽 1040 ![帝]郭店緇衣 37，其上部增一短橫，且中間多一短橫，![帝]魏三體 當源自此。邱德修《說文解字古文釋形考述》云：「石經古文所以作![帝]形者，蓋古字縱之筆畫，每於其中增點作![十]，而點可延長爲一絲，如：十本作丨，其後增點作![十]，又其後也變作十；丨可作![丨]，又可作![王]之例是也。」〔註17〕其說可從。

下表是「帝」字形體演變的分析說明：

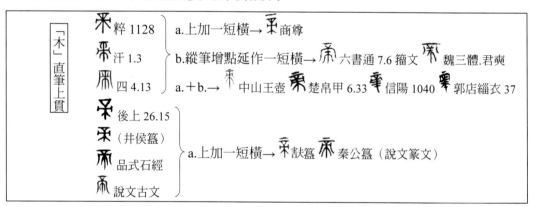

「帝」字在傳鈔古文《尙書》有下列不同字形：

（1）帝：![帝][帝]魏品式 ![帝][帝]₁ ![帝][帝]₂

魏品式石經「帝」字古文作![帝]，敦煌本《經典釋文·堯典》（P3315）作![帝]₁，《書古文訓》、《晁刻古文尙書》作![帝]₁，內野本、上圖本（八）或作此形，皆與《說文》古文「帝」字![帝]形構相同，源自甲骨文作![帝]後上 26.15 形；足利本、上圖本（影）或作![帝][帝]₂，上形訛近「艹」。

商文字釋叢》（台北：學生書局，1972.8。）、《甲骨文字典》卷一頁 7（徐中舒，《甲骨文字典》，成都：四川辭書出版社，1990）。

〔註17〕邱德修，1974，《說文解字古文釋形考述》，台北：臺灣學生書局，頁 82～83。

（2）帝**四 4.13** 帝**汗 1.3** 帝**六書通 7.6**

《古文四聲韻》、《汗簡》、《訂正六書通》錄《古尚書》文字「帝」字作帝**四 4.13** 帝**汗 1.3** 帝**六書通 7.6**，「木」形直筆上貫，與甲骨文或作帝**粹 1128** 相同。

（3）帝**魏三體**

魏三體石經〈君奭〉「帝」字古文作帝，中間多一橫畫，與《訂正六書通》籀文作帝相同，源自戰國作帝**楚帛甲 6.33** 帝**信陽 1040** 形。

（4）帝**郭店.緇衣 37**

戰國楚簡郭店〈緇衣〉引《尚書·君奭》「帝」字作帝**郭店.緇衣 37**，與帝中山王壺形近，當皆變自帝**楚帛書甲 6.33** 形，帝**郭店.緇衣 37** 帝中山王壺其中 ✓ 形旁一短橫，當由帝**粹 1128** 形「木」之直筆上貫，其右之 ✓ 筆變作短橫。帝**郭店.緇衣 37** 其下又增一無義橫筆，與帝**信陽 1040** 形近，乃縱之筆畫中增點作帝，而點延長爲一短橫。帝**郭店.緇衣 37** 上作 宀 乃橫筆與中間兩側豎筆相連而變。

【傳鈔古文《尚書》「帝」字構形異同表】

帝　傳抄古尚書文字 帝四 4.13 帝汗 1.3 帝六書通 7.6	戰國楚簡	石經	敦煌本	岩崎本	神田本 b	九條本 島田本 b	內野本	觀智院 上圖（元） b	天理本 古梓堂 b	足利本	上圖本（影）	上圖本（八）	古文尚書晁刻	書古文訓	尚書篇目
昔在帝堯聰明文思							帝							帝	堯典
協于帝濬哲文明			帝 P3315				帝								舜典
帝曰咨汝二十有二人 〔註 18〕	帝 魏品														舜典
祇承于帝							帝			帝 帝				帝	大禹謨
敕殷命終于帝肆							帝				帝			帝	多士
我其敢求位惟帝不畀											帝	帝		帝	多士
我亦不敢寧于上帝命	帝 魏						帝					帝		帝	君奭
格于上帝巫咸乂王家	帝 魏						帝							帝	君奭

〔註 18〕魏品式石經「二十」作「廿」。

用端命于上帝皇天用訓厥道					帝帝			帝帝	帝
在昔上帝割申勸寧王之德〔註19〕	帝 郭店緇衣37				帝帝			帝帝	康王之誥 君奭

6、堯

《說文》「堯」字从垚在兀上，古文作 堯，段注謂「此从二土而二人在其下」，「堯」字甲骨文作从二土一人，于省吾以爲此字應寫作 堯，堯作 堯，乃同一字筆畫之繁簡，如〈鄭文公碑〉競之作竸。〔註20〕1964 年洛陽北窯西周貴族墓葬出土堯氏戈（M172：12）有墨書橫寫「堯氏」二字 堯，許學仁師依其殘存形構「上半从土，下半从人」釋爲「堯」字，〔註21〕出之堯戈（M172：4）戈銘墨書「堯」字作 堯與《說文》古文堯 堯同，二者可爲互證。堯氏戈「堯」字 堯 土上短橫變爲向上屈筆，與古璽 堯璽彙0262，相同，楚帛書 堯楚帛書甲 9.7 字李學勤先生釋爲先，讀作「堯」，堯字上从土下从人，郭店楚簡「堯」字作 堯 郭店.窮達以時 3，整理者隸定作先，《說文》古文堯 堯即从二先，金文編附錄下 46 錄 堯才盂 堯才盤《集成》10106 形與此相同，劉釗以爲其形構爲从土从人，即堯之初文。〔註22〕

下表是「堯」字形體演變的分析：

堯後下 32.16	堯才盤 堯堯氏戈 → 堯帛甲 9.7 堯郭店.窮達以時 3
	堯堯戈 → 堯郭店.六德 7 堯璽彙 0262 堯汗 6.73 ：堯說文古文
	堯說文篆文堯

「堯」字在傳鈔古文《尚書》有下列不同字形：

（1）堯汗 6.73堯

《汗簡》錄《古尚書》「堯」字作 堯汗 6.73，與《說文》古文作 堯同形，《書

〔註19〕郭店〈緇衣〉引作「君奭員：『昔才（在）上帝戠（割）紳觀文王德』。」

〔註20〕于省吾，《尚書新證》，台北：藝文印書館，頁 7。

〔註21〕許學仁師，《古文四聲韻古文研究》，台北：文史哲出版社，1999。蔡運章讀戈銘「堯氏」爲「焦氏」，見〈洛陽北窯西周墓墨書文字略論〉，《文物》，1994：7，頁 66～68。

〔註22〕劉釗，〈金文編附錄存疑字考釋十篇〉，《人文雜誌》，1995：2。

古文訓》皆作𡬠1，即此形之隸古定，源自戰國𡭫璽彙0262 𡭫郭店.六德7等形。

（2）堯：堯1尭2㐨3㐨4

「堯」字在古寫本中，垚形、土形多有訛變：上半垚形有簡省併寫之形作
𡉣形，如內野本、足利本「堯」字作堯1，「垚」簡省併寫作「𡉣」；敦煌本P2516
或作尭2，下方今隸變作「兀」之人字，橫畫與「垚」共用；敦煌本P2643或
作㐨3，復「垚」並列之二土形變作ノレ；岩崎本或作㐨4，並列之二土訛變作
如「北」形。

【傳鈔古文《尚書》「堯」字構形異同表】

堯 傳抄古尚書文字 𡬠汗6.73	戰國楚簡	石經	敦煌本	岩崎本	神田本b	九條本 島田本b	內野本	上圖（元） 觀智院b	天理本	古梓堂b	足利本	上圖本（影）	上圖本（八）	古文尚書晁刻	書古文訓	尚書篇目
昔在帝堯聰明文思							堯				尭				㐨	堯典
讓于虞舜作堯典															㐨	堯典
曰若稽古帝堯曰放勳															㐨	堯典
虞舜側微堯聞之聰明															㐨	舜典
予弗克俾厥后惟堯舜			堯 P2643 尭 P2516	㐨												㐨	說命下

7、勳

《說文》力部「勳」字卜云「勛，古文勳」，夕部「勛」下云：「勛乃勳。」
「勳」字作「勛」。《史記‧堯本紀》「放勳」作「放勛」，《周禮‧司勳》注：「故
書『勳』作『勛』。」〔註23〕「勳」，古音「熏」，古聲屬曉母，與「員」古聲屬
匣母，且古韻同屬諄部，「勳」字古文作「勛」屬聲符替換。

「勳」字在傳鈔古文《尚書》有下列不同字形：

（1）𤕍汗3.33 𤖴四1.34

《汗簡》、《古文四聲韻》錄《古尚書》「勳」字作𤕍汗3.33 𤖴四1.34，《說

〔註23〕李遇孫，《尚書隸古定釋文》卷二，頁1，劉世珩輯，《聚學軒叢書》七，台北：藝
文印書館。

文》古文作「勛」，二形類同於〈中山王壺〉「天子不忘其有勳」「勳」字作 中山王壺，其偏旁「員」字與《說文》「員」籀文 同，「員」本從鼎，古作 佚11 員父尊 石鼓文，《說文》小篆訛變爲「員」，《汗簡》員部隸定作「負」。

（2）勛：勛₁勛₂

《書古文訓》「勳」字或作勛₁，與《說文》古文作「勛」同。敦煌本 S801、S799 及神田本、內野本足利本、上圖本（影）、上圖本（八）、《書古文訓》「勳」字或作古文「勛」時多從負，作勛₂，《汗簡》員部即隸定作「負」。古文字「○」形隸定作「口」或作「厶」，如「公」字甲骨文作 甲編 628，金文作 令簋 盂鼎 休盤 郑公華鐘、魏三體石經〈無逸〉、〈君奭〉古文作「」，多從○形，隸定作「公」、〔註24〕「兌」或作「兊」，「容」或作「㝐」等等。

曾良《俗字與古籍文字通例研究》〔註25〕亦云古籍中帶「口」部件的漢字往往寫成「厶」而成爲俗字，如「拘」寫作「抅」等，也有「厶」寫成「口」的，如「強」字爲俗字，正字爲「强」，《說文》虫部：「强，蚚也。從虫弘聲。」徐鍇云：「弘與強聲不相近，秦刻石從口，疑從籀文省。」曾良以爲如此則秦代「厶」、「口」二旁相通，然以「公」等字爲例，「厶」、「口」相通早已見於戰國時期。

【傳鈔古文《尚書》「勳」字構形異同表】

傳抄古尚書文字 勳 四1.34 汗3.33	戰國楚簡	石經	敦煌本	岩崎本	神田本b	九條本	島田本b	內野本	上圖（元）	觀智院b	天理本	古梓堂b	足利本	上圖本（影）	上圖本（八）	古文尚書晁刻	書古文訓	尚書篇目
日若稽古帝堯日放勳																	勛	堯典
其克有勳			勛 S801											勛	勛	勛	勛	大禹謨
肅將天威大勳未集					負勛										勛		勛	泰誓上

〔註24〕 高鴻縉云：「按儿爲八，乃分之初文，○爲物之通象，物平分則爲公矣，——此字甲文金文俱不從厶，而韓非子竟有自環爲厶之語，則此字形體之省變，必在戰國末期，其後小篆沿之耳。」《中國字例》三篇，台北：廣文書局，1964.10，頁16。

〔註25〕 曾良，《俗字與古籍文字通例研究》，南昌：百花洲文藝出版社，2006，頁76～77。

克成厥勳誕膺天命		勳 S799	勳b		勳		勳 勳 勳		勳	武成

堯典	戰國楚簡	漢石經	魏石經	敦煌本 P3315		岩崎本	神田本	九條本	島田本	内野本	上圖本（元）	觀智院	天理本	古梓堂	足利本	上圖本（影）	上圖本（八）	晁刻古文尚書	書古文訓	唐石經
欽明文思安安允恭克讓	〔楚簡字形〕									欽明文思安安允恭克讓					欽明文思安安允恭克讓	欽明文思安安允恭克讓	欽明文思安安允恭克讓	欽明文思安安允冀戸攘	欽明文思安安允恭克讓	欽明文思安安允恭克讓

8、欽

「欽」字在傳鈔古文《尚書》有下列不同字形：

（1）欽₁欽欽₂欽₃鈌₄

《書古文訓》「欽」字或作欽₁，偏旁「金」字與《說文》古文作金類同，惟內部上方∨拉直作一短橫；或作欽欽₂，較金說文古文金多一點。「欽」字金文作𨥏魚鼎七，戰國作鈌包山 143 𨥦（欽）郭店.尊德義 2𨥦楚帛書乙 11.89，所從「金」字點畫或成直畫或相連，漢簡作釱居延簡甲 650釱居延簡乙.480.3 形「金」字點畫相連成短橫。

內野本「欽」字或作欽₃，偏旁「欠」字即篆形𣢑之隸變，與釱居延簡甲 650 所從相類；上圖本（元）或作鈌₄，其右攵形即篆文「欠」𣢑之訛變。

（2）欽欽₁歆₂

《書古文訓》「欽」字或作欽欽₁，偏旁「金」字即篆形金之隸變，與秦簡作釾睡虎地 23.11、漢代作欽流沙簡.簡牘.5.23欽華山廟碑同形，《集韻》「欽」字古作欽，此即《說文》「欽」字篆形鋎之隸古定。內野本或作歆₂，偏旁「金」字直筆變作「丶」。

（3）欽欽

《書古文訓》「欽」字或作欽欽，左為偏旁「金」字作金說文古文金之訛，內部上方∨形與訛成「口」，原作土中礦點之形圡，則訛寫成兩止相疊，屬於

字的內部類化。

（4）〔𣪘〕

上圖本（元）「欽」字或作〔𣪘〕，爲篆文〔欽〕之訛變，當由（2）〔欽〕〔欽〕1形再變，「金」之點畫相連拉成橫畫且偏於右側訛寫成〔𣪘〕，〔殳〕即欠〔篆形〕、〔金文.魚鼎匕〕之訛。

【傳鈔古文《尚書》「欽」字構形異同表】

欽	戰國楚簡	石經	敦煌本	岩崎本	神田本b	九條本	島田本b	內野本	上圖（元）	觀智院b	天理本	古梓堂本b	足利本	上圖本（影）	上圖本（八）	古文尚書晁刻	書古文訓	尚書篇目
欽明文思安安									欽								欽	堯典
欽哉慎乃有位									欽								欽	大禹謨
欽崇天道永保天命														欽			欽	仲虺之誥
王用丕欽罔有逸言				欽										欽			欽	盤庚上
嗚呼欽予時命														欽			欽	說命上
惟臣欽若惟民從乂									𣪘								欽	說命中
惟說式克欽承			欽 P2643 欽 P2516						𣪘							欽		說命下
日欽劓割夏邑								欽									欽	多方
帝欽罰之乃伻我有夏							欽										欽	立政
欽若先王成烈				欽											欽		欽	畢命
出入起居罔有不欽																	欽	冏命
嗚呼欽哉永弼乃后于彝憲																	欽	冏命

9、明

《說文》朙部「明」字本作「朙」，照也，从月从囧，又載古文作「明」，

以爲「囧窻牖麗廔闓明也」，《玉篇》明部則以「眀」爲古文。甲骨文「明」字〔註26〕作 ⬡ 前 4.10.4、⬡ 乙 3200、或作 ⬡ 甲 3079，孫海波云：「从日與說文古文同」，又作 ⬡ 乙 6510、⬡ 乙 6664、⬡ 前 7.43.2 等形，金文亦作「眀」、「明」二形：⬡ 明公簋、⬡ 明我壺、⬡ 師𩰫鼎、⬡ 秦公簋、⬡ 秦公鎛、⬡ 秦公鎛、⬡ 秦公鎛、⬡ 中山王鼎、⬡ 易兒鼎。

羅振玉以卜辭爲證以爲「眀」、「明」皆古文，〔註27〕董作賓以窗形訛爲日，高鴻縉亦言「商周文字只有窗牖眀，而無日月明」，〔註28〕李孝定以爲从日亦爲會意：「日月麗天，明之至也，非囧訛爲日，取象有別耳」，〔註29〕季旭昇以爲此說是「誤解甲骨文 ⬡ 左旁爲日形，疑此日形當視爲囧形之省，……從甲骨到魏晉，『明』字大多數都不从『日』，戰國或从『日』者當爲『囧』形之訛變」。〔註30〕

王玉哲以爲甲骨文中的朝字 ⬡、⬡ 等形，根據古文字簡化原則，省去「木」成 ⬡、⬡（第一形見戩 22.2），並從朝夕對文的習慣用語上證之，此形雖可以隸定爲「明」，但仍是「朝」字應讀爲「朝」，而不是作爲明亮解的「明」字。因爲明亮的「明」，甲骨文金文都作从囧从月的「眀」形。〔註31〕《甲骨文詁林》「明」字按語亦云：「卜辭 ⬡、⬡ 諸形與 ⬡ 字之用法迥然有別，舊均釋爲『明』，實則 ⬡ 與 ⬡ 當釋『朝』」。〔註32〕

甲金文「眀」字所从之囧，到春秋時原本的曲筆即有拉直及省略的趨勢，如：⬡ ⬡ ⬡ 秦公鎛、⬡ 沇兒鐘，春秋戰國之際的侯馬盟書則並存从 ⬡、⬡、目、日、口等形：⬡ 侯馬 156.17、⬡ 侯馬 1.20、⬡ 侯馬 194.5、⬡ 侯馬 1.53、⬡ 侯馬 1.4、⬡ 侯馬 67.29，戰國璽印亦多見作「明」形者，如：⬡ 璽彙 4399〔燕〕⬡ 璽彙 4394〔晉〕⬡

〔註26〕 《甲骨文編》，中國社會科學院考古研究所，北京：中華書局，1996，頁 295。

〔註27〕 羅振玉，《增訂殷虛書契考釋・中》，台北：藝文印書館，1981，頁 6。

〔註28〕 高鴻縉《中國字例》二篇，台北：廣文書局，1964.10，頁 202～203

〔註29〕 李孝定，《甲骨文字集釋》，台北：中研院史語所，1991，頁 2268。

〔註30〕 季旭昇《說文新證》上冊頁 552，以爲此與甲骨文「𥁕」字上部所从有囧、田、日三形，其實都是「囧」之異體，與「眀」形左旁所从相同，二者可以互證。（台北：藝文印書館，2002）。

〔註31〕 王玉哲，〈甲骨金文中的朝與明字及其相關問題〉，《殷墟博物苑苑刊創刊號》。

〔註32〕 說見《甲骨文詁林》「明」字，于省吾主編，北京：中華書局，1996，頁 1121。

璽彙 961〔晉〕 ⬚ 璽彙 4403〔晉〕，戰國古幣有又簡作从口之形者：⬚貨系 3788〔齊〕。這些所从之⬚、⬚、目、日、口形皆是由囧形簡省或訛變成的。

西周金文均未見从日月作之「明」者，今所見从日之「明」者皆是春秋以後——尤以戰國爲甚——文字使用頻繁變化劇烈所見，由囧形簡省或訛變成的。魏三體石經〈君奭〉「王人罔不秉德明恤」「明」字今存古隸二體作⬚（⬚）⬚，《古文四聲韻》、《汗簡》所錄《古尚書》亦从日月作「明」：⬚四 2.19 ⬚汗 3.33，可知戰國古文「明」字作从日月之「明」。

秦文字「明」作⬚陶齋.秦銅權 9，可見由囧形演變成目形的痕跡。由「囧」形隸變成从「目」的「明」字，至秦統一文字成爲當時的主要寫法，秦簡、漢簡等「明」字皆从目形，如：⬚睡虎地 8.5 ⬚老子乙前一上 ⬚老子甲後 242 ⬚武威簡.王杖十簡 9 ⬚滿城漢墓銅鐙，魏品式石經〈皋陶謨〉「日宣三德夙夜浚明有家」殘碑亦然：「明」字隸篆二體作⬚⬚。

下表是「明」字形體演變的分析說明：

「明」字在傳鈔古文《尚書》有下列不同字形：

（1）朙：⬚魏品式（篆）朙1朙2朙3朙4

魏品式石經〈皋陶謨〉「明」字篆文作⬚，《書古文訓》、晁刻古文尚書或作朙1，爲⬚魏品式形之隸定。《書古文訓》或作朙2，所从「囧」字內下方隸定作「口」；或作朙3，「囧」內上方筆畫或隸變作乂；或作朙4所从「囧」下訛少一畫。

（2）明：⬚魏三體明1

魏三體石經《尚書》「明」字隸體均作⬚，《尚書》敦煌諸寫本、岩崎本、九條本、內野本、觀智院本亦多作明1，所从「目」蓋隸變自象窗櫺之「囧」。

（3）明：⬚汗 3.33 ⬚四 2.19 ⬚魏三體

《汗簡》、《古文四聲韻》錄《古尚書》「明」字作⬚汗 3.33 ⬚四 2.19，爲从日月之「明」，與魏三體石經〈君奭〉古文作⬚同形，今「明」字之作「明」即承於此。

（4）**𣇪**上博1緇衣15 **𣇪**郭店緇衣29

楚簡上博1〈緇衣〉15、郭店〈緇衣〉29引〈康誥〉「敬明乃罰」「明」字作**𣇪**上博1緇衣15 **𣇪**郭店緇衣29，形構作上「月」下「日」，源自西周早期作上「月」下「囧」：**𣇱**明我壺、春秋晚期沇兒鐘作**𣇰**沇兒鐘等形。

（5）明：**明**1 **明**2

九條本、內野本、觀智院本「明」字或作**明**1，乃作「明」字，所從「目」右直畫較長而末筆短橫向右上斜寫，寫近「耳」字形，敦煌本P2643作**明**2，即其左訛似從「耳」。偏旁「目」字寫似「耳」字形，在手寫本中常見，如「睦」字敦煌本P3315、內野本、足利本、上圖本（影）等寫本各作**睦睦睦睦**等形。

【傳鈔古文《尚書》「明」字構形異同表】

傳抄古尚書文字 明 四2.19 汗3.33	戰國楚簡	石經	敦煌本	岩崎本b	神田本b	九條本b	島田本b	內野本	上圖（元）b	觀智院b	天理本b	古梓堂b	足利本	上圖本（影）	上圖本（八）	古文尚書晁刻	書古文訓	尚書篇目
欽明文思安安																	朙	堯典
百姓昭明																	朙	堯典
明于五刑以弼五教			明 S5745														朙	大禹謨
夙夜浚明有家		明 魏品															朙	皋陶謨
元首明哉股肱良哉		明 漢	明 P3605.P3615														朙	益稷
聖有謨訓明徵定保			明 P2533 明 P3752			明											朙	胤征
格于皇天爾尚明保予			明 P2643 明 P2516		明												朙	說命下
敬明乃罰	𣇪 上博1緇衣15 𣇪 郭店緇衣29																朙	康誥

予以秬鬯二卣曰明禋	明 P2748				朙	洛誥
惟天明畏				明	朙	多士
王人罔不秉德明恤	朙 魏					君奭
罔不明德慎罰	明 S2074	朙			朙	多方
黍稷非馨明德惟馨			明b		朙	君陳
昔在文武聰明齊聖		明	朙		朙	囧命
群后之逮在下明明棐常			朙		朙	呂刑

10、文

《說文》文部「文，錯畫也，象交文」，「文」字甲骨文作：京津 2837 甲 3490 乙 6821 反 鄴二下.35.2《甲》頁 372，金文作：能匋尊 曾伯文鼎 君夫簋 師酉簋 史喜鼎 啓尊 自丞卣 文父丁匜 保卣 彔簋 此簋 文鼎 毛公鼎 楚王酓章戈，皆象人正面直立而胸前有刻畫紋飾之形，字形中甲骨文 、金文 皆爲其胸前交文錯畫之形，其形不勝枚舉，又或作 乙 3612 省其中錯畫之形。金文錯畫之形漸訛而近於心字之形，故有誤以 爲寧字〔註33〕（寧字金文作 毛公鼎）。〈君奭〉「在昔上帝割申勸寧王之德」敦煌本 P2748、《書古文訓》及日古寫本皆作「寧王」，或寫作「宓」，即金文「文」字 （見師酉簋）之誤；惟戰國郭店楚簡〈緇衣〉簡 37 引作「君奭員：『昔才（在）上帝裁（割）紳觀文王德』。」作「文王」而不誤。

《汗簡》、《古文四聲韻》錄《古尚書》「文」字作 四 1.33 汗 4.51（广部），《汗簡箋正》以爲薛本「文」例作「迏」，此形乃「夾」之誤爲「文」，《汗簡》太部「夾」字收《古尚書》作 汗 4.56，是當時傳本有誤，「夾」作 者郭氏因分二形。黃錫全《汗簡注釋》以爲《箋正》「『文』乃『夾』之誤」不一定正確，而謂 蓋金文 史喜鼎等形之訛體：「屮訛作 ，由 訛作 ，再訛變作 」。〔註34〕按金文胸前刻畫紋飾之形種類頗多，如 自丞卣即與 汗 4.51

〔註33〕參見徐中舒《甲骨文字典》卷九（成都：四川辭書出版社，1990）。

〔註34〕黃錫全，《汗簡注釋》，武漢：武漢大學出版社，1993，頁 337。

四 **1.33** 相近，不必然由心字之形訛作 🐾，但 🐾汗 **4.51** 🐾四 **1.33** 形由人正面直立
而胸前刻畫紋飾之形而來，確然無誤。「文」字魏三體石經〈君奭〉古文作 🐾魏
三體，其形雖省胸前錯畫，但人形曲筆與 🐾汗 **4.51** 🐾四 **1.33** 相近，🐾汗 **4.51** 🐾四
1.33 有可能是由 🐾魏三體訛變而成。

　　《書古文訓》「文」字多作 亥 即「彣」字，《說文》：「彣，䤸也，从彡从文。」
段注云：「凡言文章皆當作彣彰，作文章者省也。」即人文身錯畫為「文」，文
章之文作「彣」，《集韻》「彣」古通「文」，《隸古定釋文》卷 **2.1** 舉證〈孔宙碑〉
「以彣修之」、〈曹全碑〉「陰徵博士李儒彣優」「文」俱用「彣」字，「文」「彣」
為一字繁簡不同，兩者相通用。陳夢家以為「彣」字「是戰國時所謂古文體，
因為說文『吝』的古文从口从彣，可證。」〔註 35〕《汗簡》🐾部下「文」字
又作 🐾汗 **4.48** 文見諸家別體，此形與《書古文訓》作 亥 無別。《汗簡》🐾部有「彣」
字 🐾汗 **4.48** 彣見說文，《箋正》謂此「古文『吝』也，形本作 🐾 誤作『文』用，
見碧落碑，郭氏深信碧落不嫌改說文也。」黃錫全《汗簡注釋》以為鄭說當是。

　　然《古文四聲韻》「文」字錄古老子作 🐾四 **1.33** 與 🐾汗 **4.48** 彣同，戰國楚簡
雨臺山竹律管「文」字作 🐾雨 **21.3**，其辭為：「□姑侁之宮為濁——王雩為濁□」，
可知戰國古文中「文」字有作「彣」又增口之形。此外包山楚簡「文坪夜君」
「文」字作 🐾包山 **203**，戰國玉印作 🐾，徐在國《隸定古文疏證》云：「🐾汗
4.48 由 🐾包山 **203** 🐾雨臺山竹律管 🐾雨臺山竹律管〔註 36〕等形演變。」〔註 37〕按 🐾
包山 **203** 🐾戰國玉印應即為 🐾（彣）字之所由，蓋「文」字由省簡去胸前刻畫紋
飾的人正面直立之形而成，作 🐾蔡侯盤 🐾中山王壺，而與本即象人正面直立的
「大」字作 🐾曾侯乙鐘 🐾鄂君啟舟節〔註 38〕形近而易相混，故於其右上再加飾筆

〔註 35〕陳夢家〈釋「國」「文」〉，《西南聯合大學師範學院國文月刊》11 期

〔註 36〕此三形 🐾包 **203** 🐾雨 **21.3** 🐾雨 **21.2**《楚文字編》頁 73 列入「吝」字下，《楚系簡帛
　　　　文字編》列「文」字下，頁 717（滕壬生，《楚系簡帛文字編》，武漢：湖北教育出
　　　　版社，1995）。

〔註 37〕徐在國，《隸定古文疏證》，合肥：安徽大學出版社，2002，頁 191。

〔註 38〕李孝定：「文」字作 🐾，與「大」之作 🐾者形近，頗疑「文」、「大」並「人」之異
　　　　構，其始並象正面人形，及後側寫之，獨據人義，而大、文遂廢；又後取大以為
　　　　小大字，此為約定俗成之結果，固難以六書之義說之；又取「文」為錯畫文身之
　　　　義，「文」之音讀猶與「人」字相近，予懷此意已久，而苦無佐證，聊存之以備一

作 **火**包山 203 **火**戰國玉印，以明紋飾之意，而演變成从彡之「彣」。

「文」字在傳鈔古文《尚書》有下列不同字形：

（1）文：**介**魏三體 **文**郭店.緇衣 37 **又**1

魏三體石經〈君奭〉、〈文侯之命〉「文」字古文作**介**，「文」字爲省簡胸前刻畫紋飾，本爲人正面直立之形，《說文》誤以爲錯畫象交文之形。戰國楚簡郭店〈緇衣〉37 引〈君奭〉句〔註39〕「文」字作**文**郭店.緇衣 37，源自甲骨文或作**文**乙 3612 形；敦煌本 P3767、岩崎本或作**又**1，其錯畫的首二筆**八**，「宀」俗寫作**亠**形。

（2）**爾**汗 4.51 **爾**四 1.33

《汗簡》、《古文四聲韻》錄《古尚書》「文」字作**爾**汗 4.51（广部）**爾**四 1.33，此形當由人正面直立而胸前刻畫紋飾之形而來，「文」字魏三體石經〈君奭〉古文作**介**魏三體，其形雖省胸前錯畫，但人形曲筆與**爾**汗 4.51 **爾**四 1.33 字相近，**爾**汗 4.51 **爾**四 1.33 疑即由**介**魏三體訛變而成。

（3）彣：**彣**1 **彣**2 **文**3 **彣**4 **彣**5

《書古文訓》「文」字多作**彣**1，即「彣」字，乃「文」字再加飾筆彡，以明紋飾之意；或作**彣**2，首二筆作**亠**形；足利本或作**文**3，彡訛少一畫。

上圖本（影）「文」字作**彣** **彣**4，右形訛从「久」，敦煌本《經典釋文・堯典》P3315「文」字作**彣**5，从文从勿，可隸定作「彣」，皆與《古文四聲韻》「文」字錄《籀韻》作**彣** **彣**四 1.33 形相類，其右所从久、夕、大、勿等形即「彣」字偏旁「彡」所訛變，「彡」第三筆常寫作丶形，如彰字作**彰**P2643 **彰**上圖本（元）**彰**足利本，彥字作**彥**足利本等等。

（4）寧：**寧**1 **寧**2 **寍**3 **寍**4

戰國郭店楚簡〈緇衣〉簡 37 引作「君奭員：『昔才（在）上帝截（割）紳觀**文**王德』。今〈君奭〉作「在昔上帝割申勸寧王之德」，敦煌本 P2748、《書古文訓》及日古寫本作「寧王」或「寍王」，敦煌本 P2748 作**寧**1，足利本上圖本（影）作**寧**2，內野本、上圖本（八）作**寍**3，《書古文訓》訛變作**寍**4，「寧」

說。見李孝定，《金文詁林讀後記》卷九，台北：中研院史語所，1992。

〔註39〕郭店〈緇衣〉引作「君奭員：『昔才（在）上帝截（割）紳觀文王德』。」

「窐」皆金文「文」字作🔲師酉簋之誤。

寧	戰國楚簡	石經	敦煌本	岩崎本	神田本b	九條本	島田本b	內野本	上圖（元）	觀智院本b	天理本	古梓堂本b	足利本	上圖本（影）	上圖本（八）	古文尚書晁刻	書古文訓	尚書篇目
在昔上帝割申勸寧王之德〔註40〕	文 郭店緇衣37		寧 P2748					窐					寧	寧	窐	窐		君奭

【傳鈔古文《尚書》「文」字構形異同表】

傳抄古尚書文字 文 汗4.51 四1.33	戰國楚簡	石經	敦煌本	岩崎本	神田本b	九條本	島田本b	內野本	上圖（元）	觀智院本b	天理本	古梓堂本b	足利本	上圖本（影）	上圖本（八）	古文尚書晁刻	書古文訓	尚書篇目
昔在帝堯聰明文思																	㚅	堯典
欽明文思安安																	㚅	堯典
正月上日受終于文祖			超 P3315					㚅					㐅	𣲺			㚅	舜典
月正元日舜格于文祖								㚅					㐅	𣲺				舜典
曰若稽古大禹曰文命敷於四海								㚅					㐅	𣲺			㚅	大禹謨
厥貢漆絲厥篚織文			文														㚅	禹貢
克自抑畏文王卑服			文 P3767					㚅									㚅	無逸
文王不敢盤于遊田			文 P3767					㚅									㚅	無逸
惟文王尚克修和我有夏	🔲 魏							㚅									㚅	君奭
追孝于前文人汝多修	🔲 魏							㚅									㚅	文侯之命

11、思

　　「文思安安」，尚書〈考靈曜〉作「文塞晏晏」，見《後漢書》〈和熹鄧后紀〉、〈第五倫傳〉李賢注，後《漢書‧陳寵傳》李賢注引考靈曜「塞」作「㥶」，馮衍傳李賢注引考靈曜「塞」又作思。《說文》：「㥶，實也，從心塞省聲。〈虞書〉

〔註40〕同前注。

（皋陶謨）曰：『剛而塞』。」然今本〈皋陶謨〉作「塞」。楊樹達《積微居小學金石論叢》卷三云：「思，古讀如角思，……又讀如塞。」陳喬縱《經說考》云：「塞、寒古相通用，塞即從塞省聲也。思、塞同部雙聲，故古文作思，今文作塞或寒」，「塞」、「寒」俱為「思」之假借字也。

《說文》「恖」（思）部「恖，容也，从心囟聲」篆文作🌀，《玉篇》則以「恖」為古文「思」字。《古文四聲韻》卷一頁 19 錄「思」字：🌀1 🌀2 四 1.19 碧落碑、🌀3 🌀4 古孝經、🌀5 牧子文、🌀6 王存乂切韻、恖恖籀韻等形，《汗簡》則錄碧落碑文：🌀7 汗 4.58、🌀8 🌀9 汗 6.73、牧子文作🌀 汗 4.58、華岳碑作🌀10 汗 6.74。這些思字的上部皆由「囟」變化而成，其下部形體可分三類說明：

一，🌀6 🌀10 下部所从廿形常見於古璽及戰國文字，乃由「心」字變作此形，如：楚簡作🌀包 129、楚帛書🌀甲 6.15、古陶🌀季木 2.19、古璽🌀璽彙 1895🌀璽彙 4101🌀璽彙 3770。

二，「思」字或下部作🌀1 🌀7 🌀4 🌀5 等形則應是廿形之寫誤，亦即「心」字🌀之寫誤，睡虎地秦簡「思」字作🌀🌀其下部之形亦是如此。

三，🌀2 🌀8 🌀9 等形，《汗簡》茘部錄孫強《集字》協作🌀，所從之思與🌀9 形同，其下「二」形仍由「心」字訛變，由廿形而省變二形。〔註41〕

「思」字在傳鈔古文《尚書》有下列不同字形：

（1）恖：恖1 恖恖2 恖3 恖4 恖5 恖6

《書古文訓》「思」字皆作恖1，即《說文》篆文作🌀之隸定。敦煌本 P2643、內野本或作恖恖2，上圖本（八）或作恖3，古梓堂本或作恖4，所從「囟」字內部或變作人、又、十等形；岩崎本或作恖5，「囟」下訛少一畫，與恖四 1.19 籀韻同形；上圖本（八）或作恖6，「囟」下橫畫拉長，且其上多一短橫，與「德」字作🌀形近。

（2）🌀

足利本、上圖本（影）「思」字或作🌀，所從「囟」其下訛少一畫，「心」字訛變作「大」形，此形當變自🌀四 1.19 碧落碑🌀古孝經🌀牧子文🌀汗 4.58 碧落碑🌀汗 4.58 牧子文形，與足利本、上圖本（影）、上圖本（八）「興」字上部省變作

─────────────

〔註41〕黃錫全以為此形下部當是由🌀、🌀等形（璽文 10.8）訛誤，此說亦然。說見黃錫全，《汗簡注釋》，武漢：武漢大學出版社，1993，頁 453。

𥝲形混同（參見下表）。

（3）恩：恩

上圖本（八）「思」字筆畫訛變作恩形，訛與「恩」字混同。

【傳鈔古文《尚書》「思」字構形異同表】

思	戰國楚簡	石經	敦煌本	岩崎本	神田本b	九條本	島田本b	內野本	上圖（元）	觀智院b	天理本b	古梓堂b	足利本	上圖本（影）	上圖本（八）	古文尚書晁刻	書古文訓	尚書篇目
欽明文思安安																	恩	堯典
思永惇敘九族																	恩	皋陶謨
予思日孜孜							恩								與	與	恩	益稷
汝不謀長以思乃災			恩 P2643	恩													恩	盤庚中
肆予沖人永思艱							恩								恩		恩	大誥
居寵思危罔不惟畏															恩		恩	周官
思其艱以圖其易															思		恩	君牙
昧昧我思之							恩b								惌		恩	秦誓

【傳鈔古文《尚書》「興」字構形異同表】

興	戰國楚簡	石經	敦煌本	岩崎本	神田本b	九條本	島田本b	內野本	上圖（元）	觀智院b	天理本b	古梓堂b	足利本	上圖本（影）	上圖本（八）	古文尚書晁刻	書古文訓	尚書篇目
惟口出好興戎			S801					興					與	與	與			大禹謨
乃罔恆獲小民方興			興 P2516	興				興					與	與	與			微子
今天降疾殆弗興弗悟								興					與	與	興			顧命
王再拜興荅曰眇眇予末小子			興 P4509					興					與	與				顧命

12、安

《說文》宀部「安，靜也，从女在宀下」，「安」字甲骨文作：𡩋甲288𡩋佚

847 [字形]後 1.9.13 [字形]乙 4251 反，金文作：[字形]安父簋 [字形]哀成弔鼎 [字形]坪安君鼎 [字形]格伯簋 [字形]陳獻釜。「宀」西周金文或作厂，至春秋戰國時从宀之字或作从人，如侯馬盟書「定」作[字形]侯馬 1.65、鑄客鼎「客」作[字形]鑄客鼎等等。「安」字戰國作[字形]歷博 1979.2 [字形]貨系 0594 [字形]璽彙 178 [字形]璽彙 4355 [字形]曾侯乙 48 [字形]包 2.11.7 [字形]侯馬 198.12 [字形]侯馬 200.31 等形多作从人，[字形]侯馬 200.31 可見由从宀至从人的演變痕跡，包山楚簡已近乎盡作从人。「安」字楚系文字有省作「女」者，如：[字形]郭店.尊德義 29「亓（其）載也亡（無）厚－（焉）」〔註 42〕[字形]曾侯乙 164 [字形]曾侯乙 165 [字形]天星觀.卜 [字形]天星觀.策等等。《古文四聲韻》錄「安」字作[字形][字形]四 1.38 裴光遠.集綴，《汗簡》錄作[字形]汗 5.67，从宀皆作从人，[字形]形所从人又分爲左右兩筆。

「安」字在傳鈔古文《尚書》有下列不同字形：

（1）[字形]魏二體

魏二體石經〈堯典〉「安」字古文作[字形]魏二體，與甲金文作[字形]後 1.9.13 [字形]乙 4251 反 [字形]哀成弔鼎 [字形]格伯簋同形。

（2）[字形]安

島田本、上圖本（元）、足利本、上圖本（影）、上圖本（八）等「安」字或作[字形]安，原从宀之形省變爲女字上方左右兩點，此形是承戰國「安」字从人而來，與《古文四聲韻》所錄[字形]四 1.38 裴光遠.集綴類同，或此傳鈔古文由草書作[字形][字形]而來。

（3）女：[字形]女

上圖本（元）〈盤庚上〉「惰農自安」「安」字作「女」[字形]女，戰國楚簡「安」字有省作「女」者，如[字形]郭店.尊德義 29「亓（其）載也亡（無）厚△（焉）」。

【傳鈔古文《尚書》「安」字構形異同表】

安	戰國楚簡	石經	敦煌本	岩崎本b	神田本b	九條本	島田本b	內野本	上圖（元）	觀智院b	天理本	古梓堂b	足利本	上圖本（影）	上圖本（八）	古文尚書晁刻	書古文訓	尚書篇目
欽明文思安安		[字形]魏二																堯典

在知人在安民						安		皋陶謨
安民則惠							安₂	皋陶謨
惰農自安					女		安₁安	盤庚上
安定厥邦					安		安₁	盤庚中
所寶惟賢則邇人安			安b					旅獒

13、允

《說文》儿部「允」字「信也，从儿㠯聲」，羅振玉謂「卜辭『允』字象人回顧形，殆言行相顧之意與。〔註43〕」甲骨文作：𠑽甲2915 𠑽甲799 𠑽拾4.15 𠑽甲2815，金文作：𠑽班𣪘 𠑽秦公鎛 𠑽不𣪘𣪘 𠑽中山王壺，可見「人」之頭部已訛成𠃊。𠑽不𣪘𣪘 𠑽中山王壺等二形下方从「女」，為「人」字加𠃊之變；楚帛書「允」字或其下从身，作𠑽楚帛書甲5.1「日月—生」，曾憲通《長沙楚帛書文字編》謂「此字上从㠯，下从身，身、人義近通用，當是『允』之異構。〔註44〕」戰國「允」字作𠑽石鼓文鑾車 𠑽燕侯載𣪘 𠑽郭.成之25 𠑽魏二體等形，其上「人」之頭部仍承金文訛成𠃊，甚者𠑽燕侯載𣪘 𠑽魏二體.古文二形頭部形似「口」，而與「兄」字形近。

章太炎曰：「《隸釋》載熹平石經『厥愆曰朕之愆允』，是伏生本誤『兄』為『允』也，古文家或誤從之。梅傳云：『信如是。』是梅已作『允』也。〔註45〕」。魏三體石經〈無逸〉「朕之愆允若時不啻不敢含怒」、〈君奭〉「君奭予不允惟若茲誥」「允」字古文皆作𠑽魏三體，是「允」字誤作「兄」字。「允」「兄」相混亦「厶」「口」隸定相通混用之例。（參見"勳"字）

「允」字在傳鈔古文《尚書》有下列不同字形：

（1）允：允允₁允₂允₃允允₄允₅

敦煌本 P3605.3615、九條本「允」字或作允允₁，敦煌本 P2516、P3767或作允₂，皆為《說文》篆文作𠑽之隸變；上圖本（元）或變作允₃；上圖本（影）、上圖本（八）、書古文訓或作允允₄，所从「儿」訛作「几」。觀智院

〔註43〕 說見羅振玉，《殷虛書契考釋》，台北：藝文印書館，1981。

〔註44〕 曾憲通，《長沙楚帛書文字編》，北京：中華書局，1993。

〔註45〕 章太炎，《新出三體石經考》，頁33。

本或訛變作 𠑢5。

（3）兑 𠑢

岩崎本「允」字或作 𠑢，其上訛多兩點，與「兑」字訛混。

（2）兄：𠒾魏三體

魏三體石經〈無逸〉「朕之愆允若時不啻不敢含怒」、〈君奭〉「君奭予不允惟若茲誥」「允」字古文皆作 𠒾，是「允」字「人」之頭部承金文訛成 𠃉，或形似「口」，而誤作「兄」字，魏二體石經〈堯典〉「允恭克讓」「允」字古文作 𠑹與戰國作 𠑹燕侯載簋形，皆可見「允」字訛誤為「兄」字之痕跡。

【傳鈔古文《尚書》「允」字構形異同表】

允	戰國楚簡	石經	敦煌本	岩崎本	神田本b	九條本	島田本b	內野本	上圖（元）	觀智院b	天理本b	古梓堂b	足利本	上圖本（影）	上圖本（八）	古文尚書晁刻	書古文訓	尚書篇目
允釐百工庶績咸熙														允	允			堯典
允恭克讓		𠑹𠑹 魏二																堯典
俞允若茲																	允	大禹謨
庶尹允諧帝庸作歌			允 P3605 P3615															益稷
嗚呼威克厥愛允濟							𠑢							允				胤征
王惟戒茲允茲				𠑢					𠑢									說命中
允協于先王成德			𠑢 P2516	𠑢					𠑢									說命中
惟天不畀允			允 P2748															多士
朕之愆允若時		𠒾魏	允 P3767											允				無逸
予不允惟若茲誥		𠒾魏	允 P2748											允				君奭
民其允懷學古入官														𠑢 b	允			周官

14、恭

「允恭克讓」，《撰異》云：「《尚書》凡『恭肅』字皆從心，『供奉』『供給』字則作『共』，分用畫然。……《詩》恭敬字亦皆作『恭』，惟《詩‧韓奕》『虔共爾位』，鄭注云：『古之恭字或作共。』」「衛包誤認『共』、『恭』爲古今字。『供』、『龔』音訓俱同，而古經假『共』爲『龔』。『龔』訓奉，非恭敬之謂也。(《撰異‧甘誓篇》)」。「龔」「恭」二字古相通用，如《漢書敘傳》「龔行天罰」、梁元帝〈告四方檄〉「中權後勁龔行天罰」、庾信〈代齊王進白兔表〉「臣之龔行實從陝略」等俱以「龔」作「恭」，《隸古定釋文》謂「《古文尚書》『恭』俱作『龔』，衛包始改作『恭』」。

《書古文訓》恭敬字俱作「龔」，供奉、供給字則俱作「共」(辭例詳見下表)。《隸釋》存漢石經尚書「恭」字、「供」字俱作「共」，與《詩》鄭注相合。魏三體石經「恭」字三體俱作「龔」，《隸釋》錄尚書漢石經、魏三體石經所見「龔」、「恭」、「共」之使用非如《撰異》所謂，漢石經尚書中「共」字既借作供給字也借作恭敬字。《說文》龔、龏爲二字，共部「龔」訓給也，與「供」同義，廾部「龏」訓愨也，與「恭」字音義同，依《說文》之訓，魏三體石經、《書古文訓》所作恭敬字之「龔」當作「龏」爲正。

馬敘倫《說文解字六書疏證》卷五謂《書‧甘誓》「今予惟恭行天之罰」借「恭」爲「龏」，其云：「龏龔一字，……《書》借恭者，共聲龍聲皆東類，春秋楚恭王，呂氏春秋作龔，是其例證……龏爲共之音，同見紐轉注字」。朱芳圃謂「共」象兩手奉形，引古文《尚書‧甘誓》「今予惟共行天之罰」〈孔傳〉：「共，奉也」，說明奉、給皆「共」之本義，「共」與「供」音義並同，經傳通用無別，並且孳乳爲「龔」，《玉篇》共部「龔，奉也」。〔註46〕

顧頡剛、劉起釪《尚書校釋譯論》則指出，《詩‧小明》「靖共爾位」《禮‧表記》引作「恭」，可知「恭」古有假作「共」，通「龔」。雖「龔」字原係供奉、供給之義，亦可通「龏」，作恭敬義。〔註47〕高田忠周《古籀篇》57 云：「『龔』蓋『龏』字訛體，給供，亦恭敬而行，或本義之轉，亦或假借爲『供』，未詳。

〔註46〕說見朱芳圃《殷周文字釋叢》卷中(台北：學生書局，1972.8)，其舉禮記曲禮「共給鬼神」，釋文「共，本或作共」等爲證。

〔註47〕顧頡剛、劉起釪著，《尚書校釋譯論》，北京：中華書局，2005，頁11。

或供給爲『龏』字義，愨也爲『恭』字假借義，亦可通矣。」

從字形演變來看，□（廾）是「共」、「恭」字之初文，亦是「供」字初文。吳大澂云：「□古共字，象兩手有所執持，共手之『共』，即恭敬之『恭』，從心後人所加〔註48〕」。李孝定亦以爲「廾、共古今字，龏龔亦當爲古今字」。「共」字甲金文象兩手奉器供奉之狀，作□續 5.53 □亞且乙父己卣 □牧共簋 □父癸簋 □禹鼎 □善鼎 □□ □盤等形。「龏」字甲骨文作：□拾 6.4 □乙 1392 □庫 652 □�摭續 105，金文作□何尊 □五祀衛鼎 □頌鼎 □克鼎 □曼龏父盨 □邾大宰匜 □邾公華鐘 □秦公簋 □禾簋 □陳侯因資錞 □陳肪簋等形，則象兩手持龍之形，《說文》訓「愨也」，有恭敬之義，《金文編》「龏」□頌鼎下云通「龔」。

「龏」即古「龔」字，「龔」字應是訛自「龏」字，「龍」字右側象龍尾之形漸作□形進而與□形漸離（□頌鼎 □克鼎），或終至於獨立而似兄形（□曼龏父盨 □邾大宰匜），甚而「龍」字完整而另作「兄」字（□秦公簋），故有謂金文「龏」字往往從兄作「龔」；〔註49〕再者「兄」字之下兩筆與□結合而作「共」字，「龏」字訛變作「龔」過程如下：

龏 1□何尊 →2□五祀衛鼎 →3□頌鼎 →4□克鼎 →5□邾公華鐘 →6□秦公簋 →7□陳侯因資錞 →8□四 1.12 古孝經 □睡虎地.爲 11 龔

又今「龔」字最早見於睡虎地秦簡□睡虎地.爲 11「——敬多讓」，亦借作恭敬字。

《古文四聲韻》錄古孝經「恭」字作□□四 1.12 乃假「龔」爲「恭」。《汗簡》錄「龔」字□汗 5.64 王庶子碑，《箋正》謂「此隸省訛字也，當作□。」《汗簡注釋》以爲《古文四聲韻》錄此碑作□四 1.12 王庶子碑，其所錄□四 1.12 王存乂切韻、□□四 1.12 恭.古孝經皆古「龔」形訛變，其謂「龔字古有從『兄』作者，……□邾大宰匜 □禾簋 □陳侯因資錞等形。龍下豎筆與兄下筆和艹形重合□，如兄下兩筆與艹合書便成□，以致右形似『共』字。此形原當作□或□，『龏』即古龔字。〔註50〕」其說亦是也，惟所從「兄」形當是龍尾之訛。

戰國楚簡「龏」字皆作□□□包 90□包 162□包 41 其龍尾形如□頌鼎 □克

<hr/>

〔註48〕吳大澂，《說文古籀補》卷三，台北：藝文印書館，1968。

〔註49〕如孫常敍〈麥尊銘文句讀試解〉，《松遼學刊》1983：1、2 期合刊。

〔註50〕黃錫全，《汗簡注釋》，武漢：武漢大學出版社，1993，頁 402。

鼎等，信陽楚簡「龏」字則借爲「恭」，作 ![字形] 信 **1.024** 形，與甲骨文 ![字形] 金 **565** 同，朱歧祥謂此从手持龍當爲「龏」字省，从手、从廾無別。

「恭」字在傳鈔古文《尚書》有下列不同字形：

（１）龏：![字形] 魏三體（古）![字形] 魏三體（篆）![字形]![字形]![字形]₁ ![字形]₂ ![字形]₃ ![字形]₄

魏三體石經「恭」字三體俱作「龏」，篆文作 ![字形]，古文作 ![字形] 形當源自春秋晚期之後的 ![字形] 郘公華鐘 ![字形] 禾簋 ![字形] 陳侯因資錞等形，![字形] 魏三體（古）所从「兄」是龍尾之訛變，原从之 ![字形] 字省變只餘左側而與龍下豎筆結合，此字實是「龏」字。《書古文訓》「恭」字皆作「龏」![字形]₁、日古寫本亦多作「龏」![字形]![字形]₁，「龏」與「龏」爲一字，與「恭」字俱是由供奉而有恭敬義之「共」字之孳乳。

敦煌本「恭」字或作 ![字形]₂![字形]₃ 形，是「龏」形之變，「龍」字右側省簡作「巳」形，「共」字則移至其下，字體變作左右形構。上圖本（八）或作 ![字形]₄，「龍」字省變作「竜」。

（２）共：![字形] 隸釋 ![字形]![字形]

《隸釋》錄漢石經尚書殘碑「恭」字皆作「共」，〈無逸〉「即康功田功徽柔懿恭」《隸釋》錄漢石經尚書、敦煌本 P3767、P2748「恭」字亦作「共」![字形]![字形]，「共」字本義爲奉、給，引申有恭敬義，「恭」字爲此義之孳乳字。

（３）恭：![字形]![字形]₁![字形]₂![字形]![字形]₃

敦煌本 P2748、上圖本（影）、上圖本（八）「恭」字或作 ![字形]![字形]₁，內野本或作 ![字形]₂，所从「小」（心）變似「水」形，敦煌本 P2748、上圖本（影）或作 ![字形]![字形]₃，「小」（心）混作「小」。

（４）![字形]

上圖本（八）「恭」字或作 ![字形] 形，从竹从龏，从竹應是誤作。

【傳鈔古文《尚書》「恭」字構形異同表】

恭	戰國楚簡	石經	敦煌本	岩崎本	神田本b	九條本	島田本b	內野本	上圖（元）	觀智院b	天理本	古梓堂b	足利本	上圖本（影）	上圖本（八）	古文尚書晁刻	書古文訓	尚書篇目
允恭克讓																		堯典
濬哲文明溫恭允塞								![字形]						![字形]	![字形]		![字形]	舜典

經文		隸古定本						今本尚書
蠢茲有苗昏迷不恭		龔 S801		恭		恭 恭		龔 大禹謨
今予惟恭行天之罰		龔 P2533	龔	龔		龔 龔		龔 甘誓
汝不恭命右不攻于右		龔 P5543 / 龔 P2533	龔	龔		龔 龔	龔	龔 甘誓
汝不恭命用命賞于祖		龔 P2533	龔	恭		恭 恭		龔 甘誓
其或不恭邦有常刑		龔 P2533 / 龔 P5557		龔	恭			龔 胤征
各恭爾事	共 隸釋	龔 P3670 / 龔 P2643	龔	龔	龔		恭 龔	龔 盤庚上
顛越不恭暫遇姦宄		龔 P2643 / 龔 P2516	龔	龔	龔		龔	龔 盤庚中
故弗言恭默思道		龔 P2643 / 龔 P2516	龔	龔	龔	龔 龔	龔	龔 說命上
惟恭行天之罰		龔 S799		龔		龔 龔	龔 龔	龔 牧誓
惟恭奉幣用供王			龔	龔			龔 龔	龔 召誥
弘朕恭		恭 P2748		龔			恭 龔	龔 洛誥
嚴恭寅畏天命	恭 隸釋	龔 P2748		恭		龔 龔	龔 龔	龔 無逸
即康功田功徽柔懿恭	共 隸釋	共 P3767 / 共 P2748		龔				龔 無逸
大弗克恭上下	(魏)	恭 P2748		龔		龔 龔	龔	龔 君奭
罔丕惟進之恭洪舒于民		龔 S2074	龔	龔		龔 龔	龔	龔 多方
君陳惟爾令德孝恭			龔	龔 b		龔 龔	龔	龔 君陳

15、克

　　《說文》克部「克，肩也，象屋下刻木之形」古文作🔲、🔲，「克」字甲骨文作：🔲甲1249🔲前8.5.5🔲掇2.468🔲京津2749，金文作🔲大保簋🔲克鼎🔲何尊🔲令鼎🔲克鐘🔲秦公鎛🔲公克錞，與篆文🔲略同，象人戴冑形，金文「冑」字作🔲廥簋🔲盂鼎二🔲伯鼎🔲中山王壺。甲骨文「克」字有作🔲前6.23.3，《甲骨文編》注云：「从人戴冑持戈」。朱芳圃謂「克」字上象冑形，下从皮省，爲「鎧」之初文，亦即甲冑之「甲」本字。〔註51〕魯實先先生以爲：「从卪、由會意，『由』乃『冑』之初文，……以戰勝爲本意〔註52〕」，克之本義爲「勝」，「許訓肩殆引申之誼矣」。〔註53〕

　　「克」字秦文字作🔲石鼓🔲集證223.283等形，皆承甲金文🔲形，亦《說文》「克」篆體🔲之源，戰國楚簡作🔲郭店緇衣19亦承自甲金文🔲形。戰國「克」字又作🔲中山王鼎🔲璽彙3507🔲郭店.老乙2🔲上博1緇衣11等形，其形構或爲从由、冑、从皮省〔註54〕（皮字金文作🔲、🔲弔皮父簋），魏三體石經「克」字古文作🔲魏三體，疑即訛變自此，與🔲陶彙3.124形近，🔲魏三體右側之🔲形當由「又」變化而來，其所从「由」（冑）繁化，於口形內多一點。

　　《隸續》錄三體石經「克」字作🔲，《汗簡》錄作🔲汗3.36見石經，《箋正》謂此爲「石經尚書」，🔲、🔲即🔲魏三體之訛變，與🔲說文古文克形近。

　　「克」字在傳鈔古文《尚書》有下列不同字形：

　　（1）🔲上博1緇衣11🔲郭店緇衣19

　　戰國楚簡上博1〈緇衣〉、郭店〈緇衣〉引《尚書・君陳》「凡人未見聖若不克見」「克」字作🔲上博1緇衣11🔲郭店緇衣19，🔲上博1緇衣11與🔲中山王鼎🔲璽彙3507🔲陶彙3.124🔲郭店.老乙2等同形，源自甲金文🔲甲1249🔲大保簋🔲克鼎🔲秦公鎛🔲公克錞等形，🔲郭店緇衣19則與甲金文同形。

　　（2）🔲魏三體🔲🔲1🔲🔲2🔲3

〔註51〕朱芳圃，《殷周文字釋叢》卷中，台北：學生書局，1972.8，頁75。

〔註52〕魯實先先生，《文字析義》，台北：魯實先編輯委員會，頁1140。

〔註53〕羅振玉，《增訂殷虛書契考釋・中》，台北：藝文印書館，1981，頁69。

〔註54〕季旭昇先生以爲「其从皮不省但上部和『由』旁並用的『口』形繁化爲『甘』。」《說文新證》上冊，頁571（台北：藝文印書館，2002）。

魏三體石經「克」字古文皆作 ，與 說文古文克類同，當源自 中山王鼎 郭店.老乙 2 璽彙 3507 陶彙 3.124 等形之訛變， 魏三體右側之 形由「又」訛變，其所從「由」（胄）繁化，於口形內多一點。內野本、上圖本（八）或作 1，上圖本（八）或作 2，其上訛作「古」，下變作「水」，足利本、上圖本（影）或作 3，上訛作「古」作 形，1.2.3 形皆 說文古文克之隸古定訛變。

（3） 魏三體.篆

魏三體石經「克」字篆體皆作 魏三體.篆，《書古文訓》作 ，即此形之隸古定，與 說文篆文克類同。

（4）克： 魏三體 1 2 3 4 5

魏三體石經「克」字隸體皆作 ，上圖本（八）「克」字或作 1，皆為 說文篆文克之隸書；岩崎本或變作 2，觀智院本或作 3，九條本或作 4，皆訛多一畫；上圖本（影）或訛作 5。

（5）尅：

神田本〈武成〉「惟爾有神尙克相予」「克」字作「尅」 ，「尅」字從克得聲，此借「尅」為「克」。

【傳鈔古文《尚書》「克」字構形異同表】

克	戰國楚簡	石經	敦煌本	岩崎本	神田本b	九條本	島田本b	內野本	上圖（元）	觀智院b	天理本	古梓堂b	足利本	上圖本（影）	上圖本（八）	古文尚書晁刻	書古文訓	尚書篇目
允恭克讓																	亨	堯典
克諧以孝							袞							褒 褒			亨	堯典
王歸自克夏														亮			亨	湯誥
克明乃罔不休				亮													亨	說命中
予克受				亂b													亨	泰誓下
惟爾有神尙克相予				尅b													亨	武成
克綏受茲命														兌			亨	大誥
尙克用文王教						尭								亮				酒誥

經文	變體一（魏／楚簡）		變體（堯／亮）	變體（袁）	克	篇名
亦未克敉公功				袁	卢	洛誥
大弗克恭上下	袁魏 克 P2748				卢	君奭
亦克用勸	袁魏		尭		卢	多方
惟狂克念作聖	袁魏		尭		卢	多方
亦克用乂明				袁	卢	周官
凡人未見聖若不克見	志 上博1緇衣11／ 卢 郭店緇衣19		亮b		卢	君陳
既見聖亦不克由聖				袁	卢	君陳
用克達殷集大命			亮b	袁	卢	顧命
丕顯文武克愼明德			尭		卢	文侯之命

16、讓

「讓于虞舜」「讓」字本作「攘」，孫星衍《疏》云：「以『讓』爲相表讓，則『讓』假借字」，《說文》手部「攘，推也」，《集解》云：「《曲禮》鄭注：攘，卻也。或者『攘』古讓字。《說文》『攘，推也』『讓，相責讓也』。許君從手者謂謙讓字矣」，《漢書・藝文志》「合於堯之克攘」，師古云：「古讓字」，又《漢書・禮樂志》：「隆雅頌之聲，盛攘揖之容」、〈太史公傳〉「小子何敢攘焉」，「讓」字俱作「攘」，然《漢石經・尚書》殘字「讓于殳斨暨伯與」作「讓」，謙讓（攘）字之作「讓」，漢時已見。

「讓」字《古文四聲韻》錄古孝經作 [glyph]四4.34讓，與《古文四聲韻》、《汗簡》所錄「襄」字《古尚書》作 [glyph]四2.15襄、[glyph]汗5.66襄同形，即《說文》「襄」字古文作 [glyph]。魏三體石經僖公「襄」字古文作 [glyph]，戰國古文「襄」、「讓」字皆有作 [glyph]，乃以「襄」假借爲「讓」。

「襄」字從衣㐮聲，西周金文作 [glyph]穌甫人匜 [glyph]穌甫人盤，戰國中期鄂君啓舟節省去衣形作 [glyph]，即「㐮」字假借爲「襄」。戰國楚簡多以「㐮」字假借爲「襄」及「讓」、「壤」等以襄爲偏旁之字，如「襄」字作 [glyph]楚帛書甲2.16 [glyph]包

山 103 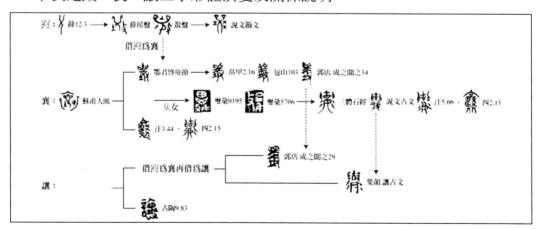 郭店.成之 29、〔註 55〕「讓」字作 郭店.成之 34「朝廷之位，△而處賤」、「壞」字作 郭店.語叢 4.23「則△地不鈔」。

「𡭗」字甲骨文作 餘 12.3，西周金文作 薛侯盤 薛侯匜 散盤等形，甲骨文从人但 不知何象，薛侯盤 薛侯匜增土、攴形， 由 進而寫成 （ 散盤），《說文》「𡭗」籀文作 ，即 變作 、「土」訛作「工」、「攴」訛作「爻」，古陶「讓」字作 古陶 9.83 鞠讓 古陶 9.84 趙讓，偏旁「襄」字所从之𡭗作 ，「攴」則訛作兩「又」形。《古文四聲韻》、《汗簡》錄「襄」字《古尚書》作 四 2.15 汗 3.44，所从𡭗字即訛變自 說文籀文𡭗。

鄂君啓舟節「襄」字作 即「𡭗」字， 當由 （ 散盤）訛變，楚簡「襄」字 帛甲 2.16 包山 103 郭店.成之聞之 29、「讓」字 郭店.成之聞之 34 所从之 、 、 等形亦然。戰國「𡭗」字作： 璽彙 5249 璽彙 0309 璽彙 0195 璽彙 5706 貨系 4050 三晉 100 等形，人形訛變作 、 、 等，其下部或變作从女，與燕文字作 、 〔註 56〕所从相同。 說文古文襄、 四 2.15 古尚書.襄、 汗 5.66 古尚書.襄、《集韻》「讓」古作 等皆爲「𡭗」字，其所从 當由 （ 散盤）、 （ 鄂君啓舟節）訛變，所从「女」由「人」形下部變作，與璽彙及燕文字所見相同；《集韻》「讓」古文 ，其下「月」乃「女」形之訛作；金文「𡭗」字之「土」、「攴」形，戰國文字及傳鈔古文則省去。

下表是𡭗、襄、讓三字形體演變及關係說明：

「讓」字在傳鈔古文《尚書》有下列不同字形：

〔註 55〕郭店〈成之聞之〉29 引尚書〈君奭〉「襄我二人，毋又合才音」，今本〈君奭〉曰：「襄我二人，汝有合哉言」。

〔註 56〕並續字所从，朱德熙，《朱德熙古文字論集》，北京：中華書局，1995，頁 74～75。

（1）讓：讓1、讓2、讓3

上圖本（影）、上圖本（八）「讓」字或各作讓1、讓2，偏旁「襄」字之二口筆畫省簡作四點；上圖本（八）或二口省去作讓3，與漢印 ▦ 漢印徵.王讓相同。

「攘」爲謙讓本字，今作「讓」爲假借字。

（2）攘：攘

敦煌本《經典釋文・堯典》P3315「允恭克讓」「讓」字作攘，《書古文訓》「讓」字除〈舜典〉「舜讓于德弗嗣」作㘴外，餘皆作「攘」，九條本〈君奭〉「我俊民在讓」亦作「攘」。

（3）㘴

《書古文訓》〈舜典〉「舜讓于德弗嗣」「讓」字作㘴，即「襄」之假借字「殷」之訛變，《集韻》「讓」古作㘴，㘴、㘴爲㘴說文古文襄之隸古定變，㘴即「殷」字。㘴形上部與《古文四聲韻》「襄」字錄崔希裕纂古㘴四2.15相似，亦皆屮之變；下部中間則女字形之訛變。㘴、㘴說文古文襄即「殷」字假借爲「襄」，〔註57〕此處再借「襄」之假借字「殷」（㘴）爲「讓」。

【傳鈔古文《尚書》「讓」字構形異同表】

讓	戰國楚簡	石經	敦煌本	岩崎本	神田本b	九條本	島田本b	內野本	上圖（元）	觀智院b	天理本b	古梓堂b	足利本	上圖本（影）	上圖本（八）	古文尚書晁刻	書古文訓	尚書篇目
讓于虞舜																	攘	堯典
允恭克讓																	攘	堯典
舜讓于德弗嗣			攘 P3315											讓			㘴	舜典
讓于稷契暨皋陶															讓		攘	舜典
讓于殳斨暨伯與		讓 漢													讓		攘	舜典
益拜稽首讓于朱虎熊羆															讓		攘	舜典
我俊民在讓						攘											攘	君奭

〔註57〕參見徐在國《隸定古文疏證》「讓」字（頁58）及「襄」字（頁179）。（合肥：安徽大學出版社，2002）。

周官																				
攘		讓																		推賢讓能庶官乃和

唐石經	書古文訓	晁刻古文尚書	上圖本（八）	上圖本（影）	足利本	古梓堂	天理本	觀智院	上圖本（元）	內野本	島田本	九條本	神田本	岩崎本			敦煌本P3315	魏石經	漢石經	戰國楚簡	堯典
光被四表格于上下	炗襮三表戜亏上丅	炗襮三表戜亏上丅	光被四表格于上下	炗被四表格于上下	光被四表格于上丁					光被四表格于上丁											光被四表格于上下

17、光

「光被四表」，「光」字《書古文訓》作**炗**，爲《說文》古文作**炗**之隸定。王引之《經義述聞》、皮錫瑞《考證》舉證《漢書》之〈王莽傳〉、〈王褒傳〉、《後漢書》之〈馮異傳〉、〈崔駰〉、班固〈西周賦〉、張衡〈東京賦〉皆引今文「光」字作「橫」，《禮緯・含文嘉》、《漢書・禮樂志》、《隸釋》之〈靈臺碑〉、〈復華下民租田口算碑〉、〈成陽令唐扶頌〉、〈縣竹石堰碑〉、《藝文類聚・樂部》引《五經正義》等都引今文作「廣」。《撰異》云：「古文尚書作『光』，今文尚書作『橫』。鄭君〈周頌〉箋引『光被四表，格于上下』，此用古文尚書也。〈王莽傳〉莽奏曰：『昔唐堯橫被四方』……此用今文尚書也。」是古文作「光」，今文作「橫」、「廣」。

《撰異》又云：「伏生作『橫』，壁中作『光』，皆即『桄』字。《爾雅》、《說文》『桄，充也。』」桄、橫通用，與《今文尚書》合。孫叔然《爾雅》作『光，充也』，與《古文尚書》合。《古文尚書》『光』字即『桄』字之假借。」王引之《經義述聞》云：「光、桄、橫古音同聲而通用，光、廣亦同聲而通用。」朱駿聲以「桄」之本義爲橫，「光」爲「桄」之假，「橫」亦廣也。綜言之，光、黃、桄、橫、廣皆同聲而通用，尚書古文作「光」、今文作「橫」、「廣」皆「桄」之假借，充塞義也。

「黃」從「光」成字得聲，古時通用。《說文》「黃，從田從炗，炗亦聲。炗，古文光。灸，古文黃。」《漢書・天文志》「黃道，一曰『光道』」王先謙注云：「黃、光，古字通。」魏三體石經左傳「齊世子光」之「光」字，殘存下半截

作「𣦵」，孫星衍《魏三體石經遺字考》以爲係「黃」壞字，即「黃」字，古有以「黃」爲「光」。唐蘭《古文字學導論》云：「古璽的黃字，舊時也不識，《汗簡‧止部》有黃字，釋做『光』，這無疑是六國時的別體。〔註58〕」按此應是假借「黃」字作「光」字用。

《汗簡》錄石經「光」字作：黃汗1.7石經.光，《箋正》謂「石經春秋如此。按古『光』『黃』通用。」以此體下爲「黃」字，上從止疑黃之上「廿」變體，《隸續》載石經「光」字古文作黃，與此同，是借「黃」爲「光」。黃汗1.7石經.光與「黃」字作黃哀成弔鼎同形，形近東周「黃」字：黃趙孟壺黃陳侯因資錞黃璽彙0728黃璽彙0750等，當皆西周金文黃召尊黃師罺父鼎黃黃韋俞父盤黃趙曹鼎黃孚黃盨黃柞鐘黃趙鼎等之變形，其中西周晚期黃趙鼎可見到由黃召尊到黃璽彙0728、黃璽彙0750、演變至黃趙孟壺黃哀成弔鼎黃汗1.7石經.光形的變化痕跡。「黃」字甲骨文作黃甲1647黃乙4534，金文變作黃召尊黃趙曹鼎，再變作黃趙孟壺黃陳侯因資錞黃璽彙0728黃璽彙0750，《汗簡注釋》謂「此（黃汗1.7石經.光）又其再變形。今本《說文》黃字古文作黃，當以此正。〔註59〕」徐在國謂黃說文古文黃是本於黃趙孟壺黃哀成弔鼎黃璽彙0728黃璽彙0750之變形。〔註60〕按「黃」字甲骨文並不從光或從火，其形構與「光」字關係仍待考。

「光」字甲金文作從火在人上之形：黃明藏258黃甲391黃啓尊黃召尊黃毛公鼎黃虢季子白盤黃攻敔王光戈，「火」字逐漸變形，黃說文古文光應即訛自黃召尊黃攻敔王光戈等形，黃形爲「火」字之變，其下爲「人」；春秋以後「光」字作黃吳王光鑑黃中山王鼎黃中山王壺黃包山207黃郭店.老子甲29，「火」字增繁、變形更劇，應是《說文》古文又作黃所本。

「光」字在傳鈔古文《尚書》有下列不同字形：

（1）黃：黃汗4.55黃四2.17黃₁黃₂黃₃

《汗簡》、《古文四聲韻》錄《古尙書》「光」字作黃汗4.55黃四2.17，皆與黃說文古文光類同，黃汗4.55稍變。《書古文訓》「光」字皆作黃₁黃₂黃₃等形，黃₁爲黃說文古文光之隸古定，又訛變作黃₂黃₃。

〔註58〕參見：顧頡剛、劉起釪著，《尚書校釋譯論》，北京：中華，2005，頁12～16。

〔註59〕黃錫全，《汗簡注釋》，武漢：武漢大學出版社，1993，頁104。

〔註60〕徐在國，《隸定古文疏證》，合肥：安徽大學出版社，2002，頁283。

（2）光：尭

內野本、觀智院本、足利本、上圖本（影）、上圖本（八）「光」字或作尭，為《說文》光字篆文炗从火在人上之隸變。

（3）橫：**橫**漢石經

漢石經尚書殘碑〈益稷〉「帝光天之下」「光」字作「橫」，光、黃、桄、橫、廣皆同聲而通用，尚書古文作「光」、今文作「橫」皆「桄」之假借，充塞義也。

【傳鈔古文《尚書》「光」字構形異同表】

傳抄古尚書文字 光 茨 四2.17 又孝經 茨 汗4.55	戰國楚簡	石經	敦煌本	岩崎本	神田本b	九條本	島田本b	內野本	上圖（元）	觀智院b	天理本	古梓堂b	足利本	上圖本（影）	上圖本（八）	古文尚書晁刻	書古文訓	尚書篇目
聰明文思光宅天下																	茨	堯典
光被四表格于上下																	茨	堯典
帝光天之下	**橫**漢							尭		尭 尭					尭		茨	益稷
惟公德明光于上下															尭		茨	洛誥
越乃光烈考武王															尭		茨	洛誥
以覲文王之耿光								尭									茨	立政
昔君文王武王宣重光																	茨	顧命
用荅揚文武之光訓	尭 P4509							尭							尭		茨	顧命

18、被

「被」字在傳鈔古文《尚書》有下列不同字形：

（1）礦 礦1礦2

《書古文訓》「被」字作礦礦1礦2等形，右从《說文》「皮」字古文作戶之隸古定，當源自戰國楚簡作蔥包山214鋒包山199形。戶說文古文皮源於金文「皮」字鼻弔皮父簋曼九年衛鼎骨盙壺、戰國肙包2.33、**唇**璽彙3908、草貨幣四等形，而與骨盙壺草貨幣四類同，《汗簡》錄莨汗1.14亦同於此。金文鼻中廿訛作口（戶說文籀文）、廾（骨盙壺）、廾（**唇**璽彙3908）、八（戶說文古文）等形，八與《說文》

古文「竹」旁相類，故傳抄著錄《古尚書》「皮」字 🖋四 1.15 🖋汗 2.21，皆訛自 🖋說文古文皮，上部誤从「竹」。

　　《書古文訓》禠禠₁禠₂其左皆从《說文》「示」字古文作 🖋 之隸古形，禠₂則 🖋 下變似水形，乃受俗書「礻」、「衤」旁混用不分影響，〔註61〕偏旁 衤（衣）與「礻」（示）相混，而改作「示」字之古文 🖋。

　　（2）被：被

　　敦煌本 P3169、P5543、P2533、內野本、觀智院本、上圖本（影）「被」字皆作「被」被，从示（礻）从皮，亦爲俗書「礻」、「衤」混用不分。〔註62〕

【傳鈔古文《尚書》「被」字構形異同表】

被	戰國楚簡	石經	敦煌本	岩崎本	神田本b	九條本	島田本b	內野本	上圖本（元）	觀智院b	天理本b	古梓堂b	足利本	上圖本（影）	上圖本（八）	古文尚書晁刻	書古文訓	尚書篇目
光被四表格于上下								被						被			禠	堯典
導菏澤被孟豬			被 P3169											被			禠	禹貢
西被于流沙朔南			被 P5543 被 P2533											被			禠	禹貢
相被冕服憑玉几								被						被				顧命

19、四

　　「四」字甲骨文作「亖」形（《甲骨文編》538 頁），金文亦同：亖 保卣 亖毛公鼎 亖 秦公簋 亖 國差繪 亖 陳侯午錞 亖 中山王鼎，《說文》籀文作「亖」，與此同形。六國古文「四」字又作：🖋 鄯孝子鼎 🖋 邵鐘 🖋 大梁鼎〔晉〕、🖋 楚帛書乙 🖋包 254 🖋 郭店.窮達 10 🖋 郭店.老子甲 9 🖋 郭店.性自 9 🖋 郭店.六德 3〔楚〕、🖋 陶彙 4.6 🖋 燕下都 463.11 等形。

　　「四」字在傳鈔古文《尚書》有下列不同字形：

〔註61〕張涌泉指出俗書「礻」、「衤」、「禾」混用不分，說見張涌泉，《漢語俗字叢考》，
　　　　北京：中華書局，頁 777。
〔註62〕同前註。

（1）三：魏三體汗6.73

魏三體石經〈君奭〉「故一人有事于四方」「四」字古文作魏三體，《汗簡》錄《古尚書》「四」字作汗6.73，敦煌本《經典釋文・堯典》P3315「四」字作「三」，敦煌各寫本、日古寫本亦多作「三」，《書古文訓》亦皆作「三」，皆與甲金文、《說文》籀文同形。

（2）四：

上圖本（八）「四」字作，與戰國鄘孝子鼎〔晉〕、楚帛書乙郭店.性自9 郭店.六德3等同形。

【傳鈔古文《尚書》「四」字構形異同表】

傳抄古尚書文字 四 三 汗6.73	戰國楚簡	石經	敦煌本	岩崎本	神田本b	九條本	島田本b	內野本	上圖（元）	觀智院b	天理本	古梓堂b	足利本	上圖本（影）	上圖本（八）	古文尚書晁刻	書古文訓	尚書篇目
光被四表格于上下																	三	堯典
以閏月定四時成歲								三									三	堯典
四岳湯湯洪水方割			三 P3315														三	堯典
大禹日文命敷於四海								三						三	三	田	三	大禹謨
四海困窮天祿永終			三 S801					三						三	三		三	大禹謨
九州攸同四隩既宅			三 P4874				三	三						三	三	三	三	禹貢
惟仲康肇位四海			三 P2533 三 P3752				三	三						三	三	三	三	胤征
厎綏四方						三		三								三	三	盤庚上
殷其弗或亂正四方			三 P2643	三										三	三		三	微子
作威殺戮毒痡四海			三 S799b	三b				三							三		三	泰誓下
四夷咸賓							三b	三									三	旅獒
嗚呼天亦哀于四方民							三	三						三	三	三	三	召誥

奉荅天命和恆四方民	三 S6017	三		三	三	洛誥
茲四人迪哲厥或告之	三 P3767	三			三	無逸
故一人有事于四方若	四 魏	三		三	三	君奭
我惟大降爾四國民命	三 S2074	三 三		三	三	多方
其能而亂四方	三 P4509	三 三		三	三	顧命
四方無虞予一人以寧		三	三	三	三	畢命

20、表

《說文》衣部「表」字本作𧘇「上衣也，从衣从毛。古者衣裘以毛爲表。𧝓古文表从麃」，《古文四聲韻》錄《說文》古文作𧝓四3.19說文，麃字之「火」形與「鹿」字相涉而類化「𠈌」形。

「表」字在傳鈔古文《尚書》有下列不同字形：

（1）表（表）：𧘇汗3.44 𧘇四3.19 𧘇六書通211 𧘇魏三體 表1 表2 表3

《汗簡》、《古文四聲韻》、《訂正六書通》錄《古尚書》「表」字作𧘇汗3.44 𧘇四3.19 𧘇六書通211，魏三體石經〈立政〉「表」字存古篆二體作𧘇𧘇，皆與𧘇說文篆文表同。𧘇四3.19 𧘇六書通211二形「衣」字下部訛作二人形。

敦煌本《經典釋文‧堯典》P3315「表」字作表1，云：「古表字。《說文》古文作𧝓（麃）。」表1爲𧘇說文篆文表之隸古定，其上作「宀」，《說文》古文作𧝓（𧝓），𧝓所從「方」爲「衤」之誤。敦煌本P2630〈立政〉「表」字作表2，《書古文訓》作表3，皆與表1同，爲𧘇說文篆文表之隸古定。

（2）𧝓汗3.44 𧝓四3.19

《汗簡》、《古文四聲韻》、錄《古尚書》「表」字又作：𧝓汗3.44 𧝓四3.19，與𧝓說文古文表同形，從衣麃聲，爲「表」字從衣從毛會意之形聲異體字，《汗簡注釋》謂衛鼎甲作𧝓（《文物》1976.5）〔註63〕當爲𧝓說文古文表形之源。

（3）裹：𧝓

《書古文訓》〈立政〉「至于海表罔有不服」「表」字作𧝓，《汗簡》「表」字𧝓汗3.44古尚書《箋正》云：「薛本〈立政〉作裹，他皆作表。」裹形應訛變

〔註63〕黃錫全，《汗簡注釋》，武漢：武漢大學出版社，1993，頁306。

自 說文古文表，惟形構由左右變爲上下，《書古文訓》作 形亦源自此，乃移「衣」於下，「廘」所從「火」與「衣」訛變作从必、衣之下半，李遇孫《隸古定釋文》卷 7.4 則作 ，《類篇》卷 8「表」字古作「襄」，《集韻》上聲六 30 小韻「表」古作「襄」，當爲 說文古文表形移「衣」於下之省變，所從「鹿」爲「廘」之省。〔註64〕

【傳鈔古文《尚書》「表」字構形異同表】

傳抄古尚書文字 表 四3.19 汗3.44 六書通211	戰國楚簡	石經	敦煌本	岩崎本	神田本b	九條本	島田本b	內野本	上圖(元)	觀智院b	天理本	古梓堂b	足利本	上圖本(影)	上圖本(八)	古文尚書晁刻	書古文訓	尚書篇目
光被四表格于上下		表 P3315															襄	堯典
大都小伯藝人表臣		魏															襄	立政
至于海表罔有不服		表 P2630															廘	立政

21、格

「格于上下」，《說文》「假」字下引作「假于上下」：「假，非眞也。从人叚聲。一曰至也。虞書曰『假于上下』」段注云：「此引經說假借也」《撰異》指出王逸注〈招魂〉引《書》、《後漢書》〈明帝紀〉、〈陳寵傳〉疏皆引作「假于上下」，皆爲漢人用今文作「假」，乃借「假」爲「格」。

「假」「徦」同音通假（據大徐《說文》二字皆古額切），《說文》「徦，至也」段注云：「《方言》云：『徦，洛，至也。邠、唐、冀、兗之間，曰徦，或曰洛。』按『洛』古格字也，『徦』今本方言作『假』，非也。《集韻》四十禡可證。《毛詩》三頌，『假』字或訓大也或訓至也，訓至則爲『徦』之假借。尚書古文作『格』、今文作『假』，如『假于上下』是也，亦『徦』之假借。」魏三體石經「格」字三體皆作「洛」，李孝定《甲骨文集釋》以爲 从彳从各，「徦」與「洛」字音義相當，「訓至之『徦』經傳多假『假』字爲之，乃音義與『洛』並同。許書彳部無『洛』有『徦』，或偶失收耳，當於『徦』篆下出重文『洛』，

〔註64〕參見徐在國，《隸定古文疏證》，合肥：安徽大學出版社，2002，頁178。

以爲『假』之古文」其說是也。

「各」字甲骨文作 ᵇ甲256 ᵇ乙478 ᵇ佚665 ᵇ燕691 ᵇ粹1062，羅振玉云：「『各』從 Ａ 象足形自外至」爲來格之本字，楊樹達進一步言「『各』或作 ᵇ，ᵇ、ᵇ並象區城之形，而足抵之」乃經傳「格」字訓來、訓至之初文，〔註65〕此二說是也。「各」字金文作 ᵇ乙亥鼎 ᵇ貉子卣 ᵇ貉子卣 ᵇ揚簋 ᵇ頌鼎 ᵇ頌壺 ᵇ沈子它簋 ᵇ師虎簋 ᵇ庚嬴卣等形，《金文編》謂「各」孳乳爲「佫」、「格」。「佫」字乃來至之初文「各」字加形旁彳以彰其義的後起字，甲金文已見；方言又別取與「各」音近之「叚」字爲聲，而有假借造字之形聲字「假」字，「格」「假」又是此二字音同假借字，故顧頡剛、劉起釪《尚書校釋譯論》云：〔註66〕

> 「各」爲訓來與至之初文，「佫」「假」爲來、至義之後起字。其後
> 「來」與「至」之義爲此二後起字所專，而初文「各」字失其初義，
> 但爲各自之各。（說文「各，異辭也」）後來又把自有自己本義之「格」
> （木長貌）、「假」（非眞也）二字，作爲「佫」「假」之假借字，使
> 被借具有「來」、「至」之義，故僞《孔傳》、《孔疏》、《蔡傳》並訓
> 「格」爲「至」，並釋「格于上下」爲至于天地，都是用「格」的假
> 借義。

魏三體石經「格」字三體俱作「佫」，敦煌本《經典釋文·堯典》P3315云：「格，加百□，古作ᵇ。」《書古文訓》作ᵇ、或訛誤作ᵇ，《汗簡》、《古文四聲韻》錄《古尚書》作ᵇ汗5.68 ᵇ四5.19，後者「各」誤作「谷」，《箋正》云：「《玉篇》ᵇ，鬥也，是專製格鬥字。《一切經音義》卷九云：『格古文ᵇ』蓋漢後字書有之。」可知「格」字確另有古文作『ᵇ』。《金文編》「戟」字下收春秋晚期〈媵侯昃戟〉集成11123自名爲ᵇ媵侯昃戟「媵侯昃之造—」，〈蔡□□戟〉集成11150自名作ᵇ蔡□□戟「蔡侯□之用—」，知此字爲「戟」之異體字，與ᵇ汗5.68 古尚書.格同形，黃錫全以爲此「應釋爲ᵇ（格），假爲『戟』，格（ᵇ）、戟同屬見母鐸部」，〔註67〕徐在國則謂「此假ᵇ（戟）爲格，〔註68〕楊樹達認爲「ᵇ」

〔註65〕 說見：楊樹達〈釋各〉，《積微居小學述林》卷二，北京：中華，1983。

〔註66〕 參見：顧頡剛、劉起釪著，《尚書校釋譯論》，北京：中華，2005，頁17～18。

〔註67〕 黃錫全，《汗簡注釋》，武漢：武漢大學出版社，1993，頁428。

〔註68〕 徐在國，《隸定古文疏證》，合肥：安徽大學出版社，2002，頁128。

字从戈各聲。〔註69〕按格、戟、戟同屬見母鐸部，「戟」从戈爲兵器、格鬥之義，是「戟」聲符更替之異體字，又从各聲與「格」音同而假借爲來至義之「格」，「戟」與「格」皆是「徦」之假借字。

「格」字在傳鈔古文《尚書》有下列不同字形：

（1）戟：汗5.68 四5.19 戟₁ 戟₂

《汗簡》、《古文四聲韻》錄《古尚書》作汗5.68 四5.19，後者「各」誤作「谷」，《書古文訓》「格」字或作戟₁，爲汗5.68之隸定，或訛多一畫从「戊」作戟₂。

（2）徦：魏三體

魏三體石經〈君奭〉「格于上帝」、「矧曰其有能格」「格」字三體俱作「徦」，古文作，此字甲金文已見，乃來至之初文「各」字加形旁彳以彰其義的後起字，來、至爲「徦」之本義，《說文》未收。今作「格于上下」乃假借本義爲木長貌的「格」爲來、至義之「徦」。

（3）格：格₁格₂格₃格₄

足利本、上圖本（影）、上圖本（八）「格」字或作格₁格₂，此形「各」寫似从宀从右。上圖本（影）或作格₁，偏旁「木」訛作「扌」；岩崎本或作格₂，偏旁「木」訛作「十」。

【傳鈔古文《尚書》「格」字構形異同表】

傳抄古尚書文字 格 四5.19 汗5.68		戰國楚簡	石經	敦煌本	岩崎本	神田本b	九條本	島田本b	內野本	上圖（元）b	觀智院b	天理本	古梓堂b	足利本	上圖本（影）	上圖本（八）	古文尚書晁刻	書古文訓	尚書篇目
光被四表格于上下				P3315														戟	堯典
祖考來格虞賓在位																		戟	益稷
佑我烈祖格于皇天																		戟	說命下
不寶遠物則遠人格																		戟	旅獒
其有能格知天命																		戟	大誥

〔註69〕楊樹達，《積微居金文說》，北京：科學出版社，1959，頁112。

今相有殷天迪格保						威	召誥
格于上帝	楠魏		格	梏		威	君奭
矧曰其有能格	楠魏					威	君奭

22、于

《說文》于（亏）字「亏於也，象气之舒亏。从丂从一。一者其气平之也。」「于」字甲金文作亏亏等形，乃獨體文，非如許慎所言「从丂从一」。至西周晚期「于」字下部曲度漸大，如亏追簋亏史頌簋于兮甲盤，春秋以後下部漸變似「丂」形但仍並未與「一」截分，作亏秦公鎛亏舍章作曾侯乙鎛亏陳猷釜亏中山王鼎亏石鼓文等形，戰國楚簡有作亏郭店緇衣39亏郭店緇衣32，或作于包163亏帛甲1.69亏郭店.性18形除曲度較大外，與甲金文作亏形幾無分別。

「於」，古文烏也，以「於」釋「亏」乃取其助气，段注云：「『亏』『於』二字在周時為古今字」又謂「凡言『於』者，自此之彼之詞，其气舒亏」。「亏」、「於」二字音同通用，在各傳鈔古文《尚書》中屢見。

「于（亏）」字在傳鈔古文《尚書》有下列不同字形：

（1）于：亏上博1緇衣19亏郭店緇衣37亏魏三體亏亏亏亏1亏亏2于3

戰國楚簡所引尚書文字二例作亏上博1緇衣19亏郭店緇衣37形，與甲金文同形。魏三體石經「于」字多作亏形，古篆皆同，隸書則作于，敦煌本《經典釋文・堯典》P3315「于」字作亏1形，敦煌本P3670、P2516、各日寫本、《書古文訓》「于」字亦多作亏亏亏亏1形、或作亏亏2形，俱由甲金文于形變化隸定。九條本、觀智院本、上圖本（八）或作于3，與「十」字訛混。

（2）亏亏

「于」字作亏形，見於島田本、上圖本（元）、觀智院本、上圖本（八），為亏說文篆文于之訛變。

（3）子：于

敦煌本P2748「于」字寫如「子」字于，訛自甲金文于形。

（4）兮：亏亏

上圖本（八）「于」字或作亏1，字形與「兮」字相混，訛自亏說文篆文于，上一短橫分作兩點；或作亏2，於亏1形上訛增兩點。

（5）於：魏三體於1

魏三體石經〈君奭〉「其終出于不祥」「于」字三體俱作「於」：魏三體，爲《說文》古文「烏」字，「亏」、「於」二字音同通用。以「於」爲「于」者，三體石經僅此一例。日寫本中以「於」爲「于」者，見於觀智院本、足利本、上圖本（影）、上圖本（八）〈顧命〉「爾無以釗冒貢于非幾」、上圖（元）〈盤庚上〉「施實德于民」作1，其左所從「方」訛成「扌」形，內野本誤作「施實德施于民」。

【傳鈔古文《尚書》「于」字構形異同表】

于	戰國楚簡	石經	敦煌本	岩崎本b	神田本b 九條本 島田本b	內野本	上圖（元）b	觀智院本 天理本 古梓堂b	足利本	上圖本（影）	上圖本（八）	古文尚書晁刻	書古文訓	尚書篇目
光被四表格于上下													亐	堯典
協于帝濬哲文明			亐 P3315						亐	亐			亐	舜典
肆類于上帝禋于六宗						亐							亐	舜典
汝作士明于五刑						亐				亐	亐		亐	大禹謨
期于予治刑期于無刑			亐 S5745							亐				大禹謨
茲用不犯于有司			於 S5745			亐				亐			亐	大禹謨
正月朔旦受命于神宗										亐	皆		亐	大禹謨
益贊于禹曰						亐			亐	ˇ	亐		亐	大禹謨
伊尹申誥于王						亐	于		亐	亐	亐		亐	太甲下
遒人以木鐸徇于路			于 P5557	于		亐					亐		亐	胤征
施實德于民							於				施亐			盤庚上
非汝有咎比于罰			亐 P3670			亐	于		亐	亐	亐		亐	盤庚中
群臣咸諫于王			亐			亐	于		亐	亐	亐		亐	說命上

經文							篇名
典祀無豐于昵		（于）P2516 （于）	（于） （于）	（于）（于）（于）		（于）	高宗肜日
我祖底遂陳于上		（于）P2516 （于）	（于） （于）	（于）（于）（于）		（于）	微子
惟時厥庶民于汝極錫汝保極			（于）b （于）	（于）（于）（于）		（于）	洪範
弗弔天降割于我家			（于）	（于） （于）		（于）	大誥
言往敷求于殷先哲王	（于）魏		（于）			（于）	康誥
至于敬寡至于屬婦			（于）	（于）（于）（于）		（于）	梓材
罔非有辭于罰	（于）魏		（于）		（于）	（于）	多士
酗于酒德哉	（于）魏	子 P2748	（于）		（于）	（于）	無逸
其終出于不祥	（于）魏	子 P2748	（于）		（于）	（于）	君奭
我亦不敢寧于上帝命	（于）魏	子 P2748	（于）		（于）	（于）	君奭
其集大命于厥躬	（于）上博1緇衣19／（于）郭店緇衣37		（于）		（于）	（于）	君奭
乃致辟管叔于商			（于）		（于）	（于）	蔡仲之命
惟孝友于兄弟				（于） （于）b		（于）	君陳
爾無以釗冒貢于非幾				（於）b	（扵）（扵）（於）	（于）	顧命
昭升于上敷聞在下			（于）（于）		（于）	（于）	文侯之命

23、上

《說文》「上」字：「⼆，高也，此古文上。……篆文⼁」。甲骨文、金文作⼆卜**368** ⼆天亡簋 ⼆臣辰盉 ⼆啟卣 ⼆洹子孟姜壺 ⼆秦公鎛 ⼆秦公鐘，先秦貨幣亦作此形：⼆貨幣 **19**；春秋、戰國時期「上」字多作「丄」形：丄蔡侯□盤一春秋晚期 丄中山王壺 丄盗壺 丄貨幣 **19** 丄包 **273** 丄睡虎地.效 **3**，此時尚有「⟘」的出現，如：丄子犯編鐘 丄貨幣 **67** 丄璽彙 **0146**，戰國晚期的平安君鼎《集成 2793》器

蓋之「上」字即分別作「上」「⊥」二形。戰國時期有「上」形的各種變化，或加一短橫在上或下：⊥古陶 3.814 ⌐璽彙 4207 上古幣 301 ⌐璽彙 0099 上包山 10 上郭店緇衣 37，或直筆上作屈形：上古陶 5.380 上秦陶 1490 上睡虎地.效 49；另有加「尚」聲之 ⌐中山王壺、加形符「辵」、「止」表上溯義之 ⌐鄂君啓舟節 ⌐包山 150 ⌐郭店.成之 6 ⌐郭店.成之 9；魏三體石經〈君奭〉「在昔上帝」「上」字之古文作 上、篆體作 上，二形類同。

「下」字的演變與「上」字相同，甲骨文、金文作 ⌐前 4.6.8 ⌐乙 6664 ⌐虢弔鐘 ⌐番生簋；春秋晚期至戰國時期上字多作「下」形或稍有變化，如：下哀成弔鼎 下蔡侯▩盤 下中山王鼎 下曾侯乙鐘 ⌐璽彙 4855 下貨幣 67 下包山 220 下古陶.秦詔版 下古陶.秦 1255 下古陶.秦 1605 下璽彙 0309 下曾侯乙鐘 下鄂君啓車節 下包山 62 下楚帛書甲 7.21，亦有作「丁」形見於戰國貨幣者：丁貨幣 67〔燕〕。

魏三體石經〈君奭〉「大弗克恭上下」「下」字之古文作 下，〈文侯之命〉「昭升于上敷聞在下」古文作 下，篆體作 下，《汗簡》「下」字錄石經作 下汗 1.3 石經，《古文四聲韻》錄作 下四 3.22 石經，《隸續》錄石經作 下，皆與魏三體石經〈君奭〉、〈文侯之命〉「下」字古文同形，尤近於〈文侯之命〉下，應是摹自此形。

綜言之，⌐⌐ 是「上」「下」字的初文，春秋以前的「上」「下」字目前只見 ⌐⌐ 形，其後少見；東周時期「上」字始有作「上」「下」、「⊥」「丁」之形，「⊥」目前最早見于春秋僖公的子犯編鐘，「丁」形則最早見于戰國燕系貨幣。六國古文系統的「上」「下」字作「上」「下」、「⊥」「丁」及有變化 ⌐⌐上上、⌐⌐下下的「上」「下」形，戰國楚系文字目前尚見到另加聲符（⌐中山王壺）、形符（⌐鄂君啓舟節 ⌐郭店.成之 6）的「上」字。段玉裁改《說文》「上」「下」字古文字頭 ⊥丁為 ⌐⌐，改小篆上下為 ⊥丁，然秦文字承西周金文作 ⌐⌐ 或 上《秦文字類編》頁 3、頁 4，尤以 上下為多，此二字篆文作「上」「下」應無誤。〔註 70〕

〔註 70〕 參見季旭昇《說文新證》上冊云：上字作「⊥」形只見于春秋僖公的子犯編鐘、戰國燕系晉系的貨幣文字及璽彙 3557 之戰國印（頁 35），下字作「丁」形則只見于燕系晉系的貨幣文字，故「⊥」「丁」應屬於六國古文，而非篆字（頁 39）（台北：藝文印書館，2002）。

「上」字在傳鈔古文《尚書》有下列不同字形：

（1）上魏三體 〔字〕1

魏三體石經〈君奭〉「在昔上帝割申勸寧王之德」「上」字古文作上，「上」字〈益稷〉「丕應徯志以昭受上帝」足利本、上圖本（影）或作〔字〕1，是上魏三體形之隸古定。

（2）上郭店緇衣37

郭店楚簡緇衣引〈君奭〉「昔才（在）上帝裁（割）紳觀文王德」「上」字作上郭店緇衣37，其下綴加一短橫，亦戰國古文「上」字常見寫法。

（3）⊥：⊥ 上

敦煌本、日古寫本「上」字多作「⊥」⊥形，《書古文訓》則皆作上，即《說文》古文作「⊥」。

【傳鈔古文《尚書》「上」字構形異同表】

上	戰國楚簡	石經	敦煌本	岩崎本	神田本b	九條本	島田本b	內野本	上圖（元）	觀智院b	天理本	古梓堂b	足利本	上圖本（影）	上圖本（八）	古文尚書㫬刻	書古文訓	尚書篇目
光被四表格于上下								上					上	上			上	堯典
肆類于上帝禋于六宗			上 P3315															舜典
丕應徯志以昭受上帝								上					上	上				益稷
厥賦惟上上錯			上 P3615												上		上	禹貢
厥賦中上厥貢鹽絺					上			上							上		上	禹貢
厥田惟中上			上 P3169			上		上							上		上	禹貢
為人上者奈何不敬			上 2533			上		上					上	上	上		上	五子之歌
汝何生在上			上 P2643					上										盤庚中
我祖底遂陳于上			上 P2643 上 P2516					上							上		上	微子

今商王受弗敬上天			上b	上								上	泰誓上
王來紹上帝				上	上						十	上	召誥
在昔上帝割申勸寧王之德〔註71〕	上 郭店緇衣37	上 魏			上						十	上	君奭
籲俊尊上帝		上 S2074		上	上						十	上	立政
上宗曰饗太保受同降盥以異同				上	上						十	上	顧命
穆穆在上明明在下				上	上						十	上	呂刑

24、下

「下」字在傳鈔古文《尚書》有下列不同字形：

（1）下魏三體丁魏三體

魏三體石經〈君奭〉、〈文侯之命〉「下」字古文分別作丁丁形，係源自下哀成弔鼎丁蔡侯盤丁中山王鼎丁古陶.秦詔版丁古陶.1225形。

（2）丁丁

敦煌本、日古寫本「下」字多作「丁」丁形，《書古文訓》則皆作丁，即《說文》古文作「丁」。

【傳鈔古文《尚書》「下」字構形異同表】

下	戰國楚簡	石經	敦煌本	岩崎本 神田本b	九條本 島田本b	內野本	上圖（元） 觀智院b	天理本 古梓堂b	足利本	上圖本（影）	上圖本（八）	古文尚書晁刻	書古文訓	尚書篇目
光被四表格于上下							丁		丁	丁			丁	堯典
海濱廣斥厥田惟上下			丁 P3615		丁		丁						丁	禹貢
厥田惟下上厥賦下中三錯			丁 P3169		丁		丁			丁丁	丁		丁	禹貢
民可近不可下			丁 P2533				丁				丁		丁	五子之歌

〔註71〕郭店〈緇衣〉引作「君奭員：『昔才（在）上帝戡（割）紳觀文王德』。」

・114・

例句	敦煌本		魏石經					書古文訓	出處
惟皇上帝降衷于下民									湯誥
王言惟作命不言臣下⋯收稟令	P2643								說命上
俾以形旁求于天下	P2643 / P2516								說命上
用亂敗厥德于下	P2643								微子
天佑下民									泰誓上
若天流毒下國									泰誓中
上帝時歆下民祗協									微子之命
越王顯上下勤恤									召誥
大弗克恭上下		魏							君奭
無世在下乃命重黎									呂刑
昭升于上敷聞在下		魏							文侯之命

堯典	戰國楚簡	漢石經	魏石經	敦煌本 P3315		唐石經	岩崎本	神田本	九條本	島田本	內野本	上圖本（元）	觀智院	天理本	古梓堂	足利本	上圖本（影）	上圖本（八）	晁刻古文尚書	書古文訓
克明俊德以親九族																				

25、俊

「克明俊德」，「俊」字今文或作「峻」，二字通用，文獻上有引作「峻」、「駿」、「馴」，如《禮記·大學》引〈堯典〉作「峻」、陳大猷《書集傳》謂《禮記·

大學》「俊德」作「駿」、《漢書・平當傳》作「克明峻德」；《史記・五帝本紀》「能明馴德」引作「馴」，徐廣曰：「馴，古訓字」，〈索隱〉云：「訓，順也」，《撰異》謂「此（大學）與《古文尚書》合，特『山』旁、『人』旁爲異。」又言「馴、訓、順三字通用」《史記》引尚書「有所用今文尚書與古文本不同者，如『俊德』作『訓德』」，其意「俊」今文原作「訓」，《史記》借爲「馴」。〔註72〕

《說文》「峻，陵或省」「陵，高也，從山陵聲（私閏切）」，《說文》「俊」訓「才過千人也，從人夋聲（子峻切）」俊、峻音同義近。「俊德」即才過千人之德，大德也。《史記・宋世家》引〈洪範〉「俊民用章」作「畯民」。敦煌本《經典釋文・堯典》P3315「俊」作「畯」，釋云：「畯，本又作僋，皆古俊字」，《說文》「畯」訓「農夫也，從田夋聲（子峻切）」亦與「俊」音同。《書古文訓》亦皆作「畯」，敦煌本諸寫本、日古寫本亦多作「畯」僅少數作「俊」，可知「俊」字傳鈔古文《尚書》隸古定本作「畯」。

「畯」字金文作「畞」，僅秦公鎛「允」下加夂（ㄓ）作「畯」，西周中期以後至春秋戰國，人形下加腳趾「ㄓ」常見，於義無別。「畞」、「畯」於金文辭例均釋「長」、「永」，〔註73〕字形作：孟鼎師艅簋頌鼎頌簋頌壺此鼎克鼎秦公簋秦公鎛，《金文編》云：「畯，從允，通『駿』，《爾雅・釋詁》『駿，長也』。又通『俊』，《書・文侯之命》『俊在厥服』與秦公簋『畯在位』同。」「畯」、「駿」皆子峻切，音同通用，《爾雅・釋詁》又「駿，大也」，鄭玄《禮記・大學》「俊」訓爲大，「俊」訓「才過千人也」引申有「大」義，〔註74〕「畯」、「駿」、「俊」，皆從「夋」聲，音同義近通用。

「俊」字在傳鈔古文《尚書》有下列不同字形：

（1）俊：魏三體（隸）俊1俊2

〔註72〕參見顧頡剛、劉起釪《尚書校釋譯論》：皮錫瑞《考證》以爲大小戴與夏侯同師，既《禮記》作「峻」則夏侯《尚書》當亦作「峻」又據《漢書・平當傳》引作「峻」，而平當習歐陽《尚書》，則今文三家皆作「峻」，然又據《論衡・程材篇》引作「俊」，王充習歐陽《尚書》，則歐陽別本有作「俊」者。故謂今文或作「峻」，或亦作「俊」，峻、俊通用。（《尚書校釋譯論》，北京：中華，2005，頁19～20）。

〔註73〕如孟鼎「匍有四方，保氒民」、師艅簋「天子其萬年眉壽黃耇，在位」、克鼎「天子其萬年無疆，……尹四方」等等。

〔註74〕楊筠，《尚書覈詁》，台北：學海出版社，1978。

　　魏三體石經〈立政〉存「俊」字隸體作【俊】，足利本、上圖本（影）「俊」字或作【俊】1【俊】2，與此類同，「允」下兩筆隸變爲一橫線，與「夊」結合而寫似「友」字，【俊】2復多一點。

　　（2）畯：【畯】【畯】【畯】1【畯】2【畯】【畯】3【畯】4

　　《書古文訓》「俊」字皆作「畯」【畯】1，敦煌本、日古寫本亦多作「畯」：敦煌本 P3315、P2748、內野本或作【畯】【畯】1；敦煌本 P2643 或多一橫作【畯】2；敦煌本 P2516、S2074、島田本、九條本或作【畯】【畯】3，內野本、上圖本（元）、足利本、上圖本（影）、上圖本（八）或作【畯】4，右皆從偏旁「夋」之隸體書法。

　　（3）會：會隸釋

　　《隸釋》存漢石經尚書〈立政〉「灼見三有俊心以敬事上帝」「俊心」作「會心」。

　　（4）畋

　　岩崎本〈立政〉「克用三宅三俊」「俊」字作「畋」【畋】【畯】，其旁更注「畯」字，爲「畯」字之寫誤。

【傳鈔古文《尚書》「俊」字構形異同表】

俊	戰國楚簡	石經	敦煌本	岩崎本	神田本b	九條本b	島田本b	內野本	上圖（元）b	觀智院b	天理本b	古梓堂b	足利本	上圖本（影）	上圖本（八）	古文尚書晁刻	書古文訓	尚書篇目
克明俊德以親九族			畯 P3315					畯						俊			畯	堯典
咸事俊乂在官								畯					畯	畯			畯	皋陶謨
旁求俊彥啓迪後人								畯	畯				畯	畯			畯	太甲上
旁招俊乂列于庶位			畯 P2643 畯 P2516	畯					畯				俊	俊			畯	說命下
俊民用章								畯b	畯				俊	俊			畯	洪範
俊民甸四方			畯 P2748						畯				俊	俊	畯		畯	多士
我俊民在讓			畯 P2748					畯	畯				畯	畯	畯		畯	君奭

籲俊尊上帝		暖 S2074 儇 P2630	暖	暖	倰 倰 暖		晙 立政
日三有俊		暖 S2074	暖	暖	暖 暖 暖		晙 立政
克即俊嚴惟丕式		暖 S2074	暖	俊	倰 俊 俊		晙 立政
克用三宅三俊		暖 S2074	暖	暖	暖 暖 暖		晙 立政
灼見三有俊心	會 隸釋〔字形〕魏	暖 S2074	暖	暖	暖 暖 暖		晙 立政
司牧人以克俊有德		暖 P2630 俊 S2074	暖	暖	俊 俊 暖		晙 立政
俊在厥服			暖	暖	晙 暖 暖		晙 文侯之命

26、德

魏品式石經〈皋陶謨〉、三體石經〈無逸〉、〈君奭〉、〈多方〉、〈立政〉「德」字古文作〔字形〕，與《說文》心部「悳」字古文作〔字形〕同形，此字爲「道德」之「德」，《說文》「悳，外得於人內得於己也。从直心。」「悳」、「德」應爲一字，彳部「德」訓升也，爲後起義；升即登也，登、德古聲皆端紐，二者雙聲，「德」訓升乃借作「登」之假借義。〔註75〕

「德」（悳）字甲骨文从彳从〔字形〕，作〔字形〕甲2304〔字形〕拾5.1〔字形〕佚57形，爲「德」之初文，徐中舒釋「〔字形〕即直字象目視懸錘以取直之形，从彳有行義，可隸定爲徝」，〔註76〕馬敘倫則以〔字形〕、〔字形〕與直（直）爲一字，「从彳猶从辵也」，〔註77〕二說均可從。西周早期金文「德」作〔字形〕德方鼎〔字形〕德鼎〔字形〕辛鼎〔字形〕嬴霝悳壺〔字形〕何尊〔字形〕盂鼎〔字形〕班簋〔字形〕嬴霝德鼎等形，即有與甲骨文同形作〔字形〕及从心作〔字形〕之形，其後「徝」（直），漸爲从心的「德」字取代作「道德」之德。春秋晚期「德」字再省簡作：

〔註75〕參見：馬敘倫《說文解字六書疏證》卷四、林義光《文源》卷十、戴家祥《金文大字典》上。

〔註76〕說見：徐中舒，《甲骨文字典》卷二，成都：四川辭書出版社，1990）

〔註77〕說見：馬敘倫，《說文解字六書疏證》卷四。

侯 3.7　侯 98.6　侯 92.3　侯 3.1　侯 85.2　上博 1 緇衣 3　郭店緇衣 5　陳侯因資錞
中山王鼎　盍壺等形，並且出現許多異體，或作从悳从辵：　王子午鼎　王孫鐘
王孫豕鐘，从彳之字往往可以从辵，是同義形符替換；或作从悳从言：　蔡侯
鐘，或从悳从人：　鄂君啓車節等等。諸形所从「直」或作直，从十目而省「乚」。

魏品式石經、三體石經「德」字古文作直，《汗簡》錄《古尚書》作直 汗 4.59、
《說文》「悳」字古文作直，其田、⊙、⊗皆「目」字田（陳侯因資錞）之變形。

「德」字在傳鈔古文《尚書》有下列不同字形：

（1）　上博 1 緇衣 3　郭店.緇衣 5　汗 4.59悳₁悳直₂

郭店楚簡〈緇衣〉5、上博〈緇衣〉2、3引《尚書·咸有一德》〔註78〕「德」
字作　，从直心，與　陳侯因資錞同形，《汗簡》錄《古尚書》作直汗 4.59，亦與
此類同，⊗為「目」字田之訛變，所从「直」乃从十目而省「乚」可隸定作「直」、
「直」。

上圖本（八）「德」字或作悳₁，从直心，與　上博 1 緇衣 3　郭店.緇衣 5 同形；
敦煌本 S799、S6017、P3767、S2074、神田本、九條本、島田本、上圖本（元）
或作悳直₂，所从「十」字之直畫變作點畫，而作从「亠」，寫本常見（參見
"古"字）。

（2）魏品式.魏三體悳悳₁悳₂悳₃悳₄悳寡₅直₆悳₇

魏品式石經〈皋陶謨〉、三體石經〈無逸〉、〈君奭〉、〈多方〉、〈立政〉「德」
字古文作直，與《說文》「悳」字古文作直類同，源自　中山王鼎　侯 3.7 形，
敦煌本《經典釋文·堯典》P3315「德」字作悳₁，注云「古德字」。

敦煌本 P3315、P5557、足利本、上圖本（八）、《書古文訓》「德」字或作
悳悳₁，敦煌本 S11399、P3670、P2643、P2516、天理本、內野本、上圖本（八）
或作悳₂，上圖本（影）或作悳₃，《書古文訓》或作悳₄，其上皆从十目从乚之
「直」字所變；上圖本（八）、觀智院本或少一畫變作悳寡₅；敦煌本 P2533、

〔註78〕郭店楚簡〈緇衣〉5 引《尚書》〈咸有一德〉作「〈尹誥〉員：『佳尹躬及湯，咸有
一悳。』」上博〈緇衣〉02、03 引作「〈尹誥〉員：『佳尹夋及康（湯），咸有一悳。』」
今本〈緇衣〉則引〈尹吉〉曰：「惟尹躬及湯，咸有壹德。」鄭《注》：「吉當爲告。
告，古文誥之誤也。尹誥，伊尹之誥也。〈咸有一德〉作：「惟尹躬暨湯，咸有一
德。」

S799、S2074、神田本或作**直6**，所從「十」變作「宀」，「𠃊」省變爲直畫；敦煌本 S5745、S801 或作**悳7**，復所從「目」訛少一畫作「日」。

（3）**德1 德2 悳3**

敦煌本 S5745、P2516、P2748、內野本、上圖本（八）「德」字或作**德1**，右形從「悳」，爲「直」省「𠃊」之形；上圖本（影）或作**德2 悳3**，所從「彳」作「亻」形。

（4）**徔**

上圖本（影）「德」字或作「**徔**」，「彳」作「亻」形，右側「悳」字省作「**巨**」，乃由右旁「悳」草書筆畫楷化而來，與內野本、上圖本（影）「能」字省作右旁作「**巨**」混同。「德」草書作**徔**、**徔**、**徔**，「彳」旁草化與「氵」旁草化混同，「悳」旁草書作**巨**、**巨**、**巨**，「**巨**」即此草書楷化：「齿」草書作**古**、**古**、**古**，其末與「心」草書作「一」〔註79〕結合並楷化，上下相涉類化皆作「**巳**」，〔註80〕以致與內野本.上圖本（影）「能」作**巨**混同。足利本眉批「德」作**徔**、**徔**，前者即草書「德」，可見右旁變作**巨**之跡。

（5）志：**志**

岩崎本〈說命下〉「厥德脩罔覺」「德」字作**志**，應爲「悳」字形誤作「志」。

【傳鈔古文《尚書》「德」字構形異同表】

德	傳抄古尚書文字 悳 汗 4.59	戰國楚簡	石經	敦煌本	岩崎本	神田本b	九條本	島田本b	內野本	上圖（元）	觀智院b	天理本	古梓堂b	足利本	上圖本（影）	上圖本（八）	古文尚書晁刻	書古文訓	尚書篇目
克明俊德以親九族				悳 P3315					悳						悳	悳		悳	堯典
岳曰否德忝帝位				悳 P3315					德									悳	堯典

〔註79〕馬國權《智勇草書千字文草法解說》「德」字下云：「《曹全碑》作**德**，智永草作**徔**，彳省爲**亻**，悳草作**巨**，**十**即十，**四**即四，一即心之草寫。」說見：馬國權，《智勇草書千字文草法解說》，香港：翰墨軒出版有限公司，1995，頁 55。

〔註80〕俗書常見字形內部形體上下相涉而類化之例，如「羹」字岩崎本、上圖本（元）各作**羹羹**，變作上下二「美」，「讒」字敦煌 P3315 作**讒**，上圖本（元）作**讒**，內野本或作**讒**，右旁上下類化變作從二「兔」。

句例										篇目
都帝德廣運								悳	德	悳	大禹謨
禹曰朕德罔克民不依	悳 S5745			悳						悳	大禹謨
皋陶邁種德	德 S5745						悳			悳	大禹謨
反道敗德	悳 S801			✓						悳	大禹謨
曰宣三德	魏品			✓						悳	皋陶謨
惟時羲和顛覆厥德	悳 P2533 悳 P5557	悳	悳			悳	悳	悳		悳	胤征
俾嗣王克終厥德			悳		悳	悳	息			悳	太甲中
惟尹躬暨湯咸有一德	上博1緇衣3 郭店緇衣5			悳		悳	悳	悳		悳	咸有一德
乃敢大言汝有積德	悳 S11399	悳	悳				德	悳		悳	盤庚上
用德彰厥善邦之臧	悳 P3670 悳 P2643	悳	✓			悳	悳	✓		✓	盤庚上
故有爽德	悳 P2643 悳 P2516		悳	悳			德	悳		悳	盤庚中
肆上帝將復我高祖之德	悳 P2643 悳 P2516	悳		悳	悳		悳	悳		悳	盤庚下
允協于先王成德	悳 P2643 德 P2516	悳		悳			悳	悳		悳	說命中
厥德脩罔覺	悳 P2643 悳 P2516	志		悳		悳	悳			悳	說命下

經文								篇目
同心同德		蕙 S799	恵b			惪	惪	惪	泰誓中
小邦懷其德		惪 S799	恵b	惪		惪	惪	惪	武成
功加于時德垂後裔			惪b	惪			德		惪	微子之命
我民用大亂喪德			惪	惪			惪		惪	酒誥
公稱丕顯德		德 S6017 惪 P2748		惪			徳 惪		惪	洛誥
酗于酒德哉	魏	惪 P3767		惪			徳 惪		惪	無逸
惟寧王德延	魏			惪			徳 惪		惪	君奭
惟冒丕單稱德				惪 惪			徳 惪		惪	君奭
蔡仲克庸祇德		德 S5626		惪 惪			惪 徳 惪		惪	蔡仲之命
罔不明德	魏	惪 S2074		惪 惪			徳 惪		惪	多方
克堪用德惟典神天	魏	惪 S2074		惪 惪			徳 惪		惪	多方
用丕式見德	魏			惪 惪		徳	徳 惪		惪	立政
民懷其德往愼乃司				惪 惪b		惪	徳 惪		惪	君陳
懋乃后德交修			惪	惪		徳	徳 惪		惪	冏命
爾都用成爾顯德				惪 惪b			徳 惪		惪	文侯之命

27、以

「以」字甲金文作：ᕒ甲 354 ᕒ粹 227 ᕒ明藏 429 ᕒ者女觥 ᕒ大鼎 ᕒ秦公鎛 ᕒ邵鐘 ᕒ畲肯鼎等形。《說文》「以」字篆文弖即源自此。

「以」字在傳鈔古文《尚書》有下列不同字形：

（1）弖：ᕒ魏三體弖1 呂2 弖3

魏三體石經「以」字古文作ᕒ，即甲金文「以」字形，敦煌本、日古寫本、《書古文訓》「以」字大多作弖1，即弖說文篆文以、ᕒ魏三體之隸變，內野本或

作呂2，九條本、觀智院本或作⺆3，皆爲呂1形之變。

（2）以：以漢石經口人隸釋

漢石經尚書殘碑〈益稷〉「以」字作以，《隸釋》錄漢石經尚書「以」字作口人，《說文》己字段注：「今字皆作『以』，由隸變加人於右也」。

【傳鈔古文《尚書》「以」字構形異同表】

以	戰國楚簡	石經	敦煌本	岩崎本/神田本b	九條本/島田本b	內野本	上圖（元）/觀智院b	天理本/古梓堂b	足利本	上圖本（影）	上圖本（八）	古文尚書晁刻	書古文訓	尚書篇目
克明俊德以親九族									㠯				㠯	堯典
宵中星虛以殷仲秋						㠯			㠯	㠯			㠯	堯典
明試以功車服以庸		漢												舜典
勸之以九歌俾勿壞			㠯 S5745.			㠯			㠯	㠯	㠯		㠯	大禹謨
在治忽以出納五言汝聽		漢/魏品				㠯			㠯	㠯	㠯		㠯	益稷
太康尸位以逸豫滅厥德			㠯 P2533			㠯					㠯		㠯	五子之歌
遒人以木鐸徇於路			㠯 P5557			㠯			㠯	㠯	㠯		㠯	胤征
惟朕以懌萬世有辭			㠯 和闐本			㠯			㠯	㠯	㠯		㠯	太甲上
不能胥匡以生					㠯	㠯㠯					㠯		㠯	盤庚上
保后胥慼鮮以不浮于天時		口人 隸釋	㠯 P3670 / 㠯 P2643			㠯							㠯	盤庚中
不惟逸豫惟以亂民惟天聰明			㠯 P2643 / 以 P2516			㠯	㠯		㠯	㠯	㠯		㠯	說命中
以容將食無災降監殷民用乂			㠯 P2643 / 㠯 P2516			㠯	㠯		㠯	㠯	㠯		㠯	微子

作奇技淫巧以悅婦人		呂 S799	呂b	呂		呂 呂 呂	呂	泰誓下
以遏亂略			呂b	呂		呂 呂 呂	呂	武成
誕受厥命撫民以寬				尾b 呂			呂	微子之命
以予小子揚文武烈		呂 S6017						洛誥
惟王有成績予旦以多子		呂 P2748		呂		呂	呂	洛誥
以萬民惟正之供無皇曰		呂 P3767		呂		呂	呂	無逸
以爾多方大淫	魏		臣 呂			呂	呂	多方
以敬事上帝立民長伯	以 隸釋 魏	臣 S2074	臣 呂			呂	呂	立政
無依勢作威無倚法以削				尾b		呂	呂	君陳
爾無以釗冒貢于非幾			呂 呂b			呂	呂	顧命
思其艱以圖其易		臣	呂			呂	呂	君牙
以保我子孫黎民		臣 P3871	占			呂	呂	秦誓

28、親

「親」字金文作 克鐘，或增宀作 史懋壺「△令史懋」 噩侯鼎「王△易」，復或聲符更替從「新」作 中山王鼎「叟邦難△」，「親」、「薪」皆「親」字，秦繹山碑「親巡」作「寴軌」，《集韻》「親古作寴」。《汗簡》錄《古尚書》「親」字亦作「寴」： 汗3.39，鄭珍云：「《說文》寴與親同訓『至』，本是一字。」是也。

「親」字在傳鈔古文《尚書》有下列不同字形：

（1） 四1.32 汗3.39 寴

《汗簡》、《古文四聲韻》錄《古尚書》「親」字亦作「寴」： 汗3.39 四1.32，《書古文訓》「親」字皆作「寴」 寴，與此同。

【傳鈔古文《尚書》「親」字構形異同表】

傳抄古尚書文字　親　四1.32　汗3.39	戰國楚簡	石經	敦煌本	岩崎本	神田本b	九條本	島田本b	內野本	上圖（元）	觀智院b	天理本	古梓堂b	足利本	上圖本（影）	上圖本（八）	古文尚書晁刻	書古文訓	尚書篇目
克明俊德以親九族																	寴	堯典
立愛惟親立敬惟長															親		寴	伊訓
皇天無親惟德是輔															親		寴	蔡仲之命

29、族

《說文》「族」字訓「矢鋒也」，乃以「鏃」字義釋之，其甲骨文作：（甲984）京津3748　鐵93.1〔或从二矢〕明藏616〔或从口〕，西周金文作明公簋　師酉簋　毛公鼎　事族簋，从㫃从矢，俞樾謂「族者，軍中部族也，从㫃所以指麾也，从矢所以自衛也。」丁山以爲「矢所以殺敵，㫃所以標眾，其本誼應是軍旅組織。」〔註81〕二說是也。春秋以後「族」字作不易戈〔春秋晚〕陳喜壺　曾侯乙鐘　侯85.23　古陶9.61　包10　包3　郭店.語三1.4　郭店.六28　睡虎地.爲25 等形，所从「㫃」漸訛作「止」形，類同於「旅」字西周金文作且辛爵　散盤，春秋以後作薛子仲安簠　公子土斧壺；「旗」字西周金文作旂作父戊鼎　旂鼎，春秋以後作：邾弔鐘　齊侯敦　命瓜君壺。

《汗簡》、《古文四聲韻》、《訂正六書通》錄《古尚書》「族」字作：汗1.7　四5.3　六書通325，其上「止」形即如六國古文由「㫃」訛成，其下則从「矢」。

「族」字在傳鈔古文《尚書》有下列不同字形：

（1）汗1.7　四5.3　六書通325　1

《汗簡》、《古文四聲韻》、《訂正六書通》錄《古尚書》「族」字作：汗1.7　四5.3　六書通325，四5.3所从「矢」訛變。《書古文訓》「族」字或作1，即此形之隸定，源自「㫃」訛作「止」形的六國古文：不易戈　陳喜壺　侯85.23　郭店.語三1.4。

（2）1　2　3　4

〔註81〕丁山〈釋族〉，《甲骨文所見氏族及其制度》，台北：大通書局，1971。

　　《書古文訓》「族」字或作㞢₁形，內野本則皆作㞢₁；足利本、上圖本（影）或作㞢₂；九條本、上圖本（八）或作㞢₃；足利本或作㞢₄，2、3、4形皆由（1）㞢₁訛變，「止」訛成「山」，在寫本中常見，如下表所見「動」字作「嶀」又作「埕」。（1）㞢₁所從「矢」訛作「失」（㞢₂）、「夭」（㞢₃）、「芺」（㞢₄）等形。

動	敦煌本	岩崎本	九條本	內野本	上圖（元）	足利本	上圖本（影）	上圖本（八）	書古文訓	
惟德動天無遠弗屆	嶀 S801			暉			嶀	嶀	歱	大禹謨
而胥動以浮言	嶀 P3670 埕 P2643	歱		嶀	動			嶀	暉	盤庚上

（1）族：族₁㞢₂㞢₃族₄㞢₅

　　上圖本（八）「族」字或作族₁，岩崎本或作族₂，足利本或作族₃上圖本（影）、上圖本（八）或作族₄，右上訛作「厶」形，所從「矢」訛作「夫」（族₂）、「失」（族₃）、「夭」（族₄）等。神田本或作族₅，左形「方」訛似「才」。

【傳鈔古文《尚書》「族」字構形異同表】

族 傳抄古尚書文字 㞢 汗1.7 㞢 㞢 四5.3 㞢 六書通325	戰國楚簡	石經	敦煌本	岩崎本	神田本b	九條本	島田本b	內野本	上圖（元）	觀智院b	天理本b	古梓堂b	足利本	上圖本（影）	上圖本（八）	古文尚書晁刻	書古文訓	尚書篇目
克明俊德以親九族	族 魏							㞢					㞢	㞢	族		㞢	堯典
方命圮族								㞢					㞢	㞢	族		㞢	堯典
思永惇敘九族								㞢					㞢	㞢	族		㞢	皋陶謨
九族乃離							㞢	㞢					㞢	㞢	㞢		㞢	仲虺之誥
罪人以族官人以世					族b			㞢						㞢			㞢	泰誓上
嗚呼敬之哉官伯族姓					族			㞢					族	族	族		㞢	呂刑

堯典	戰國楚簡	漢石經	魏石經	敦煌本P3315		岩崎本	神田本	九條本	島田本	內野本	上圖本（元）	觀智院	天理本	古梓堂	足利本	上圖本（影）	上圖本（八）	晁刻古文尚書	書古文訓	唐石經
九族既睦平章百姓										九族既睦平章百姓					九族既睦平章百姓	九族既睦平章百姓	九族既睦平章百姓		九族既睦羍章百姓	九族既睦平章百姓

30、既

「既」字《說文》「从皀旡聲」，甲金文作：（圖）佚974（圖）前7.18.1（圖）前7.24.2（圖）保卣（圖）庚嬴卣（圖）鄭虢仲簋（圖）頌簋（圖）師虎簋（圖）大鼎（圖）尹姞鼎等形，从皀从旡（亦聲），皀為「簋」之初文，（圖）為象跽坐張口之人食畢而轉向，金文「既」字人跽坐之形漸漸消失。甲骨文「欠」「旡」為一字，作（圖）前4.33.6（圖）甲3729（圖）庫1945（圖）明18（皆《甲骨文編》頁368「欠」字），《說文》「旡」字（圖）古文作（圖），跽坐之形已消失，戰國楚簡「既」字或作：（圖）包247（圖）天星觀.卜（圖）郭店.語叢4.5（圖）包山245（圖）郭店.五行10，「旡」變作（圖）、（圖）（或隸定為「次」）形，於戰國秦漢文字常見。

魏三體石經〈君奭〉「既」字古文作（圖），（圖）為（圖）之訛。《汗簡》、《古文四聲韻》錄《古尚書》「既」字作：（圖）汗6.82（圖）四4.9，與（圖）說文古文旡類同，皆（圖）前4.33.6形之訛，「既」由「旡」得聲，「旡」「既」同音假借；（圖）說文古文旡（圖）四4.9上部為轉向的口形，故不應出頭。〔註82〕

「既」字在傳鈔古文《尚書》有下列不同字形：

（1）既：（圖）上博1緇衣11（圖）郭店.緇衣19（圖）魏三體（圖）隸釋（圖）1（圖）2（圖）3（圖）4

戰國楚簡上博一〈緇衣〉11、郭店〈緇衣〉19引〈君陳〉「既」字各作（圖）上博1緇衣11（圖）郭店.緇衣19，魏三體石經〈君奭〉「既」字古文作（圖），（圖）上博1緇衣11（圖）魏三體即承自甲金文「既」字而跽坐之形消失，後者轉向之口形稍有訛變，

〔註82〕參見黃錫全，《汗簡注釋》，武漢：武漢大學出版社，1993，頁500。

郭店.緇衣 19 偏旁「旡」字變作 （或隸定爲「次」）形。《隸釋》錄漢石經尚書殘碑〈高宗肜日〉、〈無逸〉「既」字作 旡，爲篆文之隸變。敦煌本 P2748、九條本、上圖本（八）「既」字或作 旣 旣1，足利本或與 旡 隸釋 類同作 旣2，上圖本（影）或作 旣3；旣1旣3 偏旁「旡」字訛作「无」。上圖本（八）〈洪範〉「凡厥正人既富方穀」「既」字作 旣4，左偏旁訛誤與「歸」左形混同，右則偏旁「旡」字誤作「无」。

（2）旡：旡旡旡旡1旡2旡3旡4旡5

敦煌本《經典釋文・堯典》P3315「既」字作 旡1，注云「古既字」《書古文訓》「既」字皆作 旡旡1，敦煌本多作 旡1，皆爲「旡」字，是借「旡」爲「既」，同音通假。上圖本（元）、觀智院本或作 旡2，轉向之口形不明顯，與 𣄣 魏三體 所从「旡」形相近。上圖本（影）「既」字多作「旡」，或訛作「无」（旡3）、「先」（先4）等形；岩崎本「既」字多作「旡」，或訛多一畫作 旡5。

（3）呒：呒

內野本「九族既睦平章百姓」「既」字作「呒」，側加小字注云「既下同」，然其下「既」字皆作 旡。「呒」從口從旡應是「旡」之訛誤。

（4）即：即 隸釋

〈顧命〉「茲既受命」《隸釋》錄漢石經尚書殘碑「茲即」二字，「即」字甲金文作：𣢡粹4 𣢡後 2.30.17，象人就食之形，與「既」字形近但形義相異，此處當爲誤作。

【傳鈔古文《尚書》「既」字構形異同表】

既	傳抄古尚書文字 旡汗6.82 旡四4.9	戰國楚簡	石經	敦煌本	岩崎本	神田本b	九條本	島田本b	內野本	上圖（元）b	觀智院b	天理本b	古梓堂b	足利本	上圖本（影）	上圖本（八）	古文尚書晁刻	書古文訓	尚書篇目
九族既睦平章百姓				旡 P3315					呒					旡	旡			旡	堯典
既月乃日									旡					旡	旡			旡	舜典
冀州既載壺口				旡 P3615					旡					旡	旡	旡		旡	禹貢
彭蠡既豬陽鳥攸居				旡					旡					旡	旡	旣		旡	禹貢

榮波既豬導菏澤				既	旡			旡	旡	既		旡	禹貢
惟梁州岷嶓既藝			旡 P3169	旡	旡			旡	旡	既		旡	禹貢
既醜有夏				旡	旡			旡	旡	既		旡	胤征
太甲既立不明					旡			旡	旡			旡	太甲上
既往背師保之訓					旡			旡	先			旡	太甲中
乃既先惡于民			旡 P2643	旡	旡	旡		旡	旡	旡		旡	盤庚上
天既孚命正厥德		既 隸釋	旡 P2643 旡 P2516		旡	旡		既	既	旡		旡	高宗肜日
西伯既戡黎祖伊恐			旡 P2643 旡 P2516	旡	旡	旡		既	既			旡	西伯戡黎
殷既錯天命			旡 P2643 旡 P2516	旡	旡	旡							微子
既于凶盜				旡b	旡					旡		旡	泰誓上
既生魄			旡 S799	旡b	旡					旡		旡	武成
凡厥正人既富方穀				旡b	旡					既		旡	洪範
武王既喪				旡+b	旡					旡		旡	金縢
既勤樸斲		魏		旡	旡			旡	旡			旡	梓材
乃逸乃諺既誕		既 隸釋	旡 P2748		旡					旡		旡	無逸
成湯既受命		魏	既 P2748		旡					旡		旡	君奭
成王既踐奄			旡 S2074	旡	旡					旡		旡	蔡仲之命

既見聖亦不克由聖〔註83〕	上博1 緇衣11 郭店. 緇衣19			无 无b			无	无	君陳
茲既受命	即 隸釋			无 无b			无	无	顧命
既歷三紀世變風移			无	无		既 既 无		无	无	畢命
番番良士旅力既愆		无 P3871	无 无				无	无	秦誓

31、睦

「睦」字《說文》古文作 ，从先从目（亦聲），下部即《說文》「目」字古文 、金文 目小且壬爵之訛。

「睦」字在傳鈔古文《尚書》有下列不同字形：

（1） 汗3.35 四5.5 1 2

《汗簡》、《古文四聲韻》錄《古尚書》「睦」字作： 汗3.35 四5.5，與 說文古文睦同形，為省略偏旁「土」之異體。敦煌本《經典釋文・堯典》P3315「睦」字下云：「古文作 」， 即 說文古文睦之隸古定訛變。《書古文訓》「睦」字作 1 2，為 說文古文睦之隸古定。

（2）睦： 1 2 3 4

敦煌本《經典釋文・堯典》P3315「睦」字作 。九條本「睦」字或作 2，偏旁「坴」所从「土」作「圡」；內野本或作 2，足利本、上圖本（影）或作 3，偏旁「目」字訛與「耳」混同（參見 "明" 字）；上圖本（影）或作 4，「坴」訛作「圭」。

（3）惺： 四5.5 汗4.59

《汗簡》、《古文四聲韻》錄《古尚書》「睦」字又作： 汗4.59 四5.5。

〔註83〕上博1〈緇衣〉10、11引作「〈君陳〉員：『未見聖，如其其弗克見，我既見，我弗貴聖。』」

郭店〈緇衣〉19引作「〈君陳〉員：『未見聖，如其弗克見，我既見，我弗迪聖。』」

今本〈緇衣〉引作「〈君陳〉：『未見聖，若己弗克見，既見聖，亦不克由聖。』」

今本《尚書・君陳》作：「凡人未見聖，若不克見，既見聖，亦不克由聖。」

《說文》「狂」字古文从心作，包山楚簡、天星觀簡「狂」字亦从心，作包山 22 包山 24 天星.卜，魏三體石經〈多方〉「惟聖罔念作狂」「狂」字古文从火作魏三體，《汗簡》、《古文四聲韻》錄《古尚書》「狂」字作汗 4.55 四 2.16，與魏三體石經同形，从火乃从心之誤，其右與四 5.5 睦所从同形，訛作汗 4.59 睦，汗 4.59 睦 四 5.5 睦當即說文古文狂，為古尚書「狂」字，《汗簡》、《古文四聲韻》誤注作「睦」字。〔註84〕

【傳鈔古文《尚書》「睦」字構形異同表】

睦 傳抄古尚書文字 汗 3.35 四 5.5 汗 4.59 四 5.5	戰國楚簡	石經	敦煌本	岩崎本	神田本b 九條本	島田本b	內野本	上圖(元)	觀智院b 天理本	古梓堂b	足利本	上圖本(影)	上圖本(八)	古文尚書晁刻	書古文訓	尚書篇目
九族既睦平章百姓			睦 P3315			睦					睦	睦			睦	堯典
睦乃四鄰以蕃王室					睦	睦					睦	睦	睦		睦	蔡仲之命
爾惟和哉爾室不睦					睦	睦						睦			睦	多方

32、平

「平章百姓」，「平章」《史記‧五帝本紀》作「便章」，《索隱》云：「《古文尚書》作『平』，……平既訓便，因作『便章』。其今文作『辯章』，古平字亦作便音。……便則訓辯，遂為『辯章』。」《漢書‧劉愷傳》、班固《典引》皆作「辨章」，是今文作「便」、「辯」、「辨」，古文作「平」、「采」。

《詩‧采菽》之「平平左右」《左傳》引作「便蕃」。毛氏、服虔並訓：「平平，辯治也。」漢石經尚書殘碑〈洛誥〉「伻從王于周」、「乃單文祖德伻來」「伻」皆作「辯」，惠棟《九經古義》云「平章」乃「采章」之誤，此處古文「采」誤為「平」，而今文作「便」、「辯」、「辨」正因「采」音近而假借。

「平」字東周文字作：郜公鼎 亻平鐘 拍敦蓋 十年陳侯午錞 中山王兆域圖 平阿右戈 平陸戈 陶彙 3.703 陶彙 3.21 璽彙 3104 陰平劍 貨系 1130 璽彙 3310，魏三體石經與《汗簡》錄《古尚書》「平」字之形當源自：

〔註84〕參見黃錫全，《汗簡注釋》，武漢：武漢大學出版社，1993，頁 378。

仆平鐘〔字〕平阿右戈之形。「釆」字西周金文作：〔字〕益作父乙卣〔字〕釆卣，戰國文字作：〔字〕安釆矛〔字〕信陽 2.29。按「釆」字與从「釆」之字，如「番」字：〔字〕包山 41〔字〕包山 46〔字〕璽彙 1657〔字〕璽彙 1656〔字〕璽彙 1658、「審」字：〔字〕畬審盂，「悉」字：〔字〕詛楚文〔字〕雲夢.爲吏 4，其結構乃以「十」形爲中心，直筆或略作曲斜，即《說文》「釆」字篆文〔字〕古文〔字〕。

「平章百姓」敦煌本《經典釋文・堯典》P3315 作「平」，魏三體石經〈君奭〉「天壽平格保乂有殷」「平」字古文作〔字〕，與《說文》「〔字〕古文平」同，亦與《汗簡》錄《古尚書》「平」字〔字〕汗 6.82 同形，《書古文訓》皆作「〔字〕」，爲〔字〕說文古文平之隸古定字，皆當爲「釆」字古文〔字〕益作父乙卣〔字〕釆卣〔字〕安釆矛〔字〕信陽 2.29 篆文〔字〕之訛混。

「平」字在傳鈔古文《尚書》有下列不同字形：

（1）〔字〕魏三體〔字〕汗 6.82〔字〕〔字〕〔字〕1

魏三體石經〈君奭〉「天壽平格保乂有殷」「平」字古文作〔字〕，《汗簡》錄《古尚書》「平」字作〔字〕汗 6.82，皆與〔字〕說文古文平同形，當爲「釆」字古文〔字〕益作父乙卣〔字〕安釆矛、篆文〔字〕之訛混，《書古文訓》「平」字皆作〔字〕〔字〕〔字〕1 等形，皆此形之隸古定。

（2）平：〔字〕1〔字〕2〔字〕3〔字〕4

上圖本（八）或作「平」字〔字〕1，爲「平」字之變形，與「乎」字形近；內野本或作〔字〕2，爲〔字〕說文篆文平之隸定；足利本、上圖本（影）或作〔字〕3〔字〕4 形，爲〔字〕說文篆文平之訛變。

【傳鈔古文《尚書》「平」字構形異同表】

平 傳抄古尚書文字 〔字〕汗 6.82	戰國楚簡	石經	敦煌本	岩崎本b	神田本b	九條本	島田本b	內野本	上圖本（元）	觀智院b	天理本	古梓堂b	足利本	上圖本（影）	上圖本（八）	古文尚書晁刻	書古文訓	尚書篇目
九族既睦平章百姓			平 P3315														〔字〕	堯典
寅賓出日平秩東作																	〔字〕	堯典
平秩南訛																	〔字〕	堯典
寅餞納日平秩西成																	〔字〕	堯典

平在朔易日短星昴							秄	堯典
汝平水土						乎 平	秄	舜典
俞地平天成六府				乎		秀 夸	秀	大禹謨
大野既豬東原底平							秀	禹貢
蔡蒙旅平和夷底績			平				秀	禹貢
王道平平無反無側							秀	洪範
天壽平格保乂有殷	🔲 魏						秄	君奭

33、章

《尚書‧堯典》鄭玄注：「章，明也。」《國語‧周語》「其飾彌章」章昭注：「章，著也」，《說文》彡部：「彰，文彰也，从彡从章，章亦聲」是「章」為「彰」之本字，訓明、著之義。

「章」字《說文》云：「从音从十」，與古文不合，西周金文作：🖼競卣🖼頌鼎🖼頌簋，春秋以後其下加一橫畫：🖼酓章作曾侯乙鎛🖼侯 156.2🖼古陶 5.83🖼包 77🖼帛乙 1.25🖼璽彙 3842🖼璽彙 0736，秦簡、漢簡亦然：🖼睡虎地.為 25🖼老子甲 137。金文「章」字皆用為「璋」，如：競卣「賞競章（璋）」、頌鼎「返納堇（瑾）章（璋）」。李孝定先生疑🖼🖼即璋瓚之象形，「章明、章顯皆由禮器一義所引申」，然字形與璋瓚之制不合仍待考。〔註85〕

「章」字在傳鈔古文《尚書》有下列不同字形：

（1）章：🖼

「章」字敦煌本 S2074、九條本、內野本、上圖本（八）或作🖼，縱筆穿過「日」形，與西周金文、戰國文字類同。

（2）彰：🖼

「彰」是「章」字之孳乳，上圖本（影）作🖼，是手寫本中彡第三筆常作丶形，或與「久」相混，如「文」（彣）字作🖼 上圖本（影），彥字作🖼足利本等等（參見"文"字）。

〔註85〕說見：李孝定《金文詁林讀後記》卷三。

【傳鈔古文《尚書》「章」字構形異同表】

章	戰國楚簡	石經	敦煌本	岩崎本	神田本b	九條本	島田本b	內野本	上圖（元）	觀智院b	天理本	古梓堂本b	足利本	上圖本（影）	上圖本（八）	古文尚書晁刻	書古文訓	尚書篇目
九族既睦平章百姓								章							章			堯典
五服五章哉								彰						彰	彰	敦	彰	皋陶謨
率自中無作聰明亂舊章			章 S2074	章														蔡仲之命

34、百

「百」字甲骨文作[甲878][甲3275]，金文作[令簋][禹鼎][兮甲盤][禹鼎][多友鼎][庚壺][中山王鼎「方數百里」][盍壺「方數百里」][盍壺][中山王兆域圖]，《說文》古文作[百]，源自戰國文字[中山王鼎]，《古文四聲韻》「百」字錄石經作[百]四5.19。

「百」字在傳鈔古文《尚書》有下列不同字形：

（1）百[百]

《書古文訓》「百」字即皆作「百」字，為[百]說文古文百之隸定。

【傳鈔古文《尚書》「百」字構形異同表】

百	戰國楚簡	石經	敦煌本	岩崎本	神田本b	九條本	島田本b	內野本	上圖（元）	觀智院b	天理本	古梓堂本b	足利本	上圖本（影）	上圖本（八）	古文尚書晁刻	書古文訓	尚書篇目
九族既睦平章百姓																	百	堯典
百志惟熙																	百	大禹謨
百僚師師百工惟時																	百	皋陶謨
擊石拊石百獸率舞																	百	益稷
百官修輔厥后惟明明																	百	胤征
以敷虐于爾萬方百姓																	百	湯誥

35、姓

「姓」字在傳鈔古文《尚書》有下列不同字形：

（1）姓：魏三體

魏三體石經〈立政〉「奄甸萬姓」「姓」字古文作魏三體，與篆文類同。

（2）姓：

內野本「姓」字皆作「」，足利本、上圖本（影）、上圖本（八）亦多作此形，《書古文訓》「好」字皆作（見下表），尚書敦煌本、日諸古寫本作、形，所从形即「丑」，依此「」可隸定為「姓」字。

好	敦煌本	岩崎本	九條本	內野本	上圖（元）	足利本	上圖本（影）	上圖本（八）	書古文訓	
惟口出好興戎朕言不再	S801									大禹謨
念敬我眾朕不肩好貨	P2643									盤庚下

（3）眚：（）魏三體

「姓」字魏三體石經〈君奭〉「則商實百姓王人」篆隸二體皆作「姓」，古文下泐作，可復原為形，商承祚《石刻篆文編》12.12 以為古文乃借「眚」為「姓」。《集韻》、《類篇》謂「姓」古作，「眚」字金文作：散盤禽攸比鼎中山王鼎揚簋，即「眚」字，其下从「目」字古文，馬王堆漢墓帛書〈老子〉甲本、乙本「姓」並作「省」（省、眚古同字），與三體石經〈君奭〉同，皆借「省」（眚）為「姓」。

【傳鈔古文《尚書》「姓」字構形異同表】

姓	戰國楚簡	石經	敦煌本	岩崎本	神田本b	九條本	島田本b	內野本	上圖（元）	觀智院b	天理本	古梓堂b	足利本	上圖本（影）	上圖本（八）	古文尚書晁刻	書古文訓	尚書篇目
九族既睦平章百姓																		堯典
百姓如喪考妣																		舜典
罔違道以干百姓之譽																		大禹謨

萬姓仇予予將疇依				姓		姓	姓		五子之歌
汝不和吉言于百姓惟汝自生毒	姓 P2643			姓					盤庚上
歷告爾百姓于朕志				姓		姓	姓		盤庚下
以殘害于爾萬姓				姓			姓		泰誓上
越百姓里居罔敢湎于酒				姓		姓	姓		酒誥
則商實百姓王人	魏			姓					君奭
奄甸萬姓	魏			姓			姓		立政
士制百姓于刑之中				姓			姓		呂刑

堯典	戰國楚簡	漢石經	魏石經	敦煌本 P3315			岩崎本	神田本	九條本	島田本	內野本	上圖本（元）	觀智院	天理本	古梓堂	足利本	上圖本（影）	上圖本（八）	晁刻古文尚書	書古文訓	唐石經
百姓昭明協和萬邦											百姓昭明叶咊万邦					百姓昭明叶咊萬邦	百姓昭明叶咊萬邦	百姓昭眀叶咊萬邦	百姓昭朙叶咊万齒	百姓昭明協咊萬邦	百姓昭明協和萬邦

36、昭

「昭」字在傳鈔古文《尚書》有下列不同字形：

（1）卲：𐤔 汗 **4.49**

「昭」字《汗簡》錄石經作：𐤔 汗 **4.49**《箋正》云：「石經尚書古文『昭』如此，蓋借『卲』為『昭』。」《隸續》錄石經「昭」字古文作 𐤔，二者相同，金文多以「卲」為「昭」，如「卲王」即為「昭王」：𐤔 卲王簋 𐤔 中山王鼎「卲（昭）考成王」𐤔 中山王壺「卲（昭）告後嗣」。

（2）昭：昭昭

敦煌本、日古寫本「昭」字多寫作 昭昭，偏旁「日」字左直筆拉長、下

短橫突出，與寫本「目」字同樣寫似「耳」形，原「刀」形俗省作兩點撇。

（3）照：照

「照」與「昭」音義同，為「昭」之後起字，岩崎本〈君牙〉「昭乃辟之有乂」「昭」字作「照」。

【傳鈔古文《尚書》「昭」字構形異同表】

昭 傳抄古尚書文字 汗4.49 箋：石經尚書	戰國楚簡	石經	敦煌本	岩崎本	神田本b 九條本 島田本b	內野本	上圖（元） 觀智院b 天理本 古梓堂b	足利本	上圖本（影）	上圖本（八）	古文尚書晁刻	書古文訓	尚書篇目
百姓昭明協和萬邦						昭		昭	昭	昭			堯典
以昭受上帝						昭		昭	昭	昭			益稷
王懋昭大德建中于民								昭	昭	昭			仲虺之誥
惟我商王布昭聖武						昭		昭	昭	昭			伊訓
篚厥玄黃昭我周王			昭 S799										武成
乃惟時昭文王迪見			昭 P2748		昭	昭		昭		昭,			君奭
懋昭周公之訓						昭	昭			昭			君陳
厎至齊信用昭明于天下						昭	昭	昭		昭			康王之誥
昭乃辟之有乂				照,		昭		昭	昭	昭			君牙
克左右昭事厥辟						昭	昭		昭	昭	昭		文侯之命

37、協

「協」字在傳鈔古文《尚書》有下列不同字形：

（1）劦：劦魏三體

魏三體石經〈立政〉「用協于厥邑其在四方」「協」字古文作劦魏三體，此形從三力即「劦」字，《說文》力部「劦，同力也」為「協」之本字。

（2）叶：叶叶叶

敦煌本《經典釋文·舜典》P3315「協于帝濬哲文明」「協」字作**叶**，內野本、足利本、上圖本（影）、上圖本（八）亦或作**叶**，《書古文訓》「協」字皆作**叶**，為《說文》「協」字古文或从口作「叶」之隸定。。

（3）協：**協協**

敦煌本、日古寫本「協」字或作**協協**，其偏旁从三力之「劦」作从三刀，俗寫「力」混作「刀」，敦煌本、日古寫本中常見，如「功」之作「**功**」。

（4）協：**協₁協協₂協₃協₄**

敦煌本、日古寫本「協」或作从心之「恊」字，二字音義皆同，乃借「恊」為「協」，敦煌本、日古寫本中偏旁「忄」、「忄」常寫混，如「惟」字寫作「**惟**」。敦煌本 P2643 作**協₁**，其餘敦煌諸本、日古寫本多作**協協₂**，足利本、上圖本（影）、上圖本（八）或作**協₃協₄**所从「劦」之「力」形寫作「刀」形，且其下二力以重文符號「=」表示，亦見於「姦」字作「**姦**」「**姦**」。

【傳鈔古文《尚書》「協」字構形異同表】

協	戰國楚簡	石經	敦煌本	岩崎本	神田本b	九條本	島田本b	內野本	上圖（元）	觀智院b	天理本	古梓堂b	足利本	上圖本（影）	上圖本（八）	古文尚書晁刻	書古文訓	尚書篇目
百姓昭明協和萬邦								叶					叶	叶	協		叶	堯典
協于帝濬哲文明			叶 P3315					叶					叶	叶	協		叶	舜典
民協于中時乃功懋哉			協 S5745					叶					叶	叶	協		叶	大禹謨
鬼神其依龜筮協從			叶 S801					協					協	協	協		叶	大禹謨
同寅協恭和衷哉								叶					叶	叶	協		叶	皋陶謨
有眾率怠弗協							協	協					協	協	協		叶	湯誓
修厥身允德協于下							協	協					協	協	協		叶	太甲中
協比讒言予一人			協 P2643 協 P2516				協	協	協				叶	叶	叶		叶	盤庚下

經文		古文							篇名
允協于先王成德		協 P2643 / 協 P2516	協	叶	協	叶	叶	叶	叶	說命中
朕夢協朕卜		協 S799	協b	叶		叶	叶	叶	叶	泰誓中
相協厥居			協b	叶		叶	叶	協	叶	洪範
上帝時歆下民祗協			協b	叶		叶	恊	協	叶	微子之命
用協于厥邑其在四方		協 S2074 / 劦 P2630 / 協 魏	協	叶		叶	叶	叶	叶	立政
協賞罰戡定厥功			協	協b		恊	恊	協	叶	康王之誥
三后協心同底于道			協	叶		恊	恊	協	叶	畢命

38、和

「和」字在傳鈔古文《尚書》有下列不同字形：

（1）咊：咊汗1.6 咊四2.11 咊咊咊1 咊2

《汗簡》、《古文四聲韻》錄《古尚書》作咊汗1.6 咊四2.11，與咊盉壺相合，《書古文訓》、敦煌本、日古寫本「和」字多作咊咊1，與此同形。上圖本（影）「協和萬邦」「和」字作咊2，所從「禾」寫似「木」，金文又作從木：和陳財簋和史孔盉。

（2）龢：龢

《書古文訓》〈周官〉「治神人和上下」「和」字作龢，「龢」「和」皆由「禾」得聲，二字同音通假。

（3）禾：禾魏三體禾1

魏三體石經〈文侯之命〉「父義和汝克紹乃顯祖」「和」字作禾魏三體，上圖本（影）〈皋陶謨〉「同寅協恭和衷哉」「和」字亦作禾1，「和」字由「禾」得聲，此借「禾」為「和」，或為俗書只作聲符「禾」。

【傳鈔古文《尚書》「和」字構形異同表】

傳抄古尚書文字 和 咊汗1.6 咊四2.11	戰國楚簡	石經	敦煌本	岩崎本b 神田本b	九條本 島田本b	內野本	上圖本(元) 觀智院b	天理本 古梓堂b	足利本	上圖本(影)	上圖本(八)	古文尚書晁刻	書古文訓	尚書篇目
百姓昭明協和萬邦						咊	咊			咊			咊	堯典
帝曰咨汝羲暨和						咊		咊		咊			咊	堯典
同寅協恭和衷哉						咊				和			咊	皋陶謨
旅平和夷厎績			咊 P3169			咊		咊		咊	咊		咊	禹貢
貽厥子孫關石和鈞			咊 P2533			咊 咊					咊		咊	五子之歌
羲和廢厥職酒			咊 P3752			咊		咊		咊	咊		咊	胤征
汝不和吉言于百姓			咊			咊	咊						咊	盤庚上
爾惟麴糵若作和羹			咊 P2516	咊		咊	咊						咊	說命下
王惟德用和懌先後迷民						咊	咊	咊		咊	咊		咊	梓材
奉荅天命和恆四方民			咊 S6017			咊				咊			咊	洛誥
以和兄弟康濟小民			咊 S2074			咊 咊				咊			咊	蔡仲之命
爾惟和哉爾室不睦			咊 P2630			咊 咊				咊			咊	多方
庶政惟和萬國咸寧						咊				咊	咊		咊	周官
治神人和上下						咊				咊	咊		繇	周官
燮和天下			咊 P4509			咊 咊b				咊			咊	顧命
惟君陳克和厥中				咊		咊				咊			咊	畢命
式和民則爾身克正						咊		咊		咊 咊			咊	君牙
父義和汝克紹乃顯祖	魏					咊 咊				咊			咊	文侯之命

39、萬

　　「萬」字甲金文均象蝎形，爲蝎、蠆之初文，如：▨仲簋▨伯闢簋▨頌鼎▨魯大司徒元盂▨郳公牼鐘，後借用爲數名，〔註86〕金文另有異體，從止：▨弔簋▨齊侯匜、從彳：▨庚嬴卣▨鬲攸比鼎、從辵：▨伯衛父盂▨蔡大師鼎▨秦公簋、從土：▨郳公牼鐘▨郳公牼鐘、從厂：▨散伯簋▨散伯簋等等，皆作「萬年」乃爲數名之用。從止、從彳、從辵等即「邁」字，從厂者即「厲」字，從土者「墥」字，高田忠周疑此爲「礪」字，土、石通用，「礪」即「厲」（厲）字異文，故此「以厲爲萬也」。〔註87〕

　　「萬」字在傳鈔古文《尚書》有下列不同字形：

（1）萬：▨魏三體▨1▨2

　　魏三體石經〈無逸〉、〈立政〉「萬」字古文作▨魏三體，與▨郳公牼鐘形近同，上象蝎之螯形，其後隸變爲「艹」形，秦簡作▨睡虎地 24.37，漢代作▨漢帛書.老子甲 59，其上更省簡作▨相馬經 5 下▨武威簡.少牢 33，足利本或作▨1，上圖本（八）或作▨2，與此形同。

（2）万：▨▨▨万

　　《書古文訓》「萬」字皆作「万」▨，敦煌本、和闐本、日古寫本亦多作「万」▨▨万，戰國早期單譜討戈集成 11267 已見字形▨且用於數名：「單譜討作用戈三万」，應是戰國「萬」字之別體。「万」字《說文》未見，《廣韻》去聲二十五願「万，十千」，《玉篇》方部以「万」爲俗「萬」字，《尚書隸古定釋文》則謂《玉篇》以「万」爲俗字非也「《說文》雖以『萬』爲虫，無數名之訓，而言數名處仍作『萬』字，心部『惪』字下注云十萬曰惪』〔註88〕」按西周金文「萬」字即已借用爲數名，漢印則「万」「萬」皆見於數名，如：▨「日入千△虹」▨「杜少丙千△」▨「八千△」▨「△歲單尉」（《漢印文字匯編》頁 566～567），是「萬」「万」二字古通用。

〔註86〕參見：魯實先《說文正補》四四、萬，頁 41～42，（漢）許慎撰、（清）段玉裁注，（民國）魯實先正補，《說文解字注》，臺北：黎明文化事業股份有限公司，1991。

〔註87〕高田忠周，《古籀篇》卷十，台北：宏業書局，1975。

〔註88〕李遇孫，《尚書隸古定釋文》卷二，頁 2，劉世珩輯，《聚學軒叢書》7，台北：藝文印書館。

（3）萆：上博 1 緇衣 8　郭店緇衣 13

〈呂刑〉「一人又有慶，兆民賴之。」今本〈緇衣〉引作「〈甫刑〉云：『一人有慶，兆民賴之。』」上博一〈緇衣〉08、郭店〈緇衣〉13 則分別引作：

　〈呂型〉員（云）：「一人又（有）慶，　（萬）民訦（賴）之」（上博 1 緇衣 8）

　〈呂型〉員（云）：「一人又（有）慶，　（萬）民賵之。」（郭店緇衣 13）

其「萬」字作　上博 1 緇衣 8　郭店緇衣 13 二形从土从萬，與　邾公牼鐘　邾公牼鐘同形。今本《尚書》、〈緇衣〉之「兆民」戰國楚簡皆作「萬民」，是義近字替換。

【傳鈔古文《尚書》「萬」字構形異同表】

萬	戰國楚簡	石經	敦煌本	神田本b 岩崎本b	九條本	島田本b	內野本	上圖（元）	觀智院b	天理本b	古梓堂本b	足利本	上圖本（影）	上圖本（八）	古文尚書晁刻	書古文訓	尚書篇目
百姓昭明協和萬邦							万									万	堯典
萬邦咸寧							万					万	万			万	大禹謨
明明我祖萬邦之君			方 P2533			万	方					方	万	万		万	五子之歌
天乃錫王勇智表正萬邦							万	万				万	万	萬		万	仲虺之誥
誕告萬方							万					万	万	万		万	湯誥
爾萬方百姓罹其凶害							万					萬	万			万	湯誥
其爾萬方有罪							万					萬	万	萬		万	湯誥
用集大命撫綏萬方							万	万				万	万	萬		万	太甲上
惟朕以懌萬世有辭			方 和闐本				万	万				万	万			万	太甲上
萬民以遷			万 P2643 万 P2516	万			万	戸				万	万			万	盤庚下

經文									篇目
百官承式	万 P2643	万	万	万	万	万	万	万	說命上
惟天地萬物父母		万			万	万	万	万	泰誓上
而萬姓悅服	万 S799		万		万	万	万	万	武成
用咸和萬民	万 P3767 / 万 P2748		万		万	万	万	万	無逸
以萬民惟正之供	魏 / 万 P2748		万		万	万	万	万	無逸
式商受命奄甸萬姓	魏 万 S2074 / 万 P2630	万	万		万	万	万	万	立政
昔周公師保萬民			万	万	万	万	万	万	君陳
斁化奢麗萬世同流		万	万		万	万	万	万	畢命
下民祗若萬邦咸休		万	万		万	万	万	万	冏命

40、邦

「協和萬邦」，《史記》、《漢書》並引「邦」作「國」字，《撰異》云：「『國』字非為本朝諱，自是《今文尚書》本作『國』。漢人《詩》、《書》不諱，不改經字。」是《尚書》古文作「邦」今文作「國」、《隸釋》存漢石經尚書殘碑〈盤庚中〉「安定厥邦」「邦」作「國」，「邦」「國」二字同義字互換，《書古文訓》「邦」字則皆作𠙦，為《說文》邦字古文𤰜之隸古定。

甲骨文𤰜前 **4.17.3**𤰜乙 **6978**，王國維釋為「邦」字，與《說文》「邦」字古文𤰜同形。然 1980 年所出啟封令戈〔註89〕戈背為秦隸刻名「啟封」，戈內則鑄名「啟𤰜」相對，故𤰜應釋為「封」字，丰康侯丰鼎即衛康叔器，文獻名「封」黃盛璋據此謂丰為「封」之初文，後累增「土」、「田」，《說文》列𤰜為「邦」字古文有誤。又古璽𤰜璽彙 **0861**「長啟封」𤰜璽彙 **1797**「事（史）封」舊以形近於《說文》古文𤰜而釋為「邦」，吳振武改釋「封」字，〔註90〕謂戰國「封」、「邦」二字明顯區別：中山王器「邦家」、「建邦」等「邦」字作丰 中山王鼎丰 中山王壺丰 盜

〔註89〕1980 年遼寧省新金縣後元台出魏二十一年啟封令戈
〔註90〕吳振武，《古璽文編校定》，吉林大學，博士論文，1984，頁 130～134。

用，「迺」作副詞，「於是」常用於句首，是今文尚書作「迺」而與西周金文相合，「乃命羲和」此處應作「迺」。漢石經尚書（如〈盤庚中〉「曷虐朕民汝萬民乃不生生」）、魏三體石經（如〈君奭〉「乃墜其命」）等皆借用作「乃」。

「乃」字金文作：𠃌乃孫作且己鼎 𠃌孟鼎 𠃌師寰簋 𠃌克鼎 𠃌𠃌毛公鼎，魏三體石經《尚書》〈無逸〉等篇「乃」字古文作 𠃌魏三體，與金文相合。「迺」字金文作：⊠⊠毛公鼎 ⊠孟鼎 ⊠曾伯陭壺 ⊠鬲攸比鼎 ⊠⊠盠方彝。《說文》「迺」字篆文作⊠、從乃省⊠聲，古文作⊠，即承自金文，從「西」之籀文⊠、古文⊠。

「乃」字在傳鈔古文《尚書》有下列不同字形：

（1）⊠汗6.82⊠四3.13⊠⊠₁⊠₂⊠₃⊠₄

《汗簡》、《古文四聲韻》錄《古尚書》「迺」字作：⊠汗6.82迺 ⊠四3.13迺，此形從⊠說文篆文西與「乃」之省形乀相結合，訛自金文作⊠毛公鼎。《書古文訓》除〈大禹謨〉「予懋乃德嘉乃丕績」作乃，餘皆作「迺」字，或作⊠⊠₁⊠₂⊠₃⊠₄等形，₁形為⊠汗6.82迺 ⊠四3.13迺之隸古定，⊠₂⊠₃形為「迺」字從⊠說文古文西作⊠之隸古定，⊠₄則篆文⊠隸古定。

（2）迺迺₁迺迺₂

敦煌本《經典釋文・堯典》P3315「乃」字作迺₁，《書古文訓》「乃」字多作「迺」迺₁，或作迺₂形，內野本、足利本、上圖本（影）、上圖本（八）亦多作迺₂，為《說文》「迺」字篆文作⊠之隸變，₂形偏旁「辵」作「辶」。

（3）乃：𠃌𠃌魏三體𠃌上博1緇衣15𠃌郭店緇衣29

目前所見魏三體石經〈無逸〉、〈君奭〉、〈多方〉等「乃」字古文作𠃌魏三體，皆用於副詞「於是」之義，〈文侯之命〉「父義和汝克紹乃顯祖」作𠃌魏三體文侯之命，《書古文訓》〈大禹謨〉「予懋乃德嘉乃丕績」「乃」字作乃，此二作「汝之」之義，與西周金文「乃」字相合。上博〈緇衣〉、郭店〈緇衣〉引〈康誥〉「敬明乃罰」「乃」字作𠃌上博1緇衣15𠃌郭店緇衣29，與𠃌𠃌魏三體，皆係承自金文𠃌孟鼎𠃌師寰簋𠃌毛公鼎等形，《說文》古文作𠃌，或變自𠃌師寰簋𠃌上博1緇衣15等形。

（4）女（汝）：女

〈大禹謨〉「四方風動惟乃之休」內野本、足利本、上圖本（影）皆作「惟女之休」，「女」及「汝」字，此處依文義「乃」字即第二人稱「汝」「你」之用，內野本、上圖本（八）〈盤庚上〉「矧予制乃短長之命」作「女短長之命」亦然，

是日寫本可佐用字本義之證。

（5）爾：**爾**隸釋

〈盤庚上〉「各恭爾事齊乃位度乃口」《隸釋》錄漢石經尙書殘碑作「度爾口」「乃」字作**爾**隸釋，「爾」即「乃」字第二人稱之用。

【傳鈔古文《尚書》「乃」字構形異同表】

傳抄古尚書文字 乃 圖汗6.82 圖四3.13	戰國楚簡	石經	敦煌本	岩崎本 神田本b	九條本 島田本b	內野本	上圖（元） 觀智院b	天理本b 古梓堂b	足利本	上圖本（影）	上圖本（八）	古文尚書晁刻	書古文訓	尚書篇目
乃命羲和													卤	堯典
玄德升聞乃命以位													圖	舜典
二十有八載帝乃俎落			迺 P3315										卤	舜典
四方風動惟乃之休						女				女	女		卤	大禹謨
予懋乃德嘉乃丕績													乃	大禹謨
黎民咸貳乃盤遊無度													迺	五子之歌
無主乃亂			迺			迺	迺	迺					卤	仲虺之誥
愼乃儉德			迺			迺	迺	迺					卤	太甲上
矧予制乃短長之命			女							廿			卤	盤庚上
齊乃位度乃口	爾隸釋						迺	迺		迺			卤	盤庚上
乃話民之弗率			迺			迺	迺	迺					卤	盤庚中
奠厥攸居乃正厥位			迺			迺	迺	迺					卤	盤庚下
乃審厥象			迺			迺	迺	迺					卤	說命上
嗚呼乃罪多參在上			迺			迺	迺	迺					卤	西伯戡黎

經文								篇名
乃罔恆獲								微子
乃夷居弗事上帝神祇								泰誓上
王朝至于商郊牧野乃誓								牧誓
乃止齊焉								牧誓
乃偃武修文								武成
鯀則殛死禹乃嗣興								洪範
王乃昭德之								旅獒
公乃自以爲功								金縢
不可不成乃寧考圖功								大誥
乃祖成湯克齊聖廣淵								微子之命
王曰嗚呼封敬明乃罰	上博4緇衣15 / 郭店緇衣29							康誥
乃穆考文王								酒誥
爾乃飲食醉飽								酒誥
予乃胤保大相東土								洛誥
厥子乃不知稼穡之艱難								無逸
此厥不聽人乃訓之	魏							無逸
乃惟時昭文王迪見	魏							君奭
乃惟爾辟	魏							多方
無世在下乃命重黎								呂刑
父義和汝克紹乃顯祖	魏							文侯之命
善敹乃甲冑敿乃干								費誓

48、命

「命」字在傳鈔古文《尚書》有下列不同字形：

（1）𠇚上博1緇衣18 𠇚𠇚魏三體 𠇚汗2.26

戰國楚簡上博 1〈緇衣〉引《尚書・君奭》「集大命於氏（是）身」「命」字作𠇚上博1緇衣18，又引〈葉公之寡命〉（疑爲尚書佚篇）作𠇚上博1緇衣12，與金文作：𠇚命簋𠇚毛公鼎𠇚秦公簋𠇚中山王鼎同形。《汗簡》錄《古尚書》「命」字作：𠇚汗2.26箋：石經尚書如此，與魏三體石經「命」字古文作𠇚多士𠇚大誥等形同，亦承自金文。

（2）多郭店緇衣36

戰國楚簡郭店〈緇衣〉36引〈君奭〉「其集大命於乎身」「命」字作多郭店緇衣36，又引〈葉公之寡命〉（或釋〈祭公之顧命〉疑爲尚書佚篇）作多郭店緇衣22，包山楚簡「命」字作：𠇚包山7 𠇚包山250 𠇚包山2 多包山243等形，𠇚包山2下加「＝」爲飾筆，多包山243形則飾筆仍在而省口，或作「＝」以示省口，多郭店緇衣36多郭店緇衣22與此形相同。

（3）命命1命命2

九條本、上圖本（八）「命」字或作命命1，敦煌本P2516或作命命2，爲漢代隸書作命孫子42命韓仁銘形其「口」、「卩」筆畫稍變。

（4）命1命金2命舍3令4

上圖本（影）「命」字或作命1，當變自（3）命命1形，「口」、「卩」筆畫與中間直筆結合，訛變似「中」形；足利本、上圖本（影）、上圖本（八）「命」字或作命金2命舍3令4，其右下一點應爲飾筆。

（5）侖1侖2

晁刻《古文尚書》、《書古文訓》「命」字皆作侖1，僅一例〔註102〕作侖2，此形未見於他書，當由（3）命命侖1命命2形演變：亼下一短橫與「卩」「口」連筆訛變作「巾」，又原「卩」「口」，俱與「巾」形相涉而類化成侖1侖2字形。

─────────

〔註102〕《書古文訓・書序》〈費誓〉「魯侯『命』伯禽宅曲阜徐」「命」作侖，然各本無「命」字。

以上「命」字諸形的演變關係如下：

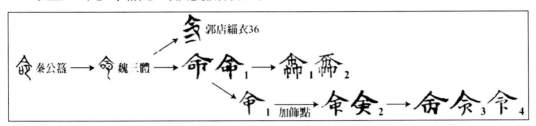

【傳鈔古文《尚書》「命」字構形異同表】

傳抄古尚書文字 命 命汗2.26	戰國楚簡	石經	敦煌本	岩崎本	神田本b	九條本	島田本b	內野本	上圖（元）	觀智院b	天理本	古梓堂本b	足利本	上圖本（影）	上圖本（八）	古文尚書晁刻	書古文訓	尚書篇目
乃命羲和欽若昊天														余	命		侖	堯典
胤侯命掌六師													侖	余	命		侖	胤征
胤后承王命徂征			命										余	金	余		侖	胤征
先王顧諟天之明命													余	余	余		侖	太甲上
民服厥命罔有不悅													余	余	侖		侖	太甲中
今予命汝一無起穢以自臭		侖 P2516												余	余		侖	盤庚中
惟說命總百官		命 P2516											余	余	余		侖	說命中
我生不有命在天		侖 P2516											余	余	余		侖	西伯戡黎
敷前人受命	今 魏												余	余		侖	大誥
越御事厥命													余			侖	梓材
厥惟廢元命降致罰													余	余	命	侖	多士
有命曰割殷告敕于帝	命 魏												余	余	余	侖	多士
文王受命	命 魏													余			無逸

句										篇名
其集大命于厥躬〔註103〕	命 上博1緇衣18 多 郭店緇衣36					余		佘	龠	君奭
在亶乘茲大命	命 魏					余	余 余		龠	君奭
乃大降顯休命于成湯				余		余	余		龠	多方
大遠王命				余		余	余		龠	多方
違上所命從厥攸好						余	令 余		龠	君陳
非天不中惟人在命	命 魏					余	余		龠	呂刑
平王錫晉文侯秬鬯圭瓚作文侯之命	命 魏						余		龠	文侯之命
惟時上帝集厥命于文王						余	余 命		龠	文侯之命
魯侯命伯禽宅曲阜徐 *各本無「命」字									喬	費誓

49、羲

《論衡・是應篇》引作「曦」,《書古文訓》「羲和」皆作「戲咊」。《尙書隸古定釋文》卷二.3云:「《史記・趙世家》『宓戲神農教而不誅』《漢書・太史公傳『慮戲至涫厚作易八卦』俱讀作羲,張揖《字詁》云:『羲古字,戲今字』」。

「羲」字在傳鈔古文《尚書》有下列不同字形:

(1) 羲:羲1 羲2 羲3 羲4

「羲」《說文》「从兮義聲」,所从義形左下與「兮」上兩筆結合,「義」左下遂隸變作上禾下丂之形,上圖本(八)作羲1,仍保留从義之形,从兮則訛作「乃」;敦煌本P3752「羲」字作羲2,左下作「乃」形;內野本作羲3,左下

〔註103〕 上博1〈緇衣〉18引作:〈君奭〉員:「□□□□□□□□□□□,集大命於氏(是)身。」

　　　　郭店〈緇衣〉36引作:〈君奭〉員:「昔才上帝戠(割)紳觀文王德,其集大命於 身。」

　　　　今本〈緇衣〉引作:〈君奭〉云:「昔在上帝周田觀文王之德,其集大命於厥躬。」

作「丂」形；九條本作羲4，左下只餘「禾」形。

（2）戲：戲

《書古文訓》「羲和」皆作「戲咊」，「羲」「戲」音同通假。

（3）義：義

上圖本（影）「羲」字誤作「義」字。

【傳鈔古文《尚書》「羲」字構形異同表】

羲	戰國楚簡	石經	敦煌本	岩崎本	神田本b	九條本	島田本b	內野本	上圖（元）	觀智院b	天理本	古梓堂b	足利本	上圖本（影）	上圖本（八）	古文尚書晁刻	書古文訓	尚書篇目
乃命羲和欽若昊天																	戲	堯典
分命羲仲																	戲	堯典
申命羲叔宅南交																	戲	堯典
帝曰咨汝羲暨和																	戲	堯典
羲和湎淫廢時亂日								羲	羲					羲	羲		戲	胤征
羲和廢厥職酒			羲 P3752					羲					羲	羲	羲		戲	胤征
惟時羲和顛覆厥德			羲 P2533			羲		羲					羲	羲	羲		戲	胤征

50、天

「天」字在傳鈔古文《尚書》有下列不同字形：

（1）贡_{魏三體}齐汗1.3齐四2.2兲芺夵尧1尧2尧3尧4北5尧6

魏三體石經〈多士〉、〈無逸〉、〈君奭〉、〈多方〉「天」字古文作贡，《汗簡》、《古文四聲韻》錄《古尚書》「天」字作：齐汗1.3齐四2.2，《玉篇》「兂兲古文天」，此形與齐曾侯乙墓匫器天郭店.成之4兲無極山碑、兲.芺千甓亭.吳天紀塼類同，並由人鼎文大天辣爵贡魏三體等形筆畫割裂訛變。

《書古文訓》「天」字作兲芺夵1，內野本、足利本、上圖本（影）、上圖本（八）或作尧1，敦煌本P2516作尧2，筆畫方向略異，皆贡魏三體齐汗1.3齐四2.2等形隸古定。內野本「天」字或作尧3尧4，中間多一點，岩崎本或變作北5；敦煌本P5557或作尧6，中變作「从」。

（2）兲 

足利本、上圖本（影）「天」字或作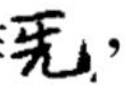，形如先字形加一横，當由（1）1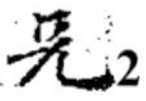2訛變，亦源自魏三體汗 1.3。以上「天」字諸形的演變關係如下：

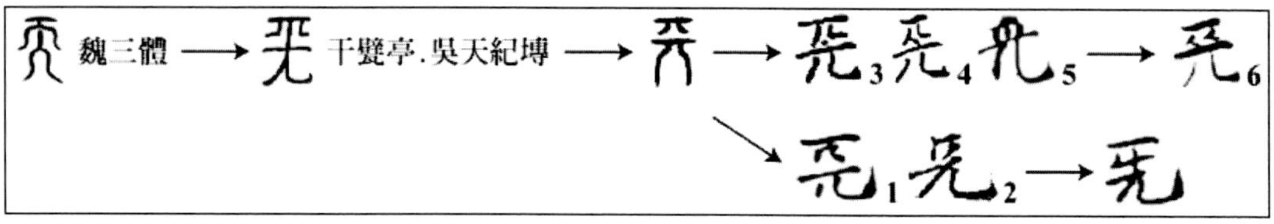

（3）夫：

上圖本（影）〈召誥〉「其自時配皇天」、〈文侯之命〉「閔予小子嗣造天丕愆」「天」字作，誤作「夫」字，是形近而誤。

（4）

上圖本（八）〈多士〉「爾克敬天」「天」字作應是俗字訛作不成字形。

【傳鈔古文《尚書》「天」字構形異同表】

天	傳抄古尚書文字 汗 1.3 四 2.2	戰國楚簡	石經	敦煌本	岩崎本	神田本b	九條本	島田本b	內野本	上圖（元）	觀智院b	天理本	古梓堂b	足利本	上圖本（影）	上圖本（八）	古文尚書晁刻	書古文訓	尚書篇目
聰明文思光宅天下																			堯典
乃命羲和欽若昊天														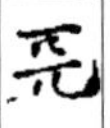					堯典
靜言庸違象恭滔天 *P3315 滔天作滔漫				 P3315										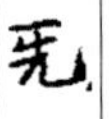					堯典
浩浩滔天														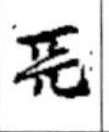					堯典
四罪而天下咸服																			舜典
奄有四海爲天下君																			大禹謨
無曠庶官天工人其代之																			皋陶謨
天明畏自我民明威															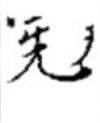				皋陶謨
奉將天罰																			胤征
欽承天子威命火炎崐岡				 P5557															胤征
各守爾典以承天休																		[glyph]	湯誥

經文	1	2	3	4	5	6	7	8	9	10	篇名
予迓續乃命于天		兓 P2516		兂						兂	盤庚中
非天夭民		天 P2643 兂 P2516	爪							兂	高宗肜日
嗚呼王司敬民罔非天胤		兂 P2516		兂						兂	高宗肜日
脅權相滅無辜籲天				兂				兂		兂	泰誓中
天惟與我民彝大泯亂 *漢石經作「維天」				兂						兂	康誥
集庶邦丕享皇天				兂						兂	梓材
其自時配皇天				兂				夬			召誥
公不敢不敬天之休				兂							洛誥
奉荅天命和恆四方民		兂 S6017		兂						兂	洛誥
惟天不畀不明厥德				兂						兂	多士
爾克敬天				兂				乚		兂	多士
非天攸若時人丕則有愆				兂				兂		兂	無逸
天降喪于殷殷既墜厥命				兂						兂	君奭
弗永遠念天威		天 P2748		兂						兂	君奭
天難諶乃其墜命		天 P2748		兂						兂	君奭
罔可念聽天				兂						兂	多方
敬迓天威				兂						兂	顧命
絕地天通罔有降格				兂						兂	呂刑
非爾惟作天牧今爾何監				兂						兂	呂刑
天罰不極庶民				兂						兂	呂刑
閔予小子嗣造天丕愆				兂				夫		兂	文侯之命

堯典	戰國楚簡	漢石經	魏石經	敦煌本 P3315			岩崎本	神田本	九條本	島田本	內野本	上圖本（元）	觀智院	天理本	古梓堂	足利本	上圖本（影）	上圖本（八）	晁刻古文尚書	書古文訓	唐石經
曆象日月星辰敬授人時				（敦煌寫本殘字）			歷象日月星辰敬授民旹				歷象日月星辰敬授民旹					歷象日月星辰敬授民旹	歷象日月星辰敬授民旹	厤象日月星辰敬授民旹	厤象日月星辰敬授人旹	厤象日月星辰敬授民時	曆象日月星辰敬授人時

51、曆

「曆象日月星辰」，《漢書・藝文志》、《中論・厤數篇》引尚書此文，「曆」並作「厤」，《撰異》云：「字本从止，衛包改从日（曆）。」歷，从止厤聲，《說文》「歷，過也，傳也」段注云：「引申爲治，厤明時之厤。」歷，爲訓治之厤的後起字。「歷象」即日月星辰一步步運轉、經過，故《史記・五帝本紀》作「數法」，「歷（曆）法」乃依據「歷象」而定，漢以後改寫作「曆法」。〔註104〕

「曆」字在傳鈔古文《尚書》有下列不同字形：

（1）厤：厤

《書古文訓》「曆」字作厤與《十三經注疏・尚書》作「厤」同，然《十三經注疏・尚書》所源出之《唐石經・尚書》作「歷」。「歷」、「曆」皆「厤」之後起字。

（2）歷：歷₁𣜜₂

岩崎本、內野本、足利本、上圖本（影）、上圖本（八）「曆」字作「歷」，與《撰異》說相合。「歷」字或寫作歷₁𣜜₂，从「秝」誤作「林」，寫作𣜜₂，从广、厂無別。

（3）曆：曆

內野本、足利本、上圖本（影）、上圖本（八）〈洪範〉「四曰星辰五曰曆數」

〔註104〕參見：顧頡剛、劉起釪著，《尚書校釋譯論》，北京：中華書局，2005，頁34。

「曆」字作曆，從「秝」俗誤作「林」。

【傳鈔古文《尚書》「曆」字構形異同表】

曆	戰國楚簡	石經	敦煌本	岩崎本	神田本b	九條本	島田本b	內野本	上圖（元）	觀智院b	天理本	古梓堂b	足利本	上圖本（影）	上圖本（八）	古文尚書晁刻	書古文訓	尚書篇目
曆象日月星辰 *十三經注疏本作 「厤」								歷						歷	歷	厤		厤	堯典
四日星辰五日曆數			暦					暦						暦	暦	暦		厤	洪範

52、象

「象」字甲金文皆作象形：<象形>前 **3.31.3**<象形>乙 **960**<象形>師湯父鼎<象形>鄂君啓車節，秦簡作：<篆形>睡虎地 **52.17**，漢代作：<字形>老子乙前 **78** 上<字形>精白鏡，《玉篇》卷 23.象部 378「��古文象」，��即上列古文字之隸古定，其四腳及尾部與「馬」字古文字作<字形>作冊大鼎<字形>克鐘<字形>吳方彝隸定作「馬」之形相同。

「象」字在傳鈔古文《尚書》有下列不同字形：

（1）<字形><字形>1 <字形>2 <字形><字形>3 <字形>4 <字形>5 <字形><字形><字形>6 <字形>7

《書古文訓》「象」字或作<字形><字形>1，內野本或變作<字形>3；內野本、足利本、上圖本（影）或作<字形><字形>3 <字形>4，其上變作从宀、宀；敦煌本 P2643 或少一畫作<字形>2；《書古文訓》或作<字形>6，其中多一畫，敦煌本 P2533、上圖本（元）或作<字形><字形>6，上形與<字形>老子乙前 **78** 上類同；岩崎本訛作<字形>7。上述諸形皆篆文「象」字、<篆形>睡虎地 **52.17**<字形>精白鏡等形隸古或其訛變。

（2）<字形><字形>1 <字形><字形>2 <字形>3 <字形>4

敦煌本 P5557、內野本、足利本「象」字或作<字形><字形>1，上圖本（八）或作<字形><字形>2，內野本或中多一畫作<字形>3，敦煌本 P2516 或訛作<字形>4，皆篆文「象」字之隸變，亦變自<篆形>睡虎地 **52.17**<字形>精白鏡等形，惟其四腳及尾部隸變爲直立之形（如豕字等）與上列（1）形有異。

【傳鈔古文《尚書》「象」字構形異同表】

象	戰國楚簡	石經	敦煌本	岩崎本	神田本b	九條本	島田本b	內野本	上圖（元）	觀智院本b	天理本b	古梓堂本b	足利本	上圖本（影）	上圖本（八）	古文尚書晁刻	書古文訓	尚書篇目
曆象日月星辰								〔象〕					〔象〕				〔為〕	堯典
象恭滔天								〔象〕					〔象〕		〔象〕		〔為〕	堯典
瞽子父頑母囂象傲								〔象〕					〔象〕	〔象〕	〔象〕		〔為〕	堯典
濬川象以典刑								〔象〕					〔象〕		〔象〕		〔為〕	舜典
予欲觀古人之象								〔象〕					〔象〕	〔象〕	〔象〕		〔為〕	益稷
方施象刑惟明								〔象〕					〔象〕	〔象〕			〔為〕	益稷
昏迷于天象			〔為〕P2533 〔象〕P5557				〔象〕	〔象〕					〔象〕	〔象〕	〔象〕		〔為〕	胤征
乃審厥象俾以形旁求于天下			〔為〕P2643 〔象〕P2516	〔為〕				〔象〕	〔象〕						〔象〕		〔為〕	說命上
惟稽古崇德象賢								〔象〕									〔為〕	微子之命

53、星

「星」字在傳鈔古文《尚書》有下列不同字形：

（1）曐曐

《書古文訓》「星」字皆作曐，內野本、足利本、上圖本（影）亦或作此形，與《說文》篆文同，皆源自甲骨文作：〔甲骨〕乙 **1877** 〔甲骨〕前 **7.26.3**、金文作：〔金文〕麓伯星父簋。

【傳鈔古文《尚書》「星」字構形異同表】

星	戰國楚簡	石經	敦煌本	岩崎本	神田本b	九條本	島田本b	內野本	上圖本（元）	觀智院b	天理本	古梓堂本b	足利本	上圖本（影）	上圖本（八）	古文尚書晁刻	書古文訓	尚書篇目
曆象日月星辰								曐						曐	曐		曐	堯典
日中星鳥以殷仲春								曐						曐	曐		曐	堯典
敬致日永星火								曐						曐	曐		曐	堯典
宵中星虛以殷仲秋								曐									曐	堯典
平在朔易日短星昴								曐									曐	堯典
日月星辰山龍								曐									曐	益稷
四日星辰五日曆數								曐									曐	洪範

54、辰

「辰」字甲骨文作：〔後1.13.4〕〔甲424〕〔佚59〕〔佚414〕〔甲2274〕（《甲》頁561），金文作：〔臣辰先父乙卣〕〔臣辰父乙爵〕〔臣辰父乙爵〕〔臣辰父乙鼎〕〔臣辰卣〕〔臣辰盉〕〔盂鼎〕〔散盤〕〔九年衛鼎〕，《說文》「辰」字篆文〔辰〕、古文〔辰〕即演變自此，魏品式石經〈皋陶謨〉「辰」字作〔辰〕魏品式，則源自〔辰〕說文古文辰。

「辰」字在傳鈔古文《尚書》有下列不同字形：

（1）〔辰〕魏品式〔辰〕₁〔辰〕₂

魏品式石經〈皋陶謨〉「辰」字古文作〔辰〕魏品式，《說文》古文作〔辰〕。敦煌本《經典釋文·堯典》P3315「辰」字作〔辰〕₁，云：「〔辰〕，古文辰」，敦煌本 P2533、P5557 亦作此形，為〔辰〕說文古文辰之隸變俗寫；《書古文訓》或作〔辰〕₂，為〔辰〕說文古文辰古文字形部分筆劃隸古定。

（2）〔辰〕四1.30

《古文四聲韻》錄《古尚書》「辰」字作：〔辰〕四1.30，下從《說文》古文辰〔辰〕，上似從「止」形，疑由金文從止等形〔觶文〕〔卣文〕〔旅鼎〕訛變。

（3）〔辰〕魏品式〔辰〕₁〔辰〕₂〔辰〕₃〔辰〕₄〔辰〕₅〔辰〕₆

魏品式石經「辰」字隸體作〔辰〕魏品式，內野本、上圖本（八）「辰」字或

作辰1，與隸書作辰魏品式辰漢帛書.老子乙前43上辰上林鼎類同；九條本〈胤征〉「乃季秋月朔辰弗集于房」「辰」字作辰2，與漢簡作辰流沙簡.小學4.16辰西陲簡41.4同形；敦煌本S799「辰」字作辰3，島田本、內野本、足利本、上圖本（影）、上圖本（八）「辰」字亦或作辰3，辰2辰3皆爲《說文》篆文辰之隸變俗寫。《書古文訓》「辰」字或作辰4，爲辰說文篆文辰之隸古定，又或隸古定訛變作辰5辰6，右下訛作「又」，辰4復左下訛作「止」。

【傳鈔古文《尚書》「辰」字構形異同表】

傳抄古尚書文字 辰 四1.30	戰國楚簡	石經	敦煌本	岩崎本	神田本b	九條本	島田本b	內野本	上圖（元）	觀智院b	天理本	古梓堂b	足利本	上圖本（影）	上圖本（八）	古文尚書晁刻	書古文訓	尚書篇目
曆象日月星辰			辰 P3315					辰					辰	辰	辰		辰	堯典
撫于五辰		辰 魏品						辰					辰	辰	辰		辰	皋陶謨
日月星辰山龍								辰					辰	辰	辰		辰	益稷
乃季秋月朔辰			辰 P2533 辰 P5557	辰				辰					辰	辰	辰		辰	胤征
惟一月壬辰旁死魄			辰 S799					辰					辰	辰	辰		辰	武成
四日星辰五日曆數								辰 辰					辰	辰	辰		辰	洪範
戊辰王在新邑			辰 P2748					辰					辰	辰	辰		辰	洛誥

55、敬

「敬」字在傳鈔古文《尚書》有下列不同字形：

（1）敬魏三體敬上博1緇衣15敬敬1敬敬2

戰國楚簡上博1〈緇衣〉引〈康誥〉「敬明乃罰」「敬」字作敬上博1緇衣15，魏三體石經〈立政〉「敬」字古文作敬魏三體，與楚帛書作敬楚帛書乙同形。《說文》「苟」字篆文作苟，从羊省从包省从口，古文羊不省作羊，敬魏三體敬上博1緇衣15敬郭店緇衣29即从攴从古文苟羊，《說文》「敬」字下當補「古文作敬」。

「敬」字蓋由「茍」字孳乳，盂鼎「敬」字作 🔶盂鼎，即「茍」字原形不從口。「茍」字金文又作：🔶大保簋 🔶何尊 🔶師虎簋 🔶楚季茍盤（春秋），「敬」字金文又作：🔶對罍 🔶師西簋 🔶克鼎 🔶秦公鎛 🔶秦公簋 🔶吳王光鑑 🔶蔡侯盤 🔶樂子敬簋 🔶王子午鼎 🔶鄷侯簋 🔶中山王鼎 🔶中山侯鉞，其人形上變化作如省羊形，始見於春秋「茍」字作 🔶楚季茍盤、偏旁「茍」作 🔶（🔶吳王光鑑.敬），故 🔶 說文古文茍形，應是六國古文。

《書古文訓》「敬」字作 🔶 🔶1 🔶 🔶2 等形，俱爲 🔶楚帛書乙 🔶魏三體形之隸古定。

（2）🔶郭店緇衣 29

郭店〈緇衣〉引〈康誥〉「敬明乃罰」「敬」字作 🔶郭店緇衣 29，「敬」字金文亦或省口，如 🔶中山王鼎 🔶中山侯鉞，此形則省「口」而作「=」與楚簡「命」字或作 🔶郭店緇衣 36 🔶郭店緇衣 22 類同（參見"命"字）。

（3）🔶

敦煌本《經典釋文·堯典》P3315「敬」字作 🔶，爲篆文作 🔶 之訛變，其所從羊省包省之 🔶 形隸訛與偏旁「老」字 🔶（从老省）隸變作「⺹」混同，「口」形隸定作「厶」。

【傳鈔古文《尚書》「敬」字構形異同表】

敬	戰國楚簡	石經	敦煌本	岩崎本	神田本b	九條本 島田本b	內野本	上圖（元） 觀智院b	天理本 古梓堂b	足利本	上圖本（影）	上圖本（八）	古文尚書晁刻	書古文訓	尚書篇目
敬授人時			🔶 P3315								🔶	🔶		🔶	堯典
敬致日永星火							🔶							🔶	堯典
敬敷五教在寬														🔶	舜典
愼乃有位敬修其可願			🔶 S801											🔶	大禹謨
達于上下敬哉有土							🔶							🔶	皋陶謨
爲人上者奈何不敬						🔶					🔶	🔶		🔶	五子之歌

經文									篇名
立愛惟親立敬						敬	敬 敬	敬	伊訓
惟天無親克敬惟親					敬		敬 敬	敬	太甲下
永敬大恤	敬 P2643 敬 P2516	𢓄					敬	敬	盤庚中
荒怠弗敬自絕于天	敬 S799							敬	泰誓下
亦厥君先敬勞			敬				敬	敬	梓材
至于敬寡至于屬婦			敬				敬 敬	敬	梓材
王其疾敬德			敬			敬	敬	敬	召誥
惟不敬厥德			敬			敬	敬	敬	召誥
不敢廢乃命汝往敬哉	敬 P2748 敬 S6017		敬			敬	敬	敬	洛誥
則皇自敬德	敬 P3767 敬 P2748						敬	敬	無逸
時惟爾初不克敬于和	敬 S2074		敬					敬	多方
以敬事上帝立民長伯	[魏]		敬					敬	立政
式敬爾由獄以長我王國	敬 P2630		敬					敬	立政
敬爾有官				敬b		敬 敬 敬		敬	周官
爾克敬典在德								敬	君陳
在後之侗敬迓天威			敬 敬b			敬 敬 敬		敬	顧命
爾惟敬明乃訓			敬 敬			敬 敬 敬		敬	君牙

56、人

「敬授人時」，《尚書大傳》、《史記·五帝本紀》皆作民時，是今文古文皆然，《撰異》云「民時」自來無作「人時」者，以注疏本證之，《孔傳》、《正義》皆作民時，唐初不誤，是衛包改字作「人時」。內野本、足利本、上圖本（影）

等皆作民時，與段說相合。

「人」字在傳鈔古文《尚書》有下列不同字形：

（1）民：民**隸釋**区₁民₂尾₃

〈盤庚上〉「無或敢伏小人之攸箴」，「人」字日各寫本皆作「民」区，《隸釋》錄漢石經尚書殘碑〈洪範〉「謀及庶人謀及卜筮」「人」作民**隸釋**，敦煌本P2748〈君奭〉人字皆作民₂，僅見「武王惟茲四人」一處缺筆作尾₃（參見"民"字）。

（2）入

上圖本（影）〈君奭〉「嗚呼篤棐時二人」「人」字俗寫誤作「入」。

【傳鈔古文《尚書》「人」字構形異同表】

人	戰國楚簡	石經	敦煌本	岩崎本	神田本b	九條本b	島田本b	內野本	上圖（元）	觀智院b	天理本	古梓堂b	足利本	上圖本（影）	上圖本（八）	古文尚書晁刻	書古文訓	尚書篇目
敬授人時								区					民	民				堯典
無或敢伏小人之攸箴			民					区	民				人民	民民人	民			盤庚上
謀及庶人謀及卜筮	民隸釋																	洪範
遏佚前人光在家不知			民 P2748															君奭
迪惟前人光施于我沖子			民 P2748															君奭
故一人有事于四方			民 P2748															君奭
文王蔑德降于國人			民 P2748															君奭
武王惟茲四人			尾 P2748															君奭
惟茲四人昭武王			民 P2748															君奭
惟時二人弗戡			民 P2748															君奭
嗚呼篤棐時二人			民 P2748											入				君奭

57、仲

「分命羲仲」，「羲仲」《書古文訓》作「戲⿱屮中」「仲」字作⿱屮中，為《說文》古文「中」字⿱屮中之隸古字形，《史記‧五帝本紀》此處亦作「中」；敦煌本《經典釋文‧堯典》P3315「以殷仲春」「仲」字作中。「仲」由「中」字孳乳，古字多以「中」為「仲」二字通用。

「仲」字在傳鈔古文《尚書》有下列不同字形：

（1）中₁⿱屮中₂

「仲」字，敦煌本、日古寫本皆或作「中」中₁，《書古文訓》作⿱屮中₂，為⿱屮中說文古文中之隸古定，「中」「仲」古今字。

【傳鈔古文《尚書》「仲」字構形異同表】

仲	戰國楚簡	石經	敦煌本	岩崎本b	神田本b九條本	島田本b	內野本	上圖（元）觀智院b	天理本古梓堂b	足利本	上圖本（影）	上圖本（八）	古文尚書晁刻	書古文訓	尚書篇目
分命羲仲宅嵎夷														⿱屮中	堯典
日中星鳥以殷仲春			中 P3315				中			中	中			⿱屮中	堯典
以正仲夏							中							⿱屮中	堯典
以正仲冬							中			中	中			⿱屮中	堯典
惟仲康肇位四海			中 P2533				中 中			中	中	中		⿱屮中	胤征
仲丁遷于囂作仲丁							中	中		中				⿱屮中	咸有一德
太保命仲桓南宮毛							中	中b						⿱屮中	顧命
伯父伯兄仲叔季弟幼子童孫皆聽朕言				中										⿱屮中	呂刑

堯典	戰國楚簡	漢石經	魏石經	敦煌本 P3315		岩崎本	神田本	九條本	島田本	內野本	上圖本（元）	觀智院	天理本	古梓堂	足利本	上圖本（影）	上圖本（八）	晁刻古文尚書	書古文訓	唐石經
分命羲仲宅嵎夷日暘谷										分命羲仲宅嵎夷日暘谷			分命羲仲宅嵎夷日暘谷			分命羲仲宅嵎夷日暘谷	分命羲仲宅嵎夷日暘谷		分命羲仲宅嵎夷日暘谷	分命羲仲宅嵎夷日暘谷

58、宅

「宅嵎夷」，「宅」字《周禮》鄭注引作「度」與漢石經同，《史記五帝本紀》皆作「居」，《爾雅・釋言》：「宅，居也。」是《史記》用訓詁字。《方言》「度，居也。東齊海岱之間或曰度。」《撰異》云：「凡古文尚書皆作宅，凡今文尚書皆作度。」「宅」、「度」同屬定紐鐸部，又《方言》「度」有訓居之義，二字音義皆近而借「度」爲「宅」。

《說文》「宅」字古文一作 ，《汗簡》錄《古尚書》「宅」字作： 汗 4.51、《古文四聲韻》則錄《古尚書》「度」字作： 四 4.11 下云「亦宅字」，魏三體石經〈堯典〉、〈多方〉「宅」字古文分作 、 ，其形皆源於金文 何尊 秦公鎛 秦公簋 宅簋 公父宅匜等形，戰國文字亦作此形： 包山 155 郭店.成之 34 郭店.老乙 8 貨系 2045。然 汗 4.51 下云「亦度字」， 四 4.11 下云「亦宅字」中山王鼎銘：「考 佳型」 字讀爲「度」，此處借「宅」爲「度」字，是出土資料亦見「宅」字用作「度」字，證二字相通用。

《說文》「宅」字另一古文作 ，《汗簡》錄《古尚書》「宅」字 汗 3.39 形，皆增从土，與陳字作 子禾子釜、陵字作 陳猷釜等同，春秋器銘「宅」字作 者汈鐘則增从人，都是贅加義符。

「宅」字在傳鈔古文《尚書》有下列不同字形：

（1） 汗 4.51 四 4.11 魏三體 1 2 3 4

魏三體石經《尚書》「宅」字古文作 魏三體堯典、 魏三體多方.立政，《汗簡》錄《古尚書》「宅」字作： 汗 4.51，《古文四聲韻》錄《古尚書》此形注「度」

字宇四 4.11 下云「亦宅字」，皆與宅說文古文宅同形，源於金文𡧪何尊宅秦公簋，亦與戰國文字宀郭店.成之 34 宅郭店.老乙 8 類同。內野本、足利本、上圖本（影）、上圖本（八）「宅」字多作庀1 或作花2，亦有加一點飾筆作庀3庀4，凡此皆宅之隸定。

（2）宅汗 3.39宅1垞2

《汗簡》又錄《古尚書》「宅」字作：宅汗 3.39，與《說文》古文或體宅說文古文宅類同，乃「宅」增表義偏旁「土」，《書古文訓》作宅1垞2，為宅汗 3.39宅說文古文宅之隸定，偏旁宀宀相通。

（3）垞：垞

〈說命上〉岩崎本「宅」字作垞，此形應是从土从宅省，並「宅」上加一飾點，隸定為「垞」，當為「宅」字異體。

（4）宅：宅宅宅

日寫本「宅」字或作宅宅宅形，皆加一飾點。

（5）度：度隸釋

《隸釋》錄漢石經尚書殘碑〈立政〉「文王惟克厥宅心」「宅」字作「度」，是借「度」為「宅」。

（6）罔：宦1宧2

上圖本（八）〈太甲上〉「厥辟宅師」「宅」字作宦1 形，與該本「罔」作宦混同，乃「宅」與宦形近而寫誤。敦煌本 P2748〈洛誥〉「來相宅其作周匹休」「宅」字作宧2，亦與該本「罔」字作宦混近（參見"罔"字）。

【傳鈔古文《尚書》「宅」字構形異同表】

宅	傳抄古尚書文字 宇四 4.11 宅汗 3.39 宧汗 4.51	戰國楚簡	石經	敦煌本	岩崎本	神田本b	九條本	島田本b	內野本	上圖（元）	觀智院b	天理本	古梓堂b	足利本	上圖本（影）	上圖本（八）	古文尚書晁刻	書古文訓	尚書篇目
	聰明文思光宅天下																	垞	堯典
	分命羲仲宅嵎夷																	垞	堯典
	申命羲叔宅南交		宅魏															垞	堯典

經文							出處
使宅百揆亮采惠疇			庀		庀 庀		宅	舜典
三危既宅三苗丕敘屮			宅 庀		庀 庀		宅	禹貢
四隩既宅九山刊旅			宅 庀		庀 庀		宅	禹貢
厥辟宅師			庀 宅	庀 庀 宅		宅	太甲上
王宅憂亮陰三祀		扝	庀 宅	庀 庀		宅	說命上
入宅于河	宅 P2643	扝	庀 宅			宅	說命下
成王在豐欲宅洛邑			宅 庀	庀		宅	召誥
宅新邑			宅 庀	庀 庀		宅	召誥
召公既相宅周公往營成周			庀	宅 庀		宅	洛誥
來相宅其作周匹休	宅 P2748		庀	宅		宅	洛誥
公既定宅			庀	宅 宅 庀		宅	洛誥
今爾惟時宅爾邑繼爾居			庀	宅 庀		宅	多士
今爾尚宅爾宅畋爾田	民 魏		宅 庀	宅 宅 庀		宅	多方
曰宅乃事宅乃牧宅乃準	民 魏		宅 庀	宅 宅 庀		宅	立政
則乃宅人茲乃三宅無義民	宅 魏		宅 庀	庀 庀 庀		宅	立政
克即宅曰三有俊	宅 魏		宅 庀	庀 庀 庀		宅	立政
文王惟克厥宅心	度 隸釋		宅 庀	庀		宅	立政
延入翼室恤宅宗			庀 宅	宅		宅	顧命
表厥宅里		宅	庀	宅 宅 庀		宅	畢命
嗣先人宅丕后		宅	庀	宅 宅		宅	冏命

59、嵎

「嵎夷」，《史記‧夏本紀》同，〈五帝本紀〉作「郁夷」，《索隱》（夏本紀）云：「今文尚書及帝命驗並作『禺鐵』。」《說文》土部：「堣夷在冀州陽谷。」下引「《尚書》曰『宅堣夷』」，《玉篇》亦引作「堣」，《說文》山部（嵎）引作

「嵎銕」，《尚書正義》卷二引夏侯等書作「嵎鐵」，是今文作「嵎夷」、「嵎銕」、「嵎鐵」、「禺鐵（銕）」、「郁夷」，古文作「堣夷」。「嵎」、「堣」、「禺」皆從「禺」聲音同通用，「嵎」、「堣」又義同，「郁」則音近假借。

于省吾《尚書新證》謂小臣謎簋有銘作達征自五齵貝，五齵即嵎夷，係東夷之一，亦猶楚語稱三苗九黎，〈禹貢〉「海岱惟青州嵎夷既略」作「嵎」以其背山，作「齵」以其面海爲潟鹵之地；《說文》作「嵎」則與金文 𤲃 史頌簋字同，金文凡從土之字多作 𡈼 。〔註105〕

「嵎」字在傳鈔古文《尚書》有下列不同字形：

（1）堣

敦煌本《經典釋文‧堯典》P3315、P3615作「嵎」𡈼𤲃，晁刻《古文尚書》、《書古文訓》「嵎夷」均作「堣尸」。

【傳鈔古文《尚書》「嵎」字構形異同表】

嵎	戰國楚簡	石經	敦煌本	岩崎本	神田本b	九條本	島田本b	內野本	上圖（元）	觀智院b	天理本	古梓堂b	足利本	上圖本（影）	上圖本（八）	古文尚書晁刻	書古文訓	尚書篇目
分命羲仲宅嵎夷			𤲃 P3315														堣	堯典
海岱惟青州嵎夷既略			𤲃 P3615													𡈼	堣	禹貢

60、夷

「嵎夷」，《撰異》案云：「『嵎鐵』即『嵎銕』，銕者古文鐵字，鐵者『鐵』之訛體也。」《說文》金部：「銕，古文鐵從夷。」晁刻《古文尚書》、《書古文訓》「嵎夷」則均作「堣尸」。

「夷」字在傳鈔古文《尚書》有下列不同字形：

（1）尸：尸汗3.43 尸四1.17 尸魏三體 尸1 尸2 尸3

魏三體石經〈立政〉「夷微盧烝三亳阪尹」「夷」字古文作尸，《汗簡》、《古文四聲韻》《古尚書》「夷」字作：尸汗3.43 尸四1.17，皆與《說文》仁字古文尸同形。此形甲骨文作：𠤎 前2.19.1 (仁)，中山王鼎銘「亡不達尸」尸中山王鼎用作「仁」

〔註105〕于省吾，《尚書新證》卷一、二，北京：中華書局，2005。

字，戰國楚簡作：包山180，亦爲《說文》「遲」字或體所从，楚簡作：包山198天星觀卜。金文「夷」字作：兮甲盤「南懷夷」柳鼎，兮甲盤與「尸」字作尸作父己卣盂鼎同形，「尸」、「夷」通用，是「尸」借作「夷」。《玉篇》「𡰥」古文「夷」字，黃錫全《汗簡注釋》謂「古尸、𡰥、夷字通」，〔註106〕「夷」字應有戰國古文作形，故《汗簡箋正》云：「今《說文》夷下失此古文。」

晁刻《古文尚書》、《書古文訓》「夷」字皆作1，敦煌本、日古寫本亦多作此形或2，皆之隸古定；上圖本（八）或訛作3。

（2）夷：漢石經1234

漢石經「夷」字作漢石經，內野本、足利本、上圖本（影）、上圖本（八）或作12形，皆《說文》「夷」字篆文之隸變。敦煌本、觀智院本或作34 亦說文篆文夷之隸變敦煌本，左下又增義符人形（3）或人形訛作刀形（4）。

（3）𡰥：12

敦煌本S2074、神田本、上圖本（八）「夷」字或作12形，乃「夷」字古文作「𡰥」與「尼」字寫作書古文訓衡方碑同，因筆劃接近且形近而寫誤，尚書各寫本偏旁「尼」字（昵字所从）亦見誤作𡰥（夷）。

昵	敦煌本	岩崎本 神田本b	內野本	上圖（元）觀智院b	足利本	上圖本（影）	上圖本（八）	書古文訓	
官不及私昵	昵 P2643 昵 P2516	眤		昵		眤	眤	尼	說命中
典祀無豐于昵	𡰥 P2643 迟 P2516	㞑	昵	𡰥	眤	眤	昵	𡰥	高宗肜日
昵比罪人淫酗肆虐		眤	眤			昵	昵	尼	泰誓中

〔註106〕黃錫全，《汗簡注釋》，武漢：武漢大學出版社，1993，頁303。

【傳鈔古文《尚書》「夷」字構形異同表】

傳抄古尚書文字 夷〔尸四1.17 尼汗3.43〕	戰國楚簡	石經	敦煌本	岩崎本	神田本b	九條本	島田本b	內野本	上圖(元)/觀智院b/天理本/古梓堂b	足利本	上圖本(影)	上圖本(八)	古文尚書晁刻	書古文訓	尚書篇目
分命羲仲宅嵎夷								■		■	■			■	堯典
厥民夷鳥獸毛毨								■		■	■			■	堯典
而難任人蠻夷率服								■		夷		■		■	舜典
皋陶蠻夷猾夏								■		■	■	■		■	舜典
僉曰伯夷			■ P3315					■		■	■	■		■	舜典
島夷皮服	隸 漢	■ P3615									■			■	禹貢
海岱惟青州嵎夷既略			■					■		■	■	■	■		禹貢
旅平和夷底績		■ P3169	■	v					■	■	■		■		禹貢
三百里夷二百里蔡		■ P2533	■	■					■	■	■		■		禹貢
乃夷居弗事上帝神祇		■ b		■							■		■		泰誓上
必克受有憶兆夷人	■ S799	■ b		■							■		■		泰誓中
遂通道于九夷八蠻			■ b	■					夷		■		■		旅獒
成王東伐淮夷		■ S6259 / ■ S2074		■	■				夷		■	■			蔡仲之命
夷微盧烝三亳阪尹	魏	■ S2074 / 夷 P2630		■	■				夷	■	■	■			立政
成王既黜殷命滅淮夷					夷				夷	■	■				周官
成王既伐東夷					■	■ b			夷	■	■				周官
四夷左衽罔不咸賴				■	■				夷	夷	■				畢命
伯夷降典折民惟刑				■	■				夷	夷	■				呂刑
徂茲淮夷徐戎並興				■	■				■	■					費誓

61、暘

《說文》日部「暘，日出也」下引「虞書曰日暘谷。」（宋本葉本作虞書，實應唐書乃古文尚書堯典），土部「垷」字：「垷夷在冀州陽谷。」，山部「崵」字云：「崵山……一曰崵銕崵谷也。」《撰異》云：「以『崵銕』今文，則知相屬之『崵谷』今文無疑。」「垷夷」為古文，依此古文尚書作「暘」「陽」，今文尚書作「崵」。

《史記》作「暘谷」，《索隱》云《史記》舊本作「湯谷」，《淮南子》、《楚辭》〈天問〉〈遠遊〉、《山海經》、《論衡》〈說日〉〈談天〉皆作「湯谷」，《說文》叒部亦作「湯谷」云：「叒，日初出東方，湯谷所登，榑桑叒木」湯谷之說與《山海經》、《楚辭》等神話相合。〔註107〕

「暘」為「易」之後起字，指日之上出，「暘」、「陽」、「崵」三字俱从易得聲而孳乳分化，从山、从阜皆表日出之處，三字通用，與「湯」音同通假。。

「暘」字在傳鈔古文《尚書》有下列不同字形：

（1）暘：**陽**₁**暘**₂**暘**₃

敦煌本《經典釋文・堯典》P3315「暘」字作**陽**₁，云：「古陽字」今本釋文「暘」改陽，無「古陽字」。「曰暘谷」內野本、上圖本（影）、上圖本（八）「暘」字作**暘**₂，偏旁「日」字形近「耳」（參見"明""睦"字），足利本作**暘**₃，偏旁「易」字變似「易」。

（2）陽：**陽**

〈洪範〉「曰雨曰暘」島田本「暘」作「陽」，二字音義同通用。

【傳鈔古文《尚書》「暘」字構形異同表】

暘	戰國楚簡	石經	敦煌本	岩崎本	神田本b	九條本	島田本b	內野本	上圖（元）	觀智院b	天理本	古梓堂b	足利本	上圖本（影）	上圖本（八）	古文尚書晁刻	書古文訓	尚書篇目
宅崵夷曰暘谷			**陽** P3315					**暘**					**暘**	**暘**	**暘**			堯典
曰雨曰暘曰燠曰寒							**陽**											洪範
曰僭恆暘若曰豫恆燠若							**暘**											洪範

〔註107〕參見：皮錫瑞《今文尚書考證》，顧頡剛、劉起釪著，《尚書校釋譯論》，北京：中華書局，2005，頁38。

堯典	戰國楚簡	漢石經	魏石經	敦煌本 P3315		岩崎本	神田本	九條本	島田本	內野本	上圖本（元）	觀智院	天理本	古梓堂	足利本	上圖本（影）	上圖本（八）	晁刻古文尚書	書古文訓	唐石經
寅賓出日平秩東作				寅…秩也說文						寅賓出日平秩束作					寅賓出日平秩東作	寅賓出日平秩東作	寅賓出日平秩東作	壺寅出日秉驎東延	寅賓出日平秩東作	寅賓出日平秩東作

62、寅

「寅賓出日」，「寅」《爾雅·釋詁》訓敬也，《史記·五帝本紀》作「敬道」，是用訓詁字。《撰異》云：「《說文》『寅』，辰名，『夤』，敬惕也。尚書古本多作『夤』字，故唐人引書多作『夤』字。」又《集韻》引「夤淺納日」，「寅」為「夤」之假借字。

「寅」字甲金文本作：🔥菁5.1 🔥甲709 🔥林1.16.8 🔥甲2394 🔥戊寅鼎，變作🔥坐角🔥靜簋🔥史懋壺🔥彔伯簋🔥胸簋，又變作🔥向●簋🔥弭伯簋🔥陳猷釜🔥陳侯因資錞等形，即《說文》寅字古文🔥所承。

「寅」字在傳鈔古文《尚書》有下列不同字形：

（1）🔥汗6.81 🔥1 🔥2 🔥3 🔥4

《汗簡》錄古尚書「寅」字作：🔥汗6.81，與《說文》古文🔥同形，《書古文訓》「寅」字作🔥1，為此形隸古定，又變作🔥2 🔥3 🔥4等。

（2）寅：🔥1 🔥寅2

敦煌本《經典釋文·舜典》P3315「夙夜惟寅」「寅」字作🔥1，內野本亦見作此形，即宀下作獨立一短橫。敦煌本 P2748、觀智院本或作🔥寅2形，「宀」下短橫變作兩點寫成「穴」，俗書「宀」「穴」不分。

【傳鈔古文《尚書》「寅」字構形異同表】

寅　傳抄古尚書文字 燊 汗6.81	戰國楚簡	石經	敦煌本	岩崎本	神田本b	九條本	島田本b	內野本	上圖(元)	觀智院b	天理本b	古梓堂b	足利本	上圖本(影)	上圖本(八)	古文尚書晁刻	書古文訓	尚書篇目
寅賓出日平秩東作																	燊	堯典
寅餞納日平秩西成																	燊	堯典
夙夜惟寅直哉惟清			寅 P3315														燊	舜典
同寅協恭和衷哉																	燊	皋陶謨
越五日甲寅位成																	燊	召誥
嚴恭寅畏天命自度治民祗懼			寅 P2748														燊	無逸
弗永寅念于祀								寅									燊	多方
貳公弘化寅亮天地								寅	寅b								燊	周官

63、賓

「寅賓出日」，《史記・五帝本紀》作「敬道」，是讀「賓」爲「儐」，《說文》「儐，導也，或从手作擯」，「道」「導」古今字，「賓」爲「儐」之假借。

「賓」字在傳鈔古文《尚書》有下列不同字形：

（1）宆：𡩴 四1.32

《古文四聲韻》錄古尚書「賓」字一形作𡩴 四1.32，與「宆」爲一字，即《說文》宆字篆文𡩠之變，「宆」字篆文𡩠源於甲金文𠕁甲1222𠕁甲2402𠕁宆其卣𠕁宆鼎等之變，爲「賓」之初文，象室中來人，賓客之義，又作𠕁盧鐘「用樂好△」𠕁朱公釛鐘「用樂我嘉△」𠕁郭店.語叢1.88𠕁郭店.語叢3.55等形。

（2）𡧃 汗3.40𡧃 四1.32賔1𡧃𡧃2𡧃3

《汗簡》、《古文四聲韻》錄古尚書「賓」字作：𡧃 汗3.40𡧃 四1.32，與《說文》古文作𡧃同形，蓋源自𡧃保卣𡧃守簋𡧃伯賓父簋等，變自六國古文綴加一飾點𡧃齊鞄氏鐘𡧃王孫鐘𡧃申鼎𡧃曾侯乙鐘𡧃嘉賓鐘等形。內野本「賓」字或作𡧃1，爲𡧃說文古文賓之隸定，《書古文訓》「賓」字多作此形隸古定：𡧃𡧃2，「寅賓出日」「賓」字則訛作𡧃3。

（3）賓（賓）：賓1賓2賓3

敦煌本 P2748、島田本、內野本、觀智院本、足利本、上圖本（影）、上圖本（八）「賓」字多作賓1賓2賓3等形，與漢代「賓」字作賓老子乙前 22 下賓武威簡.士相見 1賓漢石經.儀禮同形，爲《說文》篆文賓之隸變隸書寫法。

（4）責：責隸釋

《隸釋》錄漢石經尚書殘碑〈多士〉「予惟四方罔攸賓亦惟爾（下缺）」「賓」字作「責」責，應是「賓」字漢代隸變作賓漢石經.儀禮與「責」形近而誤。

【傳鈔古文《尚書》「賓」字構形異同表】

賓 傳抄古尚書文字 宀貝 汗 3.39 宀貝 汗 3.40 宀貝 四 1.32	戰國楚簡	石經	敦煌本	岩崎本	神田本b	九條本	島田本b	內野本	上圖本（元）	觀智院b	天理本	古梓堂b	足利本	上圖本（影）	上圖本（八）	古文尚書晁刻	書古文訓	尚書篇目
寅賓出日平秩東作								賓					賓	賓	賓	宀貝	圜	堯典
賓于四門四門穆穆								賓					賓	賓	賓	宀貝	圜	舜典
祖考來格虞賓在位								賓							賓	宀貝	圜	益稷
七日賓八日師			賓					賓					賓	賓	賓	宀貝	圜	洪範
四夷咸賓			賓					賓					賓	賓	賓	宀貝	圜	旅獒
作賓于王家			賓					賓					賓	賓	賓	宀貝	圜	微子之命
惟告周公其後王賓殺禋咸格		賓 P2748						賓					賓	賓	賓	宀貝	圜	洛誥
予惟四方罔攸賓	責 隸釋	賓 P2748						賓					賓	賓	賓	宀貝	圜	多士
在賓階面綴輅在阼階面								賓	賓				賓	賓	賓	宀貝	圜	顧命
賓稱奉圭兼幣								賓	賓				賓	賓	賓	宀貝	圜	康王之誥

64、秩

「平秩東作」，平，敦煌本《經典釋文‧堯典》（P3315）云「平，如字，

均也，馬（融）作苹」訓使也，《撰異》云：「《說文》豐部及僞孔本作『平』，鄭作『辨』，馬作『苹』，此均古文尚書而音近不同。」相關說明詳見前文「平章百姓」之「平」字。

《史記・五帝本紀》作「便程」，今文尚書作「平秩」，《說文》豐部「豑，爵之次弟也，从豊从弟，虞書曰平豑東作。」是其所見壁中古文作「平豑」，《說文・段注》云：「孔安國乃讀爲秩」，禾部「秩，積也」段注云：「積之必有次序成文理」，敦煌本《經典釋文・堯典》P3315 作「秩」云：「如字，序也。」，次序爲「秩」之引申義，「秩」爲「豑」之假借，音同義近。《尚書隸古定釋文》卷二・四云：「以『秩』代『豑』衛包改也。」

「秩」字在傳鈔古文《尚書》有下列不同字形：

（1）豑：**豑**

《書古文訓》「秩」字皆作**豑**，是承古文作「豑」，然訛作从「豐」。

（2）秩：**秩**漢石經**秩**₁**秩**₂**秩**₃

漢石經「秩」字作**秩**漢石經，內野本、足利本、上圖本（影）、上圖本（八）多作**秩**₁，失形作**共**，上圖本（影）或作**秩**₂、或**秩**₃，失形訛作「共」。

（3）祑：**祑祑祑**

敦煌本《經典釋文・舜典》P3315、P2748、上圖本（八）「秩」字各作：**祑祑祑**，偏旁「禾」字訛作「礻」，是俗書「禾」、「礻」混用又一例。

【傳鈔古文《尚書》「秩」字構形異同表】

秩	戰國楚簡	石經	敦煌本	岩崎本 神田本b	九條本 島田本b	內野本	上圖 上圖（元） 觀智院b	古梓堂 天理本 b	足利本	上圖本（影）	上圖本（八）	古文尚書晁刻	書古文訓	尚書篇目
平秩東作			**秩** P3315			**秩**			**秩**	**秩**	**秩**		**豑**	堯典
平秩南訛						**秩**				**秩**	**秩**		**豑**	堯典
寅餞納日平秩西成						**秩**					**秩**		**豑**	堯典
望秩于山川						**秩**				**秩**	**秩**		**豑**	舜典
汝作秩宗		**秩**漢	**秩** P3315			**秩**							**豑**	舜典

天秩有禮			秩		秩	豑	皋陶謨
咸秩無文	袟 P2748				袟		洛誥
居師惇宗將禮稱秩 元祀	袟 P2748			秩	袟		洛誥

65、作

「作」字在傳鈔古文《尚書》有下列不同字形：

（1）乍：魏三體 郭店.緇衣 26  1

金文以「乍」為「作」，如：乃孫作祖己鼎 辨簋 頌簋 郘公華鐘 乙亥鼎 白者君鼎 中山侯鈇 曾侯乙鐘 鄘王職劍 王子申盞盂 攻吳王監 公子土斧壺 小子母己卣。魏三體石經〈多方〉、〈立政〉「作」字古文作魏三體，即源自金文；戰國楚簡郭店〈緇衣〉引〈呂刑〉「惟作五虐之刑曰法」「作」字作郭店.緇衣 26，與郘公華鐘同形。《書古文訓》「作」字多作「乍」篆文之隸古定字 1，「乍」「作」古今字。

（2）上博 1 緇衣 14 郭店.成之 38

上博簡〈緇衣〉引〈呂刑〉「作」字作上博 1 緇衣 14，郭店〈成之聞之〉引〈康誥〉亦作郭店.成之 38，乃增義符「又」，與中山王壺同形，與「作」字或從「攴」作姞氏簋 郦王劍 欒書缶等形類同，均為六國「乍」（作）字之異體。

（3）迮： 1  2  3  4

《書古文訓》「作」字多作 1  2  3  4 等形，即篆文「迮」字之隸古定字形，「辵」形皆有變化。「迮」金文作：申鼎 屬羌鐘，《說文》辵部「迮，迮迮起也，從辵作省聲」，《玉篇》辵部「迮」云「今為作」，「迮」與「作」音義皆同，是義符之替換。

（4）作：漢石經 隸釋 魏三體（隸）作 1 作 2 作 3 作 4

漢石經尚書「作」字作漢石經，與魏三體石經〈多方〉、〈立政〉「作」字隸體作魏三體（隸）同形，《隸釋》錄漢石經尚書殘碑亦作隸釋，《說文》乍從亡從一，此偏旁即作此。敦煌尚書諸本、日諸寫本「作」字多作 1，下作一長橫，或作 1  2  3  4，右偏旁訛近「正」形。

（5）佐：

敦煌本 P2516〈說命上〉「惟肖爰立作相」「作」字作佐，乃（4）作1形訛誤作「佐」字。

（6）依：

〈盤庚上〉「作福作災」足利本、上圖本（影）作：「依福依災」「作」字作「依」，當有異本作此。

【傳鈔古文《尚書》「作」字構形異同表】

作	戰國楚簡	石經	敦煌本	岩崎本 神田本b	九條本 島田本b	內野本	上圖（元）	觀智院b 天理本	古梓堂b	足利本	上圖本（影）	上圖本（八）	古文尚書晁刻	書古文訓	尚書篇目
讓于虞舜作堯典														延	堯典
歷試諸難作舜典			徙 P3315											延	舜典
汝作士五刑有服						作								延	舜典
作大禹皋陶謨益稷						作				作				延	大禹謨
汝作士明于五刑										作				徙	大禹謨
恆衛既從大陸既作			作漢											延	禹貢
胤往征之作胤征			作 P3752		作	作								延	胤征
湯始征之作湯征			作 P5557			作				作				延	胤征
天作孽猶可違						作								臼	太甲中
不昏作勞不服田畝			作			作	作							臼	盤庚上
作福作災			作			作				依	依			延	盤庚上
惟肖爰立作相			佐 P2516	作		作	作							延	說命上
殷既錯天命微子作誥				任		作	任							延	微子
作威殺戮毒痡四海			作b			作						作		延	泰誓下
土爰稼穡潤下作鹹		作隸釋				作								延	洪範

今本	戰國楚簡	魏石經	敦煌本 等	寫本諸本	…	唐石經	篇名
修其禮物作賓于王家				作ᵇ　作		延	微子之命
曰乃其速由文王作罰	郭店.成之38			作		延	康誥
召公不說周公作君奭			作 P2748	作		延	君奭
惟聖罔念作狂		魏		作　作		延	多方
爾乃自作不典圖忱于正			作 S2074	作　作		延	多方
惟作五虐之刑曰法	郭店.緇衣26 / 上博1 緇衣14			任		延	呂刑
立政任人準夫牧作三事		魏		作		延	立政
無依勢作威無倚法以削				作　狂		延	君陳
命召公畢公率諸侯相康王作顧命				作　任		延	顧命
度作刑以詰四方				作		延	呂刑
還歸作秦誓			狂 P3871	作　作		延	秦誓

堯典	戰國楚簡	漢石經	魏石經	敦煌本 P3315			岩崎本	神田本	九條本	島田本	內野本	上圖本（元）	觀智院	天理本	古梓堂	足利本	上圖本（影）	上圖本（八）	晁刻古文尚書	書古文訓	唐石經
日中星鳥以殷仲春			魏	日中星鳥以殷仲春							日中星鳥以殷仲春						日中星鳥以殷仲春	日中星鳥以殷仲春	日中星鳥以殷仲春	日中星鳥以殷仲春	日中星鳥以殷仲春

66、中

「中」字在傳鈔古文《尚書》有下列不同字形：

（1）中　中 魏三體　中 汗 1.4　中

　　魏三體石經〈無逸〉「中」字古文作（魏三體無逸），〈呂刑〉作（魏三體呂刑），類同《說文》作籀文，及《汗簡》錄古尚書「中」字作：汗1.4，皆源自「中」字甲金文作：甲398、前7.12.1、何尊、前1.6.1中盂之形，（魏三體無逸）與春秋戰國文字：侯馬156.20、子禾子釜、鄂君啓車節、中山王鼎等同形，（魏三體呂刑）則同於中山王兆域圖、中山侯忿鈹等。上圖本（八）〈禹貢〉「厥田惟下中」「中」字作，則與戰國天星觀.卜、仰天湖25.2、璽彙2701、璽彙2699等同形，當源自西周金文中盂。

　　（2）汗1.4、四1.11

　　《汗簡》、《古文四聲韻》錄古尚書「中」字作：汗1.4、四1.11，《書古文訓》〈禹貢〉「厥賦下中三錯」「中」字作1，與此形近，戰國包山140、璽彙4638等類同，應是訛自企中且觶、子禾子釜等形，此即《說文》「中」字籀文所承。

　　（3）

　　《書古文訓》「中」字多作，爲《說文》古文作之隸古定字形。

中 傳抄古尚書文字 汗1.4 四1.11	戰國楚簡	石經	敦煌本	岩崎本	神田本b 九條本	島田本b	內野本	上圖（元）	觀智院b 天理本	古梓堂b	足利本	上圖本（影）	上圖本（八）	古文尚書晁刻	書古文訓	尚書篇目
日中星鳥以殷仲春															中	堯典
民協于中															中	大禹謨
厥賦下中三錯															㞷	禹貢
厥田惟下中														中	中	禹貢
各設中于乃心															中	盤庚中
自朝至于日中昃	中魏														中	無逸
自殷王中宗及高宗	中魏														中	無逸
非德于民之中	中魏														中	呂刑

67、殷

「殷」字在傳鈔古文《尚書》有下列不同字形：

（1）魏三體

魏三體石經〈多士〉、〈君奭〉、〈多方〉「殷」字古文作魏三體，章太炎《新出三體石經考》謂此形从广从殳，即「𠦪」字，借爲「殷」，〔註108〕然以此爲「𠦪」字其義未聞，「殷」从广亦不知其說。魏三體應由金文訛變，金文「殷」字作：1 保卣 孟鼎 小臣●簋2 虢弔作弔殷3 仲殷父簋4 仲殷父鼎 禹鼎5 格伯簋，魏三體如广之形應即金文「殷」字所从𣎑字訛成，𣎑字所从人形上半或斜筆拉長作125、或其下變化作34等形，即形之源，魏三體之形即「殳」。

（2）殷：漢石經隸釋1殷2345殷6殷7

漢石經、《隸釋》錄尚書殘碑「殷」字分作漢石經隸釋，爲篆文之隸變。敦煌本稍變作1殷2、日古寫本變作2345等形，左側均爲「𣎑」之變，右原「殳」形其上變作「口」或「夕」，其下或變作「殳」或「文」。《書古文訓》「殷」字或作殷6殷7，其左均爲「𣎑」之訛。

（3）

《書古文訓》「殷」字或作，左側爲「𣎑」之訛變，乃由（2）殷6殷7再訛變。

（4）12345

岩崎本、九條本、上圖本（影）、上圖本（八）「殷」字或作12345等形，其左上訛如「虍」之隸變，皆由（2）5形訛寫成，左側均爲「𣎑」之訛變。

〔註108〕章太炎《新出三體石經考》（《章氏叢書》（自印本）），吳承仕說，頁25。

【傳鈔古文《尚書》「殷」字構形異同表】

殷	戰國楚簡	石經	敦煌本	岩崎本/神田本b	九條本/島田本b	內野本	觀智院本b/上圖（元）	天理本/古梓堂本b	足利本	上圖本（影）	上圖本（八）	古文尚書晁刻	書古文訓	尚書篇目
日中星鳥以殷仲春													殷	堯典
宵中星虛以殷仲秋													殷	堯典
九江孔殷沱潛既道			殷								殷		殷	禹貢
盤庚遷于殷						殷				殷	殷		殷	盤庚上
殷降大虐	殷 漢		殷 P3670 / 殷 P2643	殷							殷		殷	盤庚中
殷始咎周			殷 P2643 / 殷 P2516	殷		殷			殷				殷	西伯戡黎
殷既錯天命			殷 P2643 / 殷 P2516	殷		殷							殷	微子
武王伐殷往伐歸獸			殷 S799	殷b										武成
武王勝殷殺受立武庚					殷b								殷	洪範
以殷餘民											殷		殷	康誥
在昔殷先哲王迪畏天					殷					殷	殷		殷	酒誥
予惟曰汝劼毖殷獻臣					殷								殷	酒誥
太保乃以庶殷					殷					殷	殷		殷	召誥
有命曰割殷告敕于帝		殷 魏	殷 P2748											多士
即于殷大戾		殷 魏	殷 P2748								殷		殷	多士
無若殷王受之迷亂			殷 P3767 / 殷 P2748								殷		✓	無逸

率惟茲有陳保乂有殷	𣪊 P2748				𣪊	殷	君奭
故殷禮陟配天	魏				𣪊	殷	君奭
惟爾殷侯尹民	殷 S2074	殷	𣪊	𣪊	𣪊	殷	多方
非天庸釋有殷	魏	殷	殷		𣪊	殷	多方
從容以和殷民在辟			殷b		𣪊	殷	君陳
用克達殷集大命	殷 隸釋		殷b		𣪊	殷	顧命
用克受殷命		𣪊	殷		𣪊	殷	畢命
三后成功惟殷于民		殷			𣪊	殷	呂刑

68、春

「春」字在傳鈔古文《尚書》有下列不同字形：

（1）曹：曹

《書古文訓》「春」字皆作曹，源自金文 蔡侯殘鐘形，亦同於魏三體石經左傳文公元年「春」字古文作：魏三體.文公，亦見于戰國楚國簡帛 帛甲1.3 帛乙1.13 郭店.語叢1.4、古璽 璽彙2415 及秦簡 睡虎地.日乙202 等，曹為此形之隸古定字，或「日」在上作 春平侯劍 璽彙0005。

（2）曹1曹2

敦煌本《經典釋文‧堯典》P3315「春」字作曹1，敦煌本 P2533 作曹1，日寫本亦多為此形，與《古文四聲韻》錄籀韻作 四1.32 籀韻同形，應變自戰國楚文字 楚帛書甲1.3 楚帛書乙1.13 郭店.六德29 等形，內野本或訛作曹2，皆石經古文 魏三體.文公 四1.32 古孝經 四1.32 蔡邕石經等形之訛變。

（3）萅

足利本、上圖本（影）「春」字或作萅，此形源自 欒書缶 蔡侯殘鐘 包山200 等，變作从三「屮」，秦簡作 睡虎地.日甲87、馬王堆漢帛書作 老子甲129 老子乙前85下，漢印作 漢印徵等，與此同形。

【傳鈔古文《尚書》「春」字構形異同表】

尚書篇目	書古文訓	古文尚書晁刻	上圖本（八）	上圖本（影）	足利本	古梓堂本b	天理本b	觀智院本b	上圖本（元）	內野本	島田本b	九條本b	神田本b	岩崎本b	敦煌本	石經	戰國楚簡	春
堯典	杳		旾	萅											旾 P3315			以殷仲春
胤征	杳	旾	旾	旾						旾	旾				旾 P2533			每歲孟春
泰誓上	杳									旾								惟十有三年春
君牙	杳									旾		旾						若蹈虎尾涉于春冰

唐石經	書古文訓	晁刻古文尚書	上圖本（八）	上圖本（影）	足利本	古梓堂	天理本	觀智院	上圖本（元）	內野本	島田本	九條本	神田本	岩崎本			敦煌本 P3315	魏石經	漢石經	戰國楚簡	堯典
厥民析鳥獸氄毛	厥民析鳥獸毳毛	厥民析鳥獸氄毛	厥民析鳥獸氄毛	厥民析鳥獸氄毛					厥民析鳥獸氄毛												厥民析鳥獸氄尾

69、厥

「厥民析」，《史記‧五帝本紀》作：「其民析」，《爾雅‧釋言》：「厥，其也」，「厥」「其」義同相通。

「厥」字在傳鈔古文《尚書》有下列不同字形：

（1）[字形]魏三體[字形]隸釋[字形]1[字形]2[字形]3[字形]4

魏三體石經〈多士〉、〈君奭〉、〈多方〉「厥」字古文作[字形]魏三體，《隸釋》錄漢石經〈無逸〉〈立政〉「厥」字作[字形]隸釋，爲篆文之隸變，隸書寫法，「屰」隸變似「羊」，復變「厂」爲「广」。觀智院本或作[字形]1，敦煌本 P2748、上圖本（八）、上圖本（元）或作[字形][字形]2，與漢代作[字形]漢帛書.老子乙前 115 上[字形]孫臏 10[字形]天文雜占 4.4 類同；上圖本（元）或作[字形]3，岩崎本、九條本或作[字形]4，復變「欠」爲[字形]，與漢碑或作[字形]張遷碑類同；上述諸形皆「厥」字隸書寫法。

（2）**乀**郭店.緇衣 37**乒**汗 5.67**乒**四 5.9 **乒乒**1 **乒乒乒乒乒年乒**2**乒乒**3**乒**4
乒年乒5**身**6**行**7

戰國楚簡郭店〈緇衣〉36.37 引〈君奭〉句「其集大命于厥躬」「厥」字
作**乀**郭店.緇衣 37，「厥」字古本作「乒」，《說文》氏部「乒」字讀若「厥」，
源自甲金文作**乒**甲 2908**乒**菁 3.1**乀**大保簋**乀**盂鼎**乀**趞鼎**乀**克鼎，或作**乒**甲 3249**乒**乙 117
乒克鼎**乒**郏公釛鐘**乒**中山侯鉞，《汗簡》、《古文四聲韻》錄古尚書「厥」字作：**乒**汗
5.67**乒**四 5.9，《說文》篆文作**乒**，即源於此形。

晁刻《古文尚書》、《書古文訓》「厥」字多作**乒乒**1，為《說文》篆文乒
乒之隸古定，其上「氏」之末筆直寫下貫，與「十」之直筆結合，且筆劃末
勾起。敦煌本尚書寫本「厥」字多作「乒」，亦作篆體**乒**之隸古定**乒乒**1 形，
由**乒乒**1「氏」之橫筆與末筆直寫連書作**乒乒乒**2 形，內野本、上圖本（八）
或作**乒**2，足利本、上圖本（影）或變作**乒乒**2，敦煌本 P3169、岩崎本、九
條本或少一筆變作**乒乒**3；九條本或由**乒乒**1 形變作**乒**4，與岩崎本〈冏命〉
「格其非心」「其」字變作**廾**形近。內野本、上圖本（影）、上圖本（八）或
其中多一點作**乒乒**5，與《書古文訓》或多一畫作**乒**1 類同；《書古文訓》復
其下訛多一畫作**身**6，與「身」字形近。上圖本（八）〈康誥〉「殪戎殷誕受厥
命」「厥」字作**行**7，乃由**乒乒**5 形又變。

（3）**乀**上博 1 緇衣 18

戰國楚簡上博 1〈緇衣〉18 引〈君奭〉句「其集大命于厥躬」「厥」字作**乀**
上博 1 緇衣 18，為「氏」字，乃「是」之假借，與「厥」（乒）義同。

（4）**乀**四 5.9**乀**四 5.10

《古文四聲韻》所錄古尚書「厥」字又作：**乀**四 5.9**乀**四 5.10，蔡侯**鐘**「厥」
字亦作此形：**乀**蔡侯**鐘**，《說文》口部「舌」字「从口乒省聲，**舌**古文从甘」段
注謂**乀**四 5.10「舌」字从乒不省者，此假「舌」為「厥」（乒）。

（5）**亓亓**1**亓亓亓**2**开**3**其**4

內野本、足利本、上圖本（影）、上圖本（八）「厥」字或作**亓亓**1**亓亓亓**2
开3**其**4 等，1、2、3 形以「亓」為「其」，皆為「其」字，「厥」「其」二字義
同通用，又**亓亓亓**2 形與該本「厥」字或作（2）**乒乒**7 形近，或二字形近混
用，抑或異本作「其」字。

（6）身

岩崎本〈洪範〉「相協厥居」「厥」字作身，當爲「厥」（厾）作（2）身8形訛誤作「身」字。

（7）宇

觀智院本〈周官〉「無以利口亂厥官」「厥」字作宇，當爲「厥」（厾）作（2）宇3之訛誤。

（8）其戎1市2代3戎4

內野本、上圖本（八）或省變作其戎1，上圖本（八）或變作市2足利本、上圖本（影）或多一點又變作代3，皆由（2）身年厾2變化，豎勾之筆與筆畫十位置相易，寫與「戎」相近。

足利本、上圖本（影）、上圖本（八）「厥」字或作戎4，由代3形訛增一畫，與「戎」字混同。

【傳鈔古文《尚書》「厥」字構形異同表】

尚書篇目	書古文訓	古文尚書晁刻	上圖本（八）	上圖本（影）	上圖本（元）	足利本	古梓堂本	天理本	觀智院本	內野本	島田本b	九條本	神田本b	岩崎本	敦煌本	石經	戰國楚簡	傳抄古尚書文字 厥 身汗5.67 糸四5.9 氕四5.10
堯典	身			戎			戎			其								厥民析鳥獸孳尾
堯典	身			代			戎			其								厥民因鳥獸希革
大禹謨	身			戎			代			其								皋陶矢厥謨禹成厥功
大禹謨	身			市			市			市								皋陶矢厾謨禹成厥功
大禹謨	身			市			市			市								后克艱厥后
大禹謨				市			市			市								臣克艱厥臣政乃乂
大禹謨	身		开	市			市			市								惟精惟一允執厥中
皋陶謨	身			市			市			市								厥德謨明弼諧
皋陶謨	身			市			市			市								皋陶曰都慎厥身修

用殄厥世						市		龘	方		与	益稷
皋陶方祗厥敘						市		式	代	戒	与	益稷
厥賦惟上上錯厥田惟中中						厑		式	代	市	与	禹貢
海濱廣斥厥田惟上下						厑		式	代	本	与 与	禹貢
厥貢羽毛齒革					平	奈		式	代	本	与	禹貢
厥土惟壤下土墳壚					薾	奈		式	代	本	与	禹貢
禹錫玄圭告厥成功					平	本		式	式	本	与	禹貢
羲和廢厥職酒					平	本		式	我	本	与	胤征
俘厥寶玉誼伯仲伯作典寶					丼	本		式	式	戎	与	湯誓
續禹舊服茲率厥典					銾	本		式	代	我	与	仲虺之誥
天監厥德					本	厥		式	代	我	与	太甲上
俾嗣王克終厥德					与	厥		市	亢	开	与	太甲中
以速戾于厥躬					与	厥		市	亢	市	与	太甲中
弗克于厥初					与	厥		市	亓	开	与	太甲中
修厥身允德協于下					与	厥		亢	市	开	与	太甲中
民服厥命罔有不悅					与	厥		市	亓	开	与	太甲中
並其有邦厥鄰					与	厥		年	年	开	与	太甲中
視乃厥祖無時豫怠					与	厥		年	年	开	与	太甲中
終始慎厥與惟明明后					与	厥		开	开	开	与	太甲下
先王惟時懋敬厥德					与	厥		其	其	开	与	太甲下
無安厥位惟危					与	厥		年	年	厥	与	太甲下

今本尚書文句	敦煌寫本						篇名
伊尹既復政厥辟將告歸				乒	厥	其 具 厥	乒	咸有一德
常厥德保厥位厥德匪常九有以亡				乒	厥	亓 亓 厥	乒	咸有一德
不常厥邑于今五邦			氒	乒	厥		乒	盤庚上
以自災于厥身	乒 P2643			乒		其	乒	盤庚上
用德彰厥善邦之臧	乒 P3670 / 乒 P2643			乒	厥	乒 厹 亓	乒	盤庚上
盤庚乃登進厥民	乒 P3670 / 乒 P2643	手		乒		亓 亓	乒	盤庚中
亦惟汝故以丕從厥志	乒 P3670 / 乒 P2643	手		乒	厥	乒 乒 其	乒	盤庚中
盤庚既遷奠厥攸居	乒 P2643 / 乒 P2516	手		乒	缺		乒	盤庚下
乃審厥象	乒 P2516	开		乒	厥		乒	說命上
動惟厥時有其善	乒 P2643 / 乒 P2516	乒		乒	厥	其	乒	說命中
惟說不言有厥咎	乒 P2643 / 乒 P2516	乒		乒	厥	其 其	乒	說命中
自河徂亳暨厥終罔顯	乒 P2643 / 乒 P2516	乒		乒		其	乒	說命下
天既孚命正厥德	乒 P2643 / 乒 P2516	乒		乒		其	乒	高宗肜日
用亂敗厥德于下	乒 P2643 / 乒 P2516	手		乒	厥	其	乒	微子

今本文句								篇目
時厥明王		𣁐 S799					与	泰誓下
昏棄厥肆祀弗荅		S799				年	身	牧誓
厥四月哉生明		S799				亓年	与	武成
相協厥居			身			年	与	洪範
西旅底貢厥獒太保乃作旅獒			卆	本	其		与	旅獒
無替厥服			卆	本	� 式		与	旅獒
厥子乃弗肯堂				本		亓	与	大誥
矧肯穫厥考翼其肯				本		亓 亓	与	大誥
殄戎殷誕受厥命				亓	其	其 行	与	康誥
自作不典式爾有厥罪				亓	亓	亓	与	康誥
小子弗祗服厥父事大傷厥考心				亓 与	亓	行	与	康誥
厥誥毖庶邦庶士			𠂤 与		𠂤	厥 其	与	酒誥
惟土物愛厥心臧			𠂤		𠂤	厥 厥 式		酒誥
今時既墜厥命			銀 与		𠂤	式 亓	身	召誥
厥惟廢元命降致罰				本		式	身	多士
誕淫厥泆		𢦏 魏		本		式	身	多士
爾厥有幹有年于茲洛		厥 P2748		本		亓	与	多士
否則侮厥父母		厥 隸釋		本		式	与	無逸
自時厥後立王生則逸		厥 P2748		本		与	与	無逸
自時厥後亦罔或克壽		身 P3767 厥 P2748		本		式	与	無逸
此厥不聽		与 P3767		本		式	与	無逸
厥基永孚于休		𢦏 魏 厥 P2748		身		其 具 与	与	君奭

今本經文	出土古文	傳鈔字形							篇名
則有固命厥亂		厥 P2748		厗		其	其	与	与	君奭
其集大命于厥躬	爻 郭店.緇衣37 / 人 上博1緇衣18	厥 P2748		厗				与	与	君奭
咸劉厥敵	魏	厥 P2748	手	弍				弎	与	君奭
亦罔不能厥初		厥 P2748	手	厗		其	与	与	君奭
克慎厥猷			手	厗		其	与	与	蔡仲之命
爾其戒哉慎厥初惟厥終		乎 S2074	手	厗			与	与	蔡仲之命
			手	厗		其	与	与	蔡仲之命
罔以側言改厥度			手	厗		其	与		蔡仲之命
有夏誕厥逸		乎 S2074	手	厗	其	其	与	厗	多方
乃爾攸聞厥圖帝之命			手	厗	其	其	与	ˇ	多方
慎厥麗乃勸	魏		手	厗	其	其	与	与	多方
厥民刑用勸	魏		手	厗	其	其	与	与	多方
乃惟有夏圖厥政	魏		手	厗	其	其	与	与	多方
逸厥逸圖厥政不蠲烝	魏		手	厗	其	其	与	与	多方
			手	厗	其	其	与	与	多方
大動以威開厥顧天惟爾多方			手	厗	其	其	与	与	多方
乃敢告教厥后		乎 S2074	手	厗			与	与	立政
用協于厥邑	廞 隸釋		手	厗			与	与	立政
不敢替厥義德			手	厗	其	其	与	与	立政
我其克灼知厥若			手	厗	其	其	与	与	立政
是罔顯在厥世			手	厗	其	其	与	与	立政

時若訓迪厥官					每	厥	其	其	每		尹	周官
無以利口亂厥官					每	爭	其	其			尹	周官
茲率厥常					每		其	其	每		尹	君陳
圖厥政莫或不艱					每	厥b	其	其	每			君陳
惟厥中有弗若于汝政					每	厥b	其	其	每			君陳
簡厥修亦簡其或不修					每	厥b	其	其	每		尹	君陳
進厥良以率其或不良					每	厥b	其	其	万		尹	君陳
戡定厥功					每	其b			每		尹	康王之誥

70、析

《汗簡》錄古尚書「析」字作 **旅** 汗6.76，从片从斤，片為半木，「析」、「牉」均為表以斤劈木之會意字，「牉」為「析」形符「木」省減作「片」之異體字，亦是「析」字，《集成》11214牉（析）君戟銘「**牉**君墨脊之造戟」**牉** 即「牉（析）」字，所从「**木**」即為半木之「片」。今本《老子》二十七章「善數者無籌策」，馬王堆帛書甲本作「籌 **箑**（箑）」，乙本作「籌 **箑**（箑）」，**木** 即為半木之「片」，〔註109〕「**箑**（箑）」字是「**箑**（箑）」之省，故戰國楚簡 **箑** 仰山25.22 **箑** 望山2（从艸）等亦為「策」字，箑、箑均為「策」字異體，由此中山王壺銘「車之牉 **箑**」「使其老 **箑** 賞仲父」，**箑** 中山王壺亦是「策」字，隸定作「箑」，「**箑**（箑）」字亦「**箑**（箑）」字之省。

「析」字在傳鈔古文《尚書》有下列不同字形：

（1）牉：**旅** 汗6.76 **牉** 牉1 **牉** 2

《汗簡》錄古尚書「析」字作 **旅** 汗6.76，从片从斤，敦煌本 P2643、P2516、《書古文訓》「析」字與此同形皆作 **牉** 牉1，上圖（元）本〈盤庚下〉「今我民用蕩析離居」作 **牉** 2，「片」與右側「斤」形相涉而變作 **斤**，筆畫寫近。

〔註109〕參見《中山王器**鼎**文字編》頁71「箑」字下引于豪亮言、《望山楚簡》（北大中文系，北京：中華書局，1995）頁126。然于豪亮《老子》乙本「**箑**」字隸定作「箑」，**木** 係木之半應隸定為「箑」。《望山楚簡》則云：「**木** 即『木』字之半，為析之異體」亦是也。

（2）㭊：析

九條本〈禹貢〉「崑崙析支渠搜」「析」字作析，此字則「斤」形與左側「片」形相涉類化，字形訛作「㭊」

（3）扸：析

岩崎本〈盤庚下〉「今我民用蕩析離居」「析」字作析，此字亦偏旁相涉，訛作「扸」，（1）析2「片」作片，尚存寫似「斤」之初形。

（4）抃：抃

九條本〈禹貢〉「厎柱析城至于王屋」「析」訛作抃，可隸定作「抃」，寫本中「木」形常訛作「扌」形。

【傳鈔古文《尚書》「析」字構形異同表】

析 傳抄古尚書文字 析汗6.76	戰國楚簡	石經	敦煌本	岩崎本	神田本b	九條本b	島田本b	內野本	上圖（元）	觀智院b	天理本b	古梓堂b	足利本	上圖本（影）	上圖本（八）	古文尚書晁刻	書古文訓	尚書篇目
厥民析鳥獸孳尾																	析	堯典
崑崙析支渠搜						析											析	禹貢
厎柱析城至于王屋						抃											析	禹貢
今我民用蕩析離居			析 P2643 析 P2516	析		析			析								析	盤庚下

71、獸

「獸」字在傳鈔古文《尚書》有下列不同字形：

（1）嘼

《書古文訓》「獸」字皆作嘼，為《說文》「嘼」字，吳大澂謂古嘼字與獸、守、狩通，並證以《書序》（武成）「往伐歸獸」《釋文》云「本或作嘼」，《公羊》桓四年傳「冬曰狩」注「狩猶獸也」《禮記・曲禮》疏「獸，守也」。〔註110〕

（2）獸：獸1嘼2獸3獸4獸5獸6獸7

內野本「獸」字或作獸1，左上今隸作二口寫作二厶，上圖本（八）或作獸2，

〔註110〕參見吳大澂，《愙齋》一冊頁7邾鐘一，台北：台聯國風出版社，1976。

島田本、上圖本（八）或作₃，左下「口」亦寫作「厶」，上圖本（八）或作₄，左下「口」省作一短橫。足利本、上圖本（影）、上圖本（八）或作₅，左上二口省作三點，上圖本（影）或省作二點作₆，其左下「口」作「厶」穿過上橫而合筆訛似「土」。敦煌本 P3605.3615、S799 或作₇，偏旁「犬」俗多一撇寫混作「犮」。

【傳鈔古文《尚書》「獸」字構形異同表】

獸	戰國楚簡	石經	敦煌本	岩崎本b	神田本b 九條本	島田本b	內野本	上圖（元）	觀智院b	天理本b	古梓堂b	足利本	上圖本（影）	上圖本（八）	古文尚書晁刻	書古文訓	尚書篇目
厥民析鳥獸孳尾							獸					獸	獸	獸		嘼	堯典
鳥獸希革												獸	獸			嘼	堯典
厥民夷鳥獸毛毨												獸	獸			嘼	堯典
厥民隩鳥獸氄毛												獸	獸			嘼	堯典
上下草木鳥獸														獸		嘼	舜典
百獸率舞												獸	獸	獸		嘼	舜典
鳥獸蹌蹌												獸	獸	獸		嘼	益稷
百獸率舞			獸 P3605 P3615									獸	獸	獸		嘼	益稷
暨鳥獸魚鼈												獸	獸	獸		嘼	伊訓
武王伐殷往伐歸獸識其政事作武成			獸 S799									獸	獸	獸			武成
珍禽奇獸不育于國						獸b	獸					獸	獸	獸		嘼	旅獒

72、孳

「孳尾」《史記・五帝本紀》作「字微」，《索隱》云「乳化曰字」，尚書孔傳云「乳化曰孳」，《說文》：「字，乳也。从子在宀下，子亦聲。」「孳，汲汲生也，从子茲聲」「孳」原為多子有蕃生之義，與「字」義同。

《汗簡》、《古文四聲韻》則錄古尚書「字」字作字.汗**6.80** 字.四**4.8**而未見「孳」字，《隸古定釋文》卷二・4 云「學」為古文「字」字，以為尚書本作

此，後人誤加^艹而作「孳」字。然金文多以「絲」爲「茲」，金文「孳」字亦从絲，作 ▨ ▨鐘「服△」〔註111〕 ▨ 叨孳簋「服△」，故「孳」字亦作「絲」也，《說文》「孳」字籀文作 ▨ 與此同形，皆从「子」字籀文 ▨（金文作 ▨ 利簋 ▨ 傳卣 ▨ 召伯簋），又《汗簡箋正》謂「（ ▨ 汗6.80）孳字也，薛本凡茲字例作絲，故孳亦例作絲，釋『字』誤。」是 ▨ 字.汗6.80 ▨ 字.四4.8 隷作「絲」，爲「孳」字之古文異體。

「孳」字在傳鈔古文《尚書》有下列不同字形：

（1） ▨ 字.汗6.80 ▨ 字.四4.8 ▨

《汗簡》、《古文四聲韻》錄古尚書「字」字作： ▨ 字.汗6.80 ▨ 字.四4.8，《書古文訓》作「絲尾」，與此同形，此二形應釋爲「絲」，金文「孳」字亦从絲，作 ▨ ▨鐘「服△」 ▨ 叨孳簋「服△」，「絲」，「孳」字之古文。

（2） ▨

內野本、足利本、上圖本（影）字皆作「▨尾」，「▨」應是「絲」之訛變，「絲」訛作「厽」。

【傳鈔古文《尚書》「孳」字構形異同表】

孳	傳抄古尚書文字 ▨汗6.80 ▨四4.8	戰國楚簡	石經	敦煌本	岩崎本	神田本b	九條本 島田本b	內野本	上圖本（元）	觀智院b	天理本	古梓堂b	足利本	上圖本（影）	上圖本（八）	古文尚書晁刻	書古文訓	尚書篇目
厥民析鳥獸孳尾								▨					▨	▨			▨	堯典

73、尾

「尾」，《史記・五帝本紀》作「微」，《考證》云：「《呂覽》尾生高，注云即論語微生高，微、尾古通用。」《說文》云「尾，微也」以疊韻爲訓，微，細也，段注云「古有假『微』爲『尾』。」尚書今文作「微」是「尾」之假借。

「尾」字在傳鈔古文《尚書》有下列不同字形：

（1） ▨ 汗3.44

《汗簡》錄古尙書「尾」字作 尾 汗 **3.44**，《箋正》云：「此形不別作尸，以上曲即尸也」，蓋訛變自甲骨文 尾 乙 **4293**、戰國 尾 隨縣 **34** 等形。

（2）尾：尾1 尾2 尾3

敦煌本 P3169「尾」字作 尾1，岩崎本作 尾2，《書古文訓》「尾」字皆作尾3，尾2 尾3 爲《說文》篆文作 尾 之隸古定，从倒毛在尸後。

【傳鈔古文《尚書》「尾」字構形異同表】

尾 傳抄古尚書文字 尾 汗 **3.44**	戰國楚簡	石經	敦煌本	岩崎本	神田本b	九條本	島田本b	內野本	上圖（元）	觀智院b	天理本	古梓堂b	足利本	上圖本（影）	上圖本（八）	古文尚書晁刻	書古文訓	尚書篇目
厥民析鳥獸孳尾																	尾	堯典
至于陪尾導嶓			尾 P3169														尾	禹貢
若蹈虎尾涉于春冰				尾											尾		尾	君牙

堯典	戰國楚簡	漢石經	魏石經	敦煌本 P3315			岩崎本	神田本	九條本	島田本	內野本	上圖本（元）	觀智院	天理本	古梓堂	足利本	上圖本（影）	上圖本（八）	晁刻古文尚書	書古文訓	唐石經
申命羲叔宅南交平秩南訛				申命羲叔宅南交平秩南訛							申命羲叔宅南交平秩南訛					申命羲叔宅南交平秩南訛	申命羲叔宅南交平秩南訛	申命羲叔宅南交平秩南訛	申命羲叔宅南交平秩南訛	申命戲竒宅南交平秩南訛	申命羲叔宅南交平秩南訛

74、申

「申」字甲金文作：申 佚 **32** 申 乙 **6664** 申 乙 **6419** 申 丙申角 申 競卣 申 申簋 申鼎 申 克鼎 申 王子申盞盂 申 石鼓文，變作：申 此鼎 申 此簋，又變作：申 申 訋陵君豆 申 包山 **162** 申 璽彙 **3137** 申 璽彙 **1295** 申 璽彙 **0876** 申 郭店.忠信 **6** 等形，《說文》「申」字古文 申 籀文 申 皆承於此。以上「申」字諸形演變關係如下表：

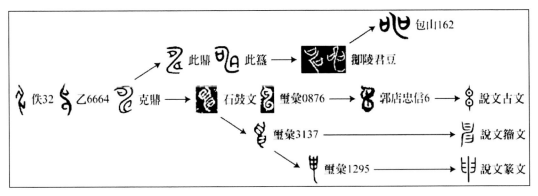

「申」字在傳鈔古文《尚書》有下列不同字形：

（1）申

《書古文訓》「申」字則皆作申，爲《說文》篆文申之隸古定。

（2）䌋 郭店緇衣 37

楚簡郭店〈緇衣〉簡 37 引〈君奭〉「割申勸寧王之德」句「申」字作䌋 郭店緇衣 37，可隸定作「紳」，爲「申」之假借字。

【傳鈔古文《尚書》「申」字構形異同表】

申	戰國楚簡	石經	敦煌本	岩崎本	神田本b	九條本	島田本b	內野本	上圖(元)	觀智院b	天理本b	古梓堂b	足利本	上圖本(影)	上圖本(八)	古文尚書晁刻	書古文訓	尚書篇目
申命羲叔宅南交																	申	堯典
申命和叔宅朔方																	申	堯典
予惟時命有申																	申	多士
在昔上帝割申勸寧王之德	䌋 郭店緇衣 37																申	君奭
越三日壬申																	申	畢命
申畫郊圻慎固封守																	申	畢命

75、叔

「叔」字在傳鈔古文《尚書》有下列不同字形：

（1）弔：𥛏 𥛏 𥛏

《書古文訓》「叔」字作𥛏 𥛏 𥛏等形，與魏三體石經《左傳》「叔」字古

文 _{（魏三體）}文公「天王使叔服來會葬」、魏三體石經〈君奭〉「君奭弗弔」「弔」字古文作 _{（魏三體）}同形，為此形隸古定，此即金文作「叔」字之「弔」字： _{作且乙簋} _{賢簋} _{頌鼎} _{士父鐘} _{戒弔尊} _{邾弔鐘} _{哀成弔鼎} _{齊陳曼簠} _{曾大保盆}，春秋戰國之際「叔」字亦作「弔」，如： _{侯馬 156.19} _{侯馬 179.19}。「弔」與「尗」為一字，借作「叔」，《說文》「尗，豆也，象尗豆生之形」，高田忠周云「鐘鼎最古『尗』字作 後變作尗，並象形，轉義為小少之偁，經傳皆借『叔』為之，即伯叔之『叔』是也。」（《古籀篇》31.頁 34）。按「尗」字作 ，箭頭指向豆類藤蔓上攀之形、左下象其根、形訛作 （弔）、 （ _{吳方彝} 叔之偏旁），金文用作「叔」字。

（2）叔：**叔**₁**叔**₂**敨**₃

內野本、足利本、上圖本（八）「叔」字作**叔**₁，左上訛作止形。島田本作**叔**₂，左上訛作土形。九條本「叔」字从攵作**敨**₃，从攵與从又無別，是義符替換。

（3）赦

岩崎本〈呂刑〉「伯父伯兄仲叔季弟」「叔」字作**赦**，是左上訛作土形、左下多一筆，而訛作「赦」字。

【傳鈔古文《尚書》「叔」字構形異同表】

叔	戰國楚簡	石經	敦煌本	岩崎本	神田本b	九條本	島田本b	內野本	上圖本（元）	觀智院b	天理本	古梓堂b	足利本	上圖本（影）	上圖本（八）	古文尚書晁刻	書古文訓	尚書篇目
申命羲叔宅南交																	竿	堯典
申命和叔宅朔方																	笋	堯典
分寶玉于伯叔之國						敨b												旅獒
管叔及其群弟																	笨	金縢
唐叔得禾異畝同穎																	举	微子之命
亦惟有若虢叔													叔	叔				君奭

蔡叔既沒王命					叔				叔		叔		叔	蔡仲之命
群叔流言									叔				叔	蔡仲之命
伯父伯兄仲叔季弟				叔		叔			叔				叔	呂刑

76、南

「南」字在傳鈔古文《尚書》有下列不同字形：

（1）南汗 1.4 箋：古尚書南四 2.12 南魏三體南南南南南南南南南

《古文四聲韻》錄古尚書「南」字作：南四 2.12 與《汗簡》南汗 1.4「南見說文」字形畢同，《箋正》謂此字夏韻系之古尚書，《汗簡》此處「見說文」蓋寫誤，是南汗 1.4 南四 2.12 皆傳抄所見古尚書「南」字，魏三體石經〈堯典〉「南」字古文作南魏三體堯典，與《說文》古文作南相同。南四 2.12 南汗 1.4 與南魏三體堯典所別僅上「山」形之直筆是否貫穿而下，蓋皆訛自金文南南盂鼎南啓卣南仲南父壺南鬲攸比鼎南散盤南南宮乎鐘南禹鼎南洹子孟姜壺。

《書古文訓》「南」字所作南南南南南南南南南，皆南汗 1.4 南四 2.12 與南魏三體堯典之隸古定，而多有訛變。

【傳鈔古文《尚書》「南」字構形異同表】

南	傳抄古尚書文字 南汗 1.4 箋：古尚書 南四 2.12	戰國楚簡	石經	敦煌本	岩崎本	神田本 b	九條本	島田本 b	內野本	上圖（元）	觀智院 b	天理本	古梓堂 b	足利本	上圖本（影）	上圖本（八）	古文尚書晁刻	書古文訓	尚書篇目
申命羲叔宅南交			南魏															南	堯典
平秩南訛																		南	堯典
五月南巡守																		南	舜典
至于南河荊河																		南	禹貢
南入于江																		南	禹貢
成湯放桀于南巢																		南	仲虺之誥

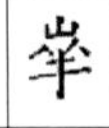

南征北狄怨										芈	仲虺之誥
為壇於南方北面										芈	金縢
有若南宮括										芈	君奭
狄設黼扆綴衣牖間南嚮										芈	顧命
西夾南嚮										芈	顧命

77、訛

偽古文尚書通行本作「南訛」,《史記·五帝本紀》司馬貞本作「南爲」,《索隱》云「爲,依字讀」《集解》引孔傳云「爲,化也」讀爲訛。《史記》張守節本、今本釋文、《周禮·馮相氏》鄭注引書（古文本）作「南譌」,《漢書·王莽傳》作「南僞」,宋抄本《周禮·馮相氏》釋文同,《撰異》云:「莽所用多爲今文尚書。此今文尚書與古文尚書同作『僞』之證」又云《群經音辨》卷三人部曰「僞,化也,音訛」引書作「南僞」集韻類篇亦本之曰「僞同訛,五禾切」,古僞與爲通用,《荀子·性惡》「人爲曰僞」,故古文尚書作「南僞」亦或作「南爲」、「南譌」,爲、僞、譌古音皆同,「爲」,成也,作爲、農作之義。孫星衍《尚書今古文注疏》以爲「訛」爲「吪」之誤,《說文》「吪,動也」,又「爲」與「化」古音相通,〔註112〕是偽古文尚書作「南訛」。

「譌」字在傳鈔古文《尚書》有下列不同字形:

（1）譌：

敦煌本《經典釋文·堯典》P3315 作 左側殘泐餘右側「爲」,應爲「譌」字,下云「五禾反,化也」。

（2）僞：

「南訛」《書古文訓》作「南僞」,「訛」字作僞,「僞」「訛」古音同,「僞」爲「訛」之異體。

（3）

〔註112〕參見：顧頡剛、劉起釪著,《尚書校釋譯論》,北京：中華書局,2005,頁 47；屈萬里,《尚書集釋》,台北：聯經出版社,1983 頁 11；朱廷獻,《尚書異文集證》,台北：台灣中華書局,頁 14。

內野本、足利本、上圖本（影）、上圖本（八）均作「南訛」，傳云：「訛，化也」，上圖本（影）「訛」字訛作 訛。

【傳鈔古文《尚書》「訛」字構形異同表】

尚書篇目	書古文訓	古文尚書晁刻	上圖本（八）	上圖本（影）	足利本	古梓堂b	天理本	觀智院b	上圖本（元）	內野本	島田本b	九條本	神田本b	岩崎本	敦煌本	石經	戰國楚簡	訛
堯典	僞			訛											急 P3315 *左側殘汋			平秩南訛

唐石經	書古文訓	晁刻古文尚書	上圖本（八）	上圖本（影）	足利本	古梓堂	天理本	觀智院	上圖本（元）	內野本	島田本	九條本	神田本	岩崎本	敦煌本 P3315	魏石經	漢石經	戰國楚簡	堯典
敬致日永星火以正仲夏	敬致日永星火吕正中是	敬致日永勿星火吕正中是	致致日永星火以正仲夏	敬致日永星火以正仲夏	敬致日永晶火吕正仲夏					敬致日永晶火以正中夏									敬致日永星火以正仲夏

78、永

「永」字在傳鈔古文《尚書》有下列不同字形：

（1） 逐魏三體 劣劣劣1 兇兇劣2 永永永求3

魏三體石經〈君奭〉「永」字古文作 逐魏三體，係源自金文： 永召尊 永象盤 永永盂 永頌鼎，與 永 國差𦉢 永姑□句形近稍有訛變。《汗簡箋正》 兇汗5.62 云：「薛本尚書永字例如此」，《書古文訓》「永」字多作 劣劣劣形，皆 逐魏三體 兇汗5.62 等古文字形之隸古定，亦《集韻》「『永』古作 劣」之形，皆源自金文，《書古文訓》或訛作 兇兇劣2 等形。

敦煌本 P2643、S6017、內野本、觀智院本、上圖本（八）「永」字多作 永永

承永3，是「永」字篆文隸變俗寫。

（2）詠：**詠**

〈舜典〉「聲依永律和聲」「永」字內野本、足利本、上圖本（影）、上圖本（八）皆作「詠」，是「永」之假借字。

【傳鈔古文《尚書》「永」字構形異同表】

永	戰國楚簡	石經	敦煌本	岩崎本	神田本b	九條本	島田本b	內野本	上圖（元）	觀智院本b	天理本	古梓堂本b	足利本	上圖本（影）	上圖本（八）	古文尚書晁刻	書古文訓	尚書篇目
敬致日永星火															永		永	堯典
詩言志歌永言															永		永	舜典
聲依永律和聲								詠						詠	詠		永	舜典
萬世永賴時乃功															永		永	大禹謨
四海困窮天祿永終								永							永		永	大禹謨
其永孚于休								永	永								永	太甲下
永敬大恤			永 P2643						永								永	盤庚中
用永地于新邑			永 P2643					永	永								永	盤庚下
惟王子子孫孫永保民								永							永		永	梓材
乃時惟不永哉			永 S6017														永	洛誥
厥基永孚于休															永		永	君奭
弗永遠念天威								永									永	君奭
永康兆民萬邦												永b			永		永	周官
終有辭於永世												永b					永	君陳
予小子永膺多福								永							永		永	畢命
永弼乃后于彝憲															永		永	冏命

永畏惟罰					永				永	智	呂刑

79、正

「正」字在傳鈔古文《尚書》有下列不同字形：

（1）止1疋2

《書古文訓》「正」字作止1疋2，此二形分爲《說文》古文作正疋之隸古定，皆源自金文：正乙亥鼎正孟鼎正衛簋正格伯簋正虢季子白盤正王孫鐘正陳子子匜正欒書缶正子璋鐘正蔡侯盤正邾公華鐘正正易鼎正王子午鼎。止1與春秋以後器銘正陳子子匜正欒書缶正邾公華鐘等同形，上一短橫或一點爲飾筆。疋2應源於正衛簋，口形爲●之未填實，《說文》古文正疋「从一足，足者亦止也」，止1疋2實爲一形之變。

（2）正：正1正正2

內野本「正」字或作正1，形同於漢簡作正孫子22正武威.有司10，敦煌本 P2516、P2748 與日寫本「正」字或作正正2，與東漢正張景碑正史晨碑等形類同，皆爲「正」字之隸書俗寫。

（3）政：政

敦煌本 P5543〈甘誓〉「汝不恭命御非其馬之正」「正」字作「政」政，《墨子》、《史記·夏本紀》皆作「政」，《詩·出車》鄭玄箋引此文亦作「政」，是戰國本、漢代今古文皆作「政」，是「政事」、「職守」之義，〔註 113〕此處敦煌本 P5543 存其原字，今見本作「正」爲「政」之假借。

敦煌本 P3767〈無逸〉「以庶邦惟正之供」「正」字作「政」，王引之《述聞》謂「正」當讀「政」，政事之義：「言耽樂是從則怠於政事，文王不敢盤于遊田，惟與庶邦奉行政事。」此亦存本字，今本作「正」爲「政」之假借。

（4）王：王

〈君牙〉「亦惟先正之臣克左右亂四方」岩崎本、內野本、足利本、上圖本（影）、上圖本（八）「正」字皆作「王」，依孔傳（各本皆同）云：「惟我小子

〔註113〕參見：顧頡剛、劉起釪著，《尚書校釋譯論》，北京：中華書局，2005，頁 861 謂《左傳·襄公 23 年》、《呂氏春秋·仲夏紀》有官名「馬正」，此處「正」爲御車官名，與〈立政〉之「政」同爲「正」之假借，說亦可從。

繼守先王遺業，亦惟父祖之臣能佐助我治四方，言已無所能」能助我者爲先王之臣，當爲賢臣，然此處強調「先王」之臣，稍異於〈文侯之命〉「亦惟先正克左右昭事厥辟」鄭玄注「先正，先臣」孔傳「言君既聖明，亦惟先正官賢臣能左右明事其君，所以然」皆釋先正爲賢臣。阮元《校勘記》卷 19 亦云：「『正』《唐石經》古岳宋板蔡本俱作『王』，按本篇下文及〈說命〉〈文侯之命〉言先正皆無之臣二字，則此『正』字當屬『王』字之訛，『先王之臣』猶言『先正』爾。」其說是也，諸日寫本皆作「王」可正今見本作「正」之誤。

（5）生：**生**

〈君牙〉「乃惟由先正舊典時式」足利本「正」字作**生**，上圖本（影）作「王」但旁注「正」，「生」、「王」皆「正」字形近之誤。

【傳鈔古文《尚書》「正」字構形異同表】

正	戰國楚簡	石經	敦煌本	岩崎本	神田本b九條本	島田本b	內野本	觀智院本b上圖（元）	天理本b	古梓堂b	足利本	上圖本（影）	上圖本（八）	古文尚書晁刻	書古文訓	尚書篇目
以正仲夏															疋	堯典
以正仲冬															疋	堯典
正月上日受終于文祖							正								正	舜典
正月朔旦受命于神宗															正	大禹謨
六府孔修庶土交正												正			正	禹貢
威侮五行怠棄三正						正									正	甘誓
御非其馬之正			跊 P5543	正	正										正	甘誓
爰革夏正															疋	咸有一德
正法度															疋	盤庚上
以台正于四方			正 P2516												正	說命上
惟先格王正厥事			正 P2516										正		正	高宗肜日

凡厥正人既富方穀			正 b				正	洪範
有正有事			正				正	酒誥
以庶邦惟正之供	攻 P3767 正 P2748							無逸
非克有正	魏 正 P2748				正		正	君奭
越惟有胥伯小大多正			正 丕				正	多方
亦惟先正之臣			王	王	王 主 主			君牙
乃惟由先正舊典時式					生 廷		正	君牙

80、夏

「夏」字金文作：🔸1 伯夏父鼎 🔸2 伯夏父鬲 🔸3 仲夏父鬲 🔸4 秦公簋 🔸5 叔尸鐘 🔸6 邿伯罍 🔸7 邿伯罍 🔸8 鄂君啓舟節 🔸9 鄂君啓車節。🔸1 🔸2 🔸3 皆「頁」之人形下加止或夂形（🔸）而訛似女（🔸）形（參見"若"字），此 3 形的「日」已消失🔸4 秦公簋，而強調手、足之形，爲秦系文字的特色，演變成🔸睡虎地 10.4，爲《說文》「夏」字篆文🔸所承。

東周六國古文「夏」字尚保留「日」形，「頁」之人形下加止、夂或訛作女形，如：🔸6 邿伯罍 🔸7 邿伯罍 🔸a 上博 1.詩 2 🔸b 包山 209 🔸c 包山 128；🔸1 🔸2 🔸3 🔸6 🔸7 等形中，「日」與手部相近或相連，🔸a 🔸b 🔸c 🔸郭店.緇衣 🔸璽彙 3643 等形可見到「頁」人形下之止、女等漸漸向「日」下位移之勢，因此有作🔸8 鄂君啓舟節 🔸9 鄂君啓車節 🔸曾侯乙 131 🔸天星觀.卜 🔸帛丙 6.1 🔸天星觀.卜 🔸夏官鼎 🔸璽彙 3988 等隸定作「顥」、「顬」，又「日」有省作口形，作：🔸5 叔尸鐘 🔸璽彙 15，或作省去「頁」而只餘移至日下之止形作爲人形表示，字形如魏三體石經「夏」字古文🔸魏三體，隸定作「昰」；「日」下之止形或訛作又、寸，如🔸璽彙 4996 🔸璽彙 3989，或訛作虫形🔸，如🔸天星觀.卜 🔸包山 115 🔸包山 200 等隸定作「顥」，由此形又省變作🔸包山 240 🔸上博 2 民之父母 1 隸定作「昰」或「㝅」。郭店楚簡〈成之聞之〉38.39 引《尚書·康誥》作：「康豈（誥）曰：『不還大🔸，文王🔸（作）罰，型（刑）絲（茲）亡懇（🔸）。』〔註114〕」何琳儀釋🔸爲「夏」，

〔註114〕即今本《尚書·康誥》：「曰乃其速由文王作罰，刑茲無赦，不率大戞，矧惟外庶

今本作「𠖝」是「夏」之訛，「大夏」應讀爲「大雅」，包山楚簡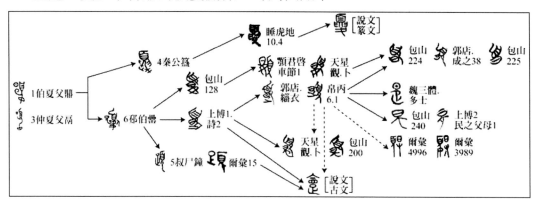包山**224** 包山**225** 黃錫全亦釋爲「夏」，﹝註115﹞其說可從，是「夏」字保留「日」形，及以「頁」表人形而其下未加止、夂形，或謂省去「頁」下所加之止、夂、所訛之女、虫等形，隸定作「暊」。

上述「夏」字各形的演變關係，可列表如下：

「夏」字在傳鈔古文《尙書》有下列不同字形：

（1）四**3.22** **1** **2**

《古文四聲韻》錄古尙書「夏」字作四**3.22**，與《說文》古文夏同形，應訛自郭店.緇衣上博**1.**詩**2**璽彙**3643**等形，黃錫全謂此形日與止合書變作璽彙**15**璽彙**3643**，蓋由省變。﹝註116﹞按形由頁字上半「百」（）形所訛，頁下人形與止形結合，四**3.22**此形應是邥伯罍郭店.緇衣上博**1.**詩**2**等省去日形作（上博**1.**詩**2**）所訛變。

《書古文訓》「夏」字或作**1** **2**，爲說文古文夏之隸古定訛變。

（2）昰：魏三體昰**1**

魏三體石經〈多方〉、〈多士〉「夏」字古文作魏三體，《書古文訓》亦有作昰**1**，即此形隸定，爲帛丙**6.1**天星觀.卜夏官鼎璽彙**3988**等形之省「頁」。

（3）夏：汗**4.47**四**3.22** **1** **2** **3** **4** **5** **6** **7** **8** **9**

《汗簡》、《古文四聲韻》錄古尙書「夏」字作：汗**4.47**四**3.22**形，與魏

子訓人。」

﹝註115﹞參見：何琳儀，〈郭店楚簡選釋〉，李學勤、謝桂華主編，《簡帛研究2001》，廣西師範大學出版社，2001，頁165。黃錫全，〈楚簡續貂〉，李學勤、謝桂華主編，《簡帛研究》第三輯，廣西教育出版社，1998，頁79～80。

﹝註116﹞黃錫全，《汗簡注釋》，武漢：武漢大學出版社，1993，頁210。

三體石經「夏」字篆體 ![篆] 類同，源自金文 ![金]4 秦公簋 ![睡] 睡虎地 10.4，《書古文訓》「夏」字多作 ![夏]1 ![夏]2 ![夏]3，皆 ![篆] 說文篆文夏之隸古定形，![夏]2 ![夏]3 則稍有訛變。

敦煌本、日寫本「夏」字多作 ![夏]4 ![夏]5 等形，其「百」形下常見作一長橫，「夂」與此合書形似「反」，或有訛變而作 ![夏]6 ![夏]7 形；足利本、上圖本（影）「百」形則有訛變，分別作 ![夏]8 ![夏]9 形。

（4） ![夏]

足利本、上圖本（影）「夏」字或作 ![夏] 形，係 ![夏]8 ![夏]9 形之省，上以一點表「百」形之省，下則「百」下末筆作一長橫與「夂」合書形似「反」。

（5） ![夏] 郭店成之 38

郭店楚簡〈成之聞之〉38.39 引「康睪（誥）曰：『不還大 ![夏]，文王 ![作]（作）罰，型（刑）丝（茲）亡懇（![赦]）。』」即今本〈康誥〉「文王作罰，刑茲無赦，不率大夏」，何琳儀釋 ![夏] 郭店成之 38 為「夏」，今本作「憂」為「夏」之訛。![夏] 郭店成之 38，與包山楚簡「夏」字作 ![夏] 包山 224 ![夏] 包山 225 類同。「夏」字金文作 ![夏] 仲夏父鬲 ![夏] 邾伯鼎、楚簡變作 ![夏] 上博 1.詩 2 ![夏] 郭店.緇衣 ![夏] 帛丙 6.1，![夏] 郭店成之 38 ![夏] 包山 224 形則保留「日」形、省去「頁」下所加之止形，隸定作「晸」，為「夏」字之異體。

【傳鈔古文《尚書》「夏」字構形異同表】

夏 傳抄古尚書文字 ![汗]汗 4.47 ![金]四 3.22 ![四]四 3.22	戰國楚簡	石經	敦煌本	岩崎本	神田本b	九條本b	島田本b	內野本	上圖（元）	觀智院b	天理本b	古梓堂b	足利本	上圖本（影）	上圖本（八）	古文尚書晁刻	書古文訓	尚書篇目
以正仲夏													![夏]	![夏]	![夏]		![昰]	堯典
蠻夷猾夏寇賊姦宄								![夏]					![夏]	![夏]	![夏]		![夏]	舜典
雷夏既澤			![夏]					![夏]					![夏]	![夏]	![夏]		![靈]	禹貢
羽畎夏翟嶧陽孤桐			![夏]					![夏]					![夏]	![夏]	![夏]		![夏]	禹貢
伊尹去亳適夏			![夏]P5557					![夏]					![夏]	![夏]	![夏]		![夏]	胤征
有夏多罪								![夏]					![夏]	![夏]	![夏]		![夏]	湯誓

湯歸自夏至于大坰			夏	夏	夏 夏	夏	夏	仲虺之誥
惟尹躬先見于西邑夏				夏	夏 夏	夏	夏	太甲上
降黜夏命			夏		夏 夏		夏	泰誓中
相古先民有夏天迪從子保				夏 夏	夏 夏	夏	夏	召誥
有夏不適逸	夏 P2748			夏	夏 夏 夏	夏	多士
有冊有典殷革夏命	〔魏〕 夏 P2748			夏	夏 夏 夏	夏	多士
乃惟有夏圖厥政	〔魏〕		夏 夏	夏 夏 夏	夏	多方
古之人迪惟有夏乃有室大競			夏 夏	夏 夏 夏	夏	立政
夏暑雨小民惟曰怨咨		夏	夏	夏 夏 夏	夏	君牙
呂命穆王訓夏贖刑作呂刑		夏	夏	夏	夏	呂刑

堯典	戰國楚簡	漢石經	魏石經	敦煌本 P3315		岩崎本	神田本	九條本	島田本	內野本	上圖本（元）	觀智院	天理本	古梓堂	足利本	上圖本（影）	上圖本（八）	晁刻古文尚書	書古文訓	唐石經
厥民因鳥獸希革										本民因鳥獸希革						武民因鳥獸希革	武民因鳥獸希革	厥民因鳥獸希革	厥民因鳥獸希譁	厥民因鳥獸希革	厥民因鳥獸希革

81、革

「革」字在傳鈔古文《尚書》有下列不同字形：

（1）譁：譁

「鳥獸希革」，《書古文訓》「革」字作譁，《古文四聲韻》「革」字義雲章作譁四 **5.18** 義雲章與此同形，《說文》「譁，飾也，一曰更也，從言革聲」，此處借「譁」字為「革」。此形譁右所從為《說文》古文革䧹之隸古定字形。

（2）𩏂魏三體革革革1苺2

魏三體石經〈多士〉「殷革夏命」「革」字古文作𩏂魏三體，與《說文》古文作苹同形，蓋源自革鄂君啓車節苹康鼎等形。《書古文訓》「革」字作革革革1等，俱由𩏂魏三體.多士苹說文古文革隸古定而稍有訛變，《書古文訓》或訛少一畫作苺2。

（3）革：革魏三體（隸）革1革2革3革4革5

魏三體石經〈多士〉「革」字隸體作革。內野本、足利本、上圖本（八）「革」字或作革1革2，由《說文》篆文革而稍變，其上廿形訛似艹下加一短橫，敦煌本 P3469 少一畫作革3。敦煌本 P5522、P2748、岩崎本、上圖本（元）、上圖本（影）或作革4，與革魏三體同形，上圖本（影）、上圖本（八）或作革4，或多一畫作革5。

【傳鈔古文《尚書》「革」字構形異同表】

革	戰國楚簡	石經	敦煌本	岩崎本	神田本b／九條本	島田本b	內野本	上圖本（元）／觀智院b	天理本／古梓堂b	足利本	上圖本（影）	上圖本（八）	古文尚書晁刻	書古文訓	尚書篇目
厥民因鳥獸希革							革			革	革	革		譁	堯典
齒革羽毛			革 P3469	革			革			革	革	革		革	禹貢
厥貢羽毛齒革			革 P5522	革			革			革	革	革		革	禹貢
爰革夏正							革	革		革	革	革		苺	咸有一德
金曰從革							革			革	革	革		革	洪範
乃命爾先祖成湯革夏			革 P2748				革			革	革	革		革	多士
殷革夏命			革 P2748				革			革	革	革		革	多士
道有升降政由俗革				革			革			革	革	革		革	畢命

堯典	戰國楚簡	漢石經	魏石經	敦煌本 P3315		島田本	九條本	神田本	岩崎本	內野本	上圖本	足利本	古梓堂	天理本	觀智院	上圖本（元）	上圖本（影）	上圖本（八）	晁刻古文尚書	書古文訓	唐石經
分命和仲宅西日昧谷				（字形）						分命昧仲宅西日昧谷		分命昧仲宅局日昧谷					分命仲宅局日昧谷	分命和仲宅西日昧谷		分命昧中宅局日昧谷	分命和仲宅西日昧谷

82、西

「西」字在傳鈔古文《尚書》有下列不同字形：

（1）西：畗1 畗2 畐3

「宅西日昧谷」《書古文訓》「西」字作畗1，爲《說文》篆文畗之隸古定，內野本或作畐2，足利本、上圖本（影）或作畐2，即此形訛變。

（2）𠃊魏三體 鹵1 鹵2

魏三體石經〈多士〉「西」字古文作𠃊魏三體，復原作𠃊魏三體，與《說文》古文作𠁥同形，皆源自金文𠁥成甫鼎𠁥𠁥幾父盉𠁥𠁥禹鼎𠁥多友鼎𠁥國差𰀀𰀀𰀀𰀀鼄章作曾侯乙鎛𠁥秦公簋等形。《書古文訓》「西」字多作鹵1，爲𠁥說文古文西之隸古定，岩崎本或訛作鹵2，當爲《說文》籀文作𠁥之隸古定訛變。

（3）兩：兩

〈禹貢〉「西被于流沙」上圖本（影）「西」字作「兩」兩，其旁更注作「西」兩西，乃形近訛寫作「兩」。

【傳鈔古文《尚書》「西」字構形異同表】

西	戰國楚簡	石經	敦煌本	岩崎本	神田本b	九條本	島田本b	內野本	上圖本（元）	觀智院b	天理本	古梓堂b	足利本	上圖本（影）	上圖本（八）	古文尚書晁刻	書古文訓	尚書篇目
仲宅西日昧谷								畐						畗	畐		畗	堯典
寅餞納日平秩西成																	畗	堯典

八月西巡守								鹵	舜典
西傾因桓是來								鹵	禹貢
黑水西河惟雍州								鹵	禹貢
西被于流沙							兩兩魏	鹵	禹貢
奔告于受作西伯戡黎			鹵					鹵	西伯戡黎
我乃卜澗水東瀍水西								鹵	洛誥
予惟時其遷居西爾	◇魏							鹵	多士
西序東嚮								鹵	顧命

83、昧

「昧谷」,《尚書大傳》曰:「秋祀柳穀華山」,《周禮・天官縫人》鄭注作「柳穀」,《史記》徐廣注引「一作柳谷」,《尚書正義・堯典》曰:「夏侯等書昧谷作柳谷。」是漢今文尚書作「柳穀」或「柳谷」。莊述祖《尚書今古文集解》謂伏生《書》借「柳」作「丣」,《撰異》以爲「卯」「丣」二字易溷,壁中古文必作「卯」,是鄭玄本「丣」作「卯」,以雙聲求之同音通假讀爲「昧」,王國維《古史新證》云:「今文尚書作柳穀。以意度之,古文尚書當作卯谷,鄭康成改作昧谷,『昧』『卯』雙聲相近也。此有明證:《三國志・虞翻傳》譏鄭康成丣(按《說文》古酉字)卯不分,可以考見。其實桺(即柳字)亦从卯,不盡从丣,石鼓文作𣚖,散氏盤作𣗬,皆其明證。」是「昧」爲今文「柳」、「丣」、古文「卯」之借。

「昧」字在傳鈔古文《尚書》有下列不同字形:

（1）𣙎汗3.33 𣙐四4.16 昢1 𣎴2 𣎴3

《汗簡》、《古文四聲韻》錄古尚書「昧」字作:𣙎汗3.33 𣙐四4.16,《書古文訓》或作昢1,爲此之隸古形,《集韻》「昧古作昢」與此同,《書古文訓》又作𣎴2𣎴3等形,爲𣙎汗3.33 𣙐四4.16之隸變,右形隸變作「臣」。《古文四聲韻》「昧」字下又錄崔希裕纂古旺胆四4.16二形,黃錫全疑此即「旺」字,

昛訓明，與「昧」字義近，〔註117〕**胆**四**4.16**形从「月」，疑爲「日」之訛。

（2）昧：**昧**

內野本、足利本、上圖本（影）、上圖本（八）「昧」字作**昧**，其日形右直筆拉長，形近「耳」，是寫本常見的偏旁日或目的寫法（參見"明""昭"等字）。

（3）睞：**睞**

神田本、九條本、古梓堂本「昧」字作**睞**，乃偏旁「日」字訛變，作「月」，當由（2）**昧**偏旁「日」俗寫左右直筆拉長所變。

【傳鈔古文《尚書》「昧」字構形異同表】

傳抄古尚書文字 昧 汗3.33 四4.16	戰國楚簡	石經	敦煌本	岩崎本b	神田本b	九條本	島田本b	內野本	上圖（元）	觀智院b	天理本b	古梓堂本b	足利本	上圖本（影）	上圖本（八）	古文尚書晁刻	書古文訓	尚書篇目
宅西曰昧谷														睞			昛	堯典
兼弱攻昧					睞		昧							昧	昧		昛	仲虺之誥
先王昧爽丕顯								昧						昧	昧	昧	昛	太甲上
時甲子昧爽			昧b														昛	牧誓
俟天休命甲子昧爽																	昛	武成
昧昧我思之								昧	昧b								昭	秦誓

〔註117〕黃錫全，《汗簡注釋》，武漢：武漢大學出版社，1993，頁244

堯典	戰國楚簡	漢石經	魏石經	敦煌本 P3315			岩崎本	神田本	九條本	島田本	內野本	上圖本（元）	觀智院	天理本	古梓堂	足利本	上圖本（影）	上圖本（八）	晁刻古文尚書	書古文訓	唐石經
寅餞納日平秩西成				寅淺餞							寅餞納日平秩西成					寅餞納日平秩西成	寅餞納日平秩西成	寅餞納日平秩西成	舉淺內日乑驖圅成	寅淺內日乑驖圅成	寅餞納日平秩西成

84、餞

「寅餞納日」，《史記・五帝本紀》作「敬道入日」，《撰異》謂倘經文作「餞」不得釋爲「道也」，《說文》踐，履也，蹈，踐也，道與蹈音同，蓋今文尚書作「踐」，故馬從之讀古文尚書之「淺」爲「踐」，釋之曰「滅也」，王國維《古史新證》亦云：「餞，古本常作『淺』，馬融作『踐』解，于義稍近，僞孔傳改『餞』以偶賓，義失之巧。」

《集韻》28 獮云「淺，滅也，《書》『夤淺納日』馬融讀通作『餞』」段玉裁《撰異》據此云《尚書》本作「夤淺」，又據所見《釋文》作「餞」其下注云「馬云滅也」，然又云《釋文》至開寶中更定，《集韻》係據陸德明舊本，其直云通作「餞」者，正謂《釋文》作「淺」，衛包所改《尚書》作「餞」。按段說是也，今見敦煌唐寫《經典釋文・堯典》P3315 作「寅淺，注作餞，同」，又《書古文訓》亦作「淺」淺，是古文尚書本作「淺」。

「餞」字在傳鈔古文《尚書》有下列不同字形：

（1）淺淺

敦煌唐寫《經典釋文・堯典》P3315「寅餞」「餞」字作淺，《書古文訓》亦作淺，「淺」當爲「踐」之假借字。

（2）餞餞

足利本、上圖本（影）、上圖本（八）「餞」字作餞餞，偏旁「戔」字上「戈」形省變作「土」。

【傳鈔古文《尚書》「餞」字構形異同表】

餞	戰國楚簡	石經	敦煌本	岩崎本	神田本b	九條本	島田本b	內野本	上圖（元）	觀智院b	天理本	古梓堂b	足利本	上圖本（影）	上圖本（八）	古文尚書晁刻	書古文訓	尚書篇目
寅餞納日平秩西成			淺 P3315											錢	餞	餞	淺	堯典

85、納

「納日」，《史記・五帝本紀》作「入日」，《尚書大傳》「納」作「入」，《撰異》謂古文尚書出內（納）字今文尚書多作「入」，以「納于大麓」、「納于百揆」、「出納朕命」、「九江納錫大龜」等《史記》引今文尚書皆作「入」，金文亦「內」、「入」同用，「內」、「納」古今字。

「納」字在傳鈔古文《尚書》有下列不同字形：

（1）魏品式内内内

魏品式石經〈益稷〉「工以納言」「納」字三體皆作「內」，古文作，源自金文作井侯簋，變作子禾子釜中山王壺中山王兆域圖鄂君啓舟節。敦煌本《經典釋文・堯典》P3315、《書古文訓》「納」字皆作「內」内，內野本、上圖本（八）或作，足利本或原作「內」，後又加偏旁改作「納」（見下表*者）。

【傳鈔古文《尚書》「納」字構形異同表】

納	戰國楚簡	石經	敦煌本	岩崎本	神田本b	九條本	島田本b	內野本	上圖（元）	觀智院b	天理本	古梓堂b	足利本	上圖本（影）	上圖本（八）	古文尚書晁刻	書古文訓	尚書篇目
寅餞納日平秩西成																	内	堯典
納于百揆百揆時敍			内 P3315										内* 納亏大麓				内	舜典
納于大麓								内									内	舜典
命汝作納言			内 P3315					内					内*				内	舜典

夙夜出納朕命惟允					内		内*		内 舜典
工以納言		魏品			内		内		内 益稷
惟帝時舉敷納以言					内		内*	内	内 益稷
九江納錫大龜		納 P5522							内 禹貢
無啟寵納侮		納 P2643 納 P2516							内 說命中
乃納冊于金縢之匱中			内	内				内	内 金縢

86、成

「成」字在傳鈔古文《尚書》有下列不同字形：

（1）魏三體 汗6.79 戚戚戚1 戚戚戚戚3 威戚威4 戚5 威6

魏三體石經〈君奭〉〈立政〉「成」字古文作 ，《汗簡》錄古尚書「成」字作 汗6.79，與《說文》古文从午作 同形，《書古文訓》「成」字或作 1，爲此形之隸古定，敦煌本《經典釋文·堯典》P3315「成」字作 1、內野本「成」字、足利本、上圖本（影）、上圖本（八）或作 2，則爲此形之隸定。此形承自春秋中以後六國古文作： 沈兒鐘 蔡侯鐘 中山王鼎 中山王壺 等形，蓋皆源自甲金文从丁作 前5.10.5 續6.13.7 成王鼎 成周戈 等，變作 頌鼎 格伯簋 師害簋，又訛變作从午。

《書古文訓》「成」字或作或訛變作 戚戚戚3 等，日寫本或作 威戚戚4 戚5 戚6 等，戊下之形皆「午」之訛變。

（2）威：

足利本、上圖本（影）〈說命中〉「王忱不艱允協于先王成德」「成」字各作 ，皆作「威」，或爲（1）戚戚戚4 戚5 戚6 訛誤字，或有作「威德」之本。

【傳鈔古文《尚書》「成」字構形異同表】

傳抄古尚書文字 成 汗6.79	戰國楚簡	石經	敦煌本	神田本b/岩崎本	九條本/島田本b	內野本	觀智院b/上圖（元）	天理本/古梓堂本b	足利本	上圖本（影）	上圖本（八）	古文尚書晁刻	書古文訓	尚書篇目
平秩西成						成			成	成			戚	堯典
以閏月定四時成歲			成 P3315			成			成	成			戚	堯典
九載績用弗成						成			成	成 成			戚	堯典
俞地平天成六府三事允治						成			成	成			戚	大禹謨
禹降水儆予成允成功						成			成	成 成			戚	大禹謨
惟荒度土功弼成五服						成			成	成	成		戚	益稷
簫韶九成						成			成	成	成		戚	益稷
屢省乃成欽哉						成			成	成	成		戚	益稷
咸則三壤成賦中邦錫土姓						成			成	成	成		戚	禹貢
告厥成功						成			成	成	成		戚	禹貢
汝無侮老成人						成			成	成			戚	盤庚上
允協于先王成德						成			成	成			戚	說命中
高宗祭成湯						成			成	成	成		戚	高宗肜日
天乃佑命成湯						成				成			戚	泰誓中
自成湯咸至于帝乙						成			成	成			戚	酒誥
惟助成王德顯						成			成	成			戚	酒誥
越五日甲寅位成						成			成	成			戚	召誥
王厥有成命治民今休						成			成	成	成		戚	召誥
王末有成命						成			成	成	成		戚	召誥

往營成周			戚	戚	戚	戚	洛誥
我聞在昔成湯既受命	戚（魏）		戚		戚	戚	君奭
我咸成文王功于不怠			戚		戚	戚	君奭
成王歸自奄在宗周			戚		戚	戚	多方
乃大降顯休命于成湯			戚		戚	戚	多方
陟丕釐上帝之耿命	戚（魏）		戚		戚	戚	立政

堯典	戰國楚簡	漢石經	魏石經	敦煌本P3315			岩崎本	神田本	九條本	島田本	內野本	上圖本（元）	觀智院	天理本	古梓堂	足利本	上圖本（影）	上圖本（八）	晁刻古文尚書	書古文訓	唐石經
宵中星虛以殷仲秋											霄中星虛吕殷中秋						宵中星虛吕殷中秈	霄中星虛以殷仲秋	宵中星虛吕殷中秈	晴屯星虛吕殷屯烁	宵中星虛以殷仲秋

87、宵

「宵」字在傳鈔古文《尚書》有下列不同字形：

（1）晴汗3.33　晴四2.6　晴1

《書古文訓》「宵中星虛」「宵」字作晴，《玉篇》「晴，古宵字」，《汗簡》、《古文四聲韻》錄古尚書「宵」字作：晴汗3.33　晴四2.6，與此同形，是借音近「晴」字作「宵」。黃錫全《汗簡注釋》謂古當有以「晴」為「宵」之例，引證《楚辭·疾世》「閒晴窕兮靡睹」，王逸曰：「晴窕，幽冥也。一作闋胹霓。」洪興祖曰：「晴與宵同」《經籍纂詁》引作「晴霓」。〔註118〕

（2）霄：霄

內野本「宵中星虛」「宵」字作霄，是借音近之「霄」字作「宵」。

〔註118〕黃錫全，《汗簡注釋》，武漢：武漢大學出版社，1993，頁245

【傳鈔古文《尚書》「宵」字構形異同表】

宵	傳抄古尚書文字 [illegible] 汗 3.33 [illegible] 四 2.6	戰國楚簡	石經	敦煌本	岩崎本	神田本b	九條本	島田本b	內野本	上圖（元）	觀智院b	天理本	古梓堂b	足利本	上圖本（影）	上圖本（八）	古文尚書晁刻	書古文訓	尚書篇目
宵中星虛以殷仲秋									宵									[illegible]	堯典

88、虛

「虛」字在傳鈔古文《尚書》有下列不同字形：

（1）虗1虗2

足利本「虛」字作虗1，虍下从篆文「丘」[illegible]，與篆文[illegible]同形，內野本、上圖本（影）、上圖本（八）字作虗2，其下作「丘」，爲篆文隸變而與今「虛」字隸定不同。

【傳鈔古文《尚書》「正」字構形異同表】

虛	戰國楚簡	石經	敦煌本	岩崎本	神田本b	九條本	島田本b	內野本	上圖（元）	觀智院b	天理本	古梓堂b	足利本	上圖本（影）	上圖本（八）	古文尚書晁刻	書古文訓	尚書篇目
宵中星虛以殷仲秋								虗					虗	虗	虗			堯典

89、秋

甲骨文[illegible]安 4.15[illegible]甲 3642[illegible]掇 1.43.5[illegible]京都 2529 等形用作「秋」字，即《說文》秋（[illegible]）「从禾，[illegible]省聲」之「[illegible]」初文，《說文》誤作「龜」，實[illegible]安 4.15[illegible]甲 3642 象蟋蟀之形，唐蘭隸定作[illegible]，[illegible]掇 1.43.5[illegible]京都 2529 下从火則隸定作[illegible]，〔註 119〕表用火燒[illegible]（蟋蟀），滅絕秋天蟲害以助五穀收穫，後加注「禾」旁。侯馬盟書省作[illegible]侯馬 3.3，六國古文則有增「日」作：[illegible]郭店.六德 25[illegible]璽彙 4430[illegible]璽彙 0824 等，秦簡則作[illegible]睡虎地 16.120。

「秋」字在傳鈔古文《尚書》有下列不同字形：

〔註 119〕參見：唐蘭〈釋[illegible]〉，謂[illegible]象龜有兩角。郭沫若謂字象蟋蟀之形，較符合其爲秋之害蟲（《殷契粹編》第 2 片考釋）（唐蘭，《殷墟文字記》，北京：中華書局，1981，頁 9）。

（1）龝：汗3.36 四2.23 龝1 龝2

《汗簡》、《古文四聲韻》所錄古尚書「秋」字汗3.36 四2.23，此形為《說文》籀文作省火，《書古文訓》〈胤征〉「乃季秋月朔辰弗集于房」「秋」字作龝1，為說文籀文秋隸古定形，「以殷仲秋」足利本、上圖本（影）「秋」字作龝2，與傳抄古尚書作汗3.36 四2.23類同，所从「龜」省變。

（2）汗3.36 烁

《汗簡》錄古尚書「秋」字又作：汗3.36，與魏三體石經僖公「秋」字古文作、《說文》篆文同形，承自侯馬3.3。「以殷仲秋」《書古文訓》「秋」字作「烁」烁，敦煌本P2533、P5557、岩崎本、九條本、內野本、上圖（元）本「秋」字或作此形。

【傳鈔古文《尚書》「秋」字構形異同表】

秋 傳抄古尚書文字 烁 汗3.36 四2.23	戰國楚簡	石經	敦煌本	岩崎本	神田本b 九條本b 島田本b	內野本	上圖本（元） 觀智院b	天理本b 古梓堂b	足利本	上圖本（影）	上圖本（八）	古文尚書晁刻	書古文訓	尚書篇目
宵中星虛以殷仲秋										龝	龝		烁	堯典
乃季秋月朔辰			烁 P2533 烁 P5557			烁							龝	胤征
乃亦有秋				烁			烁						烁	盤庚上
秋大熟未穫						烁								金縢

堯典	戰國楚簡	漢石經	魏石經	敦煌本 P3315		岩崎本	神田本	九條本	島田本	內野本	上圖本（元）	觀智院	天理本	古梓堂	足利本	上圖本（影）	上圖本（八）	晁刻古文尚書	書古文訓	唐石經
厥民夷鳥獸毛毨																				

90、毛

「毛」字在傳鈔古文《尚書》有下列不同字形：

（1）髦：**髦**

〈堯典〉「鳥獸毛毨」、「鳥獸氄毛」「毛」字《書古文訓》皆作「髦」**髦**，《說文》「犛」字下引「〈虞書〉曰『鳥獸犛髦』」「毛」字作「髦」，段注謂「髦」「毛」古同用。《說文》「髦，髮也，毛亦聲」，「毛」「髦」古今字。

（2）旄：**旄**

〈禹貢〉「齒革羽毛惟木」、「厥貢羽毛齒革」《書古文訓》「毛」字皆作「旄」**旄**，〈孔傳〉云：「毛，旄牛尾」，《撰異》謂此衛包改作「毛」，引《正義》按云「西南夷常貢旄牛尾」，《書》《詩》通謂之「旄」，又《說文》「犛，西南夷長旄牛也」，此旄牛之尾可爲旄旗之飾，〈牧誓〉「右秉白旄」可證，《史記》、《漢書・藝文志》引錄揚州作「毛」、荊州作「旄」，《漢志》揚州注內則作「旄」。是此二句原應作「旄」，《書古文訓》用**旄**爲本字，今本作「毛」爲假借字。

【傳鈔古文《尚書》「毛」字構形異同表】

毛	戰國楚簡	石經	敦煌本	岩崎本	神田本b	九條本 島田本b	內野本	上圖（元）觀智院b	天理本 古梓堂b	足利本	上圖本（影）	上圖本（八）	古文尚書晁刻	書古文訓	尚書篇目
鳥獸毛毨														**髦**	堯典
鳥獸氄毛														**髦**	堯典
齒革羽毛惟木														**旄**	禹貢
厥貢羽毛齒革														**旄**	禹貢

堯典	戰國楚簡	漢石經	魏石經	敦煌本 P3315			岩崎本	神田本	九條本	島田本	內野本	上圖本（元）	觀智院	天理本	古梓堂	足利本	上圖本（影）	上圖本（八）	晁刻古文尚書	書古文訓	唐石經
申命和叔宅朔方曰幽都				朔古朔字尔定…云北方							申命和叔宅朔方曰幽都	申命秋叔宅朔方曰幽都					申余和叔宅朔方曰幽都	申命和叔宅朔方曰幽都	申命味叔宅胖上曰幽都		申命和叔宅朔方曰幽都

91、朔

「朔方」，《史記・五帝本紀》作「北方」，敦煌本《經典釋文・堯典》P3315「朔」字下云：「古**朔**字，尔定（按即爾雅）云北方。」

「朔」字在傳鈔古文《尚書》有下列不同字形：

（1）**屰**汗 3.35 **屰**四 5.7 **胖**

《汗簡》、《古文四聲韻》錄古尚書「朔」字作：**屰**汗 3.35 **屰**四 5.7，《書古文訓》皆作**胖**，爲此形隸定，源自**朔**十一年瘨鼎形，而偏旁左右互易。

（2）**朔****朔**₁**朔**₂

敦煌本 S801、P2533、P5557、神田本「朔」字作**朔朔**₁，九條本、天理本稍變作**朔**₂形，皆源自金文作**朔**十一年瘨鼎，秦簡作**朔**睡虎地 12.46，漢代隸變作：**朔**上林鼎 **朔** 武威簡.秦射 4 **朔** 漢石經.春秋等，**朔**₁**朔**₂與此同形，左從「屰」之隸書。

【傳鈔古文《尚書》「朔」字構形異同表】

朔 **屰**四 5.7 **屰**汗 3.35		戰國楚簡	石經	敦煌本	岩崎本	神田本 b	九條本	島田本 b	內野本	上圖（元）	觀智院 b	天理本	古梓堂 b	足利本	上圖本（影）	上圖本（八）	古文尚書晁刻	書古文訓	尚書篇目
	宅朔方曰幽都			**朔** P3315														胖	堯典
	平在朔易日短星昴																	胖	堯典

經文									隸古定	篇目
十有一月朔巡守									胖	舜典
正月朔旦受命于神宗	魏 S801								胖	大禹謨
西被于流沙朔南暨聲教	翔 P2533	翔				朔	朔		胖	禹貢
乃季秋月朔辰弗集于房	翔 P2533 / 翔 P5557	翔				朔	朔		胖	胤征
惟三祀十有二月朔				翔					胖	太甲中
惟戊午王次于河朔		翔b							胖	泰誓中
我卜河朔黎水									胖	洛誥

92、方

敦煌本《經典釋文・堯典》P3315「方」字作 ，下云「古方字」， 即「匸」之訛變，《書古文訓》亦多作匸、亡，《群經音辨》引《書》作「匸命圮族」云「匸，放也」。《說文》「匸，受物之器，象形，讀若方」，段注謂此器蓋正方，文作此爲橫視之形，又「（圓方之）方本無正字，自古假『方』爲之，依字『匸』有榘形固可假作『方』也」，是此借方形受物之器「匸」爲「方」字。

「方」字在傳鈔古文《尚書》有下列不同字形：

（1）方魏三體

魏三體石經〈君奭〉「方」字古文則作方。

（2）匸汗6.82 匸四2.15匸.匸六114匸1匸匸2

《汗簡》、《古文四聲韻》、《訂正六書通》錄古尚書「方」字作：匸汗6.82 匸四2.15匸.匸六114，《書古文訓》「方」字或作匸1形，或變作匸匸2，當爲《說文》「匸」字籀文匸之省變，乃假借「匸」爲「方」字。

（3）匸1匸匸2

敦煌本《經典釋文・堯典》P3315「方」字作 ，爲《說文》「匸」字篆文匸之變，《書古文訓》「方」字或作匸匸2，爲篆文隸定。

【傳鈔古文《尚書》「方」字構形異同表】

傳抄古尚書文字 方 汗6.82 四2.15 六114	戰國楚簡	石經	敦煌本	岩崎本	神田本b	九條本	島田本b	內野本	上圖(元)	觀智院b	天理本	古梓堂b	足利本	上圖本(影)	上圖本(八)	古文尚書晁刻	書古文訓	尚書篇目
申命和叔宅朔方			𡳆 P3315														𡳆	堯典
方鳩僝功			𡳆 P3315														𡳆	堯典
方命圮族			𡳆 P3315														𡳆	堯典
四方風動惟乃之休																	𡳆	大禹謨
皋陶方祗厥敘																	𡳆	益稷
惟彼陶唐有此冀方																	𡳆	五子之歌
其爾萬方有罪																	𡳆	湯誥
用集大命撫綏萬方																	𡳆	太甲上
底綏四方																	𡳆	盤庚上
乃惟四方之多罪逋逃																	𡳆	牧誓
凡厥正人既富方穀																	𡳆	洪範
畢獻方物																	𡳆	旅獒
爲壇於南方																	𡳆	金縢
乃命于帝庭敷佑四方																	𡳆	金縢
四方民大和會																	𡳆	康誥
方來亦既用明德后式典																	𡳆	梓材
嗚呼天亦哀于四方民																𡳆	𡳆	召誥
奉荅天命和恆四方民																	𡳆	洛誥
俊民甸四方																	𡳆	多士

故一人有事于四方	方魏			匚	君奭
猷告爾四國多方				匚	多方
其在四方				匚	立政
諸侯各朝于方岳				匚	周官
其能而亂四方				匚	顧命
太保率西方諸侯			匸	匚	康王之誥
四方無虞予一人以寧			匸	匚	畢命

93、幽

「幽」字在傳鈔古文《尚書》有下列不同字形：

（1）𢆴₁ 𡆪₂

《說文》「幽，隱也，从山中𢆶，𢆶亦聲。」足利本、上圖本（影）「幽」字變作𢆴₁，又省變作𡆪₂，上圖本（八）則皆作𡆪₂形，其中間作省略符號「米」由漢碑或省變作𡆫夏承碑而來，其內「𠃌」即表省略，再與字形中間直筆結合，寫作省略符號「米」。俗書有部分形構作省略符號「米」者，如「齒」字足利本、上圖本（影）或作𪙊，「爾」字內野本或作𠇬，觀智院本、上圖本（八）或省變作𠇬𠇬，「肅」字內野本、上圖本（八）或作𡖒𡖒等等。

【傳鈔古文《尚書》「幽」字構形異同表】

幽	戰國楚簡	石經	敦煌本	岩崎本b	神田本b	九條本 島田本b	內野本	上圖（元）	觀智院b	天理本	古梓堂b	足利本	上圖本（影）	上圖本（八）	古文尚書晁刻	書古文訓	尚書篇目
宅朔方曰幽都												𢆴	𢆴	𡆪			堯典
流共工于幽州												𡆪	𡆪	𡆪			舜典
三考黜陟幽明														𡆪			舜典

94、都

「都」字在傳鈔古文《尚書》有下列不同字形：

（1）〔古文字形〕魏品式〔古文字形〕魏三體 郡1 郡2 郡3 郡4

魏品式石經〈皋陶謨〉、魏三體石經〈立政〉「都」字古文各作〔古文字形〕〔古文字形〕，源自金文作〔古文字形〕都鐘〔古文字形〕鑄〔古文字形〕仲都戈〔古文字形〕叔夷鎛等形，〔古文字形〕〔古文字形〕魏石經所从偏旁「者」同形於魏石經僖公 28 年「諸侯逐圍許」「諸」字古文作〔古文字形〕，與《古文四聲韻》「者」字作〔古文字形〕四 3.21 古孝經〔古文字形〕〔古文字形〕四 3.21 古老子同形，是知《汗簡》錄古尚書「諸」字作〔古文字形〕汗 4.48 與〔古文字形〕魏石經僖公皆借「者」為「諸」，〔古文字形〕汗 4.48 為〔古文字形〕四 3.21 古孝經〔古文字形〕〔古文字形〕四 3.21 古老子〔古文字形〕魏石經僖公等形之訛。

郭店〈語叢〉「者」字作：〔古文字形〕郭店.語叢 1.44〔古文字形〕1.89〔古文字形〕郭店.語叢 3.53 等與此類同，此形「者」字上半〔古文字形〕由〔古文字形〕者女觥〔古文字形〕免簋〔古文字形〕九年衛鼎變作〔古文字形〕〔古文字形〕庚壺〔古文字形〕陳純釜〔古文字形〕鑄〔古文字形〕仲都戈〔古文字形〕（叔夷鎛）等形，〔註 120〕再變作〔古文字形〕中山王壺〔古文字形〕中山王兆域圖形近於「止」，其下〔古文字形〕近似篆文「衣」下半的寫法，則由上方點畫與下方口形合書成〔古文字形〕所訛作，〔古文字形〕汗 4.48〔古文字形〕四 3.21 古孝經〔古文字形〕〔古文字形〕四 3.21 古老子〔古文字形〕魏石經.立政等則訛作〔古文字形〕，因而混同「旅」古文〔古文字形〕魏石經.文侯之命。

《汗簡》「都」字〔古文字形〕汗 3.33 見於石經，偏旁「者」作〔古文字形〕訛似於「旅」之古文〔古文字形〕魏石經.文侯之命，其上為「从」訛作止形，「旅」字金文作〔古文字形〕易鼎〔古文字形〕師麻匡〔古文字形〕伯正父匜〔古文字形〕薛子仲安簠等，《隸續》錄石經「旅」字古文作〔古文字形〕，則其上未訛作止形。

《書古文訓》「都」字皆作 郡1 郡2 或訛作 郡3，皆〔古文字形〕汗 3.33 之隸古定字形，是〔古文字形〕魏三體〔古文字形〕魏品式.皋陶謨（〔古文字形〕之復原）之訛變，岩崎本則寫作 郡4 形。

（2）〔古文字形〕都

上圖本（八）「都」字作〔古文字形〕都，偏旁「阝」（邑）俗混作「卩」，寫本中常見。

〔註120〕周鳳五先生指出「這種寫法是齊國文字的訛變，陳純釜銘文可以參看」。參見：周鳳五〈郭店竹簡的形式特徵與分類意義〉（《郭店楚簡國際學術研討會論文集》，武漢：湖北人民，2002.5）註 57，頁 63。

【傳鈔古文《尚書》「都」字構形異同表】

都	戰國楚簡	石經	敦煌本	岩崎本	神田本b	九條本	島田本b	內野本	上圖本（元）	觀智院本b	天理本	古梓堂本b	足利本	上圖本（影）	上圖本（八）	古文尚書晁刻	書古文訓	尚書篇目
宅朔方曰幽都																	䣄	堯典
驩兜曰都共工																	䣄	堯典
益曰都帝德廣運															都		䣄	大禹謨
皋陶曰都慎厥身修																	䣅	皋陶謨
禹拜曰都帝予何言		魏品															䣄	益稷
建邦設都						䣅											䣅	說命中
百司庶府大都小伯		魏															䣄	立政
恤爾都用成爾顯德																	䣅	文侯之命

堯典	戰國楚簡	漢石經	魏石經	敦煌本 P3315			岩崎本	神田本	九條本	島田本	內野本	上圖本（元）	觀智院	天理本	古梓堂	足利本	上圖本（影）	上圖本（八）	晁刻古文尚書	書古文訓	唐石經
平在朔易日短星昴以正仲冬											平在朔易日短星昴吕正中冬						平在朔易日短星昴以正仲冬	平在朔易日短星昴吕正中冬	平在朔易日短星昴以正仲冬	秊圣𦘕易日短星昴吕正中冬	平在朔易日短星昴以正仲冬

95、在

「在」字在傳鈔古文《尚書》有下列不同字形：

（1）魏三體漢石經

魏三體石經「在」字古文作魏三體，漢石經〈益稷〉「在治忽」「在」字亦作漢石經，此為「才」字，甲金文借用作「在」字，《說文》土部「在，存也，从土才聲」，「才」「在」古今字。

（2）圣

《書古文訓》「在」字多作圣，《說文》土部「圣，汝潁之間謂致力於地曰圣，从土从又，讀若兔窟」，「在」「圣」二字音義迥別，《書古文訓》「在」字作圣，乃隸變訛誤。

【傳鈔古文《尚書》「在」字構形異同表】

在	戰國楚簡	石經	敦煌本	岩崎本	神田本b	九條本	島田本b	內野本	上圖（元）	觀智院b	天理本	古梓堂b	足利本	上圖本（影）	上圖本（八）	古文尚書晁刻	書古文訓	尚書篇目
昔在帝堯聰明文思																	圣	堯典
平在朔易日短星昴																	圣	堯典
在治忽		漢																益稷
祖考來格虞賓在位																	圣	益稷
在今予小子旦		魏																君奭
在太甲時則有若保衡		魏															圣	君奭
其在商邑		魏															圣	立政
是罔顯在厥世		隸釋															圣	立政
非天不中惟人在命		魏															圣	呂刑
昭升于上敷聞在下		魏															圣	文侯之命

96、易

「易」字在傳鈔古文《尚書》有下列不同字形：

（1）魏三體

魏三體石經〈君奭〉「易」字古文作**易**，形近**易**中山王鼎，與篆文類同。

（2）**易**₁**易易**₂

敦煌本 P2516「易」字上从日形之末橫筆拉長作**易**₁，九條本、內野本、足利本、上圖本（影）、上圖本（八）或作**易易**₂，則 1 形訛多一短橫，與「易」字形近。

（3）**易**

「易」字岩崎本作**易**，類同《古文四聲韻》古老子作**易**四5.17，應是源自戰國**易**中山王壺**易**信陽1.1**易**郭店.尊德6**易**郭店.語叢1.36等形之變化。

【傳鈔古文《尚書》「易」字構形異同表】

易	戰國楚簡	石經	敦煌本	岩崎本	神田本b	九條本	島田本b	內野本	上圖（元）	觀智院b	天理本b	古梓堂b	足利本	上圖本（影）	上圖本（八）	古文尚書晁刻	書古文訓	尚書篇目
平在朔易日短星昴								易						易	易	易		堯典
不易永敬大恤				易														盤庚中
無遺育無俾易種			易 P2516															盤庚中
祗保越怨不易								易										酒誥
天命不易		易 魏						易										君奭
思其艱以圖其易				易				易						易	易			君牙
俾君子易辭								易						易	易			秦誓

唐石經	書古文訓	晁刻古文尚書	上圖本（八）	上圖本（影）	足利本	古梓堂	天理本	觀智院	上圖本（元）	內野本	島田本	九條本	神田本	岩崎本			敦煌本 P3315	魏石經	漢石經	戰國楚簡	堯典
平在朔易日短星昴以正仲冬	秂聖腄易日挋壘昴旵昆中夬	平在朔易日短星昴以正仲冬	平在朔易日短星昴以正仲冬	平在朔易日短星昴呂正中冬	平在朔易日短星昴呂正中冬					平在朔易日短星昴呂正中冬							辨昏之位卯中冬佐奥四古作昴古文				平在朔易日短星昴以正仲冬

97、短

「短」字在傳鈔古文《尚書》有下列不同字形：

（1）挋

《書古文訓》「短」字皆作**挋**，《集韻》「短或从手（挋）」，《廣韻》「挋同短」，**挋**爲「短」形符更替之或體，秦簡「短」字作**短**睡虎地15.98，漢代作：**短**相馬經5上**短**流沙簡.屯戌14.9**挋**韓仁銘，疑「扌」爲「矢」之俗寫訛變。

【傳鈔古文《尚書》「短」字構形異同表】

尚書篇目	書古文訓	古文尚書晁刻	上圖本（八）	上圖本（影）	足利本	古梓堂 b	天理本	觀智院 b	上圖（元）	內野本	島田本 b	九條本	神田本 b	岩崎本	敦煌本	石經	戰國楚簡	短
堯典	挋																	平在朔易日短星昴
盤庚上	挋																	矧予制乃短長之命
洪範	挋																	六極一曰凶短折

98、昴

「昴」字在傳鈔古文《尚書》有下列不同字形：

（1）**辨昴**1**昴昴**2

敦煌本《經典釋文‧堯典》P3315「昴」字作🔲1，下云「又音茅，古文作🔲，（按虾，即卯）」，內野本作🔲1，「卯」之左形俗變似「夕」。上圖本（影）、上圖本（八）作🔲🔲2，「卯」之左形末筆撇變作點。

（2）🔲

《書古文訓》「昴」字作🔲，即《集韻》「昴古作🔲」之形，其下從之「卯」爲《汗簡》錄石經作🔲汗6.81之隸古定，係魏三體石經僖公「卯」字古文🔲之訛變，亦即《說文》古文作🔲，當源自戰國🔲包山120🔲包山134🔲陳卯戈等形。

【傳鈔古文《尚書》「昴」字構形異同表】

昴	戰國楚簡	石經	敦煌本	岩崎本	神田本b	九條本	島田本b	內野本	上圖（元）b	觀智院b	天理本	古梓堂b	足利本	上圖本（影）	上圖本（八）	古文尚書晁刻	書古文訓	尚書篇目
平在朔易日短星昴			🔲 P3315					🔲						🔲	🔲		🔲	堯典

99、冬

敦煌本《經典釋文‧堯典》P3315「冬」字下云：「古作🔲，古文🔲也」按🔲應即🔲說文冬古文隸古形，其上中間從日，🔲則從日從冬，爲🔲（又）形而下增夂，形構亦可說是🔲篆文冬增日，隸定作「昺」，爲「冬」字異體，即《汗簡》、《古文四聲韻》「冬」字所錄🔲汗3.34碧落文🔲四1.12碧落文，《箋正》以爲此形是「升古🔲之日於上，下從重夂」，《古文四聲韻》「終」字錄🔲四1.12崔希裕纂古🔲🔲王存乂切韻等形皆訛變自此，敦煌本《經典釋文‧舜典》P3315「受終于文祖」「終」字作🔲，其下云：「本又作🔲，皆古終字，說文作🔲」，然🔲爲「昺」（冬）之訛變，與🔲四1.12崔希裕纂古🔲🔲王存乂切韻皆是以「昺」（冬）爲「終」。

《說文》冬「🔲四時盡也，從夂從🔲，🔲古文終。🔲，古文冬從日。」「終」字下段注云：「有🔲而後有🔲、🔲，而後有🔲，此造字之先後也，其音義則先有終之古文也。」證諸考古資料是也。甲骨文「終」字作🔲乙368🔲乙3340象絲繩兩端束結或不束結之形，表終極之義：🔲庫1807「乙其雨終夕」🔲菁2.1「終夕」，又用作「四時終盡」之「冬」義：🔲前5.28.2「隹王冬八月」，金文亦然，作：🔲

井侯簋 🜔 此鼎 🜔 頌簋 🜔 善夫山鼎 🜔 曾侯乙鐘。戰國古文或從糸作「始終」之終，如：

🜔 曾侯乙鐘 🜔 帛乙 **3.33** 🜔 郭店.語叢 **1.49**；或從日作「四時終盡」之冬，如：🜔 陳

章壺 〔註121〕 🜔 帛乙 **1.16**「春夏秋冬」 🜔 包山 **2** 🜔 郭店緇衣 **10** 🜔 上博 **1** 緇衣 **6**，爲《說

文》古文 🜔 之源，魏三體石經僖公「冬」字古文 🜔 、《汗簡》、《古文四聲韻》

錄石經「冬」字 🜔 汗 **3.34** 🜔 四 **1.12**，皆源於此；或增仌作冬，如：🜔 商鞅方升 🜔

陶彙 **5.384** 🜔 雲夢.秦律 **94**，即《說文》篆文 🜔 之源，魏三體石經僖公篆文 🜔 亦

同。從糸 🜔 聲之「終」字 🜔 帛乙 **3.33** 🜔 郭店.語叢 **1.49**，聲符繁化作從糸冬聲，

如 🜔 陶彙 **3.1149**，則戰國「冬」字應有從日冬聲隸定作「昃」之異體，即傳抄之

《汗簡》、《古文四聲韻》所錄「冬」字 🜔 汗 **3.34** 碧落文 🜔 四 **1.12** 碧落文，是增義

符「日」繁化的「冬」字異體。

「終」以 🜔、🜔 爲初文，甲金文「冬」爲「終」之引申義而借用此形，文

獻上「始終」之終、「冬季」之冬則用字明確不同。戰國時雖增加義符以分化爲

「終」（🜔，增糸）、「冬」（🜔 🜔，增日；🜔，增仌），然使用上常見借「四時

終盡」之 🜔 （冬）爲「終」，如楚簡「終」字作 🜔 郭店.老甲 **15** 🜔 郭店.成之 **30**，

亦作從日：🜔 郭店.老甲 **11**「慎終如始」 🜔 郭店.五行 **18**「又（有）與始又（有）與終也」。

傳抄系統古文錄「冬」字均從日，如：《古文四聲韻》卷 **1.12** 🜔 道德經 🜔 🜔 王存

乂切韻，亦見借「冬」爲「終」之例，如《古文四聲韻》「終」字錄 🜔 崔希裕纂

古 🜔 王存乂切韻實借「冬」字，所錄 🜔 崔希裕纂古 🜔 🜔 〔註122〕 王存乂切韻等形

則爲借從日之冬字「昃」。是甲金文原借「終」爲「冬」，戰國時二字增義符分

化，在考古資料及傳抄古文中，反借「冬」爲「終」。尚書敦煌本、日古寫本中，

「終」字多借用「冬」（🜔）、「昃」（🜔 🜔 🜔）爲之。（參見"終"字）

「冬」字在傳鈔古文《尚書》有下列不同字形：

（1）🜔

書古文訓》「以正仲冬」「冬」字作 🜔，與《說文》古文冬 🜔 同形，敦煌

本《經典釋文・堯典》P3315「冬」字下云：「古作 🜔，古文 🜔 也」即此形隸

〔註121〕 曾憲通謂此字從日夂聲，隸寫作「各」，乃四時之終的專字，吳振武則以「冬」字
　　　　 係從日 🜔（終）聲。說見曾憲通撰集，《長沙帛書文字編》，頁 37，1993；吳振武，
　　　　 《古璽文編校訂》，頁 167～169。

〔註122〕 🜔 四 **1.12** 王存乂切韻其下分形爲「仌」之訛，敦煌本 🜔 S2074 與此同形。

古作🔶，蓋源自戰國🔶陳章壺之形，魏三體石經僖公「冬」字古文🔶、《汗簡》、《古文四聲韻》錄石經「冬」字🔶汗 **3.34**🔶四 **1.12** 等與此類同。

（2）各：🔶上博 **1** 緇衣 **6**🔶郭店緇衣 **10**🔶**1**🔶**2**

戰國楚簡上博 1〈緇衣〉6 引「〈君牙〉員：『晉冬耆寒』」「冬」字作🔶上博 **1** 緇衣 **6**，郭店〈緇衣〉10 引「〈君牙〉員：『晉冬旨滄』」「冬」字作🔶郭店緇衣 **10**，皆同形於楚帛書「春夏秋冬」「冬」字作🔶帛乙 **1.16**、包山楚簡「冬之月」作🔶包山 **2**，曾憲通隸寫作「各」，內野本「冬」字作🔶**1** 與此同形，內野本又作🔶**2**，下从月，為「日」之訛。

（3）旻：🔶

《書古文訓》〈君牙〉「冬祁寒」「冬」字作🔶，與敦煌本《經典釋文‧堯典》P3315「冬」字下云：「古作🔶」🔶同形，隸定作「旻」。🔶（旻）是增義符「日」而繁化的「冬」字異體，从日冬聲，即《汗簡》、《古文四聲韻》「冬」字🔶汗 **3.34** 碧落文🔶四 **1.12** 碧落文之隸古定。

【傳鈔古文《尚書》「冬」字構形異同表】

冬	戰國楚簡	石經	敦煌本	岩崎本	神田本b	九條本	島田本b	內野本	上圖（元）	觀智院b	天理本	古梓堂b	足利本	上圖本（影）	上圖本（八）	古文尚書晁刻	書古文訓	尚書篇目
以正仲冬			🔶 P3315														🔶	堯典
則有冬有夏								🔶										洪範
冬祁寒小民亦惟日怨咨〔註123〕	🔶郭店緇衣 **10**　🔶上博 **1** 緇衣 **6**							🔶									🔶	君牙

〔註123〕郭店〈緇衣〉10 引作〈君牙〉員：「晉冬旨滄，少民亦佳曰怨。」

上博〈緇衣〉6 引作〈君牙〉員：「晉冬者寒，少民亦佳曰命。」

今本〈緇衣〉引作〈君雅〉曰：「資冬祁寒，小民亦惟曰怨。」

堯典	戰國楚簡	漢石經	魏石經	敦煌本 P3315			岩崎本	神田本	九條本	島田本	內野本	上圖本（元）	觀智院	天理本	古梓堂	足利本	上圖本（影）	上圖本（八）	晁刻古文尚書	書古文訓	唐石經
厥民隩鳥獸氄毛				〔古文〕							厥民隩鳥獸氄毛						厥民隩鳥獸氄毛	厥民隩鳥獸氄毛	厥民炁鳥獸犇髦	〔古文〕	〔古文〕

100、隩

「厥民隩」,《史記‧五帝本紀》作「其民燠」,《撰異》謂衛包改作「隩」,又謂《釋文》引馬融注「奧,煖也」淺人用馬說而加火旁作「燠」,以為此字本作「奧」,訓室,與《爾雅‧釋宮》「西南隅為之奧。室中隱奧之處」相合,又引《爾雅‧釋宮‧音義》「奧,本或作隩」「尚書並說文皆云『奧,室也』」證之(卷1.32)。然敦煌本《經典釋文‧堯典》P3315 作炁云:「古燠字,於六反,室也,馬云煖也。」《書古文訓》亦作炁,是古文尚書或作「燠」。「隩」、「燠」均為「奧」之後起字,古相通用。

《說文》「墺,四方土可居也」段注云:「禹貢『四墺既宅』,今作『隩』者衛包改也。」又《玉篇》土部引夏書亦作「四墺既宅」,《史記》、《漢書》皆作「奧」,師古注云「奧讀曰墺」,《說文》圫古文墺,段注云「壁中古文禹貢如是」,《汗簡》錄古尚書「墺」字作圫汗6.73,與此形類同。按今本尚書無「墺」字,《汗簡》所錄古尚書「墺」字應即出自〈禹貢〉「四墺既宅」,是「四隩既宅」本作「墺」,「隩」為其義符更替之異體,又九條本作「奧」,「隩」、「墺」皆其後起字,古相通用。

《古文四聲韻》錄古尚書「燠」字作:炁炁炉圫墺圫奧四5.5,可見「燠」與「奧」、「墺」亦可通用。其中有作墺四5.5形,又圫四5.5與《汗簡》古尚書「墺」字作圫汗6.73、圫說文古文墺同形,是古有借「墺」為「燠」者。炁炉四5.5與《汗簡》古尚書「燠」字作炉汗4.55同形,《箋正》云:「薛

本同，（炻）右當作ㄓ，仿古文壔作坿為之。」又坿壔.汗 6.73《箋正》云：「黃香〈九宮賦〉有『岷垗』字，章樵注『猶言閫奧，垗古奧字』，當即此文。」黃錫全以為「奧」字當即「雺」字訛誤，此形原當作坿，隸變誤作垗，並謂「奧」字古本作雺，訛變作奧、ㄓ。〔註124〕然實則「粵」為「雺」之訛誤，由雺（盂鼎）雺（中山王鼎）訛變成奧 粵.隸續石經雺汗 2.23「粵見石經」（參見"曰"字），與「奧」為二字。按「垗」字疑即「壔」字，其右形當與炻燠.四 5.5 之右類同，皆為ㄓ之變，垗、炻燠.四 5.5 二字右當皆從「奧」。

「隩」字在傳鈔古文《尚書》有下列不同字形：

（1）炻炉四 5.5 燠 炻 炻 炻

「厥民隩」「隩」字敦煌本《經典釋文・堯典》P3315 作炻，下云古燠字，《書古文訓》亦作炻，同形於《古文四聲韻》錄古尚書「燠」字作：炻炉四 5.5 燠，類同炻四 5.5 燠，古文尚書或作「燠」。《撰異》謂此字本作「奧」衛包改作「隩」，由傳抄系統中又見與「燠」相通，「隩」、「燠」皆由「奧」得聲兼義，此處借「隩」、「燠」為「奧」。

「四隩既宅」「隩」字內野本、足利本、上圖本（影）、上圖本（八）亦皆作炻，《說文》「壔」字段注云：「禹貢『四壔既宅』，今作『隩』者衛包改也。」段注又云坿即壁中古文禹貢壔字，《玉篇》亦引作「四壔既宅」，是此處古文尚書作「壔」，今本尚書及諸日寫本分別借隩、炻（即古燠字）為「壔」。

（2）坿汗 6.73 壔 坿

「四隩既宅」「隩」字《書古文訓》作坿，《汗簡》錄古尚書「壔」字作坿汗 6.73 壔，坿與此及坿說文古文壔同形，是尚書此處本應作「壔」，「隩」為其義符更替之異體。

（3）托四 5.5 燠 托

「四隩既宅」「隩」字敦煌本 P4878 作托，其右應為坿汗 6.73 壔 坿說文古文壔右形之訛誤，與《古文四聲韻》古尚書「燠」字作：托四 5.5 類同，為「壔」之古文，與「燠」相通用，而尚書此處本即應作「壔」。

〔註124〕說見：黃錫全，《汗簡注釋》，武漢：武漢大學出版社，1993，頁 456、359。徐在國則謂托為坿形之省變。

（4）【图】

「四隩既宅」「隩」字九條本作【图】，「隩」爲「奧」加義符之後起字。

【傳鈔古文《尚書》「隩」字構形異同表】

隩 傳抄古尚書文字 【图】塽汗 6.73	戰國楚簡	石經	敦煌本	岩崎本	神田本b	九條本b	島田本b	內野本	上圖（元）	觀智院b	天理本	古梓堂b	足利本	上圖本（影）	上圖本（八）	古文尚書晁刻	書古文訓	尚書篇目
厥民隩鳥獸氄毛			【图】P3315														【图】	堯典
四隩既宅			【图】P4874			【图】	【图】						【图】	【图】	【图】		【图】	禹貢

101、氄

「鳥獸氄毛」，敦煌本《經典釋文‧堯典》P3315「氄」字作【图】，下云「本又作【图】（氄？），又作【图】（？），如勇反，徐又而兗反，又如兗反，謂濡毨細毛也，馬云溫柔兒，說文作【图】（毨，按說文作毷），人尹反，云毛盛兒。」《說文》【图】部【图】（【图】）字或體【图】，从衣从朕，引虞書曰「鳥獸【图】毛」《說文》毷下又引作「鳥獸毷髦」，《撰異》云壁中本作「毷」，今本作「氄」爲別體，隹聲在古音十三部，矞聲在古音十五部，而矞可讀如述，述可讀如允（切語下字兗亦讀允），故隹聲亦作矞聲也。又云今文尚書作「褎」，《說文》訓羽獵韋絝，此借褎爲「毷」、「氄」而訓毛盛。

「氄」字在傳鈔古文《尚書》有下列不同字形：

（1）【图】

敦煌本《經典釋文‧堯典》P3315「氄」字作【图】，黃錫全以爲即【图】字篆文【图】隸變。〔註125〕

（2）【图】汗 1.14 【图】四 3.3

《汗簡》、《古文四聲韻》錄古尚書「氄」字作：【图】汗 1.14 【图】四 3.3，黃錫全謂此即褎字省衣，按此乃借「褎」省衣之「朕」字爲「氄」字，「朕」字金文作：【图】孟簋【图】井侯簋【图】彔伯簋，變作【图】魯伯愈父鬲【图】薛侯盤【图】薛侯匜【图】毛弔盤【图】齊侯敦【图】陳侯壺形，此即【图】汗 1.14 【图】四 3.3 所承，【图】爲【图】之訛變。

〔註125〕説見：黃錫全，《汗簡注釋》，武漢：武漢大學出版社，1993，頁 151。

（3）氊：_氊

上圖本（影）「氊」字作氊，左下訛作田形。

（4）犨：_犨

《書古文訓》「氊」字作犨，類同於敦煌本《經典釋文·堯典》P3315 云「說文作犖」及今《說文》「犨」下引尚書此文作「犨」。《撰異》云壁中本作「犨」，《書古文訓》作犨即「犨」稍有訛變。

【傳鈔古文《尚書》「氊」字構形異同表】

傳抄古尚書文字 氊		戰國楚簡	石經	敦煌本	岩崎本	神田本b	九條本b	島田本b	內野本	上圖（元）	觀智院b	天理本b	古梓堂b	足利本	上圖本（影）	上圖本（八）	古文尚書晁刻	書古文訓	尚書篇目
氊	騰四3.3 騰汗1.14																		
鳥獸氊毛				氊 P3315												氊		犨	堯典

堯典	戰國楚簡	漢石經	魏石經	敦煌本 P3315			岩崎本	神田本	九條本	島田本	內野本	上圖本（元）	觀智院	天理本	古梓堂	足利本	上圖本（影）	上圖本（八）	晁刻古文尚書	書古文訓	唐石經
帝曰咨汝羲暨和				咨女音泉其略也							帝曰咨女羲泉味					帝曰咨汝羲暨和	帝曰咨汝羲暨和 帝曰咨汝羲味	帝曰咨女羲泉味	帝曰咨女羲泉味		帝曰咨女戲泉味

102、咨

「咨」，《孔傳》釋爲「嗟」，《爾雅·釋詁》：「嗟，咨，蹉也。（今河北人云蹉嘆）」，《撰異》云：「〈五帝本紀〉作『嗟』，訓詁字也，『咨』與『嗟』雙聲。」然唐寫敦煌本《經典釋文·堯典》P3315 有「咨女（汝）」條，《說文》「謀事日咨」，下文「咨十有二牧」《史記·五帝本紀》作「命十二牧」，故此處「咨」或可釋爲謀議、告、命等義。〔註126〕

「咨」字在傳鈔古文《尚書》有下列不同字形：

〔註126〕參見：顧頡剛、劉起釪著，《尚書校釋譯論》，北京：中華書局，2005，頁59。

（1）資：資

《書古文訓》「咨」字皆作「資」，資、咨均即夷切，音同假借。

（2）恣：恣

〈君牙〉「夏暑雨小民惟日怨咨」「咨」字足利本、上圖本（影）作恣，是涉前「怨」字从心而誤作「恣」，下文「冬祁寒小民亦惟日怨咨」則無誤。

【傳鈔古文《尚書》「咨」字構形異同表】

咨	戰國楚簡	石經	敦煌本	岩崎本	神田本b	九條本	島田本b	內野本	上圖本（元）	觀智院b	天理本	古梓堂b	足利本	上圖本（影）	上圖本（八）	古文尚書晁刻	書古文訓	尚書篇目
帝曰咨汝羲暨和																	資	堯典
帝曰疇咨若予采																	資	堯典
咨四岳湯湯洪水方割																	資	堯典
下民其咨有能俾乂																	資	堯典
咨四岳朕在位七十載																	資	堯典
咨十有二牧																	資	舜典
舜曰咨四岳有能奮庸																	資	舜典
帝曰咨禹惟時有苗弗率																	資	大禹謨
小民惟日怨咨					咨								恣	恣			資	君牙
小民亦惟日怨咨					咨								咨	咨			資	君牙

103、汝

《撰異》云：「女者，對己之詞。假借之字，本如字讀，後人分別讀同汝水，非也」「經籍中絕不用汝字」謂衛包妄改《尚書》全用「汝」字與群經乖違，而「女」、「乃」、「爾」雙聲通假。

「汝」字在傳鈔古文《尚書》有下列不同字形：

（1）女：[魏品式] 魏品式 [ ] 魏三體 [ ] 漢石經 女 隸釋 [ ] 女 女

魏品式石經（[ ]益稷）、三體石經（[ ]無逸 [ ]文侯之命）、漢石經尚書（[ ]舜

典）、《隸釋》存漢石經尚書殘碑〈盤庚上〉「汝無侮老成人」「汝」字作 **女**，敦煌本《經典釋文・堯典》P3315、《書古文訓》「汝」字皆作 **𡚢 女**「女」，「女」為第二人稱「乃」、「爾」之假借，魏品式石經「女」字下多一點飾筆作：**𡞞** 益稷。敦煌本尚書、日古寫本「汝」字亦多作「女」**女**。足利本〈堯典〉、〈大禹謨〉、〈益稷〉等篇雖寫作「汝」，然就其書寫行例觀之，乃為「女」字另加偏旁水而作「汝」（見下表*處）。

（2）爾：**爾** 隸釋

《隸釋》存漢石經尚書殘碑〈盤庚中〉「今予將試以汝遷」「今其有今罔後汝何生在上」「汝」字作「爾」，他本多作「女」。

（3）尒：**尒**

〈盤庚中〉「汝誕勸憂」「汝」字內野本、上圖本（八）作**尒**，他本多作「女」，「尒」為「爾」字簡體，此借之為第二人稱。

（4）予

〈盤庚中〉「非汝有咎比于罰」岩崎本「汝」字作**予**，他本多作「女」，此文左側注寫「女」，蓋「予」為「汝」之誤。

【傳鈔古文《尚書》「汝」字構形異同表】

汝	戰國楚簡	石經	敦煌本	岩崎本	神田本b/九條本/島田本b	內野本	上圖本（元）	觀智院b/天理本/古梓堂b	足利本	上圖本（影）	上圖本（八）	古文尚書晁刻	書古文訓	尚書篇目
帝曰咨汝羲暨和			**𡚢** P3315						**汝** * 咨汝羲暨				女	堯典
汝能庸命巽朕位			**女** P3315						**汝** *				女	堯典
帝曰格汝舜詢事考言			**女** P3315			女			**汝** * 格汝舜				女	舜典
帝曰俞咨伯汝作秩宗		**𣇈** 漢				女			**汝** * 格汝舜				女	舜典
帝曰格汝禹			**女** S5745			汝			**汝** *				女	大禹謨

汝作士明于五刑			女 S5745				汝* 格汝舜			女	大禹謨
天下莫與汝爭能				女			汝* 格汝舜			女	大禹謨
帝曰毋惟汝諧			女 S801	汝		女	汝* 格汝舜			女	大禹謨
帝曰來禹汝亦昌言				女			女* 汝亦昌言			女	益稷
皋陶曰俞師汝昌言	母 魏品			女		女	汝* 格汝舜			女	益稷
予欲左右有民汝翼	母 魏品						汝* 格汝舜	女		女	益稷
予違汝弼汝無面從退有後言	母 魏品			✓			汝* 格汝舜	女		女	益稷
予誓告汝有扈氏			女 P5543 女 P2533	女						女	甘誓
乃遇汝鳩汝方作汝鳩汝方			女 P5557	女						女	胤征
有言遜于汝志							女	女		女	太甲下
乃敢大言汝有積德			女 S11399	女	女	女			女	女	盤庚上
汝無侮老成人	女 隸釋		女 P3670 女 P2643	女	女	女			女	女	盤庚上
汝曷弗念我古后之聞			女 P3670	女	女	女			女	女	盤庚中
非汝有咎比于罰			女 P3670	女	女	女			女	女	盤庚中
今予將試以汝遷	爾 隸釋		女 P3670 女 P2643	女	女	女			女	女	盤庚中

經文								
汝誕勸憂		P3670 / P2643	女	爪	女		爪	女	盤庚中
罔後汝何生在上	爾 隸釋	P3670 / P2643	女	女	女		女	女	盤庚中
今予命汝一無起穢以自臭	汝 漢	女 P2516	女	女	女		女	女	盤庚中
王曰來汝說台小子		女 P2643 / 女 P2516	女	女	女		女	女	說命下
惟時敘乃寡兄勗肆汝小子封在茲東土	申 魏			女			女	女	康誥
勿庸以次汝封乃汝盡遜曰時敘	汝 漢			女		女	女	女	康誥
汝若恆			女	女		女	女	女	梓材
汝受命篤弼丕視功載	女 P2748			女				女	洛誥
聽朕教汝于棐民彝	汝 S6017			女			女	女	洛誥
小人怨汝詈汝	代 魏	P2748		女			女	女	無逸
今汝永念				女		女	女	女	君奭
保奭其汝克敬	卟 魏			女	女		女	女	君奭
則予一人汝嘉	女 S2074			女			女	女	蔡仲之命
命汝嗣訓	女 P4509			女	女b		女	女	顧命
父義和汝克紹乃顯祖	虎 魏			女			女	女	文侯之命
牿之傷汝則有常刑				女	女		女	女	費誓
汝則有常刑	女 P3871			女				女	費誓
予誓告汝群言之首	汝 P3871			女	汝		女	女	秦誓

104、暨

「咨汝羲暨和」,「暨」字《撰異》據下文《說文》引作「𣊤㬸𣊤」以爲壁

中故書當作「㠯」，漢人以今文讀爲「暨」，《爾雅・釋詁》「暨，與也」，敦煌本《經典釋文・堯典》P3315 作「㠯，其器反，與也」，「㠯」、「暨」同聲，古通用。

《說文》「㠯，眾詞與也」，段注云或假「洎」爲之，如鄭詩「誰稱無逸，爰洎小人」是也，亦假「暨」爲之，如公羊傳「及者，何也，與也，會及暨皆與也」，是「洎」、「暨」皆爲「㠯」之假借。《古文四聲韻》「墍」字下錄古尚書作冉四4.6，與《汗簡》古尚書「暨」字作冉汗6.73同形，此即訛自《古文四聲韻》「墍」下錄籀韻作坙四4.6，是借「墍」爲「㠯」。

甲金文無「㠯」而用「眔」作連詞，及、與之義，作目下垂涕之形：甲436甲1387甲2622永盂井侯簋，甲骨文已有中行兩點相連變作菁10.18，金文作令鼎●鼎，又變作師晨鼎揚簋叔鐘夆生貹弔䧃簋，其上皆目形之訛，下則涕淚狀之變，「㠯」字篆文應即訛變自此。《說文》「㠯」字古文，上所从之形即目字之誤，許學仁師謂此「眔」下形下方與叔字从（吳方彝「叔」字偏旁）下半同，故誤作，說文古文㠯乃源自甲金文「眔」字。〔註127〕《古文四聲韻》「洎」下錄四4.6王庶子碑義雲章唐韻三形，王庶子碑類同於《說文》古文㠯，唐韻爲此形之訛變，義雲章則訛變自篆文㠯，魏品式石經〈咎繇謨〉「暨益奏庶鮮食」「暨」字古文隸體作泉，此形《漢語古文字字形表》、《秦漢魏晉篆隸表》皆收入「洎」下，〔註128〕商承祚則謂篆文「㠯」所从之亦由魏品式咎繇謨其下而誤。由上述考古、傳抄資料得知，「㠯」、「洎（泉）」、「眔」爲一字。

「暨」字在傳鈔古文《尚書》有下列不同字形：

（1）洎（泉）：魏品式泉1泉2

魏品式石經〈咎繇謨〉「暨益奏庶鮮食」（今本〈益稷〉）「暨」字古文作，隸體作泉，可隸定作「泉」，敦煌本《經典釋文・堯典》P3315「暨」字作泉1與此同形，敦煌本 P3469、P2516、岩崎本、九條本、上圖本（元）、足利本、上圖本（影）等「暨」字或作泉泉2。「洎（泉）」乃「眔」之訛，所从「自」爲「目」之誤。

〔註127〕說見：許學仁師，《古文四聲韻古文研究》，台北：文史哲出版社，頁122。

〔註128〕見：《漢語古文字字形表》卷11.7，頁431、《秦漢魏晉篆隸表》卷11.17，頁806。

（2）泉：泉泉₁泉泉₂泉₃泉泉泉泉₄泉₅

尚書敦煌本「暨」字多作 1 形，如：泉P2533 泉P2643 泉S799，《書古文訓》亦然，多作泉₁；《書古文訓》〈益稷〉「濬畎澮距川暨稷播奏」「暨」字作泉₂，足利本、上圖本（影）、上圖本（八）亦見作泉₂，其上自形少一短橫；《書古文訓》〈禹貢〉「西被于流沙朔南暨聲教」「暨」字作泉₃，其上從目。4 形右下寫如衣形下半，內野本皆作「臮」2 形（泉），敦煌本 P2748 或作泉₄、天理本作泉₄、上圖本（八）則多作泉₄，《書古文訓》或作泉₄，皆屬 4 形，上圖本（八）由此更訛作泉₅，其下最左之人形近乎消失。「臮」為「洎（泉）」字之訛，「臮」下所從「𣲙」（𣲙）為「水」之訛。

（3）泉：泉

九條本、上圖本（元）、觀智院本、上圖本（影）「暨」字作「泉」泉，《古文四聲韻》「泉」下錄𤃍四2.5 說文，此為《說文》古文臮𤃍之形誤入「泉」下，蓋因「臮」字足利本、上圖本（影）、上圖本（八）作（2）泉₂，上作「白」、其下「𣲙」（𣲙）訛作「水」，與「泉」字訛混。

（4）眾：眾眔

足利本、上圖本（影）「暨」字或訛作眾眔，是「臮」字下所從「𣲙」（𣲙）與「眾」字下同而誤作。

（5）暨：暨暨₁暨₂暨₃暨₄

敦煌本 P2748、足利本、上圖本（八）「暨」字或作暨暨₁，下從「旦」訛作「且」，右上「旡」訛作「无」，足利本、上圖本（影）、上圖本（八）或作暨₂，左上多一點；觀智院本或作暨₃，右上「旡」訛作「元」；上圖本（八）或訛作暨₄。

（6）塈：禹暨.汗6.73 禹塈四4.6

《汗簡》錄古尚書「暨」字作禹暨.汗6.73，與《古文四聲韻》錄古尚書「塈」字作禹塈四4.6同形，下錄塈四4.6籀韻从「旡」，聲符「既」「旡」更替，此即「塈」字，假借為「暨」。禹暨.汗6.73 禹塈四4.6其上皆「旡」之訛變。

（7）塈：塈₁塈₂

〈武成〉「庶邦冢君暨百工受命于周」、〈康王之誥〉「太保暨芮伯咸進相揖」二處足利本、上圖本（影）「暨」字皆作「塈」，音同而假借為「暨」，作塈₁

形，上圖本（影）或作𡐨2，右上「旡」訛作「天」。

【傳鈔古文《尚書》「暨」字構形異同表】

傳抄古尚書文字 暨（汗6.73）（四4.6）	戰國楚簡	石經	敦煌本	岩崎本b	神田本b 九條本	島田本b	內野本	上圖（元）	觀智院本b	天理本	古梓堂本b	足利本	上圖本（影）	上圖本（八）	古文尚書晁刻	書古文訓	尚書篇目
帝曰咨汝羲暨和			泉 P3315			泉							泉	泉			泉	堯典
讓于稷契暨皋陶						泉							泉	泉	暨		泉	舜典
讓于殳斨暨伯與						泉							泉	泉			泉	舜典
暨益奏庶鮮食		泉（魏品）				泉							泉	泉	暨		泉	益稷
濬畎澮距川暨稷播奏						泉							✓	泉	泉		泉	益稷
淮夷蠙珠暨魚厥篚玄纖縞			泉 P3469	泉		泉							泉	泉	泉		泉	禹貢
西被于流沙朔南暨聲教			泉 P2533	泉b		泉							泉	泉	泉		泉	禹貢
暨鳥獸魚鼈						泉							泉	泉	泉		泉	伊訓
惟尹躬暨湯咸有一德						泉	泉b						泉	泉			泉	咸有一德
古我先王暨乃祖乃父			泉 P2643	泉	泉	泉							塈	暨			泉	盤庚上
曷不暨朕幼孫有比故有爽德			泉 P2643 泉 P2516	泉	泉	泉							泉	泉	泉		泉	盤庚中
惟暨乃僚罔不同心以匡乃辟			泉 P2643 泉 P2516	泉	泉	泉							泉	泉			泉	說命上
自河徂亳暨厥終罔顯			泉 P2643 泉 P2516	泉	泉	泉							泉	泉	泉		泉	說命下
庶邦冢君暨百工受命于周			泉 S799	泉	泉								塈	塈	泉		泉	武成

經文							篇
封以厥庶民暨厥臣達大家		泉b	泉		泉 暨 暨		泉	梓材
舊勞于外爰暨小人	泉 P2748	泉			暨		泉	無逸
尚迪有祿後暨武王誕將天威	暨 P2748	泉b	泉		泉 泉 泉		泉	君奭
暨殷多士	泉 S2074	泉b	泉		暨 暨 泉		泉	多方
嗚呼三事暨大夫		泉	暨		泉 泉 泉		泉	周官
太保暨芮伯咸進相揖		泉	泉		暨 暨 泉		泉	康王之誥
尚胥暨顧綏爾先公之臣		泉	泉		暨 暨 泉		泉	康王之誥

堯典	戰國楚簡	漢石經	魏石經	敦煌本 P3315		岩崎本	神田本	九條本	島田本	內野本	上圖本(元)	觀智院	天理本	古梓堂	足利本	上圖本(影)	上圖本(八)	晁刻古文尚書	書古文訓	唐石經
朞三百有六旬有六日				𦞠〔釋文〕						朞三百有六旬有六日					朞三百有六旬有六日	朞三百有六旬有六日	朞三百有真〔旬〕有六日	期三百亦六旬有六日	吞弍百亦六旬十六	

105、朞

「朞三百有六旬有六日」,「朞」《史記・五帝本紀》作「歲三百六十六日」,《漢書・律曆志》作「歲三百有六旬有六日」。

敦煌本《經典釋文・堯典》P3315「朞」字下云:「𦞠,本又作𦞠,皆古𦞠字,居其反,說文作摤(摤)云:復其時期也。」今《說文》作「稘,復其時也」「摤」應爲「稘」之訛寫,又今本「時」下無「期」,應是另有異本作此。

〔註129〕「朞」(𦞠)字,應即金文 己兒鼎「期」字所從之「日」或作口形,

〔註129〕顧頡剛、劉起釪著,《尚書校釋譯論》,北京:中華書局,2005,頁59,引吳校語

古璽亦有作此形 璽彙 0250。

「復其時」即周年之謂，《說文》禾部「稘」字段注云：「今皆假期爲之，期行而稘廢矣」其下引虞書作「稘三百有六旬」段注謂今堯典作「期」，蓋壁中古文作「稘」，孔安國以今字讀之易爲「期」也。唐石經、纂、傳「朞」俱作「期」，纂、傳注亦同，「朞」、「期」同字，惟形構一爲上下、一爲左右之異。今本尚書周年之謂作「朞」，他義則作「期」。〔註130〕

「朞」字在傳鈔古文《尚書》有下列不同字形：

（1）朞.汗 3.34 朞.四 1.20 12

《汗簡》、《古文四聲韻》所錄古尚書「朞」字作：朞.汗 3.34 朞.四 1.20，皆與《說文》古文「期」作 同形，源自金文「期」字从日，作沇兒鐘 齊良壺 夆弔匜 齊侯敦 蔡侯鐘等，「朞」即「期」字。

《書古文訓》「朞」字作1，上从「丌」，即「其」字之聲符，借用作「其」。敦煌本《經典釋文・堯典》P3315「朞」字作2，其上爲「亓」之訛變，「亓」即《說文》「丌」字：「薦物之丌，象形，讀若箕同」，段注云：「字亦作『亓』，古多用爲今渠之切之『其』。墨子書『其』字多作『亓』，『亓』與『丌』同。」是乃古文期1之或體。

（2）朞.汗 3.35 朞.四 1.20

《汗簡》、《古文四聲韻》錄古尚書「朞」字又作从「丌」朞.汗 3.35 朞.四 1.20，足利本「朞」字即作。

（3）碁：

內野本「朞」字作「碁」，源於金文「期」字从日，作：夆弔匜 齊侯敦 蔡侯鐘之形，隸定作「碁」。

（4）期：

上圖本（八）「朞」字作「期」，源於金文「期」作：吳王光鑑。《汗簡》、《古文四聲韻》錄古尚書「期」字作：期.汗 3.35 期.四 1.19 與此類同，惟此

云：「按稘爲稘之省文，今《說文》作『稘，復其時也』時下無期，疑元朗所見本有之。」

〔註130〕如〈大禹謨〉「耄期倦于勤」孔傳：「百年曰期頤」，又「期于予治」期，當也，及〈周官〉「位不期驕祿不期侈」等。

傳鈔古文从「丌」。

【傳鈔古文《尚書》「朞」字構形異同表】

朞　傳抄古尚書文字 朞 汗3.34 朞 汗3.35 朞 四1.20 期 汗3.35 期 四1.19	戰國楚簡	石經	敦煌本	岩崎本	神田本b	九條本	島田本b	內野本	上圖（元）	觀智院b	天理本	古梓堂b	足利本	上圖本（影）	上圖本（八）	古文尚書晁刻	書古文訓	尚書篇目
朞三百有六旬有六日			晉 P3315			泉	暮							朞	期		吞	堯典

106、三

「三」字在傳鈔古文《尚書》有下列不同字形：

（1）弌：弍汗1.3 弍四2.13 弍 弍

《汗簡》、《古文四聲韻》錄古尚書「三」字作：弍汗1.3 弍四2.13 與《說文》古文作 弍 同形，《書古文訓》「三」字皆作「弌」弌，亦同。敦煌本《經典釋文·堯典》P3315「竄三苗于三危」「三」字作「弍」，內野本、足利本、上圖本（影）、上圖本（八）亦多作「弌」弍。

（2）卅

敦煌本 S5745〈大禹謨〉「朕宅帝位三十有三載」「三十」合書作「卅」。

【傳鈔古文《尚書》「三」字構形異同表】

三　傳抄古尚書文字 弍 汗1.3 弍 四2.13	戰國楚簡	石經	敦煌本	岩崎本	神田本b	九條本	島田本b	內野本	上圖（元）	觀智院b	天理本	古梓堂b	足利本	上圖本（影）	上圖本（八）	古文尚書晁刻	書古文訓	尚書篇目
朞三百有六旬有六日																	弍	堯典
三載汝陟帝位								弍					弍	弍			弍	舜典
五玉三帛二生一死贄																	弍	舜典
竄三苗于三危			弍 P3315					弍					弍	弍			弍	舜典
三載四海遏密八音								弍					弍	弍			弍	舜典

經文								出處
三事允治				弎		弎 弎 弎		弎	大禹謨
朕宅帝位三十有三載	⋀ S5745			弎		弎 弎		⌄	大禹謨
日宣三德				弎		弎 弎		弎	皋陶謨
過三澨至于大別南入于江								弎	禹貢
威侮五行怠棄三正								弎	甘誓
越三日庚戌柴望				弎			弎	弎	武成
惟十有三祀				弎				弎	洪範
爲三壇同墠				弎				弎	金縢
惟三月周公初于新邑洛				弎				弎	多士
乃或亮陰三年不言				弎			弎	弎	無逸
肆祖甲之享國三十有三年				弎				弎	無逸
至于再至于三				弎			弎	弎	多方
則乃宅人茲乃三宅無義民	魏			弎			弎	弎	立政
日三有俊	魏			弎			弎	弎	立政
三事暨大夫敬爾有官				弎			弎	弎	周官
惟敬五刑以成三德				弎			弎	弎	呂刑

107、有

「有」字在傳鈔古文《尚書》有下列不同字形：

（1）又： [魏品式] 魏品式 [魏三體] 魏三體 [上博1緇衣3] 上博1緇衣3 [郭店緇衣5] 郭店緇衣5 [ナ] [ナ1] [ナ2] [又3]

魏品式石經〈皋陶謨〉「有」字古文作 ，三體石經〈君奭〉、〈多方〉同此形或又作 ，戰國楚簡引尚書「有」字〔註131〕 上博1緇衣3　郭店緇衣5，與《說文》「又」字篆文同，甲金文即借「又」爲「有」。敦煌本《經典釋文‧堯

〔註131〕郭店〈緇衣〉5引〈尹誥〉員：「隹尹躬及湯，咸有一悳。」

上博〈緇衣〉3引〈尹誥〉員：「隹尹复及康（湯），咸有一悳。」

今本〈緇衣〉引〈尹吉〉曰：「惟尹躬及湯，咸有壹德。」

典》P3315「有」字作㞢1，下云「古有字」，晁刻古文尚書作㞢，《書古文訓》
亦作ナ1，尚書敦煌本、和闐本、日古寫本多作ナ1形，為《說文》「又」字篆
文隸變；內野本、岩崎本或作ナ2又3，篆文「又」之隸變而上多一短橫；尚
書敦煌本、岩崎本、九條本或作「又」。凡此皆借「又」為「有」。

（2）又

敦煌本 S2074〈多方〉「非天庸釋有殷乃惟爾辟」「有」字作又，與「乂」
相混，為「又」之訛變。

（3）乂

九條本〈立政〉「惟有司之牧夫」「有」字作乂，與「又」相混，為「又」
之訛變。

【傳鈔古文《尚書》「有」字構形異同表】

有	戰國楚簡	石經	敦煌本	和闐本	岩崎本b	神田本b	九條本b	島田本b	內野本	上圖本（元）	觀智院b	天理本	古梓堂b	足利本	上圖本（影）	上圖本（八）	古文尚書晁刻	書古文訓	尚書篇目
朞三百有六旬有六日			㞢 P3315						ナ									ナ	堯典
十有一月朔巡守			ナ P3315						ナ									ナ	舜典
帝曰格汝禹朕宅帝位三十有三載			ナ S5745						ナ									ナ	大禹謨
曰濟濟有眾咸聽朕命			ナ S801						ナ									ナ	大禹謨
皋陶曰都亦行有九德									ナ					ナ	ナ			ナ	皋陶謨
夙夜浚明有家		魏品							ナ									ナ	皋陶謨
十有三載乃同			㇇ P3615	又					ナ						ナ			ナ	禹貢
予誓告汝有扈氏			又 P2533		又	ナ								ナ	ナ	ナ		ナ	甘誓
嗟予有眾聖有謨訓			又 P2533 ナ P3752		又	ナ								ナ	ナ	ナ		ナ	胤征
有夏多罪天命殛之今爾有众					又	ナ								ナ	ナ			ナ	湯誓

惟朕以懌萬世有辭		大 和闐本.		ナ							ナ	太甲上
惟尹躬暨湯咸有一德〔註132〕	㇡ 上博1 緇衣3 ㇡ 郭店 緇衣5			大							ナ	咸有一德
乃敢大言汝有積德		ナ S11399	㞢	九					有		ナ	盤庚上
誕告用亶其有眾		ナ P3670	㞢	右		ナ	ナ				ナ	盤庚中
勳惟厥時有其善喪厥善矜其能		㞢 P2643 ナ P2516	ナ	尤	六						ナ	說命中
嗚呼西土有眾			㞢	㞢							ナ	泰誓中
我西土君子天有顯道		ナ S799	ナ	大							ナ	泰誓下
惟有道曾孫周王發		㞢 S799		ナ							ナ	武成
惟十有三祀			㞢	ナ							ナ	洪範
五皇極皇建其有極			ナ	ナ							ˇ	洪範
四夷咸賓無有遠邇畢獻方物				㞢b	六						ナ	旅獒
我先王亦永有依歸				㞢b	ナ						ナ	金縢
矧曰其有能格知天命					ナ						ナ	大誥
人有小罪非眚乃惟終					ナ		ナ	ナ			ナ	康誥
越曰我有師師司徒司馬司空尹旅				㞢	㇡		尢	九			ナ	梓材
矧曰其有能稽謀自天				㞢	大				才		ナ	召誥
惟王有成績					ナ						ナ	洛誥
大淫泆有辭										大	ナ	多士
罔非有辭于罰		㇡ 魏			大						ナ	多士

爾厥有幹有年于茲洛				ナ					ナ	多士
非天攸若時人丕則有愆		ハ P3767		ナ					ナ	無逸
在武丁時則有若甘盤	魏			ナ			ナ		ナ	君奭
矧曰其有能格	魏		又	ナ			ナ		ナ	君奭
非天庸釋有殷乃惟爾辟	魏	乂 S2074	又	ナ		✓	ナ		ナ	多方
克即宅曰三有俊	魏		又				ナ		ナ	立政
惟有司之牧夫			又	ナ			ナ		ナ	立政
有廢有興				ナ	又b		ナ		ナ	君陳
道有升降政由俗革			虎	ナ			ナ		ナ	畢命
昭乃辟之有乂				ナ			ナ		ナ	君牙
若古有訓			ナ	ナ			ナ		ナ	呂刑
越茲麗刑并制罔差有辭			乂	ナ			ナ		ナ	呂刑
汝則有大刑		太 P3871	ナ	ナ					ナ	費誓
我皇多有之		ナ P3871		ナ					大	秦誓
其心休休焉其如有容			ナ	ナ					大	秦誓

108、旬

「旬」字在傳鈔古文《尚書》有下列不同字形：

（1）旬汗4.50旬1旬2

《汗簡》錄古尚書「旬」字作：旬汗4.50，與《說文》古文旬同形，又錄石經作旬汗4.34，為此形訛變，勹訛為宀。《書古文訓》「旬」字作旬1，則旬說文古文之隸古定，又或隸古定訛作旬2，源自金文作旬王孫鐘。

（2）旬旬旬

內野本「旬」字作旬、足利本作旬、上圖本（影）作旬、皆旬汗4.50旬說文古文之隸古定訛變。

【傳鈔古文《尚書》「旬」字構形異同表】

傳抄古尚書文字 旬 [旬]汗4.50	戰國楚簡	石經	敦煌本	岩崎本	神田本b	九條本	島田本b	內野本	上圖本（元）	觀智院b	天理本	古梓堂b	足利本	上圖本（影）	上圖本（八）	古文尚書晁刻	書古文訓	尚書篇目
朞三百有六旬有六日								旬						旬	旬		旬	堯典
三旬苗民逆命																	旬	大禹謨
七旬有苗格																	旬	大禹謨
十旬弗反																	旬	五子之歌
服念五六日至于旬時																	旬	康誥

堯典	戰國楚簡	漢石經	魏石經	敦煌本 P3315		岩崎本	神田本	九條本	島田本	內野本	上圖本（元）	觀智院	天理本	古梓堂	足利本	上圖本（影）	上圖本（八）	晁刻古文尚書	書古文訓	唐石經
以閏月定四時成歲				定…歲					呂閏月定三告咸哉							呂閏月定四告成哉	以閏月定四時成歲	呂閏月定四時成歲	呂閏月定四告咸哉	歲 呂閏月正三告咸哉

109、閏

「閏」字在傳鈔古文《尚書》有下列不同字形：

（1）闰閏

「閏」字，上圖本（影）作闰、上圖本（八）作閏，从「門」之草化。

【傳鈔古文《尚書》「閏」字構形異同表】

閏	戰國楚簡	石經	敦煌本	岩崎本	神田本b	九條本	島田本b	內野本	上圖（元）觀智院b	天理本	古梓堂b	足利本	上圖本（影）	上圖本（八）	古文尚書晁刻	書古文訓	尚書篇目
以閏月定四時成歲													閏	閏			堯典

110、定

「以閏月定四時成歲」，「定」字《史記‧五帝本紀》作「正」，《白虎通》、《漢書‧律曆志》、《公羊傳》俱作「定」《爾雅》：「定，正也」，《困學紀聞》引晁景迂云：「古文『定』作『正』，開元誤作『定』。」《撰異》按云晁氏所謂古文即宋次道、王仲至家之古文尚書，《書古文訓》承之作「正」，此乃竊用《史記》作「正」，而「衛賈馬鄭本自作『定』，言『定』則『正』在其中云。」（卷1.35）唐寫敦煌本《經典釋文‧堯典》P3315「定」字作**宅**，下云：「如字，古文作**走**，說文以**走**為古文正字也。」日古寫本亦作「定」。

敦煌本《經典釋文‧堯典》P3315 云「定」字古文作**走**，即《說文》古文正**正**，《古文四聲韻》錄《汗簡》「定」字作**宅**四4.36**宅**四4.36，後者與此同，此即春秋以後器銘「正」字作**正**陳子子匜**正**欒書缶**正**郘公華鐘之形。然「定」字金文作**宅**伯定盉**宅**衛盉**宅**五祀衛鼎，**宅**蔡侯鐘**宅**秦王鐘**宅**中山王鼎**宅**中山王壺，春秋以後宀下或從古文正，侯馬盟書作**宅**侯馬200.34**宅**侯馬200.26**宅**侯馬77.11**宅**侯馬88.4或省作**宅**侯馬198.12**宅**侯馬16.15等形，戰國楚簡作**宅**包山165**宅**郭店.老甲14，均未見「定」字省作《說文》古文正**正**之形，是敦煌本《經典釋文‧堯典》P3315云「定」字古文作**走**，應是借「正」為「定」，二字形似易訛且同義疊韻。

「定」字在傳鈔古文《尚書》有下列不同字形：

（1）定：**宅定**

敦煌本《經典釋文‧堯典》P3315 云「定」字作**宅**，《書古文訓》〈胤征〉「聖有謨訓明徵定保」、〈泰誓中〉「立定厥功惟克永世」「定」字作**定**，皆篆文之隸定，末筆隸定與今楷書不同。

（2）**正**

《書古文訓》除上述二處外，「定」字皆作**正**，敦煌本《經典釋文‧堯典》P3315云「定」字古文作**走**，《古文四聲韻》錄《汗簡》「定」字亦有作**正**四4.36，

然此即《說文》古文正[形]，應是借「正」爲「定」。

（3）定1　[定]2　宀3

尚書敦煌本 P3752、P2516、S799、P2748、岩崎本、神田本、島田本、九條本、觀智院本、上圖本（元）、上圖本（影）、上圖本（八）「定」字或作定1形，从宀从之，「之」爲「止」之誤，上圖本（八）「定」字或寫作[定]定2形，或省作宀3形。

【傳鈔古文《尚書》「定」字構形異同表】

定	戰國楚簡	石經	敦煌本	岩崎本	神田本b	九條本b	島田本b	內野本	上圖本（元）	觀智院b	天理本	古梓堂b	足利本	上圖本（影）	上圖本（八）	古文尚書晁刻	書古文訓	尚書篇目
以閏月定四時成歲			定 P3315												宀		正	堯典
震澤底定篠簜既敷			定												定		正	禹貢
聖有謨訓明徵定保			定 P3752	定											定		定	胤征
安定厥邦				定											定		正	盤庚中
罔有定極			定 P2516	定					定						定		正	盤庚下
立定厥功惟克永世				定b													定	泰誓中
天下大定			定 S799														正	武成
用能定爾子孫于下地							定b										正	金縢
定辟矧汝剛制于酒						定												酒誥
王如弗敢及天基命定命														定	定		正	洛誥
公既定宅伻來			定 P2748												定		正	洛誥
未定于宗禮			定 P2748														正	洛誥
王曰公定予往已			定 P2748											定	定		正	洛誥

								之_b	叏	疋	康王之誥
畢協賞罰戡定厥功											
惟周公左右先王綏定厥家									叏	疋	畢命

111、歲

「歲」字甲骨文象戌（鉞）形而加二點：𣥦鐵 80.4 𣥐前 5.4.7 𣥐前 8.15.1 𣥦後 2.15.6 𣥦佚 309，二點又變作「步」：𣥠明 2235，金文亦同作：𣥦利簋 𣥦䏘鼎 𣥦毛公鼎 𣥦國差𦉢 𣥦陳章壺 𣥦陳猷釜 𣥦子禾子釜等形，戌形訛變成「戈」，如𤱍為甫人盨、或「戉」，如𣥦公子土斧壺。

「歲」字在傳鈔古文《尚書》有下列不同字形：

（1）𣥦汗 5.68 𣥦 𣥦四 4.14 𣥦六 275 𣥦₁ 𣥦₂ 𣥦₃ 𣥦₄

《汗簡》、《古文四聲韻》、《訂正六書通》錄古尚書「歲」字作：𣥦汗 5.68 𣥦 𣥦四 4.14 𣥦六 275，𣥦 𣥦四 4.14 二形左下皆𣥠之訛變，皆源自甲金文「歲」字（𣥦𣥦），然所从戌形已訛變成「戈」，與𤱍為甫人盨同形。

敦煌本 P2643「歲」字作𣥦₁、《書古文訓》作𣥦₂ 𣥦₃，與傳鈔古尚書「歲」字𣥦汗 5.68 𣥦四 4.14 𣥦六 275 形，皆源自𤱍為甫人盨之形，𣥦₁ 𣥦₃ 左下𣥠上多一短橫。敦煌本《經典釋文‧堯典》P3315「歲」字作𣥦₄ 云「古歲字」，與此類同，惟「步」上之「止」形已漸訛而略像「山」。

（2）𣥦₁ 𣥦₂

岩崎本、島田本「歲」字分別作𣥦₁ 𣥦₂，是𣥦汗 5.68 形而「步」上之「止」形訛成「山」，其下「𣥠」訛似「少」，而與《古文四聲韻》錄𣥦四 4.14 崔希裕纂古同形。

（3）𣥦₁ 𣥦₂ 𣥦₃

內野本、足利本、上圖本（影）、上圖本（八）「歲」字多作𣥦₁ 形，是承自敦煌本《經典釋文‧堯典》P3315「歲」字作（1）𣥦₄，其「步」上之「止」𣥦₁ 形已訛成「山」，「戈」形上短橫與「山」合書而消失，或作𣥦₂ 則已消失上短橫的「戈」形移至右，上圖（元）有作𣥦₃「戈」形則完整於「山」下。𣥦₁ 𣥦₂ 𣥦₃ 左下之「火」、「父」如�和₄ 左下由𣥠訛變，𣥦₁ 𣥦₂ �和₃ 形亦承自傳抄古文作𣥦汗 5.68 �四 4.14 等形，源自六國古文𤱍為甫人盨。

（4）𣥠汗 **1.7**

《汗簡》錄古尚書「歲」字有作：𣥠汗 **1.7**，乃甲金文「歲」字（戉戉）所從戊形訛變成「戌」，與𢦏公子土斧壺類同，而「步」移至左側。

（5）歲**1**歲**2**歲**3**

敦煌本 P2533、九條本、上圖本（八）「歲」字分別有作歲**1**歲**2**歲**3**形，戈形變作戌形，所從部件類同於《汗簡》錄古尚書作：𣥠汗 **1.7**，惟「步」在「戌」中，源自𢦏公子土斧壺，「步」上之「止」移至「戌」上，爲《說文》篆文「歲」隸定之形，歲**2**歲**3**「少」訛似「小」。

（6）歲歲歲**1**歲**2**歲**3**歲**4**

敦煌本 P2516、P2748「歲」字作歲**1**，足利本、上圖本（八）或作歲歲**1**，「止」訛作「山」，「戌」之二橫畫與「少」所訛似「小」相結合，寫似「示」，歲歲**1**「戌」形離析，上圖本（影）或作歲**2**，「戌」形清楚，而多一短橫。足利本或作歲**3**，「戌」形內短橫與「少」訛變形合書似「干」，上圖本（影）或作歲**4**亦類此而訛似「夫」。

（7）𡵲：𡵲

足利本「歲」字有作𡵲，與《古文四聲韻》錄𡵲四 **4.14** 崔希裕纂古同形，「山」爲「止」之訛，「＝」疑爲省略符號，類同「姦」字作「𡚩」。

（8）𡳿

上圖本（八）「歲」字有作𡳿，其上乃「止」變作「山」與「戈」合書且上移，形訛似「此」，「少」形爲「步」下「少」形之變，𡳿當爲（2）歲**1**歲**2**形訛變。

【傳鈔古文《尚書》「歲」字構形異同表】

歲	傳抄古尚書文字　　𣥠汗 1.7　𡵲汗 5.68　𣥠歲四 4.14　𣥠六 275	戰國楚簡	石經	敦煌本	岩崎本	神田本b	九條本	島田本b	內野本	上圖本（元）	觀智院b	天理本	古梓堂b	足利本	上圖本（影）	上圖本（八）	古文尚書晁刻	書古文訓	尚書篇目
	以閏月定四時成歲			歲 P3315			歲							歲	歲	歲		歲	堯典
	歲二月東巡守			歲			歲							歲	歲	歲		歲	舜典

每歲孟春遒人以木鐸徇於路 P2533 P3752	歲	戉			戉	嵗	戉		歲	胤征
若歲大旱 P2643 P2516	戉		歲	戉	歲	歲	歲		歲	說命上
四五紀一日歲二日月三日日		歲b	戉		歲	歲	歲		歲	洪範
日王省惟歲卿士惟月		歲b	戉		屵	歲	歲		歲	洪範
歲則大熟		戉b	戉		歲	歲	歲		歲	金縢
戊辰王在新邑烝祭歲 P2748	歲		歲		歲	歲	歲		歲	洛誥

堯典	戰國楚簡	漢石經	魏石經	敦煌本 P3315			岩崎本	神田本	九條本	島田本	內野本	上圖本（元）	觀智院	天理本	古梓堂	足利本	上圖本（影）	上圖本（八）	晁刻古文尚書	書古文訓	唐石經
允釐百工庶績咸熙				允釐百工庶績咸熙（釋文）							允釐百工庶績咸熙					允釐百工庶績咸熙	允釐百工庶績咸熙	允釐百工庶績咸熙	允釐百工庶績咸熙	允釐百工庶績咸熙	允釐百工庶績咸熙

112、釐

「允釐百工」，《史記‧五帝本紀》作「信飭百官」徐廣曰：「飭，古勑字」「勑」从來母讀，「釐」字敦煌本《經典釋文‧堯典》P3315 作「釐」，亦从來得聲，下云「本亦作釐（釐），力之反，理也。」魏封孔羨碑作釐（釐），此形則釐省作釐，《集韻》「釐同釐」，唐石經尚書作釐，與釐（釐）為「釐」之訛變，左上皆「來」之變。

「釐」字金文作：釐班簋釐師酉簋釐善夫克鼎釐師兌簋釐彔伯簋，此即「釐」字所本，或左上釐變作「未」：釐秦公簋釐秦公鎛，是《說文》篆文所源；或省作釐芮伯壺釐釐鼎釐釐鼎，為郭店楚簡作釐 郭店.太一 8 釐郭店.尊德 33 釐郭店.尊德

39、中原文物 1999.3 等所本；即傳鈔之《汗簡》《古文四聲韻》《訂正六書通》錄古尚書「龏」字作：四 1.20 汗 6.74 六 29 所承。

「龏」字在傳鈔古文《尚書》有下列不同字形：

（1）龏：1 2 3

「龏」字敦煌本《經典釋文‧堯典》P3315 作1，敦煌本 P5557 作2，《書古文訓》皆作3，與戰國古文郭店.太一 8 郭店.尊德 33 郭店.尊德 39、中原文物 1999.3 等同形，从來得聲，源自「龏」字金文作：芮伯壺 龏鼎 龏鼎，由師酉簋 善夫克鼎等省作。

（2）窐：汗 6.74 四 1.20 六 29

《汗簡》、《古文四聲韻》、《訂正六書通》錄古尚書「龏」字作：汗 6.74 四 1.20 六 29 即陳肪簋「龏」字之形，从宀从龏，應亦从來得聲。

（3）1 2 3 4

敦煌本 P2630、九條本「龏」字分別作1，从敕从厘，敦煌本 S2074、岩崎本「龏」字分別作2，从勑从厘，从敕變作从勑，皆源自金文師酉簋 善夫克鼎 師兌簋 象伯簋等形。內野本、足利本、上圖本（影）、上圖本（八）字「龏」字皆作3 形，或稍訛作4，此形與唐石經尚書作同形而稍變，爲「龏」之訛變，左上「來」變作「来」，又變作似「牙」形（3）、「禾」形（4）。

【傳鈔古文《尚書》「龏」字構形異同表】

傳抄古尚書文字 龏 汗 6.74 四 1.20 六 29		戰國楚簡	石經	敦煌本	岩崎本	神田本 b	九條本	島田本 b	內野本	上圖（元）	觀智院 b	天理本	古梓堂 b	足利本	上圖本（影）	上圖本（八）	古文尚書晁刻	書古文訓	尚書篇目
允龏百工				P3315															堯典
龏降二女于嬀汭																			堯典
帝龏下土方設居方別生分類				P3315															舜典
湯始居亳從先王居作帝告龏沃				P5557															胤征

亦越成湯陟丕釐上帝之耿命	S2074 P2630	釐 釐		釐 釐 釐	釐	立政
以成周之衆命畢公保釐東郊		釐	釐	釐 釐 釐	釐	畢命

113、工

「工」字在傳鈔古文《尚書》有下列不同字形：

（1）珡

《書古文訓》「工」字或作珡，為《說文》古文作珡之隸古定，彡為飾筆，右移成左右形構。魏三體石經〈無逸〉「即康功田功徽柔懿恭」「功」字古文作珡，乃借「工」為「功」，亦與此同形。

（2）玊

《書古文訓》「工」字或作玊，與玊漢印徵玊曹全碑等隸書形體同。

【傳鈔古文《尚書》「工」字構形異同表】

工	戰國楚簡	石經	敦煌本	岩崎本	神田本b	九條本	島田本b	內野本	上圖（元）	觀智院b	天理本	古梓堂b	足利本	上圖本（影）	上圖本（八）	古文尚書晁刻	書古文訓	尚書篇目
庶績咸熙																	玊	堯典
都共工方鳩僝功																	珡	堯典
流共工于幽州																	玊	舜典
疇若予工僉曰垂哉																	工	舜典
百僚師師百工惟時																	工	皋陶謨
無曠庶官天工人其代之																	珡	皋陶謨
工以納言																	玊	益稷
各迪有功苗頑弗即工																	玊	益稷
百工熙哉																	玊	益稷
惟亞惟服宗工																	工	酒誥

越獻臣百宗工												𢀪	酒誥
惟工乃湎于酒												𢀪	酒誥
予齊百工伻從王于周												工	洛誥
乃汝其悉自教工												工	洛誥
惟以在周工往新邑												工	洛誥
惟周公位冢宰正百工												工	蔡仲之命

114、庶

「庶績咸熙」,《史記・五帝本紀》作「眾功皆興」,敦煌本《經典釋文・堯典》P3315 作「庶」,下云「古庶字,眾也。」

「庶」字甲骨文作:𤇡珠 979 𤇡京津 2674 𢉖周甲 153,金文作:𢉖矢簋 𢉖盂鼎 𢉖毛公鼎 𢉖伯庶父簋 𤆎沈兒鐘 𤆏蔡侯鐘 𤆏中山王鼎 𢉖郘公華鐘,其下皆从火,由𢉖矢簋 𢉖毛公鼎等所从「火」形漸訛作「土」,如:𢉖伯庶父簋 𢉖子仲匜等。

「庶」字在傳鈔古文《尚書》有下列不同字形:

（1）𢉖魏品式:𢉖1 𢉖𢉖2 𢉖3 𢉖𢉖4 𢉖5 𢉖𢉖6 𢉖𢉖𢉖𢉖7

魏品式石經〈咎繇謨〉「庶」字古文作𢉖,當源自𢉖伯庶父簋 𢉖子仲匜等形之繁化,由𢉖矢簋 𢉖毛公鼎等形演變,其下所从「火」漸訛作似「土」形,𢉖魏品式則其下繁化从二火而訛變,《汗簡》錄石經作𢉖汗 4.51 即从二火,錄古孝經作𢉖汗 4.51 則下訛作「土」。

《書古文訓》「庶」字或作𢉖1,為𢉖魏品式之隸古定,餘形皆从「厂」,如或作𢉖𢉖2,𢉖魏品式內▼形《書古文訓》或變作艹,作𢉖3,又訛變作𢉖𢉖4 𢉖5 𢉖𢉖6 等形,或訛省作𢉖𢉖𢉖𢉖7 形。

（2）𤇡郭店緇衣 40 𢉖𢉖𢉖1 𢉖𢉖2 𢉖庶3 𤆎𤆎𤆏4 𤆏5

郭店〈緇衣〉引〈君陳〉[註133]「庶」字作𤇡郭店緇衣 40,與《說文》篆文𢉖同形,此形从古文光,其下从火,源自金文𢉖伯庶父簋,與石鼓文作𤇡類

〔註133〕郭店〈緇衣〉39.40 引作〈君陳〉員:「出內自尓（爾）師于庶言同。」

　　　　上博〈緇衣〉20 引作〈君陳〉員:「出內自尓（爾）帀（師）雴庶言同。」

　　　　今本〈緇衣〉引〈君陳〉云:「出入自爾師虞,庶言同。」

同。《書古文訓》或作庶庶1，敦煌本 P5557 或作庶1，內野本或作庶庶2，皆為庶 說文篆文庶之隸定。敦煌本 P2748、P2630、足利本「庶」字或作庶庶3，為隸變之形，如漢簡作：庶老子乙前.148 下 庶武威簡.士相見 9 等。敦煌本《經典釋文‧堯典》P3315「庶」字作庶4，內野本、上圖本（八）或作庶庶4，其下「火」訛似「父」形；敦煌本 P2748、觀智院本或作庶庶5，下訛省作「乂」。

（3）庶 隸釋 庶庶1、庶2

《隸釋》存漢經尙書殘碑「庶」字作庶，庶 說文篆文庶之隸變作（1）庶庶3 形所從「灬」訛作「从」，敦煌本 S799、P3767、S2074、岩崎本、九條本、足利本、上圖本（影）、上圖本（八）亦多作庶庶1 形；上圖本（影）或訛作庶，上半訛似「鹿」字。

（4）庶 上博 1 緇衣 20

上博 1〈緇衣〉引〈君陳〉「庶」字作庶上博 1 緇衣 20，與戰國古璽作庶璽彙 3198 同形，古文「光」上加一短橫為飾筆，亦類同楚簡庶包山 258 庶九店 56.47。

（5）試：試

〈益稷〉「明庶以功車服以庸」內野本、足利本、上圖本（影）、上圖本（八）「庶」字皆作「試」，《書古文訓》與今本同作「庶」（庶）字。阮元《校勘記》云「庶」古本作「試」，《正義》作「庶」，《左傳》僖公二十七年引夏書曰「賦納以言明試以功車服以庸」疏云：「此古文虞書益稷之篇，古文作『敷納以言明庶以功』，『敷』作『賦』、『庶』作『試』」，又按云「王符《潛夫論》引亦作『試』正與左氏合」，日古寫本皆作「試」可證古文尙書此處應即作「試」。

【傳鈔古文《尚書》「庶」字構形異同表】

庶	戰國楚簡	石經	敦煌本	岩崎本	神田本b	九條本b 島田本b	內野本	上圖本（元）	觀智院b	天理本b	古梓堂b	足利本	上圖本（影）	上圖本（八）	古文尚書晁刻	書古文訓	尚書篇目
庶績咸熙			庶 P3315				庶					庶	庶	庶		庶	堯典
三考黜陟幽明庶績咸熙							庶					庶		庶		庶	舜典
惟茲臣庶罔或干予正			庶 S5745									庶	庶	庶		庶	大禹謨

尚書文句	出土文獻			傳鈔古文				今本	篇名
庶績其凝無教逸欲有邦	▣〔魏品〕			庶		庶 庶 庶		歷	皋陶謨
暨益奏庶鮮食				庶		庶 庶 庶		歷	益稷
庶艱食鮮食				庶		庶 庶 庶		歷	益稷
欽四鄰庶頑讒說				庶		庶 庶 庶		歷	益稷
明庶以功車服以庸				試		試 試 試		歷	益稷
庶尹允諧	庶〔P3605.P3615〕			庶		庶 庶 庶		庶	益稷
六府孔修庶土交正	庶〔P2533〕	庶	庶		庶 庶 庶			歷	禹貢
瞽奏鼓瞽夫馳庶人走	庶〔P2533〕庶〔P5557〕	庶	庶		庶 庶 庶			歷	胤征
格爾眾庶悉聽朕言			庶 庶		庶 庶 庶			庶	湯誓
惟治亂在庶官	庶〔P2643〕庶〔P2516〕	庶	庶 庶		庶 庶		庶	說命中
旁招俊乂列于庶位	庶〔P2643〕庶〔P2516〕	庶	庶 庶		庶 庶 庶		歷	說命下
越我御事庶士		庶	庶		庶 庶 庶		歷	泰誓上
庶邦冢君	庶〔S799〕	庶	庶		庶 庶 庶		歷	武成
謀及卿士謀及庶人	庶〔隸釋〕	庶	庶		庶 庶 庶		歷	洪範
越尹氏庶士御事					庶 庶 庶			歷	大誥
矧惟外庶子訓人			庶		庶 庶 庶			歷	康誥
厥誥毖庶邦庶士			庶 庶		庶 庶 庶			歷	酒誥
無彝酒越庶國飲								歷	酒誥
越庶伯君子								歷	酒誥
封以厥庶民			庶 庶		庶 庶 庶			歷	梓材
太保乃以庶殷			庶 庶		庶 庶 庶			歷	召誥

傳世本文句									篇目
予惟曰庶有事		庶 P2748		庶		庶庶	庶	歷	洛誥
能保惠于庶民		庶 P2748		庶		庶庶	庶	歷	無逸
以庶邦惟正之供		庶 P3767 庶 P2748		庶		庶庶	庶	歷	無逸
誥庶邦作多方		庶 S2074	庶 庶			庶 庶	庶	屍	多方
乃惟庶習逸德之人		庶 S2074 庶 P2630	庶 庶			庶 庶	庶	屍	立政
百司庶府		庶 S2074				庶 庶	庶	屍	立政
庶獄庶慎			庶			庶 庶	庶	屍	立政
庶獄庶慎			庶	庶		庶 庶	庶	屍	立政
庶政惟和萬國咸寧				庶		庶	庶	屍	周官
推賢讓能庶官乃和				庶	庶b	庶 庶	庶	屍	周官
出入自爾師虞庶言同則繹〔註134〕	庶 上博1 緇衣20 庶 郭店.緇衣40			庶	庶b	庶 庶	庶	屍	君陳
安勸小大庶邦				庶	庶b	庶 庶	庶	屍	顧命
庶邦侯甸男衛				庶	庶b	庶 庶	庶	庶	康王之誥
虐威庶戮			庶	庶		庶 庶	庶	屍	呂刑
惟府辜功報以庶尤			庶	庶		庶 庶	庶	歷	呂刑
天罰不極庶民			庶	庶		庶 庶	庶	屍	呂刑

〔註134〕郭店〈緇衣〉39.40引作〈君陳〉員:「出內自尔(爾)師于庶言同。」

　　　上博〈緇衣〉20引作〈君陳〉員:「出內自尔(爾)帀(師)雩庶言同。」

　　　今本〈緇衣〉引〈君陳〉云:「出入自爾師虞,庶言同。」

115、績

「績」字在傳鈔古文《尚書》有下列不同字形：

（1）賡： 汗 6.80 績.尚書.說文

《汗簡》錄古尚書、說文「績」字作 汗 6.80，《古文四聲韻》則錄於「續」字下，作： 四 5.6 續.說文，黃錫全〔註135〕以爲 汗 6.80 績.尚書.說文，「績」乃「續」寫誤。按 汗 6.80 四 5.6 形與从庚从貝之「賡」字同形，《說文》作 ，以爲「續」字古文，甲骨文作 後 2.21.15、戰國作： 陶彙 3.981 陶彙 3.1175，李孝定以爲「『賡』與『續』同義耳，非一字也……賡从庚聲，得有續義者，亦由假借爲『更』得之，更迭則有相續之義也」。〔註136〕

《汗簡》「續」字 汗 6.75 義雲章《古文四聲韻》「續」字下錄： 四 5.6 義雲章 四 5.6 說文二形， 四 5.6 義雲章與 汗 6.75 義雲章同，其左應从「責」（ ），訛自 陶彙 3.1175 郭店.太一 9 與「賡」（ 四 5.6）相近故誤入「續」下，如下文 績 5 績 6 績 7 偏旁「責」與「賡」（ 四 5.6）亦略訛近。是古文尚書「續」字因其偏旁「責」與「續」之古文「賡」相訛混，又「績」「賡」韻近可相借用，故「績」字有作「續」，「續」亦有作「績」者。

（2）績：績 1 績 2 績 3 績 4 績 5 績 6 績 7

《書古文訓》「績」字或作績 1，「責」字金文作： 旂作父戊鼎 缶鼎 兮甲盤 秦公簋，績 1 右偏旁「責」字即源自於此，爲《說文》篆文之隸古定，束形之直筆未下貫，戰國楚簡則作： 郭店.太一 9 包山 98，《書古文訓》又或作績 2 績 3 績 4，束形訛似屮形。《書古文訓》或作績 5，右形似「寶」，徐在國以爲當源於秦簡 睡虎地 25.41、漢帛書 老子甲後 337 等形。〔註137〕《汗簡》「續」字有作「勣」 汗 6.75 義雲章，《古文四聲韻》則錄於「續」字下，作 四 5.6 義雲章，績 5 右形或訛自此形，《書古文訓》又或作績 6 績 7，爲績 5 形再變。

（3）績：績 1 績 2

〈文侯之命〉「嗚呼有績予一人永綏在位」上圖本（影）「績」字作「續」績 1，內野本作績 2 但由其塗改之跡可推知原亦作「續」，當是「績」字偏旁「責」

〔註135〕黃錫全，《汗簡注釋》，武漢：武漢大學出版社，1993，頁 489。

〔註136〕說見：李孝定，《甲骨文字集釋》，台北：中研院史語所，1991，頁 4271～4272。

〔註137〕說見：徐在國，《隸定古文疏證》，合肥：安徽大學出版社，2002，頁 270。

秦公簋與「績」之古文「賣」[賣]說文古文績形近相訛混，又「績」「賣」韻近，故有作「績」字。「績」「績」二字形漢碑亦見訛近，如《隸辨》「績」字下錄[績]度尚碑「△莫匪嘉」[績]楊統碑「考△丕論」，按云「即『績』字，字原誤釋作『績』」，又郙閣頌借「績」為「績」，「績」字作[績]郙閣頌「經紀厥△」，《隸釋》云：「以厥績為厥績」，《隸辨》按云「書堯典『九載績用弗成』古文尚書作『績』，穀梁傳『伯尊其無績乎』釋文云『績本又作績』績與績古或借用」。

【傳鈔古文《尚書》「績」字構形異同表】

績	戰國楚簡	石經	敦煌本	岩崎本 神田本b	九條本 島田本b	內野本	上圖（元） 觀智院b	天理本 古梓堂b	足利本	上圖本（影）	上圖本（八）	古文尚書晁刻	書古文訓	尚書篇目
允釐百工庶績咸熙													績	堯典
九載績用弗成													績	堯典
乃言底可績													績	舜典
惟時亮天功三載考績													績	舜典
庶績咸熙													績	舜典
予懋乃德嘉乃丕績													績	大禹謨
庶績其凝													績	皋陶謨
既修太原至于岳陽覃懷底績													績	禹貢
沱潛既道蔡蒙旅平和夷底績													績	禹貢
原隰底績至于豬野							績						績	禹貢
夏師敗績湯遂從之遂伐三朡													績	湯誓
嘉績于朕邦				績 P2643 績 P2516									績	盤庚下
惟王有成績													績	洛誥
終以困窮懋乃攸績													績	蔡仲之命

嘉績多于先王										纘	畢命
服勞王家厥有成績										績	君牙
嗚呼有績予一人					績			續		績	文侯之命

116、熙

「熙」字在傳鈔古文《尚書》有下列不同字形：

（1）熙熙：🔥汗4.55 🔥四1.21 熙1 熙2 熙3

《汗簡》、《古文四聲韻》錄古尚書「熙」字作：🔥汗4.55 🔥四1.21，與《說文》篆文同，內野本、足利本、上圖本（影）、上圖本（八）或作熙1，為此形隸定俗寫，足利本、上圖本（影）、上圖本（八）或訛作熙2，九條本或訛作熙。

（2）熙：熙 熙1 熙2

敦煌本《經典釋文·堯典》P3315「熙」字作熙1，云「古文熙字，許其反，廣也，馬云興也。」《書古文訓》「熙」字皆作熙1，內野本、足利本、上圖本（影）或作此形，其上皆從「巸」字古文「㠯」，與傳抄古尚書「熙」字🔥汗4.55 🔥四1.21類同。敦煌本 S2074「熙」字作熙2，乃「熙」所從「火」訛作「大」，上圖本（影）、上圖本（八）亦或作此形，敦煌本 P3605.3615 作熙1，可見由「火」訛作「大」之跡。

（3）巸：🐚四1.21 🐚巸.汗5.65

《古文四聲韻》錄古尚書「熙」字又作🐚四1.21，《汗簡》則錄古尚書「巸」字作🐚巸.汗5.65，與此同形，《說文》「巸」字古文從戶作「㠯」，「戶」乃巳之訛，源自「巸」字金文作🔲齊侯敦 🔲齊侯匜 🔲爭弔匜 🔲邾王子鐘 🔲高奴權。「熙」為「巸」之後起字，古相通用，如齊侯敦「它它巸巸」「巸巸」即「熙熙」

（4）巸

內野本、上圖本（八）「熙」字或作巸，為「巸」字古文「㠯」，「巸」（㠯）、「熙」古今字。

【傳鈔古文《尚書》「熙」字構形異同表】

尚書篇目	書古文訓	古文尚書晁刻	上圖本(八)	上圖本(影)	足利本	古梓堂本b	天理本b	觀智院b	上圖本(元)	內野本	島田本b	九條本	神田本b	岩崎本b	敦煌本	石經	戰國楚簡	傳抄古尚書文字 熙（炗汗4.55・炘汗5.65・炗四1.21）
堯典	炗	炗	炗	炗						炗						炗 P3315			允釐百工庶績咸熙
舜典	炗		熙	照							熙								熙帝之載使宅百揆
舜典	炗																		三考黜陟幽明庶績咸熙
大禹謨	炗	熙	熙	熙							熙								百志惟熙
益稷	炗	炗	炗	炗							炗						炗 P3605.P3615		百工熙哉
多方	炗	㕜	熙	熙						㕜	熙					熙			爾曷不惠王熙天之命

唐石經	書古文訓	晁刻古文尚書	上圖本(八)	上圖本(影)	足利本	古梓堂	天理本	觀智院	上圖本(元)	內野本	島田本	九條本	神田本	岩崎本	敦煌本 P3315	魏石經	漢石經	戰國楚簡	堯典
日疇咨若時登庸	缺	帝曰疇咨若時登庸	帝曰疇咨若時登庸	帝曰疇咨若當登庸					帝曰疇咨若皆登庸						登庸				帝曰疇咨若時登庸

117、疇

「疇咨」，皮錫瑞《考證》引漢劉寬碑、魏元丕碑、吳谷朗碑、《後漢書·崔駰傳》崔篆〈慰志賦〉皆作「酬咨」，「酬」為「疇」之假借。

敦煌本《經典釋文·堯典》P3315「疇」字作𧮫，從口（𦥯），下云：「古疇字，誰也。」《說文》白部「𦥯，詞也，從白𠃬聲，𠃬與疇同。虞書『帝曰𦥯咨』」段注以為壁中古文作𦥯，《爾雅·釋詁》「疇，誰也」，「疇」為今字，漢人多假「疇」訓誰。又《說文》口部「𠸶，誰也，從口𠃬又聲，𠃬古文疇。」段注謂此篆有誤，當正為𠸶「從口𠃬聲」。是漢人假借「疇」字為𠸶（𦥯），𠸶（𦥯）

爲訓「誰」之本字，《說文》引尚書作〔疇〕，亦「〔疇〕」（〔疇〕）之假借。

「疇」字在傳鈔古文《尚書》有下列不同字形：

（1）〔疇〕：〔字〕四 2.24〔字〕汗 6.82〔字〕六 145〔字〕1〔字〕2

《汗簡》、《古文四聲韻》、《訂正六書通》錄古尚書「疇」字作：〔字〕四 2.24〔字〕汗 6.82〔字〕六 145，與《說文》古文疇或省〔字〕類同，《書古文訓》或作傳抄古尚書「疇」字之隸古定作〔字〕1，或作《說文》古文字形〔字〕2。

（2）〔疇〕：〔字〕1〔字〕2〔字〕3〔字〕4〔字〕〔字〕5〔字〕〔字〕6〔字〕〔字〕〔字〕〔字〕7

《書古文訓》「疇」字或作〔字〕1，亦即《說文》訓「誰也」之本字，口部「〔疇〕」，段注云當正爲「〔疇〕」，敦煌本《經典釋文·堯典》P3315「疇」字作〔字〕2 下云：「古疇字，誰也。」此即「〔疇〕」之隸古定形。其上或訛作「丑」，如內野本或作〔字〕2、足利本、上圖本（影）或作〔字〕6，「丑」之下筆與下形共書，如足利本、上圖本（影）或作〔字〕6；足利本、上圖本（影）或訛作〔字〕4；內野本或訛作〔字〕4，其下或再訛似「馬」作〔字〕5〔字〕〔字〕6。敦煌本 2516 訛作〔字〕7，岩崎本或訛作〔字〕7，九條本或訛作〔字〕7，上圖本（元）或訛作〔字〕7，皆「〔疇〕」隸古定作〔字〕1 之訛變。

（3）疇：〔字〕1〔字〕2

上圖本（八）、足利本、上圖本（影）「疇」字或省變作〔字〕1〔字〕2

（4）〔字〕1〔字〕2

內野本「疇」字或作〔字〕1，右從「〔疇〕」之隸古訛變，其下「口」訛作「一」。岩崎本或作〔字〕2，當是由從田從〔疇〕之形訛誤。

（5）彝：〔字〕

岩崎本〈洪範〉「不畀洪範九疇」「疇」字或作「彝」〔字〕，疑（2）〔字〕2 上與「彝」上「互」形訛混而誤作。

【傳鈔古文《尚書》「疇」字構形異同表】

疇　傳抄古尚書文字〔字〕四 2.24〔字〕汗 6.82〔字〕六 145	戰國楚簡	石經	敦煌本	岩崎本	神田本b	九條本	島田本b	內野本	上圖（元）	觀智院b	天理本	古梓堂b	足利本	上圖本（影）	上圖本（八）	古文尚書晁刻	書古文訓	尚書篇目
帝曰疇咨若時登庸			〔字〕P3315											〔字〕	〔字〕			堯典
帝曰疇咨若予采																	〔字〕	堯典

篇名	唐石經	書古文訓	晁刻古文尚書	上圖本（八）	上圖本（影）	足利本	古梓堂	天理本	觀智院	上圖本（元）	內野本	島田本	九條本	神田本	岩崎本	敦煌本 P3315	魏石經	漢石經	戰國楚簡
舜典・亮采惠疇	疇	疇			時	疇													
舜典・疇若予工僉曰垂哉	疇	疇			誰 誰	疇													
舜典・疇若予上下草木鳥獸	疇	疇			疇 疇	疇													
五子之歌・萬姓仇予予將疇依	疇	疇			疇 疇	疇	誰 疇				P2533 疇								
說命上・疇敢不祇若王之休命	疇	疇	疇	疇 時	疇 疇	疇	疇 疇	疇	P2643 疇 P2516 疇										
洪範・不畀洪範九疇	疇	疇		疇 疇	疇	疇													
洪範・天乃錫禹洪範九疇	疇	疇		疇 疇 疇	疇	疇	疇												
酒誥・矧惟若疇圻父	疇	疇			時	疇	疇 疇												

堯典	戰國楚簡	漢石經	魏石經	敦煌本 P3315		岩崎本	神田本	九條本	島田本	內野本	上圖本（元）	觀智院	天理本	古梓堂	足利本	上圖本（影）	上圖本（八）	晁刻古文尚書	書古文訓	唐石經
放齊曰胤子朱啓明				放齊曰胤子朱啓明						放齊曰胤子朱啟明					放齊曰胤子朱啟明	放齊曰胤子朱啟明	放齊曰胤子朱啟明	放齊曰胤子朱啟明	缺	胤子朱啟明

118、齊

「齊」字甲骨文作：乙992、前2.15.3、明1749，金文作：齊且辛爵、齊史疐觶、齊卣、齊卣、魯司徒仲齊簠、魯司徒仲齊盤，又變作齊陳曼簠、陳侯因育錞、十年陳侯午錞、陳侯午錞、羌鐘、大廈鎬等形。

「齊」字在傳鈔古文《尚書》有下列不同字形：

（1）𡘊：𡘊汗 6.73 𡘊𡘊四 1.27 亦古史記𡘊𡘊𡘊₁𡘊₂𡘊₃𡘊₄�₅𣥏₆

敦煌本《經典釋文‧堯典》P3315「齊」字作𡘊，云「古齊字」，《玉篇》以「𡘊」爲古文，《汗簡》、《古文四聲韻》錄古尚書「齊」字作𡘊汗 6.73 𡘊𡘊四 1.27 亦古史記，源於金文𡘊齊陳曼簠 𡘊陳侯因𦞤錞 𡘊十年陳侯午錞 𡘊陳侯午錞等，與𡘊大𤔲鎬、楚簡𡘊包山 7 𡘊郭店.語叢 1.66 𡘊郭店.窮達 6、古璽𡘊璽彙 0608、古陶𡘊陶彙 3.1326 等類同。

敦煌本 P2643、S799、岩崎本、內野本、足利本、上圖本（影）、上圖本（八）、《書古文訓》「齊」字多作𡘊𡘊𡘊₁，爲傳抄古尚書「齊」字𡘊汗 6.73 𡘊𡘊四 1.27 亦古史記之隸定，《書古文訓》或作𡘊₂，爲此形之隸古。敦煌本 P3670「齊」字作𡘊₃，下從土，承自𡘊齊陳曼簠，與楚簡作𡘊包山 192 同形；內野本或作𡘊₄，下從三，訛自𡘊₁𡘊₂形。《書古文訓》「齊」字或作𣥏₅，源自甲金文作：𣥏前 2.15.3𣥏齊且辛爵𣥏魯司徒仲齊簠𣥏齊侯鼎，魏三體石經僖公「齊」字古文作𣥏；《書古文訓》又或作𣥏₆，係𣥏₅𣥏魏三體.僖公形其下訛作水。

（2）夲₁夲₂

足利本、上圖本（影）、上圖本（八）「齊」字或作夲₁夲₂，是「齊」字隸變俗作齊睡虎地.封診 66 形，而其上部省作「文」。

【傳鈔古文《尚書》「齊」字構形異同表】

齊 傳抄古尚書文字 𡘊汗 6.73 𡘊𡘊四 1.27 亦古史記	戰國楚簡	石經	敦煌本	岩崎本	神田本b 九條本	島田本b	內野本	上圖本（元）觀智院b 天理本	古梓堂b	足利本	上圖本（影）	上圖本（八）	古文尚書晁刻	書古文訓	尚書篇目
放齊曰胤子朱啓明			𡘊 P3315				𡘊			𡘊	𡘊	夲		缺	堯典
在璿璣玉衡以齊七政	𡘊漢						𡘊			𡘊	𡘊			𡘊	舜典
齊乃位度乃口			𡘊 P3670 𡘊 P2643				𡘊			𡘊	𡘊			𡘊	盤庚上
不愆于六步七步乃止齊焉			𡘊 S799			𡘊			夲	齊	𡘊		𣥏	牧誓
乃止齊焉勖哉			𡘊			𡘊			夲	齊	𡘊		𣥏	牧誓

嗚呼乃祖成湯克齊聖廣淵		金	金	育　育		金 (微子之命)
予齊百工伻從王于周 P2748	齊	金	育　育			金 (洛誥)

119、胤

「胤」字在傳鈔古文《尚書》有下列不同字形：

（1）胄

《書古文訓》「胤」字或作胄（避諱缺筆），爲《說文》古文作胤之隸古定，徐在國謂「疑胤是在𦎧形兩側加八，本作𦎧，後訛作胤」，〔註138〕其說可從。

（2）胤胤胤胤胤₁胤胤₂胤₃胤₅胤胤₆胤₇胤胤胤胤₈胤₉

敦煌本《經典釋文・堯典》P3315「胤」字作胤₁，下云「古文胤字，引信反，國名，馬云嗣也。」胤₁右訛从「刂」，中上作「幺」，「胤」字胤 P3315古文胤胤₁胤₃等中上作「厶」，是隸變之省作，如胤漢印徵胤魏封孔羨碑等中上之形，或又變作「古」（胤晉張朗碑），如上圖本（影）或作胤₃，上圖本（八）或作胤₇；內野本、足利本、上圖本（影）則中下「月」（肉）形或訛作「日」形作胤胤₂胤₈。

足利本、上圖本（影）等「胤」字或作胤胤₁，岩崎本、九條本、敦煌本 P2643、P3572、P25164 或作胤胤₁形，其左漸變似「彳」，敦煌本 P2748作胤₁形，變作从「彳」；敦煌本 P3752 或作胤₅形，變作从「彳」；上圖本或作胤₅形，變作从「氵」；內野本、九條本或作胤胤₆形，其左變似「夕」；上圖本（八）或作胤₇，變作从「弓」。上述諸形皆與漢碑作胤劉熊碑.胤晉張朗碑類同，其左形訛變，由𦎧變作、夕、彳、弓、氵，再變作彳、夕、弓形，其右乚形亦類同而變，如內野本、上圖本（八）作胤胤胤胤₈等形，上圖（元）或作胤₉，是𦎧劉熊碑訛作胤₈再訛變，其右訛从「巳」。以上諸形應源自中山王器𦎧壺而隸變。

（3）胄₁胤₂

〔註138〕說見：徐在國，《隸定古文疏證》，合肥：安徽大學出版社，2002，頁92。

《書古文訓》「胤」字或作㣎，爲避諱缺筆，敦煌本 P2533「胤」字作㣎，缺左筆，皆爲《說文》篆文㣎之隸定，源自金文作：㣎甲鼎 㣎甲盨 㣎秦公盨 㣎秦公鐘等。

【傳鈔古文《尚書》「胤」字構形異同表】

胤	戰國楚簡	石經	敦煌本	岩崎本	神田本b	九條本	島田本b	內野本	上圖（元）	觀智院b	天理本	古梓堂b	足利本	上圖本（影）	上圖本（八）	古文尚書晁刻	書古文訓	尚書篇目
放齊曰胤子朱啓明			㣎 P3315					㣎						㣎	㣎	㣎		缺	堯典
胤往征之作胤征			㣎 P2533 㣎 P3572			㣎	㣎								㣎	㣎		㣎	胤征
惟仲康肇位四海胤侯命掌六師			㣎 P2533 㣎 P3752			㣎	㣎								㣎	㣎		㣎	胤征
嗚呼王司敬民罔非天胤典祀無豐于昵		㣎	㣎 P2643 㣎 P2516			㣎	㣎							㣎	㣎	㣎		㣎	高宗肜日
予乃胤保大相東土			㣎 P2748				㣎							㣎	㣎	㣎		㣎	洛誥

120、子

「子」字在傳鈔古文《尚書》有下列不同字形：

（1）㣎汗6.80㣎四3.8㣎1

《汗簡》、《古文四聲韻》錄古尚書「子」字作：㣎汗6.80㣎四3.8，與《說文》古文「子」㣎同形，敦煌本《經典釋文·堯典》P3315「子」字作㣎下云「古文『子』」，《書古文訓》皆作㣎1，爲㣎形之隸古定，源自甲骨文「子」字或作：㣎乙1107 㣎後2.42.5。

（2）㣎汗3.42 㣎四3.8

《汗簡》、《古文四聲韻》錄古尚書「子」字又作：㣎汗3.42 㣎四3.8，與《說文》籀文作㣎同形，甲骨文「子」字或作㣎甲2911 㣎佚230 㣎後2.10.10 㣎後2.5.14，變作㣎鄴3下.38.3 㣎前3.10.2 㣎林1.15.6，金文變作㣎利盨㣎傳卣㣎召

伯簋等形，𦥑 汗 3.42 𦥑 四 3.8 𦥑 說文籀文子即源自此。

（3）𐤀 魏三體

魏三體石經〈君奭〉「子」字古文皆作𐤀，源自甲金文作 𐤀 甲 680 𐤀 菁 4.1 𐤀 前 7.14.2 𐤀 辛巳簋 𐤀 戌甫鼎，與 𐤀 令簋 𐤀 中山王兆域圖等同形。

【傳鈔古文《尚書》「子」字構形異同表】

子 傳抄古尚書文字 𐤀 汗6.80 𦥑 汗3.42 𦥑𦥑 四3.8	戰國楚簡	石經	敦煌本	岩崎本	神田本b	九條本	島田本b	內野本	上圖（元）	觀智院b	天理本	古梓堂b	足利本	上圖本（影）	上圖本（八）	古文尚書晁刻	書古文訓	尚書篇目
放齊曰胤子朱啓明			學 P3315														缺	堯典
嚚子父頑母嚚象傲																	學	堯典
夔命汝典樂教冑子			學 P3315														學	舜典
君子在野小人在位																	學	大禹謨
啓呱呱而泣予弗子																	學	益稷
惟人在我後嗣子孫大弗克恭上下		魏															學	君奭
在今予小子旦		魏															學	君奭
惟冒丕單稱德今在予小子旦		魏															學	君奭

121、朱

（1）絑 絑

《說文》糸部「絑，純赤也，虞書丹朱如此。」《撰異》以爲壁中故書作「絑」，孔安國以今文讀之易爲「朱」字，《書古文訓》此句缺，〈益稷〉「無若丹朱傲」「朱」字作絑，淮南泰族訓云：「雖有天下，而絑勿能統也。」注云：「絑，堯子也」「朱」亦作「絑」。

【傳鈔古文《尚書》「朱」字構形異同表】

朱	戰國楚簡	石經	敦煌本	岩崎本	神田本b	九條本	島田本b	內野本	上圖（元）	觀智院b	天理本	古梓堂b	足利本	上圖本（影）	上圖本（八）	古文尚書晃刻	書古文訓	尚書篇目
放齊曰胤子朱啓明																	缺	堯典
無若丹朱傲								朱									綠	益稷

122、啟

《說文》口部「启，開也，从戶从口」，《玉篇》引〈堯典〉作「允子朱启明」。「啟」字在傳鈔古文《尚書》有下列不同字形：

（1）启：戶汗 5.65 戶四 3.12 戶六 176 启启

《汗簡》、《古文四聲韻》、《訂正六書通》錄古尚書「啓」字作：戶汗 5.65 戶四 3.12 戶六 176，此形為「启」字。《汗簡箋正》謂「戶」字當作戶，戶汗 5.65 戶四 3.12 所从皆此形之訛，源自金文日（啓作文父辛尊）形。「启」「啓」古本同字，甲骨文作前 5.21.3 乙 825 甲 997，義與「啓」同，金文作亞啓父乙鼎啓作文父辛尊啓卣弔氏鐘召卣攸簋中山王鼎等形。

敦煌本《經典釋文・堯典》P3315 作启云：「古文啓字，開也。」敦煌本 P2533、《書古文訓》皆作「启」启、日古寫本「啓」字亦多作「启」。《汗簡箋正》謂「启」為開啓正字，《一切經音義》云「启，孔尚以為古文啓字」。

（2）稽：稽六 176

《訂正六書通》錄古尚書「啓」字又作：稽六 176，下云「古尚書『稽』通『啓』」，乃假音近「稽」字為「啓」，然其他傳抄、考古文獻均未見。

【傳鈔古文《尚書》「啟」字構形異同表】

啟 傳抄古尚書文字 戶汗 5.65 戶四 3.12 戶稽六 176	戰國楚簡	石經	敦煌本	岩崎本	神田本b	九條本	島田本b	內野本	上圖（元）	觀智院b	天理本	古梓堂b	足利本	上圖本（影）	上圖本（八）	古文尚書晃刻	書古文訓	尚書篇目
放齊曰胤子朱啓明			启 P3315					启					启	宄				堯典
啓呱呱而泣予弗子								启					啓	启				益稷

經文	敦煌本								唐石經	篇目
啟與有扈戰于甘之野	启 P2533	启	启		启	启	启		启	甘誓
旁求俊彥啟迪後人			启		启	启			启	太甲上
監于萬方啟迪有命			启		启	启			启	咸有一德
啟乃心沃朕心	启 P2643 / 启 P2516	启	启	启					启	說命上
有備無患無啟寵納侮	启 P2643 / 启 P2516	启	启	启					启	說命中
惟先王建邦啟土	启 S799	启	启				启		启	武成
吉啟籥見書乃并是吉		启	启				启		启	金縢
命微子啟代殷後作微子之命		启	启						启	微子之命
戕敗人宥王啟監厥亂爲民		启	启		启				启	梓材

堯典	戰國楚簡	漢石經	魏石經	敦煌本 P3315			岩崎本	神田本	九條本	島田本	內野本	上圖本（元）	觀智院	天理本	古梓堂	足利本	上圖本（影）	上圖本（八）	晁刻古文尚書	書古文訓	唐石經
帝曰吁嚚訟可乎				帝曰吁嚚訟可乎							帝曰吁嚚訟可乎						帝曰吁嚚訟可乎	帝曰吁嚚訟可乎	帝曰吁嚚訟可乎	帝曰吁嚚訟可乎	缺	帝曰吁嚚訟可乎

123、嚚

「嚚訟」，《史記・五帝本紀》作「頑凶」。

「嚚」字在傳鈔古文《尚書》有下列不同字形：

（1） 汗 1.10 四 1.32

《汗簡》、《古文四聲韻》錄古尚書「嚚」字又作： 汗 1.10 四 1.32，與《說文》古文嚚同形，《書古文訓》「父頑母嚚」「嚚」字作 ，爲此形之隸古定訛變，左右二口直筆相連訛似「𠂤」，字形內部上形相類化作从三「𠂤」。

（2） 汗 1.7 四 1.32 六 80

《汗簡》、《古文四聲韻》、《訂正六書通》錄古尚書「嚚」字作： 汗 1.7 四 1.32 六 80，即《說文》古文之省从吅，類同「嚚」字或省作「𧮰」。《汗簡箋正》以爲「古作，薛本『母嚚』字同，昍部錄之。此省从吅，當是『嚚訟』字如此，僞書別有所本。」

（3）

敦煌本《經典釋文・堯典》P3315「嚚」字作，下云「古嚚字」，《說文》古文嚚作，下从「壬」，此形下訛似「土」，省从吅。

【傳鈔古文《尚書》「嚚」字構形異同表】

傳抄古尚書文字 嚚 （汗1.7 汗1.10 四1.32 六80）	戰國楚簡	石經	敦煌本	岩崎本	神田本b 九條本	島田本b	內野本	上圖（元）	觀智院b 天理本	古梓堂b	足利本	上圖本（影）	上圖本（八）	古文尚書晁刻	書古文訓	尚書篇目
帝曰吁嚚訟可乎			P3315													堯典
瞽子父頑母嚚象傲																堯典

124、訟

敦煌本《經典釋文・堯典》P3315「訟」字下云：「馬本作『庸』」，《撰異》謂作「庸」爲「訟」之假借字，古「訟」通作「頌」，「頌」通作「庸」，引證《周禮》注「頌或作庸」、《儀禮》注「古文頌爲庸」。

（1）訟1訟2

「訟」字，《尚書》中僅有一例，上圖本（影）作 訟1，上圖本（八）作 訟2，所從公缺右上一筆。

【傳鈔古文《尚書》「訟」字構形異同表】

訟	戰國楚簡	石經	敦煌本	岩崎本b	神田本b	九條本	島田本b	內野本	上圖本（元）	觀智院b	天理本b	古梓堂b	足利本	上圖本（影）	上圖本（八）	古文尚書晁刻	書古文訓	尚書篇目
帝曰吁囂訟可乎															訟	訟		堯典

堯典	戰國楚簡	漢石經	魏石經	敦煌本P3315			岩崎本	神田本	九條本	島田本	內野本	上圖本（元）	觀智院	天理本	古梓堂	足利本	上圖本（影）	上圖本（八）	晁刻古文尚書	書古文訓	唐石經
帝曰疇咨若予采				若予…采							帝曰疇咨若予采					帝曰疇咨若予采	帝曰疇咨若予采	帝曰疇咨若予采	帝曰疇咨若予采	帝曰昌資巖予采	帝曰疇咨若予采

125、采

「采」字在傳鈔古文《尚書》有下列不同字形：

（1）介：魏品式

魏品式石經〈益稷〉「以五采彰施于五色」「采」字殘存篆文作「介」，《孔疏》引鄭玄注云「性曰采，施曰色」，《禮記・月令》《孔疏》引鄭玄注云「未用謂之采，已用謂之色」。王國維〈以五介彩施於五色說〉（《觀堂別集》卷一）云：「案《隋書・禮儀志》大業元年虞世基奏：『近世故實，依《尚書大傳》，山龍純青，華蟲純黃，作繪采彝純黑，藻純白，火赤純，以此相間而爲五采。』是《今文尚書》或本作『五介』，故《大傳》說以青黃黑白赤相間爲說，五者相間以發其色，故曰：『以五介彰施于五色』……鄭以未用已用分釋采、色，然未能得章施之說，不如石經作『五介』得之。」是石經作「介」能得其義。

（2）采1采2

　　內野本、足利本、上圖本（影）、上圖本（八）「采」字或作**乎**1，與「采」形似，足利本或訛作**釆**2。

【傳鈔古文《尚書》「采」字構形異同表】

采	戰國楚簡	石經	敦煌本	岩崎本	神田本b	九條本b	島田本b	內野本	上圖（元）	觀智院b	天理本b	古梓堂b	足利本	上圖本（影）	上圖本（八）	古文尚書晁刻	書古文訓	尚書篇目
帝曰疇咨若予采			采 P3315										釆	釆	乎			堯典
乃言曰載采采													釆	釆				皋陶謨
日嚴祇敬六德亮采有邦																		皋陶謨
以五采彰施于五色		魏品						釆					釆					益稷
百里采二百里男邦																		禹貢
服休服采						采			采				釆	釆	釆			酒誥

堯典	戰國楚簡	漢石經	魏石經	敦煌本 P3315		岩崎本	神田本	九條本	島田本	內野本	上圖本（元）	觀智院	天理本	古梓堂	足利本	上圖本（影）	上圖本（八）	晁刻古文尚書	書古文訓	唐石經
驩兜曰都共工方鳩僝功				（古文形）						（古文形）	（古文形）				（古文形）	（古文形）	驩兜曰都共工方鳩僝功	鴅吺曰裍共玿工逑屏珍	驩兜曰都共工方鳩僝功

126、驩

「驩兜」，敦煌本《經典釋文・堯典》P3315 作「鵬嘆」云「**鵬**，古驩字，呼端反」，「**嘆**，古兜字，丁侯反，驩兜臣名也」，**鵬**即「鵬」字，漢隸「丹」、「舟」、「月」常混同，《尚書大傳》鄭注引作「鵬嘆」，《史記・五帝本紀》、《漢書・古今人表》引作「讙兜」，《神異經》引作「鵬兜」，《說文》口部嘆下徐鍇注云「古文尚書驩兜字作『嘆』」，漢鄭季宣殘碑作「虞放**鵬**□」，《廣韻》26桓韻作「鵬」下引作「鵬兜」云古文尚書作「鵬」，《集韻》26桓韻引作「鵬嘆」云通作「鵬」今通作「驩」，是尚書今文作「讙兜」古文作「鵬嘆」。「鵬」訛作**鵬**鄭季宣殘碑，《廣韻》又訛作「鵬」「鵬」，《集韻》承之訛作「鵬」，從**舟**(舟)、**丹**、月等皆從「丹」隸變之訛誤。

《山海經》〈海外南經〉、〈海外北經〉、〈海外西經〉有神鳥「離朱」，《莊子・天地篇》以為人名，〈大荒南經〉作「離俞」，〈海外南經〉又作「讙頭」、「讙朱」，人面鳥喙，「朱」、「頭」音同，[註139]〈南海經〉又名「鴅」，即《史記・天官書》「南宮朱鳥」、孔傳「南方朱鳥七宿」，郝懿行《箋疏》引「讙朱」作「鵬鴳」。鄒漢勛《讀書偶記》謂：**驩兜**(〈舜典〉〔按應為〈堯典〉下半〕、《孟子》)、**驩頭**、**驩朱**(《山海經》)、**鵬嘆**(《尚書大傳》〔按今本未見，唯鄭注、敦煌本釋文 P3315 有之〕)、**丹朱**(〈棄稷〉〔按即〈皋陶謨〉下半〕)，五者一也，古字通用，其說是也。[註140]

「驩」字在傳鈔古文《尚書》有下列不同字形：

（1）**鵬**汗 2.18 **鵬**四 1.38 **鵬**1 **鵬**2 **鴳**3

《汗簡》、《古文四聲韻》錄古尚書「驩」字作：**鵬**汗 2.18 **鵬**四 1.38，從丹從鳥，即「鵬嘆」字，**鵬**汗 2.18 丹形訛少一點。《書古文訓》「驩」字或作「鵬」**鵬**1，「驩兜」原是神鳥《山海經・海外南經》有「讙頭國」「其為人，人面鳥喙」，與鳥有關，「驩」、「讙」、「驩」皆為「鵬」之音近假借字。敦煌本《經典

〔註139〕《說文》口部「咮，鳥口也，從口朱聲」，錢大昕《養新錄》卷五謂「古讀如鬭」引釋文轉錄徐仙民音「都豆反」為證，是「朱」、「頭」音同，說見顧頡剛、劉起釪著，《尚書校釋譯論》，北京：中華書局，2005，頁 67。

〔註140〕轉引自：顧頡剛、劉起釪著，《尚書校釋譯論》，北京：中華書局，2005，頁 67～68。

釋文‧堯典》P3315「驩兜」作「![字]2 哎」「驩」字作![字]2，《書古文訓》或作

![字]2![字]3，皆爲「鵬」之訛，偏旁「丹」字形訛作「舟」、「月」。

（2）![字]

內野本、足利本、上圖本（影）「驩」字或作「![字]」，爲「鵬」訛作「鵬」

從月形再訛作從「日」，寫本中「月」「日」常相訛混。

（3）驩：![字]1![字]2

上圖本（八）「驩」字作![字]1，「萑」之二口省作「一」，上圖本（影）或作

![字]2，省去二口，從馬從萑。

【傳鈔古文《尚書》「驩」字構形異同表】

傳抄古尚書文字 驩 ![字]汗2.18 ![字]四1.38	戰國楚簡	石經	敦煌本	岩崎本	神田本b	九條本 島田本b	內野本	上圖本（元）	觀智院b	天理本	古梓堂b	足利本	上圖本（影）	上圖本（八）	古文尚書晁刻	書古文訓	尚書篇目
驩兜曰都共工			![字] P3315											![字]		![字]	堯典
放驩兜于崇山			![字] P3315				![字]					![字]	![字]	![字]		![字]	舜典
何憂乎驩兜							![字]					![字]	![字]	![字]		![字]	皋陶謨

127、兜

「兜」字在傳鈔古文《尚書》有下列不同字形：

（1）哎：![字]兜汗1.6 ![字]兜四2.25 ![字]哎1

《汗簡》、《古文四聲韻》錄古尚書「兜」字作：![字]兜汗1.6 ![字]兜四2.25，敦煌

本《經典釋文‧堯典》P3315「兜」字作![字]1，云「古兜字」《書古文訓》皆作「哎」

哎1，《說文》「哎，讙哎多言也」，「兜」則「兜鍪」義，二字音近而借。

（2）![字]1![字]2![字]3

內野本、足利本、上圖本（影）字「兜」或作![字]1![字]2，爲「哎」篆文之

隸變，由敦煌本《經典釋文‧堯典》P3315 作（1）![字]![字]1 可循其變作上從二

口下從又![字]1之跡，![字]2「又」上又訛多一橫筆；足利本、上圖本（影）或作![字]，

上從二口下從文，由![字]1![字]2再訛變。

（3）兜：![字]![字]

足利本、上圖本（影）、上圖本（八）「兜」字或作 ，其上左右部件方向相反。作「兜」是「唆」之音近假借。

【傳鈔古文《尚書》「兜」字構形異同表】

傳抄古尚書文字 兜 兜汗1.6 唆兜四2.25	戰國楚簡	石經	敦煌本	岩崎本b	神田本b	九條本b	島田本b	內野本	上圖（元）	觀智院b	天理本	古梓堂b	足利本	上圖本（影）	上圖本（八）	古文尚書晁刻	書古文訓	尚書篇目
驩兜日都共工			歡 P3315										兜	兜	兜		唆	堯典
放驩兜于崇山			哭 P3315						哭				哭	哭			唆	舜典
何憂乎驩兜			哭										哭	哭	兜		唆	皋陶謨

128、鳩

「方鳩僝功」，敦煌本《經典釋文·堯典》P3315作「（方）救僝（功）」，《說文》辵部「逑」下引作「旁逑孱功」，《說文》人部「僝」下引作「旁救僝功」段注云凡儀禮古文作「旁」今作「方」，凡尚書古文作「方」今文作「旁」，「僝」下注云「作方鳩者，古文尚書也，作旁逑者，歐陽夏侯尚書也」。又云今堯典「逑」作「鳩」，說者亦云「鳩聚」。《史記·五帝本紀》作「旁聚布功」用其訓詁字，《說文》「逑，斂聚也」，《撰異》云：「鳩，壁中故書作『救』，《集韻》18尤曰：『勼，聚也，古作救，通作鳩』此語必有所受之。《周官經·大司徒職》以『救』爲『求』，《尚書》以『救』爲『勼』，皆六書之假借也。孔安國以今文讀之，易爲『鳩』字。」是「鳩」、「救」皆訓聚之「逑」「勼」同音假借。

「鳩」字在傳鈔古文《尚書》有下列不同字形：

（1）救：

敦煌本《經典釋文·堯典》P3315「鳩」字作，下云「音鳩，聚也」「鳩」、「救」皆「逑」之同音假借。

（2）逑：逑

《書古文訓》「鳩」字作「逑」，《說文》「逑，斂聚也」，《書古文訓》用「逑」爲訓聚之本字。

【傳鈔古文《尚書》「鳩」字構形異同表】

鳩	戰國楚簡	石經	敦煌本	岩崎本	神田本b	九條本	島田本b	內野本	上圖（元）	觀智院b	天理本	古梓堂b	足利本	上圖本（影）	上圖本（八）	古文尚書晃刻	書古文訓	尚書篇目
都共工方鳩僝功			救 P3315														逑	堯典

129、僝

《說文》無「僝」字，人部「㑞，具也」下引虞書作「旁救㑞功」，《漢書‧楊賜傳》引作「孱」，是今文作「孱」，古文作「㑞」。

「僝」字在傳鈔古文《尚書》有下列不同字形：

（1）僝1僝2僝3

敦煌本《經典釋文‧堯典》P3315「僝」字作僝1，足利本作僝2上圖本（八）作僝3，右「孨」形下二子作重文符號，日寫本重複之部件多省作「＝」，如「協」（協）字作恊恊、「姦」字作姦姦。

（2）孱：孱

《書古文訓》「僝」字作「孱」，與《漢書‧楊賜傳》引作「孱」同，「孱」為今文。

【傳鈔古文《尚書》「僝」字構形異同表】

僝	戰國楚簡	石經	敦煌本	岩崎本	神田本b	九條本	島田本b	內野本	上圖（元）	觀智院b	天理本	古梓堂b	足利本	上圖本（影）	上圖本（八）	古文尚書晃刻	書古文訓	尚書篇目
都共工方鳩僝功			僝 P3315										僝	僝			孱	堯典

130、功

「功」字在傳鈔古文《尚書》有下列不同字形：

（1）巫魏三體

魏三體石經〈無逸〉「即康功田功徽柔懿恭」「功」字古文作巫，與《說文》古文作巫同形，多為飾筆，是借「工」為「功」。

（2）玏1玖2璩玖3玲4玏5

《書古文訓》「功」字多作**玎**₁，爲**工**魏三體**工**說文古文工之隸古定，右移「彡」成左右形構。**敦煌本**《經典釋文・堯典》P3315「功」字作**玖**₃，下云「古功字」，足利本、上圖本（影）「功」字或作**玖**₂**玖**₃，**玖玖**₃形右从「久」形，「彡」訛似「久」，由**玖**₁形訛變，如「辵」字作**处处**、「彰」字作**敦敦**、「彥」字作**庅**等（參見"文"字）。

上圖本（八）「功」字或作**玲**₄；內野本「功」字或作**玎**₅，《尚書隸古定釋文》卷一（下5）〈大誥〉經文「敷前人受命茲不忘大功」「功」字作**玎**₅，4、5形皆爲**玎**₁之俗寫訛變。

（3）工：**二**漢石經

漢石經〈益稷〉「迪朕德時乃功惟敘」「功」字作**二**，借「工」爲「功」。

（4）功：**功**₁**切**₂

敦煌本、日古寫本「功」字或作**功**₁，右偏旁「力」俗寫作「刀」形，寫本中常見，如「協」之作「㧢」。敦煌本P5557、P2748、岩崎本「功」字或作**切**₂形，左偏旁「工」字末二筆連寫，形似「切」。

（5）**恶**

神田本〈泰誓中〉「立定厥功惟克永世」「功」字誤作**恶**。

【傳鈔古文《尚書》「功」字構形異同表】

功	戰國楚簡	石經	敦煌本	岩崎本	神田本b	九條本	島田本b	內野本	上圖本（元）	觀智院b	天理本b	古梓堂b	足利本	上圖本（影）	上圖本（八）	古文尚書晁刻	書古文訓	尚書篇目
都共工方鳩僝功			**玖** P3315					**玎**						**玖**	**玖**		**玎**	堯典
惟時亮天功三載考績								**功**						**功**	**功**		**玎**	舜典
皋陶矢厥謨禹成厥功								**切**						**切**	**切**		**玎**	大禹謨
民協于中時乃功懋哉			**功** S5745					✓						**切**	**切**		✓	大禹謨
枚卜功臣惟吉之從			**玥** S801											**切**	**切**		✓	大禹謨
明庶以功車服以庸								**玎**						**玖**	**功**		**玎**	益稷

經文												篇目
惟荒度土功弼成五服					玏			✓	玖	玏	玏	益稷
迪朕德時乃功惟敘	工（漢）			✓				功	功	玲	玏	益稷
禹錫玄圭告厥成功	玏（P2533）		功 玏					功	玏	玏	禹貢
愛克厥威允罔功其	功（P5557）		功 玏					功	玏	玏	胤征
不殖貨利德懋懋官功懋懋賞			功 功					功	功	玏	仲虺之誥
臣罔以寵利居成功邦			玏 功			玖 玖	功			玏	太甲下
民主罔與成厥功			玏 功				功	功	玏	咸有一德
古我先王將多于前功	功（P2643）玏（P2516）	功	玏 功				功	功	玏	盤庚下
喪厥功	功（P2643）玏（P2516）	功	玏 功				功	功	玏	說命中
立定厥功惟克永世		忎b	功				功	玏	泰誓中
功乃成			玏b 玏				玏 功	玏	旅獒
公乃自以爲功			玏				功	玏	金縢
茲不忘大功	玏（漢）		玏				玏	玏	大誥
功加于時德垂後裔			功b 玏				功	玏	微子之命
我亦惟茲二國命嗣若功			功 玏			玖 玖 玏			玏	召誥
記功宗以功作元祀	功（P2748）		玏			功 功	玏	洛誥
汝受命篤弼丕視功載	功（P2748）		玏	功 ✓	玏	✓	洛誥
公功棐迪篤罔不若時	功（P2748）		玏	功	玏	✓	洛誥
即康功田功徽柔懿恭	功（P3767 魏）功（P2748）		玏	功 功 玏	玏	無逸

亦越武王率惟敉功	功 S2074		功 珎		功 珎	珎	立政
功崇惟志業廣惟勤			珎 功b		功 功	珎	周官
乃命三后恤功于民	功		珎		功 功 珎	珎	呂刑
惟府辜功報以庶尤	功		功	✓	功 珎	珎	呂刑

堯典	戰國楚簡	漢石經	魏石經	敦煌本 P3315		岩崎本	神田本	九條本	島田本	內野本	上圖本（元）	觀智院	天理本	古梓堂	足利本	上圖本（影）	上圖本（八）	晁刻古文尚書	書古文訓	唐石經
帝曰吁靜言庸違象恭滔天				（古文）						帝曰咮靜言庸違象恭滔天						帝曰吁靜言庸違象恭滔天	帝曰吁靜言庸違象恭滔天	帝曰吁靜言庸違象恭滔天	帝曰呺靜言庸違象恭滔天	帝曰吁靜言庸違象恭滔天

131、吁

「吁」字在傳鈔古文《尚書》有下列不同字形：

（1）𦣻汗 1.6 𦣻四 1.24 号1

《汗簡》、《古文四聲韻》錄古尚書「吁」字作：𦣻汗 1.6 𦣻四 1.24，敦煌本《經典釋文‧堯典》P3315「吁」字下云古作𦣻，《書古文訓》「吁」字或作号1，與此形同，《玉篇》「号，古文吁」，《汗簡箋正》謂𦣻汗 1.6 此形「移篆」。六國古文「吁」字形構作上下、左右者俱見，如𠮩吳王光鑑 𦣻郭店.語叢 2.15 𠮩郭店.語叢 2.16 𦣻璽彙 0269 𠮩璽彙 4019 吁璽彙 5279 𠮩璽彙 5280 等。

（2）吁：吁吁

敦煌本《經典釋文‧堯典》P3315「帝曰吁嚚訟可乎」「吁」字作吁（吁），下云「疑怪之辭也，古作𦣻，《說文》作亐（亏，按即于𠃌）」，《書古文訓》「吁」字或作呺，所从于作亐形。（參見“于”字）

（3）刨：

內野本「割」字或作「刨」**刨**形，與（5）**刨**₁**刨**₂**刨**₃類同，爲「割」字刨形左卜訛寫似「已」「巳」形，左上訛似「勹」形，故此**刨**形爲「割」字左訛从「包」誤作「刨」字。

（4）**刽**₁**割**₂**刽**₃

九條本「割」字或作**刽**₁，可爲「割」字本作「剴」之例，岩崎本作**割**₂，上圖本（八）「割」字或作**刽**₃，皆爲**刽**₁之訛。

（5）**割**

足利本、上圖本（影）、上圖本（八）「割」字或作**割**，爲篆文「割」字隸變，漢代作：**劇**縱橫家書241**割**景北海碑陰，與此同形。

（6）戠**戠**：**戠**郭店緇衣37

戰國郭店楚簡〈緇衣〉引〈君奭〉「割」字作**戠**郭店緇衣37，从害从戈，「戈」「刀」同義類之義符，「戠」爲「割」字義符替換之異體字。

【傳鈔古文《尚書》「割」字構形異同表】

傳抄古尚書文字　割　**劇**汗2.21	戰國楚簡	石經	敦煌本	岩崎本	神田本b	九條本	島田本b	內野本	上圖（元）	觀智院b	天理本b	古梓堂b	足利本	上圖本（影）	上圖本（八）	古文尚書晁刻	書古文訓	尚書篇目
咨四岳湯湯洪水方割			**剴**P3315					**刨**					**刨**	**剴**	**割**		**剴**	堯典
舍我穡事而割正夏						**刽**		**刽**					**刽**	**剴**	**刨**		**刨**	湯誓
夏王率遏眾力率割夏邑						**刽**		**刨**					**刨**	**刨**	**刨**		**刨**	湯誓
弗弔天降割于我家不少				**割**										**割**	**割**		**刨**	大誥
割殷告敕于帝		**刽**魏	**割**P2748					**割**					**割**	**割**	**割**		**刨**	多士
在昔上帝割申勸寧王之德〔註155〕	**戠**郭店緇衣37		**割**P2748					**割**					**剴**	**割**	**割**		**刨**	君奭
日欽劓割夏邑			**刨**S2074					**割** **割**					**剴**	**割**	**割**		**刨**	多方

〔註155〕郭店〈緇衣〉引〈君奭〉員：「昔才上帝戠（割）紳觀文王德」

堯典	戰國楚簡	漢石經	魏石經	敦煌本 P3315			岩崎本	神田本	九條本	島田本	內野本	上圖本（元）	觀智院	天理本	古梓堂	足利本	上圖本（影）	上圖本（八）	晁刻古文尚書	書古文訓	唐石經
蕩蕩懷山襄陵浩浩滔天				蕩蕩襄山襄陵浩浩滔天							蕩蕩襄山襄陵浩滔滔天						蕩々懷山襄陵浩々滔天	蕩々懷山襄陵浩々滔天	蕩蕩襄山襄陵浩滔天	蕩蕩襄山襄豁瀕瀕滔天	蕩蕩懷山襄陵浩浩滔天

141、懷

「懷」字在傳鈔古文《尚書》有下列不同字形：

（1）**褱** 汗 3.44　**褱** 四 1.29　**褱** 魏三體　**襄** 1　**襄** 2　**襄** 3　**襄** 4　**襄** 5

《漢書・地理志》作「襄山襄陵」，魏三體石經〈梓材〉「懷爲夾庶邦享作兄弟」「懷」字古文作**褱**，《汗簡》、《古文四聲韻》錄古尚書「懷」字作：**褱** 汗 3.44　**褱** 四 1.29 與此同形，此即「褱」字，從衣眔聲，爲「懷」之初文，《古文四聲韻》又有 **褱** 四 1.29 形爲 **褱** 四 1.29 之訛變。

《書古文訓》「懷」字皆作「襄」**襄** 1，古寫本「懷」字亦多作「襄」。敦煌本《經典釋文・堯典》P3315「懷」字作 **襄** 2，下云「古懷字，苞也」，其下原「衣」之下半訛多一橫，敦煌本 P2643 作 **襄** 2；敦煌本 P2533、岩崎本、九條本「懷」字或作 **襄** **襄** 3，「衣」之下半訛作完整「衣」字；岩崎本或作 **襄** 4，其上「衣」之上半則訛似「十」；九條本又或訛作 **襄** 5 形。

（2）**襄** **襄** 1　**襄** 2　**襄** 3

敦煌本 S5745、P3670、P2516、P3781、九條本、內野本「懷」字或作 **襄** **襄** 1，中間「眔」字罒之下訛省作一橫，與「衣」之下半合書似「衣」形，與漢簡作 **襄** 西陲簡 51.11 同形，岩崎本或又省作 **襄** 2，則形近漢印作 **襄** 漢印徵，上圖本（八）或作 **襄** 3，皆爲「襄」字之隸變俗寫。

（3）**襄**

〈文侯之命〉「肆先祖懷在位」九條本「懷」字作 **襄**，應是「襄」之形訛，

混似「襄」字。

（4）懷 **隷釋**懷₁懷₂懷懷₃瓖₄懷₅

《隷釋》存漢石經尚書殘碑〈無逸〉「懷保小民惠鮮鰥寡」「懷」字作懷₁，
敦煌本 P3615、P2478、P2074 或作懷₁，足利本、上圖本（影）或作懷₂，上
圖本（八）或作懷懷₃，右形皆「襄」隷變俗省之形，古梓堂本或作瓖₄，天
理本或訛寫作懷₅。

【傳鈔古文《尚書》「懷」字構形異同表】

傳抄古尚書文字 懷 袞汗3.44 愙窠四1.29	戰國楚簡	石經	敦煌本	岩崎本	神田本b 九條本	島田本b	內野本	上圖本（元）	觀智院本b 天理本 古梓堂b	足利本	上圖本（影）	上圖本（八）	古文尚書晁刻	書古文訓	尚書篇目
懷山襄陵浩浩滔天			襄 P3315				襄					懷	襄		堯典
德乃降黎民懷之			襄 S5745								懷	懷	襄		大禹謨
黎民懷之能哲而惠											懷	懷	襄		皋陶謨
懷山襄陵下民昏墊										懷	懷	懷	襄		益稷
覃懷底績			懷 P3615				襄			襄	襄	襄	襄		禹貢
嗚呼曷歸予懷之悲			襄 P2533		襄		襄			襄		襄	襄		五子之歌
萬邦惟懷志自滿			襄		襄					襄	襄	襄	襄		仲虺之誥
代虐以寬兆民允懷					襄					襄	襄		襄		伊訓
惟懷永圖若虞機張					襄				懷	襄	襄		襄		太甲上
民罔常懷懷于有仁					襄					襄	襄	襄	襄		太甲下
先王不懷厥攸作		襄	襄 P3670 襄 P2643		襄	襄				懷	懷	襄	襄		盤庚中

予丕克羞爾用懷爾然	襄 P2643 襄 P2516		襄					盤庚中
厥脩乃來允懷于茲	襄 P2643 襄 P2516	襄	襄				襄	說命下
小邦懷其德	襄 S799		襄				襄	武成
懷爲夾庶邦享作兄弟	襄 魏		襄 襄				襄	梓材
萬年其永觀朕子懷德	懷 P2748		襄		懷 襄	襄		洛誥
懷保小民惠鮮鰥寡	襄 P3767 懷 隸釋 懷 P2748		襄		懷 懷 襄	襄		無逸
民心無常惟惠之懷	懷 S2074	襄	襄		懷 懷 襄	襄		蔡仲之命
小大之臣咸懷忠良		襄	襄		懷	襄		冏命
肆先祖懷在位		襄	襄		懷 襄	襄		文侯之命
邦之榮懷亦尚一人之慶	襄 P3871	襄	襄		懷b 懷 懷 襄	襄		秦誓

142、襄

「襄」字在傳鈔古文《尚書》有下列不同字形：

（1）襤 汗5.66 襤 四2.1

《汗簡》、《古文四聲韻》錄「襄」字古尚書作：襤 四2.15、襤 汗5.66，魏三體石經僖公「襄」字古文亦作襤，此形即《說文》「襄」之古文襤，源自「毀」字金文作 襤散盤 襤（襤稣甫人匜.襄所從），是借「毀」爲「襄」，所從之 襤 當由 襤（襤散盤） 襤（襤鄂君啓舟節）訛變，所從之女由人形下部變作，與璽彙（襤璽彙0195 襤璽彙5706）及燕文字（襤、襤）所見類同，此形則省「攴」。

（2）襤郭店.成之29

郭店〈成之聞之〉引尚書〈君奭〉「襄我二人，毋又合才音」〔註156〕「襄」

〔註156〕今本〈君奭〉曰：「襄我二人，汝有合哉言。」

字作🔣郭店.成之 29，「襄」字从衣𣪘聲，西周金文作🔣穌甫人匜 🔣穌甫人盤，戰國中期鄂君啓舟節「襄」字省去衣形作🔣 🔣，即「𣪘」字假借爲「襄」，《說文》𣪘籀文作🔣，即源自🔣（🔣穌甫人匜）、🔣散盤。🔣郭店.成之 29 形源自「𣪘」字作🔣鄂君啓舟節，是以「𣪘」假借爲「襄」，戰國楚簡多如此，又作🔣楚帛書甲 2.16、🔣包山 103 等形。（𣪘、襄字形演變詳見本文「讓」字）

（3）🔣汗 3.44🔣四 2.1🔣襄1🔣襄2🔣襄3🔣襄4

敦煌本《經典釋文・堯典》P3315「襄」字作🔣襄1，下云「古襄字，上也」，此即《說文》篆文作🔣之隸古定，中間🔣形訛作🔣，《汗簡》、《古文四聲韻》錄「襄」字古尚書又作：🔣汗 3.44🔣四 2.1，與篆文🔣同形。《書古文訓》「襄」字作🔣襄3，爲篆文🔣之隸定，或作🔣襄2 形同於🔣汗 3.44🔣四 2.1，🔣中間🔣形訛作🔣🔣（即《說文》古文疇🔣）。神田本「襄」字作🔣，足利本作🔣襄4，此爲篆文🔣隸變俗寫，而二口形皆作「厶」形。

（4）🔣襄1🔣襄2🔣襄3

《書古文訓》「襄」字或訛省二口作🔣襄1 形，上圖本（八）則皆作🔣襄2 形，與此同形；上圖本（影）皆訛省作🔣襄3。

【傳鈔古文《尚書》「襄」字構形異同表】

傳抄古尚書文字 襄 🔣汗 5.66 🔣汗 3.44 🔣🔣四 2.15	戰國楚簡	石經	敦煌本	岩崎本b	神田本b	九條本b	島田本b	內野本	上圖（元）	觀智院b	天理本b	古梓堂b	足利本	上圖本（影）	上圖本（八）	古文尚書晃刻	書古文訓	尚書篇目
蕩蕩懷山襄陵			🔣 P3315											🔣	🔣		🔣	堯典
贊贊襄哉														🔣	🔣		🔣	皋陶謨
浩浩懷山襄陵													🔣	🔣	🔣		🔣	益稷
襄我二人汝有合哉言	🔣 郭店. 成之 29		🔣 P2748	🔣										🔣			🔣	君奭
秦穆公伐鄭晉襄公			🔣b											🔣			🔣	秦誓

143、陵

「陵」字在傳鈔古文《尚書》有下列不同字形：

（1）畟畟

《書古文訓》「陵」字皆作畟，敦煌本《經典釋文・堯典》P3315「陵」字作陵，下云「古作畟，大阜曰陵」，畟畟爲《說文》篆文陵之隸古定。

（2）陵：陵1陵2陵3陵4

敦煌本《經典釋文・堯典》P3315「陵」字作陵1，九條本、足利本、上圖本（八）作陵2形，上圖本（影）或作陵3陵4形，皆《說文》篆文陵之隸變，與秦簡作陵睡虎地8.8，漢代作陵老子甲26陵禮器碑陵漢石經.周易等同形。

（3）淩：淩1淩2

岩崎本、內野本「陵」字作淩1淩2形，寫作「淩」字，寫本中偏旁「氵」、「阝」常訛混，如「涵」字訛作「陷」、「湯」字訛作「陽」等。

【傳鈔古文《尚書》「陵」字構形異同表】

陵	戰國楚簡	石經	敦煌本	岩崎本b	神田本b	九條本	島田本b	內野本	上圖本（元）	觀智院b	天理本	古梓堂b	足利本	上圖本（影）	上圖本（八）	古文尚書晁刻	書古文訓	尚書篇目
懷山襄陵浩浩滔天			陵 P3315										陵	陵	陵		畟	堯典
懷山襄陵下民昏墊													陵	陵	陵		畟	益稷
過九江至于東陵							陵						陵	陵			畟	禹貢
以蕩陵德實悖天道				淩				淩					陵	陵			畟	畢命

144、浩

「浩」字在傳鈔古文《尚書》有下列不同字形：

（1）灝1灝2

「浩浩」，敦煌本《經典釋文・堯典》P3315「浩」字，下云「胡老反，古作灝」《書古文訓》「浩」字作灝1，或稍訛作灝2，《玉篇》：「浩，胡道切。浩浩，水盛也，大也。」《尚書隸古定釋文》卷2.7云：「《集韻》：『灝，下老切，音皓』，《博雅》云：『灝灝，大也。』」是借音義近同之「灝」爲「浩」。

【傳鈔古文《尚書》「浩」字構形異同表】

尚書篇目	書古文訓	古文尚書晁刻	上圖本（八）	上圖本（影）	上圖本（元）	觀智院b	天理本b	古梓堂b	足利本	島田本b	九條本	神田木b	岩崎木	敦煌木	石經	戰國楚簡	浩
堯典	瀨																蕩蕩懷山襄陵浩浩滔天
益稷	瀨																浩浩懷山襄陵下民昏墊

堯典	戰國楚簡	漢石經	魏石經	敦煌本P3315		岩崎本	神田本	九條本	島田本	內野本	上圖本（元）	觀智院	天理本	古梓堂	足利本	上圖本（影）	上圖本（八）	晁刻古文尚書	書古文訓	唐石經
下民其咨有能俾乂																				

145、其

「其」字在傳鈔古文《尚書》有下列不同字形：

（1）魏品式　郭店緇衣 37

魏品式三體石經〈皋陶謨〉「庶績其凝」「其」字古文作　魏品式，楚簡郭店〈緇衣〉引〈君奭〉「其集大命于厥躬」〔註157〕句「其」字作　郭店緇衣 37，與《說文》竹部「箕」字古文一作　類同，皆源自甲金文作　甲751　甲2366　母辛卣　盂鼎　師酉簋。

（2）魏三體　隸釋

魏三體石經〈君奭〉、〈多士〉、〈呂刑〉「其」字古文作　魏三體，亦源自甲金文作　甲751　甲2366　母辛卣　盂鼎　師酉簋，變作　弔向父簋　弔向父簋　弔高父匜，或變作　史頌匜　中山王鼎　鄂君啓舟節，與此同形，《說文》「箕」字籀文作　，段注云：「經籍通用此字爲語詞」。《隸釋》錄漢

〔註157〕郭店〈緇衣〉引此句作「其集大命於氒身」。

石經〈盤庚中〉「今其有今罔後汝何生在上」、〈盤庚下〉「予其懋簡相爾」「其」字作其，為🐾說文籀文箕之隸體。

（3）🐾汗 2.21🐾四 1.20

《汗簡》、《古文四聲韻》錄古尚書「箕」字作：🐾汗 2.21🐾四 1.20，戰國作🐾□箕鼎🐾貨系 1604，或作🐾信陽 2.21🐾璽彙 3108，與此形同，《說文》丌字「下基也，薦物之丌，象形。……讀若箕同」，金文作🐾欽罍🐾子禾子釜，或上多一飾筆作🐾子禾子釜🐾中山王兆域圖，從「丌」與從「亓」無別，「箕」、「🐾」為聲符更替。（參見"綦"字）

（4）🐾六 30

《訂正六書通》錄古尚書「箕」字作：🐾六 30，與《汗簡》錄《說文》「箕」字作🐾汗 2.21 同形，又錄🐾汗 2.21，《說文》「箕」字古文一作🐾，黃錫全謂「『期』字古從日作🐾齊良壺🐾己兒鼎，也作🐾齊侯敦🐾王子申盞盂，省作🐾齊侯壺。郘王子鐘『諅』作🐾。以上二形應是『冀』字，假為『箕』」其說可從，則🐾六 30 形為「冀」（期）字。

（5）🐾上博 1 緇衣 11🐾郭店緇衣 19🐾₁🐾🐾🐾🐾₂🐾🐾🐾🐾₃🐾🐾₄🐾
🐾₅🐾₆

楚簡上博 1〈緇衣〉、郭店〈緇衣〉引〈君陳〉句「凡人未見聖，若不克見，既見聖，亦不克由聖」各作：「未見聖，女（如）丌（其）弗克見，我既見，我弗貴聖」、「未見聖，女（如）亓（其）弗克見，我既見，我弗迪聖」[註158]「其」字作🐾上博 1 緇衣 11🐾郭店緇衣 19，即《說文》「丌」字假為「其」，金文作🐾欽罍🐾🐾子禾子釜。

尚書敦煌寫本、日諸古寫本、《書古文訓》「其」字多作「丌」、「亓」，作🐾₁🐾🐾🐾🐾₂🐾🐾🐾🐾₃🐾🐾₄🐾🐾₅ 等形。島田本、內野本、觀智院本、上圖本（八）或下多一點作🐾🐾🐾🐾₃；觀智院本、上圖本（八）或變作🐾🐾₄，與介、斤等形混近；敦煌本《經典釋文·堯典》P3315「其」字作🐾₅，下云「古其字」，足利本、上圖本（八）或作🐾₅，岩崎本〈冏命〉「格其非心」「其」字變作🐾₆，與「厥」字或作「𠪳」🐾變作🐾九條本混近，🐾🐾₅🐾₆形皆「亓」之俗訛；上述諸形皆假「丌」為「其」。

〔註158〕今本〈緇衣〉引〈君陳〉作：「未見聖，若己弗克見，既見聖，亦不克由聖。」

（6）厥1年身2式3

足利本、上圖本（影）〈說命中〉「惟其能爵罔及惡德」「其」字作厥1，疑「其」字作（5）亓亓亓亓3形與「厥」字或作「厾」年變作年形相混同，進而寫作「厥」字，且「厥」「其」義可相通（參見"厥"字），或有異本作「厥」；內野本、上圖本（八）〈君奭〉「其終出于不祥」「其」字作年身2，上圖本（八）〈君陳〉一例亦作此形，上圖本（八）大誥二例或作式3，皆變作「厥」字。

（7）亦

內野本〈湯誓〉「夏罪其如台」「其」字作亦，上圖本（八）〈冏命〉「匡其不及繩愆糾謬」作亦，右旁更注「亓」字，當為形近誤作「亦」。

【傳鈔古文《尚書》「其」字構形異同表】

其 亓箕.汗2.21 亣箕.四1.20 冀六30	戰國楚簡	石經	敦煌本	岩崎本 神田本b 九條本 島田本b	內野本	上圖本（元） 觀智院b 天理本 古梓堂b	足利本	上圖本（影）	上圖本（八）	古文尚書晁刻	書古文訓	尚書篇目
下民其咨有能俾乂			亦 P3315		亓		亓	亓			亓	堯典
與其殺不辜			亓 S5745		亓		亓	亓			亓	大禹謨
敬修其可願			亦 S801		亓		亓	亓	开		亓	大禹謨
庶績其凝	魏品				亓		亓				亓	皋陶謨
灘淄其道厥土白墳			开 P3615	亓							亓	禹貢
天用勦絕其命			亓 P2533	开	亓		开	亓	亓		亓	甘誓
汝不恭命御非其馬之正			开 P5543		亓		开	开	亓		亓	甘誓
御其母以從徯于洛之汭			亦 P2533	亓							亓	五子之歌
其五日嗚呼曷歸予懷之悲					亓	亓	开	开	刀		亓	五子之歌
其爾眾士懋戒哉			开 P5557	亦	亓		亓	亓	开		亓	胤征
夏罪其如台				开 亦			亓	亓	开		亓	湯誓

誕告用亶其有眾		亓 P3670 亓 P2643		亓		亓	亓	亓		元	盤庚中
今其有今罔後汝何生在上	其 隸釋	亓 P2643 亓 P2516	亓	亓						亓	盤庚中
予其懋簡相爾	其 隸釋	亓 P2643 亓 P2516	亓	亓						亓	盤庚下
惟其能爵罔及惡德		亓 P2643 其 P2516	亓	亓		厥 厥				元	說命中
予其誓		开 S799	开b	亓				亓		元	牧誓
識其政事作武成	其 S799		亓b	亓				亓		元	武成
我不知其彝倫攸敘				亓b	亓					元	洪範
五皇極皇建其有極				亓b	亓					元	洪範
惟德其物				亓b	亓					元	旅獒
矧肯穫厥考翼其肯					亓			戈		元	大誥
予曷其極卜			亓		亓			戈		元	大誥
修其禮物作賓于王家			亓		亓					元	微子之命
其曰我受天命丕若有夏歷年			开	亓			亓	开	亓	元	召誥
曰其稽我古人之德			开	亓			开	开	亓	元	召誥
孺子其朋其往				亓				亓		元	洛誥
茲予其明農哉		亓 S6017		亓				亓		元	洛誥
予其曰惟爾洪無度	魏	开 P2748					亓		元		多士
則其無淫于觀于逸于遊于田	魏	亓 P3767		亓			亓		元		無逸
嗣王其監于茲	魏			亓			亓		元		無逸

其終出于不祥	魏			乒				身	亓	君奭
其集大命于厥躬〔註159〕	郭店緇衣37			亣				亓		君奭
保奭其汝克敬	魏	亓	亣					亣	亓	君奭
我惟時其教告之	S2074	亣	亣					亣	亓	多方
克用三宅三俊其在商邑	S2074 P2630	亓	亣					亣	亓	立政
惟其人少師少傅少保				亓	亓b			亣	亓	周官
六卿分職各率其屬				亓	亓b			亣	亓	周官
爾其戒哉				亓	亓b			身	亓	君陳
其能而亂四方	P4509			亓	亓b			亣	亓	顧命
匡其不及繩愆糾謬		开		亣				亓	亓	冏命
格其非心		廿		亣				亣	亓	冏命
咸庶中正其刑其罰其審克之	魏	亓		亣				身	亓	呂刑
人之彥聖其心好之	P3871	开	亣					亣	亓	秦誓

146、能

「能」字在傳鈔古文《尚書》有下列不同字形：

（1）熊魏三體　能魏三體（隸）　能能隸釋　能能₁　能₂　能₃　能₄　能₅　能能₆

魏三體石經〈君奭〉「能」字古文作熊，源自金文作能能匋尊　能匋尊　飛哀成弔鼎　中山王鼎　盨壺等形。

魏三體石經〈君奭〉「能」字隸體作能，《隸釋》存漢石經尚書殘碑「能」字作能能，岩崎本、九條本、觀智院本、上圖本（元）、足利本、上圖本（八）或作能能₁形，上圖本（八）或作能₂，其右上作「口」形，凡此皆《說文》篆文之隸變俗寫。足利本或作能₃，左下「月」訛作「日」，古梓堂本或作能₄，

「月」訛似「耳」，寫本中「月」、「日」形常訛混，又常右直筆較長訛似「耳」；岩崎本或左上訛少一畫作■5，上圖本（八）或訛作■■6，與「敢」字右旁訛近。

（2）耐：■耐

敦煌本《經典釋文‧堯典》P3315「能」字作■，下云「古能字」，《禮記》〈禮運〉「聖人耐已天下爲一家」、〈樂紀〉「故人不耐無樂」，鄭玄注云：「耐，古書能字」，《書古文訓》「能」字除「有能俾乂」作■外，餘皆作「耐」耐，《說文》卷9下「而」字或體作「耐」，《集韻》去聲19代下，「能」「耐」音同爲乃代切，下云「能」通作「耐」，二字音同假借。

（3）刷 刷

《書古文訓》「有能俾乂」「能」字作刷刷，《集韻》去聲19代下「而耐刷刷」下云「亦作刷刷」三字同，慧琳《一切經音義》卷四十五「堪刷刷」條：「奴代反，《蒼頡篇》：刷刷，忍也」（頁17791）「刷刷」是「耐」的俗字。

（4）巨 巨

內野本、上圖本（影）「能」字或省作左旁巨巨。

【傳鈔古文《尚書》「能」字構形異同表】

能	戰國楚簡	石經	敦煌本	岩崎本	神田本b	九條本	島田本b	內野本	上圖本（元）	觀智院b	天理本	古梓堂b	足利本	上圖本（影）	上圖本（八）	古文尚書晁刻	書古文訓	尚書篇目
下民其咨有能俾乂			■ P3315														刷	堯典
汝能庸命巽朕位			耐 P3315														耐	堯典
柔遠能邇惇德允元			耐 P3315											能			耐	舜典
莫與汝爭能														能			耐	大禹謨
黎民懷之能哲而惠														能			耐	皋陶謨
一能勝予一人三失怨豈在明不見是圖			能 P2533											能	能	能	耐	五子之歌

予聞曰能自得師者王						能	龍		耐	仲虺之誥
不能胥匡以生		能		能			能		耐	盤庚上
汝罔能迪	能 隸釋	能 P2643 能 P2516		㠯			能		耐	盤庚中
惟其能爵罔及惡德		能 P2643	能			㠯	能		耐	說命中
喪厥善矜其能		能 P2643	能		能	能	能		耐	說命中
建官惟賢位事惟能		能 S799				能	能		耐	武成
人之有能有爲	能 隸釋								耐	洪範
汝弗能使有好于而家							能		耐	洪範
惟永終是圖茲攸俟能念予一人						能	㠯		耐	金縢
于父不能字厥子						能	能		耐	康誥
矧曰其有能稽謀自天			能			能	能		耐	召誥
能保惠于庶民		能 P2748				能	㠯	能	耐	無逸
又曰無能往來		能 P2748				能	能		耐	君奭
矧曰其有能格	能 魏		能		✓	㠯	能		耐	君奭
推賢讓能庶官乃和				能b		㠯			耐	周官
弘濟于艱難柔遠能邇				能b		㠯	能		耐	顧命
其能而亂四方		能 P4509		能b	能		能		耐	顧命
資富能訓		能			能	㠯	能		耐	畢命
是能容之		能 P3871	能			㠯	能		耐	秦誓
是不能容		P3871 少能字	✓		能b	㠯	✓		耐	秦誓
以不能保我子孫黎民		能 P3871	✓			✓	✓		✓	秦誓

147、俾

「俾」字在傳鈔古文《尙書》有下列不同字形：

（1）卑：**𢌜**1**卑**2**昇**3

敦煌本《經典釋文・堯典》P3315「俾」字作**𢌜**1，下云「必尔反，使也」，尙書敦煌諸本、岩崎本、九條本、觀智院本、上圖本（元）亦多以「卑」爲「俾」，《說文》俾，從人卑聲。

《書古文訓》「俾」字多作**卑**1**昇**2形，應是篆文**𢌜**隸變之形，亦是以「卑」爲「俾」。然魏三體石經〈多士〉「畀」字古文作**畀**、篆體作**畀**，《書古文訓》「畀」字皆作**昇**，與借作「俾」之「卑」字作**卑**1**昇**2同形，**卑**1**昇**2應爲「卑」、「畀」之同形異字。

《說文》「卑，賤也，執事也」，金文作：**畀**免簋**畀**散盤**畀**余卑盤**畀**鄀氏鐘**畀**秦王鐘**畀**中山王鼎等形，象手持卑物，〔註160〕漢代由篆文**𢌜**隸變作**畀**老子乙248上**畀**孫臏204**畀**武威醫簡47；「畀」字金文作：**畀**班簋**畀**鬲比盨**畀**永盂乃象矢鏃之形〔註161〕而借爲「相付與之」，秦簡作**畀**睡虎地32.5，漢代作**畀**漢石經.僖28**畀**耿勳碑形。《書古文訓》「卑」字**卑**1**昇**2形應源自**畀**老子乙248上**畀**孫臏204**畀**武威醫簡47等隸變之形，與「畀」字作**畀**睡虎地32.5**畀**耿勳碑等形相近，《古文四聲韻》錄「卑」字**昇**四1.16王存乂切韻形，應亦篆文卑**𢌜**之隸訛，可見傳抄古文「卑」字其下亦有作從「廾」之形，與「畀」字形近，二字又雙聲，尙書敦煌諸本則「畀」字皆作「卑」。

（2）**昇**

《書古文訓》「俾」字或作**昇**，爲「卑」字篆文**𢌜**之隸訛。

（3）俾：**俾**1**俾**2**俾**3**俾俾**4

內野本、足利本「俾」字或作**俾**1**俾**2**俾**3等形，筆劃略有增減；足利本或變作**俾俾**4，右形與（2）**昇**類同，爲「卑」字篆文**𢌜**之隸變俗寫。

〔註160〕何琳儀《戰國古文字典》以爲「卑」乃「敉」之初文，毀也；朱駿聲《說文通訓定聲》以爲「椑」之初文，象圓榼酒器；夏淥〈釋于丂單卑等字〉以爲「箄」之初文，謂小籠；季旭昇《說文新證》疑象卑者所持之器，由僕持箕之類。

〔註161〕唐蘭〈永盂銘文解釋〉謂「畀」之甲骨、金文諸形即《周禮》八矢中之「痺矢」；裘錫圭〈畀字補釋〉

【傳鈔古文《尚書》「俾」字構形異同表】

俾	戰國楚簡	石經	敦煌本	岩崎本 神田本b	九條本 島田本b	內野本	上圖本(元) 觀智院b 天理本	古梓堂b	足利本	上圖本(影)	上圖本(八)	古文尚書晁刻	書古文訓	尚書篇目
下民其咨有能俾乂			畀 P3315			俾							卑	堯典
勸之以九歌俾勿壞													昇	大禹謨
帝曰俾予從欲以治						俾					俥		昇	大禹謨
俾予一人													昇	湯誥
俾輔于爾後嗣制官刑													卑	伊訓
密邇先王其訓無俾世迷						俾							昇	太甲上
俾嗣王克終厥德						俥							卑	太甲中
眷求一德俾作神主													昇	咸有一德
協于克一俾萬姓											俁		昇	咸有一德
承汝俾汝惟喜康共			畁 P3670 畀 P2643	俾		畀							昇	盤庚中
無遺育無俾易種于茲新邑			畀 P2643 畀 P2516	卑		畀							昇	盤庚中
俾以形旁求于天下			畀 P2643 畀 P2516	畀		俥	畀						卑	說命上
予弗克俾厥后惟堯舜			畀 P2643 畀 P2516	甲									卑	說命下
罔俾阿衡專美有商			畀 P2643										昇	說命下
俾暴虐于百姓于商郊			畀 S799	甲									卑	牧誓

丕冒海隅出日罔不率俾		畀				畀	君奭
丕乃俾亂	畀 P2630	畀				畀	立政
克由繹之茲乃俾乂	畀 P2630	畀				畀	立政
王俾榮伯作賄肅慎之命					俾	畀	周官
俾爰齊侯呂伋				畀b		畀	顧命
俾克畏慕		畀	俾			畀	畢命
格其非心俾克紹先烈		畀				畀	冏命
俾君子易辭	畀 P3871	畀				畀	秦誓
人之彥聖而違之俾不達	畀 P3871	✓				✓	秦誓

148、乂

「有能俾乂」，敦煌本《經典釋文·堯典》P3315「乂」字，下云「音刈，治也，下同」，《說文》乂，芟草也，訓「治」爲引申義，段注云「𤔥爲正字」，《說文》辟部「𤔥，治也，从辟乂聲」下引書作「有能俾𤔥」段注「今𤔥作乂蓋自孔安國以今字讀之已然矣」《尚書大傳》作「艾」，皮錫瑞《考證》謂「乂」今文當作「艾」。

「乂」字在傳鈔古文《尚書》有下列不同字形：

（1）𦅫 魏三體 𤔥1

魏三體石經〈君奭〉「乂」字古文作𦅫，《書古文訓》亦作𤔥1，𤔥爲訓「治也」之正字。王國維〈釋𤔥〉謂彝器𤔥或作𤔥字爲經典中「乂」、「艾」之本字，治也，相、養也，〈君奭〉「用乂厥辟」即毛公鼎之「□𤔥乎辟」〈康誥〉「用保乂民」、〈多士〉、〈君奭〉「保乂有殷」、〈君奭〉「乂王家」、〈康王之誥〉「保乂王家」、《詩·小雅》「保艾爾後」，即克鼎之「𤔥王家」、「保𤔥周邦」，此「𤔥」有相、養二義皆由治義引申。《說文》辟部「𤔥，治也」「𤔥」是經典「乂」字，壁中古文作「𤔥」，爲「𤔥」字之訛，初以形近訛爲「辟」，後人因「辟」讀與「𤔥」讀不同，故加「乂」以爲聲，經典作「乂」、「艾」皆「𤔥」之假借。

（2）艾：艾 隸釋

《隸釋》漢石經尚書殘碑〈洪範〉「次六曰乂用三德」「乂」字作艾，以「艾」

爲「乂」，音同假借。

（3）刈：𠚣1 𠛥2 𠚣3

岩崎本「乂」字或作𠚣3、島田本或作𠛥2、上圖本（元）或作𠚣1，皆爲「刈」字之訛變，《說文》「刈，乂或从刀」。

（4）𠂂𠂇1 乂2

內野本、上圖本（影）「乂」字𠂂𠂇1，上圖本（八）或作乂2，乃於「乂」上或下加一點，以與「𠂇」（又）字區別。

（5）乂又1 又叉 叉2 乂3 叉刃4

敦煌本P2516、上圖本（八）「乂」字或作乂又1，內野本、上圖本（八）「乂」字或作又2，是「乂」上加一點而與右筆合書，形似「又」字，上圖本（八）或作乂可見由（4）乂2而乂又1又2之跡。神田本、岩崎本、島田本、九條本、觀智院本、上圖本（八）或作叉叉2，乃「乂」上加一點訛似「又」字，故復加一點以區別，而與「叉」字形混。內野本或作乂3，爲（5）叉2形訛似「乂」；天理本、上圖本（八）或作叉刃4，則訛似「刃」。

（6）人

岩崎本「乂」字或作人，訛似「人」形。

【傳鈔古文《尚書》「乂」字構形異同表】

乂	戰國楚簡	石經	敦煌本	岩崎本	神田本b	九條本b	島田本b	內野本	上圖（元）	觀智院b	天理本	古梓堂b	足利本	上圖本（影）	上圖本（八）	古文尚書晁刻	書古文訓	尚書篇目
下民其咨有能俾乂																	嬖	堯典
雲土夢作乂				𠂂				𠂇										禹貢
作咸乂四篇									又									咸有一德
惟臣欽若惟民從乂			乂P2516	乂				乂	叉					𠂇	又			說命中
旁招俊乂列于庶位				人					𠚣									說命下
惟后非賢不乂			又P2516	叉					叉						又			說命下

無災降監殷民用乂			乂		乂			乂			微子
天其以予乂民			乂b	乂					乂			泰誓中
次六曰乂用三德	艾 隸釋			乂					乂			洪範
從作乂明作哲			乂b	乂					乂			洪範
曰肅時雨若曰乂時暘若			乂b	乂					乂			洪範
百穀用不成乂用昏不明			乂b						乂			洪範
用保乂民									乂			康誥
愍祀于上下其自時中乂			乂									召誥
亦敢殄戮用乂			乂	乂					乂			召誥
亦惟天丕建保乂有殷									乂			多士
巫咸乂王家	魏											君奭
率惟茲有陳保乂有殷									乂			君奭
用乂厥辟	魏								乂			君奭
天壽平格保乂有殷									乂			君奭
乂我周王享天之命	乂 S2074		乂	乂			乂	乂	乂			多方
以乂我受民			乂	乂			乂	乂	乂			立政
亦克用乂				乂					乂			周官
惟民其乂			乂	乂b				乂	乂			君陳
保乂王家					乂b				乂			康王之誥
子孫訓其成式惟乂			乂	乂					乂			畢命
昭乃辟之有乂			乂	乂				乂	乂			君牙
率乂于民棐彝典獄			乂						乂			呂刑

堯典	戰國楚簡	漢石經	魏石經	敦煌本 P3315			岩崎本	神田本	九條本	島田本	內野本	上圖本（元）	觀智院	天理本	古梓堂	足利本	上圖本（影）	上圖本（八）	晁刻古文尚書	書古文訓	唐石經
僉曰於鯀哉帝曰吁咈哉方命圮族				僉曰我鯀哉帝曰吁咈哉才方命圮族							僉曰非鯀才帝曰吁咈才方命圮族						僉曰於鯀才帝曰吁咈才方命圮哉	僉曰於鯀哉帝曰吁咈哉方命圮族	僉曰宀散才帝曰呺呃才亡命圮矣	僉曰宀散才帝曰呺呃才亡命圮矣	僉曰於鯀哉帝曰吁咈哉方命圮族

149、僉

「僉」字在傳鈔古文《尚書》有下列不同字形：

（1）僉₁金₂

上圖本（影）「僉」字或作僉₁，中間二口與其左下「人」合書，上圖本（八）或作金₂，中間二口與其上短橫合書。

（2）僉　僉₁金₂

上圖本（影）、上圖本（八）「僉」字分別或作僉　僉₁，中間二口共用直筆又與其下「人」合書，原下作「从」省作「人」。此形與二本「命」字作命、僉形混；上圖本（八）〈大禹謨〉「朕志先定詢謀僉同」「僉」字作金₂，與該本「命」字由命而命　僉變作命之形混同。（參見"命"字）

【傳鈔古文《尚書》「僉」字構形異同表】

僉	戰國楚簡	石經	敦煌本	岩崎本	神田本b	九條本	島田本b	內野本	上圖（元）	觀智院b	天理本	古梓堂本b	足利本	上圖本（影）	上圖本（八）	古文尚書晁刻	書古文訓	尚書篇目
僉曰於鯀哉														僉	僉			堯典
帝曰疇若予工僉曰垂哉															僉			舜典
僉曰益哉														僉	僉			舜典
僉曰伯夷														僉	僉			舜典
朕志先定詢謀僉同															僉			大禹謨

150、鯀

「鯀」,《國語‧吳語》、《漢書‧古今人表》、開母廟碑作「鮌」,《玉篇》作「䱎」云「公本切,世本顓頊生䱎,䱎生高密是為禹也」,《廣韻》亦作「䱎」:「禹父名,亦作骸」又「骸,古本切,音袞,同䱎」,《集韻》混韻作「䱎」:「人名,禹父也。或作鮌,亦作鯤,通作鯀骸」,「鮌」從「角」疑是從「魚」古文 ![毛公鼎字形] 毛公鼎之訛變,《集韻》魚古作烄,䱎、鮌、鯤、鯀、骸通,系、玄、眾聲相近同而通用。

「鯀」字在在傳鈔古文《尚書》有下列不同字形:

（1）鯀:鯀1鯀2

足利本、上圖本（影）「鯀」字或作鯀1,上圖本（八）或作鯀2,右訛從「糸」。

（2）䱎:䱎1䱎2

敦煌本《經典釋文‧堯典》P3315「鯀」字作「䱎」䱎1,「䱎,古鮌字,故本反,崇伯之名,馬云顓頊之子,禹父也」,《古文四聲韻》錄此形 ![字形]四3.16注作「鮌」字。島田本〈洪範〉作䱎2,右俗從「糸」。

（3）鮌:鮌1鮌2

內野本「鯀」字或作「鮌」鮌1鮌2,《古文四聲韻》錄 ![字形]四3.16注作「鮌」字。

（4）骴：骴骴

《書古文訓》「鯀」字皆作「骴」骴，上圖本（八）〈洪範〉「鯀則殛死」
亦作「骴」骴。

【傳鈔古文《尚書》「鯀」字構形異同表】

鯀	戰國楚簡	石經	敦煌本	岩崎本	神田本b	九條本	島田本b	內野本	上圖（元）	觀智院本b	天理本	古梓堂b	足利本	上圖本（影）	上圖本（八）	古文尚書晁刻	書古文訓	尚書篇目
僉曰於鯀哉			鯀 P3315										鯀	鯀	鯀		骴	堯典
殛鯀于羽山			骴 P3315											鯀	鯀		骴	舜典
鯀陻洪水				鯀b	鯀									鯀			骴	洪範
鯀則殛死禹乃嗣興				鯀b	鯀									鯀	骴		骴	洪範

151、哉

「哉」字在傳鈔古文《尚書》有下列不同字形：

（1）才：才魏品式才才1才才2才3才4

魏品式石經「哉」字古文作才，三體石經古文亦作才，皆以「才」為「哉」。
敦煌本《經典釋文‧堯典》P3315「哉」字作才1，下云「古哉字作才，若才能
之才則从木，他皆放此。」《書古文訓》「哉」字皆作才1，「哉」本作「弍」，
金文作：弍禹鼎哉邾公華鐘，「弍」从才聲，是「才」「哉」通用。古寫本多以
「才」為「哉」，敦煌本 S799、S6017、神田本、岩崎本或寫作才才才2 形，
觀智院本有作才3 形，上圖本（影）或作才4 形，形訛似「方」，凡此皆「才」
字筆劃變化。

（2）戈戈1戈戈2

上圖本（影）以「才」為「哉」，「才」字直筆略右斜才、戈，漸變作戈1
形，再訛作戈2 形，訛同「戈」，上圖本（八）亦有變作戈1 再訛如「戈」作戈2。

（3）哉：哉漢石經哉隸釋哉弌1弌2

現存及《隸釋》所錄漢石經尚書殘碑「哉」字分別作哉1弌2，敦煌本
P2748、S5626、上圖本（影）或作哉弌1 形，天理本或作弌2，皆「哉」

字之隸變，「口」變作「人」，與漢代作 🈁 好哉泉范 🈁 武氏石闕銘 🈁 曹全碑 🈁 漢石經.詩.北門類同。

【傳鈔古文《尚書》「哉」字構形異同表】

哉	戰國楚簡	石經	敦煌本	岩崎本b / 神田本b / 九條本 / 島田本b	內野本	上圖（元） / 觀智院b / 天理本 / 古梓堂本b	足利本	上圖本（影）	上圖本（八）	古文尚書晁刻	書古文訓	尚書篇目
僉曰於鯀哉			才 P3315		才		才	才			才	堯典
岳曰异哉試可乃已					才		才	才			才	堯典
帝曰往欽哉					才		才	才			才	堯典
釐降二女于嬀汭嬪于虞帝曰欽哉					才		才	才			才	堯典
欽哉欽哉惟刑之恤哉			才 P3315		才		才	才			才	舜典
僉曰垂哉								才			才	舜典
益曰吁戒哉儆戒無虞					才		才	戈			才	大禹謨
民協于中時乃功懋哉			才 S5745		才		才	戈			才	大禹謨
欽哉慎乃有位			才 S801		才		才	戈			才	大禹謨
彊而義彰厥有常吉哉					才		才	戈			才	皋陶謨
天命有德五服五章哉					才		才	戈			才	皋陶謨
書用識哉欲並生哉		魏品			才		才	戈	才		才	益稷
否則威之禹曰俞哉		漢			才		才	戈			才	益稷
股肱喜哉元首起哉			才 P3605. P3615		才		才	戈	才		才	益稷
其爾眾公士懋戒哉			才 P5557	才							才	胤征
厥惟舊哉				才	才		才	戈			才	仲虺之誥
嗣王戒哉祗爾厥辟					才	哉	才	戈	才		才	太甲上

尚皆隱哉予其懋簡相爾	戈 隸釋	才 P2643 才 P2516	才	才	才	才	才	戈	才	盤庚下
永清四海時哉弗可失		才b	才		才	才	才		才	泰誓上
我伐用張于湯有光勖哉夫子	才 S799	汱b	才		才	才	茋		才	泰誓中
夫子勖哉	才 S799	才b	才						才	牧誓
勖哉夫子尚桓桓		✓	✓				戈		才	牧誓
厥四月哉生明	才 S799	才b	才				戈		才	武成
嗚呼允蠢鰥寡哀哉			才			戈			才	大誥
王曰嗚呼封汝念哉			才		才	戈	才		才	康誥
嗚呼有王雖小元子哉		才			才	戈	才		才	召誥
汝乃是不蘉乃時惟不永哉	戈 P2748 才 S6017		才				才		才	洛誥
酗于酒德哉	魏 才 P3767 才 P2748		才				才			無逸
惟時受有殷命哉	魏 戈 P2748	才	才				才		才	君奭
襄我二人汝有合哉言	戈 P2748	才	才				才		才	君奭
往即乃封敬哉	戈 S5626	茅	才				才		才	蔡仲之命
爾其戒哉	才 S2074	才	才				才		才	蔡仲之命
爾惟和哉爾室不睦	才 P2630 才 S2074	才	才				才		才	多方
爾其戒哉			才	才b			才		才	君陳
惟四月哉生魄王不懌			才	才b			才		才	顧命
往哉旌別淑慝表厥宅里		才	才				才		才	畢命

							尚書篇目
厥惟艱哉			才	才		才	才	君牙
尙明聽之哉			才	才		才	才	呂刑
亦職有利哉	才 P3871		才	才		才	才	秦誓

152、咈

「咈」字在傳鈔古文《尚書》有下列不同字形

（1）呃

《書古文訓》「咈」字皆作呃，《汗簡》、《古文四聲韻》錄古尚書「弗」字作：弗汗 **6.82** 弗四 **5.9**，呃形其右為此古文「弗」之隸古定，與《玉篇》卷 29 丿部「弜」古文弗同形。

【傳鈔古文《尚書》「咈」字構形異同表】

咈	戰國楚簡	石經	敦煌本	岩崎本	神田本b	九條本	島田本b	內野本	上圖（元）	觀智院b	天理本	古梓堂b	足利本	上圖本（影）	上圖本（八）	古文尚書晁刻	書古文訓	尚書篇目
帝曰吁咈哉			哺 P3315														呃	堯典
罔咈百姓以從己之欲																	呃	大禹謨
從諫弗咈																	呃	伊訓
咈其耇長舊有位人																	呃	微子

153、圮

「方命圮族」，敦煌本《經典釋文·堯典》P3315 作「圮命」，「馬云：方，放也，徐（仙民）云：鄭、王音放」，《漢書·王商.史丹.傅喜傳》引傳太后詔曰「放命圮族」，《史記·五帝本紀》作「負命」。敦煌本《經典釋文·堯典》P3315「圮」字作圮，下云「皮美反，毀也」，《史記》作「毀族」。

「圮」字在傳鈔古文《尚書》有下列不同字形：

（1）圮圮₁

敦煌本《經典釋文·堯典》P3315「圮」字作圮₁，內野本、足利本、上圖本（影）亦或作圮₁形，與「圯」字混同，「己」「已」「巳」寫本常相混。

（2）地

上圖本（八）〈咸有一德〉書序「祖乙圮于耿作祖乙」「圮」字誤作爲「地」字（地）。

【傳鈔古文《尚書》「圮」字構形異同表】

圮	戰國楚簡	石經	敦煌本	岩崎本	神田本b	九條本	島田本b	內野本	上圖（元）	觀智院b	天理本b	古梓堂b	足利本	上圖本（影）	上圖本（八）	古文尚書晁刻	書古文訓	尚書篇目
方命圮族			圮 P3315					圮						圮圮				堯典
祖乙圮于耿作祖乙								圮						圮	圮	地		咸有一德

堯典	戰國楚簡	漢石經	魏石經	敦煌本 P3315		岩崎本	神田本	九條本	島田本	內野本	上圖本（元）	觀智院	天理本	古梓堂	足利本	上圖本（影）	上圖本（八）	晁刻古文尚書	書古文訓	唐石經
岳曰异哉試可乃已				异 徐鄭音異 孔王音怡 已也						岳曰异才試可乃已					岳曰异試可乃已	岳曰异才試可乃已	岳曰异武試司可乃已	缺日异才試可虔已		岳曰异哉試可乃已

154、异

《說文》廾部「异」字「舉也，从廾巳聲，虞書曰『岳曰异哉』」段注云：「釋文曰『鄭音異』於其音求其義，謂四嶽聞堯言驚愕而異哉也，謂『异』爲『異』之假借也。」敦煌本《經典釋文・堯典》P3315 作异，下云「徐鄭音異，孔王音怡，已也」，吳汝綸《尚書故》云：「通『已』，歎詞」與「异哉」連用語氣相合。〔註162〕「异」字在傳鈔古文《尚書》有下列不同字形：

（1）异异异

〔註162〕說見：顧頡剛、劉起釪著，《尚書校釋譯論》，北京：中華書局，2005，頁84。

敦煌本《經典釋文・堯典》P3315「异」字作 异，與內野本、足利本、《書古文訓》作 异 同形，其上作「巳」形，「异」字从昌（巳）聲，其上應作「巳」。

（2）导

上圖本（八）「异」字作 导，从「廾」變作从「寸」，義類可通。

【傳鈔古文《尚書》「异」字構形異同表】

异	戰國楚簡	石經	敦煌本	岩崎本	神田本b	九條本	島田本b	內野本	上圖（元）	觀智院b	天理本	古梓堂b	足利本	上圖本（影）	上圖本（八）	古文尚書晁刻	書古文訓	尚書篇目
岳曰异哉試可乃已			异 P3315					异					昻	异	导		异	堯典

155、巳

「巳」字在傳鈔古文《尚書》有下列不同字形：

（1）巳 巳₁

「巳」字，金文作 ð 者女觥 δ 者女觥 ð 沈子它簋 ð 頌簋，《說文》巳部「𢀜，用也，从反巳」隸變作「以」，「昌（𢀜）」、「巳」、「以」爲一字，段注云「巳」「巳」二字古有通用者。《書古文訓》「巳」字皆作 巳₁，九條本、內野本、足利本、上圖本（影）、上圖本（八）亦多作此形，與「巳」混同。

（2）以 漢石經

《隸釋》漢石經尚書〈立政〉「予旦巳受人之徽言」「巳受」作「以 前」，「前」字當爲「受」字之誤，「以」字即 𢀜 之隸變，魏三體石經古文作 ð、篆文作 𨸏、隸體作 以，篆、隸皆作「以」，「巳」、「以」古相通。

【傳鈔古文《尚書》「巳」字構形異同表】

巳	戰國楚簡	石經	敦煌本	岩崎本	神田本b	九條本	島田本b	內野本	上圖（元）	觀智院b	天理本	古梓堂b	足利本	上圖本（影）	上圖本（八）	古文尚書晁刻	書古文訓	尚書篇目
岳曰异哉試可乃巳																	巳	堯典
巳予惟小子不敢替上帝命								巳					巳	巳			巳	大誥
巳汝惟小子未有若汝封之心								巳					巳	巳	巳		巳	康誥

已若茲監					巳		巳 巳 巳		巳	梓材
公曰已汝惟沖子惟終							巳 巳		巳	洛誥
王曰公定予往已					巳		巳 巳 巳		巳	洛誥
嗚呼君已曰時我我亦不敢寧于上帝命					巳		巳 巳 巳		巳	君奭
予旦已受人之徽言	以 隸釋			已 巳			巳 巳 巳		巳	立政

堯典	戰國楚簡	漢石經	魏石經	敦煌本 P3315		岩崎本	神田本	九條本	島田本	內野本	上圖本（元）	觀智院	天理本	古梓堂	足利本	上圖本（影）	上圖本（八）	晁刻古文尚書	書古文訓	唐石經
帝曰往欽哉九載績用弗成				往文征字古曰 續日用蔑弦字						帝曰徃欽才九載績潵帝成					帝曰徃欽才九載績用弗成	帝曰往欽哉九載績用弗成	帝曰往欽哉九載績前弗成	帝曰迋欽才九觀績用延戎		帝曰迋欽才九載績用弗成

156、往

「往」字在傳鈔古文《尚書》有下列不同字形：

（1） 逞汗 1.8　遌四 3.24　徥六 222　逞徎徎逞迋 1

《汗簡》、《古文四聲韻》、《訂正六書通》錄古尚書「往」字作：逞汗 1.8　遌四 3.24　徥六 222，从辵从坓，左爲坓之訛，皆與《說文》古文「往」逞从辵从坒類同，源自春秋戰國古文 徎 侯馬 遌 郭店．尊德 31　遌 陶彙 3.974 等形，「彳」「辵」義通，爲形符替換。

《書古文訓》「往」字多作 逞徎逞迋 1 等，上圖本（八）或作 迋 1，爲 逞汗 1.8　逞 說文古文往之隸古定。

（2） 徍魏三體　徍 1 徎 2 徍 3 崖 4 徎 5

魏三體石經〈梓材〉「往」字古文作 徍魏三體，敦煌本《經典釋文‧堯典》P3315「往」字作 徍 1，下云「古往字，古文作 逞」，「往」字古作 逞鐵 1.2 徎 鄂

君啓舟節，或從「彳」作：徎吳王光鑑，楚簡作徎郭店.老丙 4，即徎魏三體形之源，同於《說文》篆文作徎，《書古文訓》「往」字或作徎、上圖本（八）或作徎（皆徎1形），內野本或作徎2，足利本或作徎3，其「彳」之首筆作丶，寫本中常見，上圖本（八）或作徎4，其「彳」變作二筆，上圖本（八）「往」字又或作徎5。

（3）徎魏三體（隸）往1

魏三體石經〈君奭〉「又曰無能往來」「往」字古文作徎1，九條本或作徎1，爲徎魏三體徎說文篆文往形其右上隸變似「土」。

（4）往：往1往2

內野本、足利本、上圖本（影）、上圖本（八）「往」字或作往1往2，右爲「往」字篆文從「㞷」之隸變如：往睡虎地 32.4往馬王堆.易 2，再訛作「生」。

（5）往1往21往3

敦煌本 S2074「往」字作往1，「彳」變作二筆，形訛似「亻」，岩崎本或作往2、島田本作往3，則從「彳」作從「亻」，漢帛書已見從「亻」：往老子甲 165，「往」字篆文從「㞷」則隸變作「主」形，如：往睡虎地 32.4往春秋事語38往定縣竹簡 52。

（6）姓

上圖本（八）〈呂刑〉「王曰嗚呼嗣孫今往何監」「往」字作姓，與內野本、足利本、上圖本（影）、上圖本（八）「姓」字作姓相訛混，「往」字作姓形，右爲篆文從「㞷」之隸變作「主」再訛作「生」形。

（7）役

上圖本（影）〈康誥〉「往哉封勿替敬典」「往」字作役爲「役」字，其下傳云：「汝往之國勿廢所宜」，是知此處作「役」爲誤作。

【傳鈔古文《尚書》「往」字構形異同表】

傳抄古尚書文字 往 徎汗 1.8 徎四 3.24 徎六 222		戰國楚簡	石經	敦煌本	岩崎本	神田本b	九條本	島田本b	內野本	上圖（元）b	觀智院b	天理本b	古梓堂b	足利本	上圖本（影）	上圖本（八）	古文尚書晁刻	書古文訓	尚書篇目
帝曰往欽哉				徎P3315					徎					徎	往	往		徎	堯典

經文								出處
帝曰俞汝往哉				往		往 往		逞	舜典
讓于殳斨暨伯與帝曰俞往哉汝諧					往 往	往	逞	舜典
帝曰俞往哉汝諧				往	往 往	往	逞	舜典
伯拜稽首讓于夔龍帝曰俞往欽哉				往		往 往	逞	舜典
帝初于歷山往于田					往 往	往	逞	大禹謨
帝拜曰俞往欽哉				往	往	往	逞	益稷
往哉生生			往			往		盤庚中
今朕必往							崔	泰誓中
武王伐殷往伐歸獸識其政事作武成				往		往	逞	武成
予惟往求朕攸濟敷賁				逞	往 往 逞	逞	大誥
欽哉往敷乃訓			往b	逞	往 往	逞	微子之命
紹聞衣德言往敷求于殷先哲王	往漢			往	往 往 往	逞	康誥
往哉封勿替敬典				往	往 役 往	逞	康誥
肆徂厥敬勞肆往姦宄	伴魏		社	往	往 往 往	逞	梓材
召公既相宅周公往營成周				逞	往 往 往	逞	洛誥
孺子其朋其往				逞	往 往 往	逞	洛誥
惟以在周工往新邑				逞	往 往	逞	洛誥
公定予往己				逞	往 往 往	逞	洛誥
又曰無能往來	往魏			逞	往 往 逞	逞	君奭
若游大川予往暨汝奭				逞	往 往 逞	逞	君奭
往敬用治				逞	往 往 逞	逞	君奭
往即乃封敬哉			往	逞	往 往 逞	逞	蔡仲之命

汝往哉無荒棄朕命	徃 S2074		徃	進		往	徃	往		逴	蔡仲之命
桀德惟乃弗作往任是				逴		往	徃	進		逴	立政
昔周公師保萬民民懷其德往慎乃司				逴		徃	徃	徃		逴	君陳
往哉旌別淑慝			徃	進		往	徃	徑		逴	畢命
嗚呼嗣孫今往何監				逴		往	往	雅		逴	呂刑
父往哉柔遠能邇惠康小民			徃	逴		往	往	逴		逴	文侯之命

157、載

「九載」，《史記・五帝本紀》作「九歲」，《爾雅・釋天》：「載，歲也。」「載」字在傳鈔古文《尚書》有下列不同字形：

（1）歔歔歔歔

《書古文訓》「載」字作歔歔歔歔等形，皆爲《說文》丮部「歔」字：「歔，設餁也，从丮食才聲，讀若載」，段注云：「古用爲發語之『載』，如石鼓詩『載』作『歔』」。《說文》篆文作𩜵，源自金文作𩛲即簋𩛲沈子它簋等形，歔歔歔歔即此形之隸古定字，「歔」爲「載」之音同假借。

（2）戜戜

上圖本（影）〈堯典〉「咨四岳朕在位七十載」「載」字作戜，前句「九載績用弗成」下傳文「戜，年也」更正於上作「戜」，然他處未見，戜戜疑爲「載」之俗寫。

【傳鈔古文《尚書》「載」字構形異同表】

載	戰國楚簡	石經	敦煌本	岩崎本b	神田本b	九條本	島田本b	內野本	上圖（元）	觀智院b	天理本	古梓堂b	足利本	上圖本（影）	上圖本（八）	古文尚書晁刻	書古文訓	尚書篇目
九載績用弗成																	歔	堯典
咨四岳朕在位七十載														戜			歔	堯典
三載汝陟帝位																	歔	舜典

惟時亮天功三載考績											�	舜典
朕宅帝位三十有三載												大禹謨
祗載見瞽瞍夔夔齋慄												大禹謨
乃言曰載采采												皋陶謨
予乘四載隨山刊木												益稷
乃賡載歌曰元首明哉												益稷
冀州既載壺口治梁及岐												禹貢
厥賦貞作十有三載乃同												禹貢
若乘舟汝弗濟臭厥載												盤庚中
汝受命篤弼丕視功載												洛誥
恭儉惟德無載爾偽作德心逸日休												周官

158、用

「用」字在傳鈔古文《尚書》有下列不同字形：

（1）用 用(魏三體) 用 用 用 用₁ 用 用₂ 用₃ 用₄

魏三體石經「用」字古文作用 用，與《說文》古文作用同形，《書古文訓》「用」字作用 用 用 用₁ 用 用₂ 用₃ 等形，即用 說文古文之隸古字形，用 用₂ 形與《古文四聲韻》用(四 4.3 古孝經同，用₃ 形則多一橫筆。上圖本（八）或作用₄ 形亦由用 說文古文訛變。

（2）用₁ 用₂ 用₃ 用₄ 用₅

《書古文訓》「用」字或作用₁ 用₂，乃由《說文》篆文用隸定，足利本、上圖本（影）「用」字或作用₃ 用₄，則用 說文篆文之訛變。

《書古文訓》〈酒誥〉「用燕喪威儀」「用」字作用₅，應是由用 說文篆文訛變。

（3）用

敦煌本《經典釋文・堯典》P3315「用」字作用，下云「古文用字」，此形與《古文四聲韻》用(用(四 4.3 崔希裕纂古類同，亦《說文》篆文用之訛變。

（4）庸：⿰魏品式⿱冑

魏品式石經〈皋陶謨〉「五刑五用哉」「用」字三體皆作「庸」，古文作⿰，此即《說文》卷五下章部「⿱冑」字，「从章从自，用也，讀若庸。」同形於《汗簡》、《古文四聲韻》錄古尚書「庸」字作：⿱冑汗 **2.16**⿱⿱冑四 **1.13**，亦《說文》卷五下「章」字（⿱冑）、土部「墉」字古文⿱冑，源自金文作：⿱冑臣諫簋⿱冑召伯簋二⿱冑拍敦蓋，是借「⿱冑」、「⿱冑」為「庸」（參見"庸"字）。

〈康誥〉「勿庸以次汝封乃汝盡遜」「庸」字內野本、足利本、上圖本（影）皆作「用」，《書古文訓》作⿱冑，《說文》「庸，用也」，「庸」、「用」音義皆同相通用。

（5）繇：⿰繇

上圖本（八）〈多士〉「用告商王士」「用」字作「繇」（⿰），其下傳云：「用王令告商王之眾士也」，〈無逸〉「用咸和萬民」亦同，傳云：「由此乃和萬民」，《說文》卷 12 下「繇（繇），隨從也」引申有「用」義，段注本補「由，或繇（繇）字」，《玉篇》卷 27「繇」同「繇」，用也，隨過也，又「繇（繇）」、「由」以周切，與「用」字音義俱近而通假。

（6）由：由

上圖本（八）〈洪範〉「次四曰協用五紀」「用」字作「由」由，其下傳云：「和天時，使得正，由五紀也。」「用」「由」義可相通。

（7）曲

上圖本（八）〈洪範〉「次二曰敬用五事」「用」字作曲，其下傳云：「五事在身，用之必敬，乃善也。」亦以「由」為「用」，曲為「由」之寫誤。

用	戰國楚簡	石經	敦煌本	岩崎本	神田本b	九條本	島田本b	內野本	上圖本（元）	觀智院b	天理本	古梓堂b	足利本	上圖本（影）	上圖本（八）	古文尚書晁刻	書古文訓	尚書篇目
九載績用弗成			冐 P3315					缺					冐	冐			用	堯典
歸格于藝祖用特																	冑	舜典
惟修正德利用厚生																	冑	大禹謨
戒之用休董之用威																	冑	大禹謨

經文	字形（一）	字形（二）	出處
天討有罪五刑五用哉	〔魏品〕		皋陶謨
書用識哉			益稷
汝不恭命用命賞于祖			甘誓
我用沈酗于酒			微子
我伐用張于湯有光勖哉夫子			泰誓中
次二曰敬用五事		〔曲〕	洪範
次四曰協用五紀		〔由〕	洪範
自洗腆致用酒			酒誥
尚克用文王教			酒誥
用燕喪威儀			酒誥
先生既勤用明德			梓材
方來亦既用明德后式典			梓材
用牲于郊牛二			召誥
其惟王位在德元小民乃惟刑用于天下		〔古文〕	召誥
用告商王士		〔古文〕	多士
予一人惟聽用德			多士
用咸和萬民		〔古文〕	無逸
民否則厥心違怨	〔魏〕		無逸
否則厥口詛祝	〔魏〕〔註163〕		無逸
惟茲惟德稱用乂厥辟	〔魏〕		君奭
惟其終祗若茲往敬用治			君奭
亦克用勸	〔魏〕		多方

〔註163〕魏三體石經〈無逸〉此二句作「民否則 用 厥心違怨・否則 用 厥口詛祝。」今本及各寫本均無「用」字。

用咸戒于王											用	立政
用協于厥邑其在四方	用魏										用	立政
亦克用乂明										用	用	周官
用荅揚文武之光訓										用	用	顧命
厎至齊信用昭明于天下										用	用	康王之誥

159、弗

「弗」字在傳鈔古文《尚書》有下列不同字形：

（1）汧汗6.82汧四5.9弜1弜2

《汗簡》、《古文四聲韻》錄古尚書「弗」字作：汧汗 6.82汧四 5.9，敦煌本《經典釋文・堯典》P3315「弗」字作弜1，下云「古弗字」，《書古文訓》「弗」字皆作弜2，此 2 形皆汧汗6.82汧四5.9古文「弗」之隸古定，與《玉篇》卷 29 丿部「弜」古文弗同形，當由戰國「弗」字作：璽彙3417郭店.老甲 4 之形訛變。

（2）弝

神田本「弗」字皆作弝，爲古文「弗」隸古作（1）弜1弜2形之訛變，右訛作「邑」，與《古文四聲韻》「弗」字弝弝四5.9崔希裕纂古類同。

（3）弗：弗魏三體弗弗上博1緇衣11弗

魏三體石經〈多士〉、〈君奭〉「弗」字古文作弗，源自金文作弗易鼎弗哀成弔鼎弗新弨戈弗盉壺等形，楚簡上博〈緇衣〉11 引《尚書》：「〈君陳〉員：『未見聖，女如丌丌弗克見，我既見，我弗貴聖。』」〔註164〕「弗」字作弗上博 1緇衣11，亦源於金文諸形，戰國文字作：弗郭店.唐虞 1弗郭店.語叢 3.5弗璽彙 3126弗郭店.忠信 1弗璽彙 3417弜郭店.老甲 4 等形。內野本或上加短橫作弗，與弗魏三體類同。

（4）不：不隸釋不不不

〔註164〕今本《尚書》〈君陳〉云：「凡人未見聖，若不克見，既見聖，亦不克由聖。」

郭店〈緇衣〉19 引作「〈君陳〉員：「未見聖，如其弗克見，我既見，我弗迪聖。」

今本〈緇衣〉引〈君陳〉：「未見聖，若己弗克見，既見聖，亦不克由聖。」

　　《隸釋》錄漢石經尚書殘碑〈盤庚中〉「丕乃崇降弗祥」「弗」字作𠬝隸釋，和闐本〈太甲上〉「予弗狎于弗順營于桐宮」「弗」字作术，其餘今本尚書文句「弗」字敦煌諸本、岩崎本、上圖本（元）、足利本、上圖本（影）、上圖本（八）或作「不」，「弗」、「不」音義皆同相通用。

【傳鈔古文《尚書》「弗」字構形異同表】

傳抄古尚書文字　弗（汗6.82／四5.9）	戰國楚簡	石經	敦煌本	和闐本	岩崎本	神田本b	九條本	島田本b	內野本	上圖本（元）	觀智院本b	天理本b	古梓堂本b	足利本	上圖本（影）	上圖本（八）	古文尚書晁刻	書古文訓	尚書篇目
九載績用弗成			強 P3315															弜	堯典
朕弗敢蔽																不		弜	湯誥
予弗狎于弗順			术 和闐本															弜	太甲上
乃話民之弗率			弗 P3670													不		弜	盤庚中
汝曷弗念我古后之聞			不 P3670													不		弜	盤庚中
丕乃崇降弗祥	𠬝 隸釋															不		弜	盤庚中
今我民罔弗欲喪									不										西伯戡黎
若藥弗瞑眩厥疾弗瘳					不													弜	說命上
殷其弗或亂正四方									不									弜	微子
元后作民父母今商王受弗敬上天														术				弜	泰誓上
乃夷居弗事上帝神祇														术	不			弜	泰誓上
永清四海時哉弗可失																不		弜	泰誓上
爾所弗勖其于爾躬有戮			𢎺b													不		弜	牧誓
示天下弗服			𢎺b															弜	武成
曰我之弗辟														不				弜	金縢

經文							篇名
王如弗敢及天基命定命					不	弜	洛誥
厥攸灼敘弗其絕厥若彝及撫事如予	不 P2748				不	弜	洛誥
弗弔旻天大降喪于殷	弗魏 不 P2748			禾	不	弜	多士
嚮于時夏弗克庸帝				不	不	弜	多士
弗永遠念天威	弗魏 不 P2748	禾		禾	不	弜	君奭
大弗克恭上下	弗魏			禾	不	弜	君奭
桀德惟乃弗作往任是惟暴德罔後				不	不	弜	立政
四征弗庭綏厥兆民六服群辟				不	不	弜	周官

唐石經	書古文訓	晁刻古文尚書	上圖本(八)	上圖本(影)	足利本	古梓堂	天理本	觀智院	上圖本(元)	內野本	島田本	九條本	神田本	岩崎本			敦煌本 P3315	魏石經	漢石經	戰國楚簡	堯典
帝曰咨四岳朕在位七十載	帝曰咨三嶽朕在位七十載	帝曰咨四岳朕在位七十載	帝曰咨三嶽朕在位七十載	帝曰咨三嶽朕在位七十載						帝曰咨三嶽朕在位七十載							朕 馬云我也				帝曰咨四岳朕在位七十載

160、朕

「朕」字在傳鈔古文《尚書》有下列不同字形：

（1）𦨶：𦨶 𦨶

敦煌本《經典釋文‧堯典》P3315「朕」字作𦨶，下云「直錦反，馬云：我也」，《書古文訓》「朕」字多作𦨶，為《說文》舟部「朕」字「我也」篆文𦨶之隸定，《玉篇》卷 18「𦨶，直荏切，天子稱」。「𦨶」同「朕」字，源自金文作：𦨶孟鼎 𦨶孟簋 𦨶彔伯簋 𦨶麓伯簋 𦨶秦公鎛 𦨶封孫宅盤 𦨶中山王鼎 𦨶魯伯愈父鬲 𦨶薛侯盤 𦨶毛弔盤 𦨶陳侯壺等形。

（2）朕

敦煌本 S799「朕」字作▨，源自▨魯伯愈父鬲▨毛弔盤▨封孫宅盤▨中山王鼎▨中山王壺等形，爲《說文》篆文「朕」▨之隸變，右隸變訛似「美」，當由《古文四聲韻》「䑯」字▨四 **3.28** 崔希裕纂古演變而來。

（3）䑴：▨1▨2▨3▨4▨5▨6▨7▨8

內野本、足利本、上圖本（影）、上圖本（八），「朕」字或作▨1，從舟從炎，此「䑴」字見於《廣韻》卷 3.47 寑「朕」字下爲其古文，內諸本多或作▨4形，其右下作「又」，▨1▨4 皆由▨孟簋▨彖伯簋▨麓伯簋▨秦公鎛等形訛變。內野本、足利本或作▨3▨5，「火」訛似「大」；上圖本（影）或作▨2，「炎」之下訛作「爻」；上圖本（八）或作▨6，「舟」訛作「身」，或作▨8；上圖本（影）或作▨7。

（4）般：▨1▨2

上圖本（影）、上圖本（八）「朕」字分別或作▨1▨2，其右訛作「殳」，字形與「般」字訛混，亦由（3）▨1▨4 形筆畫再變。

【傳鈔古文《尚書》「朕」字構形異同表】

朕	戰國楚簡	石經	敦煌本	岩崎本b	神田本b	九條本b	島田本b	內野本	上圖（元）	觀智院b	天理本b	古梓堂b	足利本	上圖本（影）	上圖本（八）	古文尚書晁刻	書古文訓	尚書篇目
咨四岳朕在位七十載			▨ P3315					▨					▨	▨			▨	堯典
咨四岳有能典朕三禮								▨					▨	▨			▨	舜典
震驚朕師命汝作納言								▨					▨	▨				舜典
朕宅帝位三十有三載								▨					▨	▨	▨			大禹謨
汝惟不怠總朕師								▨					▨	▨	▨		▨	大禹謨
惟口出好興戎朕言不再								▨					▨	▨	▨		▨	大禹謨
皋陶曰朕言惠可厎行								▨					▨	▨			▨	皋陶謨
帝曰臣作朕股肱耳目								▨					▨	▨			▨	益稷
迪朕德時乃功惟敘								▨					▨	▨	▨		▨	益稷

表（「朕」字各本字形）：

經文	敦煌本	唐石經
祗台德先不距朕行		禹貢
格爾眾庶悉聽朕言		湯誓
惟朕以懌萬世有辭		太甲上
明聽朕言無荒失朕命		盤庚中
曷不暨朕幼孫有比		盤庚中
朕夢協朕卜		泰誓中
非予武惟朕文考無罪	朕 S799	泰誓下
朕復子明辟		洛誥
乃惟孺子頒朕不暇		洛誥
公曰君告汝朕允		君奭
汝往哉無荒棄朕命		蔡仲之命
朕言用敬保元子釗		顧命
皆聽朕言		呂刑

堯典	戰國楚簡	漢石經	魏石經	敦煌本 P3315			岩崎本	神田本	九條本	島田本	內野本	上圖本（元）	觀智院	天理本	古梓堂	足利本	上圖本（影）	上圖本（八）	晁刻古文尚書	書古文訓	唐石經
汝能庸命巽朕位				女耐（音踐…耆遜順也）巽朕位							汝能庸命巽朕位						汝能庸命巽朕位	汝能庸命巽朕位	汝能庸命巽朕位	女耐意命巽朕位	汝能庸命巽朕位

161、巽

「巽」字在傳鈔古文《尚書》有下列不同字形：

（1）𢁕

「巽朕位」，「巽」《史記·五帝本紀》作「踐」，敦煌本《經典釋文·堯典》

P3315「巽」字條云：「<ruby>巽</ruby>，音遜，順也，馬云讓也」，《書古文訓》「巽」字作<ruby>顨</ruby>，《說文》丌部「巽，具也」，「顨，巽也，从丌从頁頁」。此易顨卦爲長女爲風者」，頁部「頁頁，選具也」，「顨」、「巽」皆訓具，音義皆同。段注謂「顨」爲卦名，「巽」爲卦德，乃「愻」之假借，「愻」順也，故善入而訓「選具也」。《書古文訓》以「顨」爲「巽」。

【傳鈔古文《尚書》「巽」字構形異同表】

巽	戰國楚簡	石經	敦煌本	岩崎本b	神田本b	九條本b	島田本b	內野本	上圖院b	上圖（元）	天理本	古梓堂b	足利本	上圖本（影）	上圖本（八）	古文尚書晁刻	書古文訓	尚書篇目
汝能庸命巽朕位			巽 P3315														顨	堯典

堯典	戰國楚簡	漢石經	魏石經	敦煌本 P3315		岩崎本	神田本	九條本	島田本	內野本	上圖本（元）	觀智院	天理本	古梓堂	足利本	上圖本（影）	上圖本（八）	晁刻古文尚書	書古文訓	唐石經
岳日否德忝帝位				吾惪 台部父充元 夭忝位						岳曰否德忝帝位					岳曰否德忝帝位	岳曰否德忝帝位	岳曰否德忝帝位	峚曰不惪忝帝位	峚曰不惪忝帝位	峚曰否德忝帝位

162、否

「否德忝帝位」，《史記・五帝本紀》作「鄙德忝帝位」，敦煌本《經典釋文・堯典》P3315「否」字作<ruby>吾</ruby>，下云「音鄙，又方九反，不也。」孔傳云：「否，不也」，「否德」即「無德」，「不」、「否」古今字。

「否」字在傳鈔古文《尚書》有下列不同字形：

（1）不：<ruby>不</ruby>魏三體<ruby>丕</ruby>隸釋<ruby>不</ruby>不

魏三體石經〈無逸〉「否則厥口詛祝」「否」字古文作<ruby>不</ruby>魏三體，《隸釋》漢石經尚書〈無逸〉「否則侮厥父母」「否」字作<ruby>丕</ruby>，岩崎本〈盤庚下〉「若否罔有弗欽」「否」亦作「不」字<ruby>不</ruby>，《書古文訓》「否」字則作「不」、「<ruby>弜</ruby>」（弗），未見作「否」者，「不」、「否」古今字。

（2）弜（弗）：

《書古文訓》「否」字或作「弜」（弗），「弗」、「不」音義皆同相通用，亦以「不」爲「否」。

【傳鈔古文《尚書》「否」字構形異同表】

否	戰國楚簡	石經	敦煌本	岩崎本 神田本b	九條本 島田本b	內野本	上圖（元） 觀智院b	天理本 古梓堂b	足利本	上圖本（影）	上圖本（八）	古文尚書晁刻	書古文訓	尚書篇目
岳曰否德忝帝位			否 P3315										不	堯典
否則威之禹曰俞哉													不	益稷
德惟治否德亂													不	太甲下
若否罔有弗欽				不									弜	盤庚下
否則侮厥父母		不 隸釋											不	無逸
否則厥口詛祝		不 魏											弜	無逸
喪大否肆念我天威													弜	君奭

163、忝

「忝」字在傳鈔古文《尚書》有下列不同字形：

（1）忝1忝2

《書古文訓》「忝」字作忝1忝2 形，忝2 爲《說文》心部「忝」字篆文作[illegible]之隸定，忝1 形則从古文「天」之隸古定字（參見“天”字）。

（2）忝忝忝1忝忝2

岩崎本、內野本「忝」字作忝忝忝1 等形，爲「忝」字篆文之隸變，而天字出頭，與漢簡作忝**流沙簡.簡牘 5.23** 類同。天理本、上圖本（影）、上圖本（八）「忝」字作忝忝2 形，其下所从「心」（心）訛變作「水」。

【傳鈔古文《尚書》「忝」字構形異同表】

忝	戰國楚簡	石經	敦煌本	岩崎本b	神田本b	九條本b	島田本b	內野本	上圖本（元）	觀智院b	天理本b	古梓堂本b	足利本	上圖本（影）	上圖本（八）	古文尚書晁刻	書古文訓	尚書篇目
岳曰否德忝帝位			襄 P3315					忝						忝			忝	堯典
辟不辟忝厥祖							忝	忝							忝		忝	太甲上
纘乃舊服無忝祖考			忝				忝								忝		忝	君牙

堯典	戰國楚簡	漢石經	魏石經	敦煌本 P3315		岩崎本	神田本	九條本	島田本	內野本	上圖本（元）	觀智院	天理本	古梓堂	足利本	上圖本（影）	上圖本（八）	晁刻古文尚書	書古文訓	唐石經
曰明明揚側陋		■		敭（敦煌）						曰明明揚庲陋					曰明明揚亥烜	曰明明揚亥烜	曰明明揚側陋		曰朙明敭仄陋	曰明明揚側陋

164、揚

「揚」字在傳鈔古文《尚書》有下列不同字形：

（1）敭：[glyph]汗 1.14　[glyph]楊.四 2.13　敭

《汗簡》錄古尚書「揚」字作：[glyph]汗 1.14，《古文四聲韻》錄此形於「楊」字下[glyph]四 2.13 古孝經亦古尚書，其下又錄崔希裕纂古 敭 [glyph]四 2.13 崔希裕纂古二形，「楊」當是「揚」字之誤，與《說文》手部「揚」字古文作「敭」同形，源自[glyph]邾公釛鐘，《書古文訓》或作敭。

（2）[glyph]六 113

《訂正六書通》錄古尚書「揚」字作：[glyph]六 113，與《古文四聲韻》[glyph]四 2.13 崔希裕纂古同形，疑訛變自金文「揚」字從旻作[glyph]盂鼎 [glyph]師遽方彞 [glyph]頌簋 [glyph]頌簋 [glyph]禹鼎 [glyph]此簋 [glyph]此簋等形，[glyph]為[glyph]之變。

（3）敭：[glyph]敭[glyph]1 [glyph]敭[glyph]2 [glyph]敭[glyph]3 [glyph]敭[glyph]4

敦煌本《經典釋文·堯典》P3315「揚」字作[glyph]1，下云「古[glyph]（按左為

扌之訛）字，舉也」，![字]₁為《說文》古文「揚」，其左所從「昜」與「易」訛混，寫本中常見，敦煌本 P2516、P2643 或作![字][字]₁，內野本、上圖本（元）、上圖本（八）或作![字]₁，寫本偏旁「昜」字所從日之下筆與其下共筆作![昜]，與「易」字日形之末橫筆拉長作![易]相訛混。敦煌本 **P4509** 作![字]₂，上圖本（八）或作![字]₂，《書古文訓》或作![字]₂，其左皆訛混作「易」；岩崎本或作![字][字]₃，敦煌本 S6017、九條本或作![字][字]₄，其左皆訛為「易」（參見"易"字），後者又多一飾點。

（4）揚：![揚]₁![揚]₂

內野本、足利本「揚」字或作![揚]₁，偏旁「昜」字訛與「易」相混，足利本或訛作從「易」![揚]₂。

（5）楊（楊）：![楊]₁![楊][楊]₂![楊]₃

上圖本（八）「揚」字或作![楊]₁，其左從「扌」訛作從「木」，寫本常見。岩崎本、敦煌本 P2748 分別作![楊][楊]₂，為「楊」字而偏旁「昜」字訛與「易」相混，上圖本（影）「揚」字亦作「楊」![楊]₃，偏旁「昜」字「日」形與下橫相連訛作「目」。

【傳鈔古文《尚書》「揚」字構形異同表】

傳抄古尚書文字 揚 ![汗]汗1.14 ![四]四2.13亦古孝經 ![六]六113	戰國楚簡	石經	敦煌本	岩崎本	神田本b	九條本	島田本b	內野本	上圖（元）	觀智院b	天理本	古梓堂b	足利本	上圖本（影）	上圖本（八）	古文尚書晁刻	書古文訓	尚書篇目
日明明揚側陋			![字] P3315														![字]	堯典
達于河淮海惟揚州			![楊]	![楊]				![揚]						![楊]	![楊]			禹貢
敢對揚天子之休命			![字] P2643 ![字] P2516	![字]		![字]		![字]					![楊]	![楊]	![字]		![字]	說命下
我武惟揚			![字] S799			![字]									![字]		![字]	泰誓中
以予小子揚文武烈			![楊] P2748 ![字] S6017														![字]	洛誥

以揚武王之大烈			敫			揚			敭	立政
皇后憑玉几道揚末命			敭 敭				敭		敭	顧命
用荅揚文武之光訓	敬 P4509		敫 敭				敭		敭	顧命
對揚文武之光命	敫								敭	君牙

165、側

「側」字在傳鈔古文《尚書》有下列不同字形：

（1）仄：仄仄仄

敦煌本《經典釋文・堯典》P3315「側」字作仄，下云「字又作仄，古側字」，內野本、上圖本（八）「側」字或作仄，《書古文訓》則多作仄，《說文》卷 9 下厂部「仄，側傾也」仄籀文仄，段注謂「仄」古與「側」「昃」字相假借，又《玉篇》「仄」「庆」同，「仄」、「側」音義皆同而假借。

（2）庆：庆

敦煌本 S2074、九條本、內野本、觀智院本、足利本、上圖本（影）、上圖本（八）、《書古文訓》「側」字或作「庆」庆，「庆」即「仄」字，俗書偏旁「厂」「广」常混用。

（3）友₁友₂友₃友₄

岩崎本「側」字或作友₄、島田本或作友₁、足利本或作友₂、上圖本（影）或作友₃，疑此 4 形即《說文》仄字籀文仄之隸變，隸定作「庆」，此則從「广」作「庆」，或由友₁而友₂友₃又變作友₄，《古文四聲韻》「側」字錄庆四5.28崔希裕纂古，應即《玉篇》「庆」字，同「仄」，庆四5.28崔希裕纂古其下「矢」形與友₄之下形類同。友₁友₂友₃友₄當即由「庆」字訛變，「人」形與「广」之左筆合書而變。

【傳鈔古文《尚書》「側」字構形異同表】

側	戰國楚簡	石經	敦煌本	岩崎本b	神田本b 九條本 島田本b	內野本	上圖（元）觀智院b	天理本b 古梓堂b	足利本	上圖本（影）	上圖本（八）	古文尚書晁刻	書古文訓	尚書篇目
曰明明揚側陋			仄 P3315			庆				友 友			仄	堯典

						書古文訓	尚書篇目
虞舜側微				仄		仄	舜典
王道平平無反無側					仄	仄	洪範
人用側頗僻民用僭忒			仄b 仄		仄	仄	洪範
罔以側言改厥度	仄 S2074		仄 仄		仄	仄	蔡仲之命
一人冕執銳立于側階			仄 仄b		仄	仄	顧命
便辟側媚	仄	仄				仄	冏命

166、陋

「陋」字在傳鈔古文《尚書》有下列不同字形：

（1）西

《書古文訓》「陋」字作西西，爲《說文》匚部𠥎之隸定，大徐云「當是从『內』會意，傳寫之誤」，段注本依《玉篇》改「側逃也」作「側𠥎也」，《玉篇》又作「陋」，段注云：「是知『側𠥎』即堯典之『側陋』爲隱藏不出者也。」「西西」爲「側陋」之本字，《說文》卷14下「陋，阨陝也」引申爲「鄙小」義。

【傳鈔古文《尚書》「陋」字構形異同表】

陋	戰國楚簡	石經	敦煌本	岩崎本	神田本b	九條本	島田本b	內野本	上圖（元）	觀智院b	天理本	古梓堂b	足利本	上圖本（影）	上圖本（八）	古文尚書晁刻	書古文訓	尚書篇目
曰明明揚側陋																	西	堯典

堯典	戰國楚簡	漢石經	魏石經	敦煌本 P3315			岩崎本	神田本	九條本	島田本	內野本	上圖本（元）	觀智院	天理本	古梓堂	足利本	上圖本（影）	上圖本（八）	晁刻古文尚書	書古文訓	唐石經
師錫帝曰有鰥在下曰虞舜				師錫帝曰／鰥／日徃舜							師錫帝曰才鰥在下曰徃舜					師錫帝曰有鰥在下曰徃舜	師錫帝曰有鰥在下曰虞舜	師錫帝曰有鰥在下曰虞舜	帝錫帝曰大異至下丁曰衆舜	師錫帝曰有鰥在下曰虞舜	師錫帝曰有鰥在下曰虞舜

167、師

「師」字在傳鈔古文《尚書》有下列不同字形：

（1）𣫀汗 1.7 𣫀四 1.17

《汗簡》、《古文四聲韻》錄古尚書「師」字作：𣫀汗 1.7 𣫀四 1.17，形同《說文》古文𣫀，即《集韻》、《玉篇》「師」古文𣫀。黃錫全謂「師」字本作𠂤令鼎𠂤𥝩師遽方彝，變作𠂤𥝩盂壺、𠂤齊叔夷鎛，此形𣫀乃由𠂤訛變，令由𠂤變。

（2）帝 帝 帝

魏三體石經僖公「師」字古文作𣫀𣫀，𣫀汗 1.7 下《汗簡箋正》謂薛本作帝與石經古文同，以𦥑橫作，《書古文訓》作帝 帝 帝等形，《汗簡》、《古文四聲韻》又錄「師」字帝汗 3.31 義雲章帝四 1.17 古孝經又石經，皆與石經僖公同形，《汗簡》錄石經作帝汗 3.31 則稍訛異，凡此皆源自金文「師」字作：𠂤令鼎𠂤師遽方彝𠂤師旂鼎等形。敦煌本《經典釋文·堯典》P3315「師」字下云古文作帝，與《古文四聲韻》帝四 1.17 籀韻同，形近於帝汗 3.31 石經，品形由𣫀訛變，十形則帀之變，《集韻》平聲6脂「師」古作帝，亦源自𣫀魏三體僖公而變。

（3）𣫀郭店緇衣 39 𣫀上博 1 緇衣 20

楚簡郭店、上博〈緇衣〉引〈君陳〉[註165]「師」字分別作𣫀郭店緇衣 39

[註165] 郭店〈緇衣〉39.40 引作〈君陳〉員：「出內自尔（爾）帀師于庶言同。」
　　　　上博〈緇衣〉20 引作〈君陳〉員：「出內自尔（爾）帀（師）零庶言同。」

🏵上博1緇衣20，與傳鈔古文🏵汗1.7 🏵四1.17之下形今同，此即「帀」字，以「帀」爲「師」字，字形源自于鐘伯鼎 于蔡大師鼎 仆國差𦉢，戰國作：仆鄂君啟舟節 于鄫志鼎 今包山5 仆包山228 仆郭店.窮達5 仆璽彙3203 于璽彙3206 ⺊木陶彙4.178等形。

（4）師₁師₂師₃

敦煌本《經典釋文·堯典》P3315「師」字作師₁，下云「或作師。師，眾也，古文作𦋺」，敦煌諸本、岩崎本、內野本、觀智院本、上圖本（元）、上圖本（八）「師」字或作師₁，岩崎本或作師₂，上圖本（八）或作師₃，皆源自金文師令鼎、《說文》篆文師。

（5）师₁師₂师₃师₄

足利本、上圖本（影）、上圖本（八）「師」字或作师₁师₂师₃师₄等形，左形皆「𠂤」之寫省。

（6）師₁叩₂

敦煌本《經典釋文·堯典》P3315「師」字云「或作師₁」，岩崎本「師」字或作叩₂（〈說命中〉承以大夫師長、〈說命下〉事不師古），師₁叩₂與《古文四聲韻》，叩四1.17 籀韻 所四1.17 籀韻類同，所从之「尸」、「口」疑是「𠂤」（𠂤）之省訛，[註166]「巾」、「斤」應爲「帀」之訛變。

【傳鈔古文《尚書》「師」字構形異同表】

師 傳抄古尚書文字 🏵汗1.7 🏵四1.17	戰國楚簡	石經	敦煌本	岩崎本	神田本b	九條本	島田本b	內野本	上圖（元）b	觀智院b	天理本b	古梓堂b	足利本	上圖本（影）	上圖本（八）	古文尚書晁刻	書古文訓	尚書篇目
師錫帝曰有鰥在下曰虞舜			師 P3315														帀	堯典
震驚朕師命汝作納言																	帀	舜典
汝惟不怠總朕師															师		帀	大禹謨

今本〈緇衣〉引〈君陳〉云：「出入自爾師虞，庶言同。」

〔註166〕徐在國謂此形「所从的尸可能是聲符，也可能是𠂤之壞文造成」，《隸定古文疏證》，合肥：安徽大學出版社，2002，頁134。

禹乃會群后誓于師									師	帀	大禹謨
班師振旅								师		帀	大禹謨
百僚師師百工										帀	皋陶謨
皋陶曰俞師汝昌言								师		帀	益稷
至于五千州十有二師							師	师		帀	益稷
四海胤侯命掌六師							师	师		帀	胤征
夏師敗績湯遂從之遂伐三朡							師	师		帀	湯誓
惟尹躬克左右厥辟宅師							师	师		帀	太甲上
既往背師保之訓弗克于厥初							師	师		帀	太甲中
用宏茲賁嗚呼邦伯師長百執事之人		師 P2643 師 P2516			師			師		帀	盤庚下
承以大夫師長		師 P2643 師 P2516	邤		師	师		師		帀	說命中
事不師古		師 P2643 師 P2516	邤		師	师	师			帀	說命下
殷既錯天命微子作誥父師少師		師 P2643 師 P2516	時							帀	微子
微子若曰父師少師		師 P2643 師 P2516				師	师			帀	微子
一月戊午師渡孟津作泰誓三篇			師						歸	帀	泰誓上
既戊午師逾孟津			師 S799							帀	武成
越曰我有師師司徒司馬司空尹旅									師	帀	梓材
監我士師工誕保文武受民			師 P2748				师	师		帀	洛誥

篤前人成烈荅其師		师 P2748					師		帝	洛誥
出入自爾師虞庶言同則繹〔註167〕	本 上博1 緇衣20 介 郭店. 緇衣40									君陳
畢公衛侯毛公師氏虎臣百尹御事					师b				帝	顧命
張皇六師無壞我高祖寡命							師師師		帝	康王之誥
嗚呼父師惟文王武王							師		帝	畢命
帥師敗諸崤還歸作秦誓							帥 〔註168〕		帝	秦誓

168、錫

《尚書》「賜」字皆作「錫」,《爾雅‧釋詁》:「錫,賜也」。

「錫」字在傳鈔古文《尚書》有下列不同字形:

（1）錫錫1錫錫2錫3錫4錫錫5錫錫6錫錫7

《書古文訓》「錫」字作錫錫1錫錫2形,錫錫1 偏旁金字即篆形金之隸古字形,錫錫2 則偏旁從《說文》金字古文金,而多土字左上一點。敦煌本《經典釋文‧堯典》P3315「錫」字作錫3,左從篆形金之隸古字形,古梓堂本錫4 則類同錫錫2 偏旁從《說文》金字古文金,敦煌本 P5522、P2533、內野本、足利本、上圖本（八）或作錫5形,與錫3錫4 右所從「易」形與「易」訛近,內野本、足利本或作錫錫6,「易」形多一短橫,與「易」訛混。九條本作錫錫7形,右所從「易」形源自戰國作𧪞中山王壺、多郭店.語叢1.36而訛變（參見"易"字）。

（2）錫

上圖本（八）「錫」字或作錫,左為「金」之訛寫。

〔註167〕同前注。

〔註168〕此為「帥」字,「帥師敗諸崤」上圖本（影）此處異文作「師師」（師帥）。

【傳鈔古文《尚書》「錫」字構形異同表】

錫	戰國楚簡	石經	敦煌本	岩崎本b	九條本/神田本b	島田本b	內野本	上圖（元）/觀智院b	天理本/古梓堂本b	足利本	上圖本（影）	上圖本（八）	古文尚書晁刻	書古文訓	尚書篇目
師錫帝曰有鰥在下曰虞舜			錫 P3315			錫			錫					錫	堯典
厥篚織貝厥包橘柚錫貢												錫			禹貢
九江納錫大龜浮于江沱潛漢			錫 P5522	錫								錫			禹貢
錫貢磬錯浮于洛達于河												錫		錫	禹貢
咸則三壤成賦中邦錫土姓			錫 P2533				錫			錫				錫	禹貢
禹錫玄圭告厥成功			錫 P2533	錫			錫					錫		錫	禹貢
天乃錫王勇智表正萬邦														錫	仲虺之誥
天乃錫禹洪範九疇														錫	洪範
曰予攸好德汝則錫之福														錫	洪範
出取幣乃復入錫周公												錫		錫	召誥
平王錫晉文侯秬鬯圭瓚作文侯之命						錫	錫b							錫	文侯之命

169、鰥

「有鰥在下」，《史記·五帝本紀》作「有矜在民間」，《天問》作「鰥」。《集韻》山韻「鰥」古作罛，又作「矜」，「矜，丈夫六十無妻曰矜，通作鰥、罛」，古韻「今」為眞部、「眔」為諄部，韻相通而通用。

「鰥」字在傳鈔古文《尚書》有下列不同字形：

（1）罛：罛罛罛

《書古文訓》「鰥」字作罛罛罛等形，即《汗簡》錄石經「鰥」字罛汗5.63形之隸古字，隸定作「罛」，《集韻》山韻「罛」為「鰥」之古文，「罒」為「眔」之省，《箋正》謂「石經尚書古文作罛，下於當從此，上目當從《隸續》，篆從眔聲，石經省從目，猶『罪』之作『眔』也。」按《古文四聲韻》「昆」

錄 [字] 四 **1.39** 古爾雅（罪）形。[字]汗 **5.63** 形源自金文 [字] 父辛卣 [字] 毛公鼎等形。

（2）鰥：[字]1[字]2[字]3[字]4[字]5

敦煌本《經典釋文·堯典》P3315「鰥」字作 [字]，內野本或作 [字]2，上圖本（八）或作 [字]3[字]4[字]5，皆篆文「鰥」之隸變。

（3）鰥：[字]1[字]2[字][字][字]3[字][字][字]4[字][字]5[字]6

《古文四聲韻》「鰥」錄 [字] 四 **1.39** 古孝經形，即《汗簡》錄石經「鰥」字 [字] 汗 **5.63** 形，是「鰥」、「鰥」為一字。敦煌本 P2748「鰥」字作 [字]1[字]2，應即「鰥」演變為「鰥」之初，其「罪」形之訛變類同「㠱」、「泉」（暨）字之作 [字] P2643 [字] P3315 [字] [字] 上圖本（八）等形，上圖本（影）、上圖本（八）或作 [字][字][字]3 形，「罒」下「水」形訛成「衣」，內野本、岩崎本或作 [字][字][字]4，內野本、足利本或作 [字][字]5，右「罪」形訛似「罬」，上圖本（影）又或訛作 [字]6。

（4）鰥：[字]1[字]2

敦煌本 P3767「鰥」字作 [字]1，右所從「罪」形與敦煌本 P2748 作（3）[字]1 之右形相近，上圖本（八）或作 [字]2，右下則訛似「衣」，[字]1 即曹全碑「鰥」字作 [字]，[字]1[字]2 可皆隸定作「鰥」，或 [字]2 隸定作「鰥」，左所從「角」應由「魚」字古作 [字] 伯魚父壺 [字] 伯魚父壺、篆文作 [字] 隸變作「㶱」形而來，如：[字] 縱橫家書 **19** [字][字] 漢印徵。

（5）鰥：[字]

上圖本（影）〈大誥〉「允蠢鰥寡哀哉」「鰥」字作「鰥」[字]，從魚從累，累、罪音近借作聲符。

（6）矜：[字] **隸釋**

《隸釋》漢石經尙書〈無逸〉「懷保小民惠鮮鰥寡」「鰥」字作「矜」[字]，，古韻「今」為眞部、「罪」為諄部，韻相通而通用。

【傳鈔古文《尚書》「鰥」字構形異同表】

鰥	戰國楚簡	石經	敦煌本	岩崎本	神田本b	九條本	島田本b	內野本	上圖(元)	觀智院b	天理本	古梓堂b	足利本	上圖本(影)	上圖本(八)	古文尚書晁刻	書古文訓	尚書篇目
有鰥在下			鰥 P3315										鰥	鰥	鰥		昊	堯典
允蠢鰥寡哀哉								鰥					鰥	鰥	鰥		昊	大誥
不敢侮鰥寡庸庸祇祇威威顯民								鰥					鰥	鰥	鰥		鰥	康誥
能保惠于庶民不敢侮鰥寡			鰥 P2748					鰥					鰥	鰥	鰥		昊	無逸
懷保小民惠鮮鰥寡	矜 隸釋		鰥 P3767 / 鰥 P2748					鰥					鰥	鰥	鰥		昊	無逸
鰥寡無蓋皇帝清問下民				鰥				鰥					鰥	鰥	鰥		昊	呂刑
鰥寡有辭于苗德威惟畏				鰥				鰥					鰥	鰥	鰥		昊	呂刑

170、虞

「虞」字在傳鈔古文《尚書》有下列不同字形：

（1）众汗2.26　𠓥众四1.24　从六32　众众1　𠓥众2　众众3　众众4

《汗簡》、《古文四聲韻》、《訂正六書通》錄古尚書「虞」字作：众汗 2.26　𠓥众 四1.24　从六32，又《左氏隱元年傳疏》「石經古文虞作从」，〔註169〕曾憲通謂石經古文乃借「虞」為「吳」，秦簡〈司空律〉「載縣（懸）鐘虞作輻（膈）」，鐘虞即鐘㠯，為二字相通之證，从即「虞」字形構下方業變作[字形]再變作[字形]之省訛，〔註170〕其說可從。《書古文訓》皆作众1，與傳抄古文「虞」字同形。敦煌本《經典釋文·堯典》P3315「虞」字作众2，岩崎本、上圖本（元）或作𠓥众2，則與众四1.24同形，下形變作篆文「衣」字下半；內野本、足利本、上圖本（影）或作众众众3形，變似「從」字之右半。敦煌本 P2643 各作众众4形，其左訛變似「久」。

〔註169〕轉引自：黃錫全，《汗簡注釋》，武漢：武漢大學出版社，1993，頁211。

〔註170〕參見：曾憲通〈從曾侯乙編鐘之鐘虞銅人說虞與業〉。

（2）【圖形】

足利本、上圖本（影）「虞」字分別或作【圖形】形，由（1）【圖形】1變作（1）【圖形】3，其上再訛變作「竹」。

（3）【圖形】

上圖本（影）、上圖本（八）「虞」字或作【圖形】等形，乃由（1）【圖形】1變作（1）【圖形】4又再變，其左訛作「文」、「夂」，其右訛作「幺」、「公」等形。

（4）【圖形】

古梓堂本、觀智院本、上圖本（影）、上圖本（八）「虞」字或作【圖形】等形，皆「虞」字篆文之隸變。

（5）度：【圖形】

上圖本（八）〈西伯戡黎〉「不虞天性」「虞」字或作「度」【圖形】，乃「虞」字之寫誤。

（6）雩：【圖形】上博1緇衣20

〈君陳〉「出入自爾師虞」戰國楚簡上博1〈緇衣〉引〔註171〕作「〈君迪（【圖形】）陳〉員：出內自尔帀雩」「虞」字作「雩」【圖形】上博1緇衣20，乃「虞」字之假借。

（7）于：【圖形】郭店緇衣39

郭店〈緇衣〉引《尚書》〈君陳〉：「〈君迪（【圖形】）〉員：出內自尔帀于」「虞」字作「于」【圖形】郭店緇衣39，乃「虞」字之假借。

【傳鈔古文《尚書》「虞」字構形異同表】

傳抄古尚書文字 虞 【圖形】汗2.26 【圖形】四1.24 【圖形】六32	戰國楚簡	石經	敦煌本	岩崎本	神田本b	九條本	島田本b	內野本	上圖（元）	觀智院b	天理本b	古梓堂b	足利本	上圖本（影）	上圖本（八）	古文尚書晁刻	書古文訓	尚書篇目
將遜于位讓于虞舜作堯典								【圖形】						【圖形】	【圖形】		【圖形】	堯典

〔註171〕上博1〈緇衣〉20引「〈君迪（【圖形】）陳〉員：出內自尔帀雩，庶言同。」

郭店〈緇衣〉39.40引〈君迪（【圖形】）〉員：「出內自尔帀于39，庶言同40。」

今本〈緇衣〉引〈君陳〉云：「出入自爾師虞，庶言同。」與古文《尚書·君陳》同。

經文								篇名
師錫帝曰有鰥在下曰虞舜	〔P3315〕		〔字形〕		〔字形〕〔字形〕		炎	堯典
嬪于虞帝曰欽哉			〔字形〕		〔字形〕〔字形〕		炎	堯典
虞舜側微			〔字形〕		〔字形〕		炎	舜典
汝作朕虞			〔字形〕		〔字形〕〔字形〕	虞	炎	舜典
儆戒無虞			〔字形〕		〔字形〕〔字形〕		炎	大禹謨
祖考來格虞賓在位			虞		虞 虞	虞	炎	益稷
惟懷永圖若虞機張			〔字形〕	虞 b	〔字形〕 〔字形〕	〔字形〕	炎	太甲上
不虞天性	〔P2643〕〔P2516〕	〔字形〕	〔字形〕	〔字形〕	虞 虞	度	炎	西伯戡黎
唐虞稽古建官惟百			〔字形〕		虞 虞	〔字形〕	炎	周官
出入自爾師虞	〔上博1緇衣20〕〔郭店緇衣39〕		〔字形〕	虞 b	虞 虞	〔字形〕	炎	君陳
四方無虞		〔字形〕	〔字形〕		虞 虞	〔字形〕	炎	畢命

171、舜

「舜」字在傳鈔古文《尚書》有下列不同字形：

（1）𡐫汗 2.28

《汗簡》錄古尚書「舜」字作：𡐫汗 2.28，此形略訛，《古文四聲韻》錄《汗簡》作𡐫四 4.19，錄古尚書「蕣」字作：𡐫四 4.19，𡐫四 4.19、𡐫四 4.19「蕣」所从皆與《說文》古文作𡐫同形，𡐫四 4.19𡐫說文古文舜應由戰國楚簡𡐫郭店.唐虞1𡐫郭店.唐虞6𡐫郭店.唐虞22 等形而來。

（2）𡐫蕣四 4.19

《古文四聲韻》錄古尚書「蕣」字作：𡐫四 4.19，下从《說文》古文𡐫，然今本《尚書》無「蕣」字，疑是借「蕣」為「舜」。

（3）舜

《書古文訓》「舜」字作𦥛，爲《說文》篆文𦥔之隸古定。

（4）𦥔₁ 𦥛₂ 舜 𦥛₃ 𦥛 舜₄ 𦥛₅ 柬 柬₆

敦煌本《經典釋文・堯典》P3315「舜」字作舜 舜₁，右下作𠦫，P2516作 𦥛₂左下形略訛。內野本、足利本、上圖本（八）或作舜 舜₃形，其右下作 𠦫，內野本又作舜 舜₄形，左下作夕、右下或作𠦫，足利本或作柬 柬₆形，上 圖本（影）或作舜形；諸形皆《說文》篆文𦥔之隸變。

【傳鈔古文《尚書》「舜」字構形異同表】

傳抄古尚書文字 舜 籰汗2.28 籰舜.四4.19	戰國楚簡	石經	敦煌本	岩崎本	神田本b	九條本	島田本b	內野本	上圖（元）	觀智院b	天理本	古梓堂b	足利本	上圖本（影）	上圖本（八）	古文尚書晁刻	書古文訓	尚書篇目
讓于虞舜作堯典															柬		𦥛	堯典
有鰥在下曰虞舜			舜 P3315					舜					舜				𦥛	堯典
虞舜側微堯聞之聰明																	𦥛	舜典
將使嗣位歷試諸難作舜典																	𦥛	舜典
若稽古帝舜曰重華			舜 P3315														𦥛	舜典
帝曰格汝舜詢事考言								舜					舜					舜典
舜讓于德弗嗣													柬					舜典
月正元日舜格于文祖			舜 P3315					舜							舜			舜典
舜曰咨四岳有能奮庸													柬	舜				舜典
帝舜申之作大禹皋陶謨益稷								舜					柬	舜	舜		𦥛	大禹謨
予弗克俾厥后惟堯舜			舜 P2516														𦥛	說命下

堯典	戰國楚簡	漢石經	魏石經	敦煌本 P3315			岩崎本	神田本	九條本	島田本	內野本	上圖本（元）	觀智院	天理本	古梓堂	足利本	上圖本（影）	上圖本（八）	晁刻古文尚書	書古文訓	唐石經
帝曰俞予聞如何																					

172、俞

「俞」字在傳鈔古文《尚書》有下列不同字形：

（1）俞

敦煌本《經典釋文・堯典》P3315「俞」字作俞1，「亼」下多一橫筆。

（2）俞

上圖本（影）「俞」字或作俞，「月」形俗混作「日」形。

【傳鈔古文《尚書》「俞」字構形異同表】

俞	戰國楚簡	石經	敦煌本	岩崎本	神田本b	九條本	島田本b	內野本	上圖（元）	觀智院b	天理本	古梓堂b	足利本	上圖本（影）	上圖本（八）	古文尚書晁刻	書古文訓	尚書篇目
帝曰俞予聞如何			俞 P3315														俞	堯典
帝曰俞汝往哉																		舜典
禹曰俞帝曰臣作朕股肱耳目														俞				益稷

173、予

「予」字在傳鈔古文《尚書》有下列不同字形：

（1）魏品式魏三體（篆・隸）

「予」字魏品式石經〈益稷〉「禹拜曰都帝予何言」三體皆作「予」，古文作，魏三體石經則篆隸二體作，古文作，「予」為「余」之假借字，《說文》「予」字篆文作，推予也，段注云：「『推予』之予假借為『予

我』之予。『予我』之予,《儀禮》古文、《左氏傳》皆作『余』,鄭曰:『余、予古今字』。」許師學仁謂古文字人稱代詞之「余」文獻多作「予」,證以卜辭作「余(余)一人」、金文作「余(余毛公鼎)一人」或「我(我孟鼎)一人〔註172〕」。

(2) 余汗1.6 余魏三體

《汗簡》錄古尚書「予」字作:余汗1.6,《箋正》云:「石經尚書古文『予』如此,《說文》『余』語之舒也,當是依此義加『余』以『口』……入部重出注『余』(余汗2.27),古『予』『余』通。」魏三體石經〈大誥〉、〈多士〉、〈君奭〉「予」字古文作余,中山王鼎借「舍」爲「余」作余中山王鼎,與此同。

「舍」字古作舍令鼎舍舍父鼎余居簋舍鄂君啓舟節余嘉賓鐘舍舍侯馬余包山154余包山121余郭店老甲10余璽彙1989,而「余」字作余令鼎余吉日壬午劍余秦公簋余邵鐘余哀成弔鼎余居簋余欒書缶余中山王壺,又居簋「君舍(舍)余(余)三鏞」「舍」、「余」各異。王引之《經義述聞》云:「古聲『舍』『予』相近,『施舍』之言『賜予』也。〔註173〕」是魏三體石經「予」字古文余、《汗簡》余予.汗1.6古尚書皆借「舍」爲「余」。

(3) 余:余余1余2

〈皋陶謨〉「予未有知」,《史記・夏本紀》作「余未有知」,古文字「予我」之「予」本作「余」,如甲金文作余甲270「△一人」余毛公鼎「△一人」,魏三體石經「予」字古文作余,乃借「舍」爲「余」,亦可爲古文字「予」字多作「余」之證。〈盤庚上〉「勉出乃力聽予一人之作猷」敦煌本 P3670、岩崎本「予」字各作余余1,島田本〈微子之命〉「肅恭神人予嘉乃德」「予」字作余2。

(4) 于:于于1亐2

〈仲虺之誥〉「予有夏若苗之有莠」內野本、足利本、上圖本(影)、上圖本(八)、《書古文訓》「予」字均作「于」(于于1、上圖本(八)作亐2),又《書古文訓》〈大禹謨〉「罔或干予正」亦作「于」。「于」、「予」音同假借,且字形相近。〈大禹謨〉「期于予治」《書古文訓》作「期予于治」異文。

〔註172〕說見:許師學仁,《古文四聲韻古文研究》,台北:文史哲出版社,1999,頁27。
〔註173〕參見:黃錫全,《汗簡注釋》,武漢:武漢大學出版社,1993,頁95。

（5）我：**我** 隸釋 **我**

《隸釋》漢石經尚書〈盤庚下〉「今予其敷心腹腎腸」「予」字亦作**我**，〈仲虺之誥〉「曰徯予后后來其蘇」內野本、足利本、上圖本（影）、上圖本（八）「予」字均作「我」**我**。「予」「我」同義。

（6）矛：**矛**

〈秦誓〉「予誓告汝群言之首」敦煌本 P3871「予」字作「矛」**矛**，是「予」誤寫作「矛」，《古文四聲韻》「予」字錄《汗簡》作**予**四 1.23，《汗簡》無此形，《說文》「矛」古文作**矛**，**予**四 1.23 當是誤注「矛」作「予」。〔註174〕

【傳鈔古文《尚書》「予」字構形異同表】

予	戰國楚簡	石經	敦煌本	岩崎本	神田本b	九條本	島田本b	內野本	上圖（元）觀智院b	天理本 古梓堂b	足利本	上圖本（影）	上圖本（八）	古文尚書晁刻	書古文訓	尚書篇目
帝曰疇咨若予采																堯典
帝曰俞予聞如何																堯典
罔或干予正															**亏**	大禹謨
以刑五教期于予治															**祖予亏氣**	大禹謨
肆予以爾眾士								**予**								大禹謨
禹拜曰都帝予何言	**予** 魏品															益稷
予有夏若苗之有莠								**亏**				**亏** **亐**	**亏**		**亏**	仲虺之誥
曰徯予后后來其蘇								**我**				**我** **我**	**我**			仲虺之誥
勉出乃力聽予一人之作猷			**秦** P3670	**茶**												盤庚上
今予命汝一無起穢以自臭	**予** 漢															盤庚中

〔註174〕同前注引書，頁 28。

今予其敷心腹腎腸	我 隸釋						盤庚下
已予惟小子	魏						大誥
肅恭神人予嘉乃德			余b				微子之命
予其日惟爾洪無度 我不爾動	魏						多士
在今予小子旦	魏						君奭
予不允惟若茲	魏						君奭
予日辟爾惟勿辟			辛				君陳
予誓告汝群言之首	茅 P3871						秦誓

174、聞

「聞」字在在傳鈔古文《尚書》有下列不同字形：

（1）嘗魏三體 夆汗 5.65 喬四 1.34 督 夆 督1 書2 書3

魏三體石經〈君奭〉「我聞在昔成湯既受命」「聞」字古文作嘗，《汗簡》、《古文四聲韻》錄古尚書「聞」字作：夆汗 5.65 喬四 1.34，與此類同，夆汗 5.65 形下爲所从「耳」之訛誤。「聞」字甲骨文作掌前 7.31.2掌前 7.7.3，右上突出耳形以表聽聞，金文變作：龍孟鼎 夆利簋 夆郜王子鐘 孍王孫誥鐘等，嘗魏三體 夆汗 5.65 喬四 1.34 即其省去左下予、弓、彗、帚等人形而作昏、隹、雀、雀形之變，〔註 175〕郭店楚簡即見作彗郭店.五行 15 彗郭店.五行 50 形，戰國或作學璽彙 1073 夆陳侯因育敦形則是省去「耳」。

敦煌本《經典釋文·堯典》P3315「聞」字作督1，下云「古聞字，說文古

〔註 175〕參見：許師學仁，「聞字形變表」，《古文四聲韻古文研究》，台北：文史哲出版社，
　　　　　1999，頁 42。

作🔲（䎽），無此🔲字」，《書古文訓》多作🔲1，晁刻古文尚書作🔲1，皆此形之隸定。敦煌本尚書、日諸古寫本「聞」字多作🔲1形，足利本或稍變作🔲2🔲3。

（2）䎽：🔲

《書古文訓》「聞」字或作🔲，與《說文》古文作🔲（䎽）類同，「昏」、「昬」古本一字，「🔲」為「䎽」之或體，戰國作🔲中山王鼎🔲郭店.緇衣38此以「耳」為形符、「昏」為聲符，《集韻》平聲 20 文韻「聞」字「古作䎽、䎽、🔲」，《玉篇》「🔲」「🔲」並古文「聞」字。

（3）🔲🔲🔲1🔲🔲🔲2

足利本、上圖本（影）、上圖本（八）「聞」字或寫作🔲🔲🔲1；足利本、上圖本（影）或作🔲🔲🔲2，「耳」形省訛或似「歹」形。

（4）聽：🔲

上圖本（影）〈泰誓中〉「我聞吉人為善」「聞」字作🔲，為「聽」字之俗寫，「聽」「聞」二字同義。

【傳鈔古文《尚書》「聞」字構形異同表】

傳抄古尚書文字 聞 🔲汗5.65 🔲四1.34	戰國楚簡	石經	敦煌本	岩崎本b	神田本b 九條本b	島田本b 內野本	上圖（元）	觀智院b 天理本b	古梓堂b 足利本	上圖本（影）	上圖本（八）	古文尚書晁刻	書古文訓	尚書篇目
帝曰俞予聞如何			🔲P3315			🔲			🔲	🔲			🔲	堯典
玄德升聞乃命以位						🔲			🔲	🔲			🔲	舜典
予欲聞六律五聲八音						🔲			🔲	🔲	🔲		🔲	益稷
羲和尸厥官罔聞知			🔲P2533		🔲				🔲	🔲	🔲		🔲	胤征
矧予之德言足聽聞			🔲		🔲				🔲	🔲	🔲		🔲	仲虺之誥
汝曷弗念我古后之聞			🔲P3670 🔲P2643	🔲		🔲	🔲		🔲	🔲			🔲	盤庚中
予罔聞于行			🔲P2643 🔲P2516	🔲		🔲	🔲		🔲	🔲			🔲	說命中

句例	古文字形	出處
王人求多聞時惟建事	P2643 P2516	說命下
我聞吉人爲善		泰誓中
穢德彰聞惟天惠民惟辟奉天		泰誓中
我聞在昔鯀陻洪水		洪範
舊有令聞恪慎克孝		微子之命
王曰封我聞惟曰		酒誥
弗惟德馨香祀登聞于天		酒誥
我聞曰上帝引逸		多士
昔之人無聞知		無逸
不聞小人之勞		無逸
嗚呼我聞曰古之人	P3767	無逸
我聞在昔成湯既受命	魏	君奭
迪見冒聞于上帝	P2748	君奭
乃爾攸聞厥圖帝之命	S2074	多方
我聞曰至治馨香感于神明		君陳
德刑發聞惟腥		呂刑
昭升于上敷聞在下		文侯之命

堯典	戰國楚簡	漢石經	魏石經	敦煌本 P3315		岩崎本	神田本	九條本	島田本	內野本	上圖本（元）	觀智院	天理本	古梓堂	足利本	上圖本（影）	上圖本（八）	晁刻古文尚書	書古文訓	唐石經
岳曰瞽子父頑母嚚象傲				瞽						岳曰瞽子父頑母嚚象傲	岳曰瞽子父頑母嚚象傲					岳曰瞽子父頑母嚚象傲	岳曰瞽子父頑母嚚象傲	晶曰瞽學父頑母嚚為暴		岳曰瞽子父頑母嚚象傲

175、瞽

「瞽」字在傳鈔古文《尚書》有下列不同字形：

（1）瞽：瞽1瞽2

今本《說文》「瞽」字作瞽，段注本改作瞽，《書古文訓》或作瞽1，與後者同形，乃誤改「攴」作「妓攴」。內野本「瞽」字作瞽1，其上從攴部「鼓」字訓擊鼓也，「鼓」「鼓」為義符更替之異體（參見"鼓"字）。

（2）瞽1瞽2瞽3

敦煌本《經典釋文·堯典》P3315「瞽」字作瞽1，下「無目曰瞽」條則作瞽，其右上皆為「皮」或其訛變，敦煌本 S801、P2533、P5557、九條本、足利本、上圖本（影）、上圖本（八）或作瞽2，瞽1瞽2皆從皸從目，「皸」當為「鼓」字異體，漢碑作壴攵張景碑壴攵禮器碑（參見"鼓"字）。上圖本（影）「瞽」字作瞽3，其下「目」俗混作「日」。

【傳鈔古文《尚書》「瞽」字構形異同表】

瞽	戰國楚簡	石經	敦煌本	岩崎本 神田本b	九條本 島田本b	內野本	上圖（元）	觀智院b	天理本	古梓堂b	足利本	上圖本（影）	上圖本（八）	古文尚書晁刻	書古文訓	尚書篇目
瞽子父頑母嚚象傲			瞽 P3315			瞽					瞽	瞽	瞽		瞽	堯典

祗載見瞽瞍夔夔齋慄	瞽 S801			瞽 瞽	瞽	大禹謨
瞽亦允若至誠感神	瞽 S801	瞽瞍		瞽瞍 瞽瞍		大禹謨
瞽奏鼓齧夫馳庶人走	瞽 P2533 瞽 P5557	瞽		瞽 瞽 瞽	瞽	胤征

176、頑

「頑」字在傳鈔古文《尚書》有下列不同字形：

（1）𩒻𩒺₁𩒻𩒺₂

上圖本（影）、上圖本（八）「頑」字作𩒻𩒺₁𩒻𩒺₂形，所從「頁」寫在「元」內，𩒻𩒺₂形則「元」混作「无」。

（2）頑

《書古文訓》〈益稷〉「庶頑讒說」「頑」字作頑，「元」下部隸古訛變，而與「頏」字混同。

【傳鈔古文《尚書》「頑」字構形異同表】

頑	戰國楚簡	石經	敦煌本	岩崎本b	神田本b 九條本	島田本b	內野本	上圖（元） 觀智院b	天理本 古梓堂b	足利本	上圖本（影）	上圖本（八）	古文尚書晁刻	書古文訓	尚書篇目
瞽子父頑母嚚象傲											𩒻	頑			堯典
庶頑讒說											𩒻	頑		頑	益稷
苗頑弗即											𩒻	頑			益稷
遠耆德比頑童											𩒻				伊訓

177、母

「頑」字在傳鈔古文《尚書》有下列不同字形：

（1）毋毋

敦煌本 S799、內野本、足利本、上圖本（影）、上圖本（八）「母」字或作毋毋，中間兩點連貫，訛與「毋」混。

【傳鈔古文《尚書》「母」字構形異同表】

母	戰國楚簡	石經	敦煌本	岩崎本	神田本b	九條本	島田本b	內野本	上圖（元）	觀智院b	天理本	古梓堂b	足利本	上圖本（影）	上圖本（八）	古文尚書晁刻	書古文訓	尚書篇目
嚚子父頑母嚚象傲															毋			堯典
于父母負罪引慝															毋			大禹謨
御其母以從徯于洛之汭														母	毋			五子之歌
昏棄厥遺王父母弟			毋 S799															牧誓
用孝養厥父母								母						母	母			酒誥

178、傲

「傲」字在傳鈔古文《尚書》有下列不同字形：

（1）汗4.47 四4.30 六303 昦1 2 3

《汗簡》、《古文四聲韻》、《訂正六書通》錄古尚書「傲」字作：汗4.47 四4.30 六303，與《說文》部「昦」字篆文作類同，六303則有訛變。敦煌本《經典釋文・堯典》P3315「傲」字作1，下云「古敖字，五報反」，《爾雅・釋言》：「敖，傲也」，《書古文訓》「傲」字皆作1，內野本、足利本、上圖本（影）上圖本（八）亦皆作此形，皆《說文》篆文之隸定，「昦，嫚也」，下引「虞書曰『若丹朱昦』讀若傲」，「昦」、「傲」古韻同屬「宵」韻，義亦相通，「昦」為「傲」之假借字。

〈盤庚上〉「無傲從康」上圖本（元）「傲」字作2，乃「昦」字訛誤與「戛」字混同，岩崎本「傲」字作3，亦「昦」字訛寫。

（2）汗4.54 驁.四4.30

《汗簡》錄古尚書「傲」字又作：汗4.54，《古文四聲韻》錄古尚書此字注作「驁」字驁.四4.30，從「馬」字《說文》古文、籀文，汗4.54所從「馬」字古文寫訛，《古文四聲韻》又錄驁.四4.30古尚書，從篆文「馬」字且移於下，皆假「驁」為「傲」字，今所見古寫本「傲」字多作「昦」，古當有

作「驁」之本。

【傳鈔古文《尚書》「傲」字構形異同表】

傳抄古尚書文字 傲 隸 汗4.47 隸 四4.30 隸 六303 隸 汗4.54 隸 驁.四4.30	戰國楚簡	石經	敦煌本	岩崎本	神田本b	九條本b	島田本b	內野本	上圖（元）觀智院 上圖b	天理本 古梓堂b	足利本	上圖本（影）	上圖本（八）	古文尚書晁刻	書古文訓	尚書篇目
嚚子父頑母嚚象傲			隸 P3315												隸	堯典
簡而無傲			隸 P3315												隸	舜典
無若丹朱傲												隸	隸 隸		隸	益稷
傲虐是作								隸				隸	隸		隸	益稷
無傲從康								隸				隸			隸	盤庚上

堯典	戰國楚簡	漢石經	魏石經	敦煌本 P3315	岩崎本	神田本	九條本	島田本	內野本	上圖本（元）觀智院	天理本	古梓堂	足利本	上圖本（影）	上圖本（八）	晁刻古文尚書	書古文訓	唐石經
克諧以孝烝烝乂不格姦				諧				袁諧吕孝烝烝乂弗格姦						京諧吕孝烝烝乂弗格姦	克諧以孝烝乂不格姦	亨龤吕孝烝烝乂亞飮愚	克諧以孝烝烝乂不格姦

179、諧

「諧」字在傳鈔古文《尚書》有下列不同字形：

（1）龤：龤

《書古文訓》「諧」字皆作龤，《說文》龠部「龤，樂和龤也」下引「虞書曰八音克龤」，《玉篇》亦引此文下云「今作『諧』」，《說文》段注云：「『龤穌』

作『諧和』者皆古今字變，……『龤』與言部『諧』音同義異，各書多用『諧』爲『龤』。」是「諧」爲「龤」之音同假借字。

（2）諸：諸

上圖本（影）〈堯典〉「克諧以孝」「諧」字或作諸，「諸」爲「諧」字之寫誤。

【傳鈔古文《尚書》「諧」字構形異同表】

諧	戰國楚簡	石經	敦煌本	岩崎本	神田本b	九條本	島田本b	內野本	上圖（元）	觀智院b	天理本	古梓堂b	足利本	上圖本（影）	上圖本（八）	古文尚書晁刻	書古文訓	尚書篇目
克諧以孝														諸			龤	堯典
俞往哉汝諧																	龤	舜典
帝曰俞往哉汝諧																	龤	舜典
聲依永律和聲八音克諧																	龤	舜典
帝曰毋惟汝諧																	龤	大禹謨
謨明弼諧																	龤	皋陶謨
庶尹允諧																	龤	益稷

180、孝

「孝」在傳鈔古文《尚書》有下列不同字形：

（1）孝：魏三體

魏三體石經〈文侯之命〉「追孝于前文人」「孝」字古文作魏三體，與金文作虞司寇壺、弔咢父簋、分仲鐘、追簋等同形。

（2）考：

上圖本（影）、上圖本（八）〈堯典〉「克諧以孝」、上圖本（八）〈文侯之命〉「追孝于前文人」「孝」字作考，應是形近而誤作「考」，上圖本（影）其旁即更注「孝」字：孝本。

【傳鈔古文《尚書》「孝」字構形異同表】

孝	戰國楚簡	石經	敦煌本	岩崎本	神田本b	九條本	島田本b	內野本	上圖院b	觀智院b	天理本	古梓堂b	足利本	上圖本（影）	上圖本（八）	古文尚書晁刻	書古文訓	尚書篇目
克諧以孝														荂	孝			堯典
惟忠惟孝爾乃邁迹自身															孝			蔡仲之命
追孝于前文人		荂 魏						耂							荂			文侯之命

181、烝

「烝」在傳鈔古文《尚書》有下列不同字形：

（1）丞：𡉈₁承亟₂烝烝₃亟亟₄烝烝₅

敦煌本《經典釋文·堯典》P3315「烝」字作𡉈，之承反，為「丞」字，「丞」、「烝」音近通假。敦煌本 S799 作承₂、天理本作亟₂，此 2 形其下「一」作波折狀，上圖本（影）、上圖本（八）或變作「灬」作烝烝₃ 形，字形之下「一」橫筆寫本中常作波折狀或作「灬」，如「丕」字九條本、上圖本（元）、上圖本（八）作丕丕丕。足利本、上圖本（影）「烝」字或作亟亟₄形，為「丞」字訛似「亟」，二本又或作烝烝₅形，其上訛似「豕」，當為承亟₂烝烝₃形又訛多一畫而變。

（2）承𣎲

九條本或作承𣎲₂，上從「承」，《集韻》平聲 16 蒸韻「承或作丞」，承𣎲為「𣎲」，即「丞」之異體。

（3）承：承₁𣎲𣎲承₂

敦煌本 P2748「烝」字作「承」承₁，「承」「烝」音近通假。神田本、上圖本（八）或作𣎲𣎲承₂，此亦「承」字，日古寫本「承」多寫作此形（如下表），其兩側「ㄗㄑ」（廾）形下移，與「𣎲」字形訛混。

承	石經	敦煌本	岩崎本	神田本b	九條本	島田本b	內野本	上圖本（元）	天理本b	足利本	上圖本（影）	上圖本（八）	書古文訓	
欽承天子威命火炎崐岡							〔羕〕	〔羕〕		〔羕〕	〔羕〕	〔羕〕		胤征
古我前后罔不惟民之承		承 P3670 / 承 P2643	〔羕〕				〔羕〕	〔羕〕		〔羕〕	〔羕〕	〔羕〕		盤庚中

（4）〔丞〕〔丞〕₁〔丞〕〔丞〕₂

敦煌本 P2630、內野本「丞」字分別或作〔丞〕〔丞〕₁，足利本、上圖本（影）、上圖本（八）或作〔丞〕〔丞〕₂，皆从承从灬，承或作承，故此為「丞」之異體。

（5）蒸：〔蒸〕S2074

敦煌本 S2074「丞」字作〔蒸〕，《說文》「蒸」或省火作「菜」，段注云：「〈大射禮〉、〈既夕禮〉注皆作此『菜』」，「丞」「蒸」皆从丞得聲，音近假借。

【傳鈔古文《尚書》「丞」字構形異同表】

丞	戰國楚簡	石經	敦煌本	岩崎本	神田本b	九條本	島田本b	內野本	上圖（元）	觀智院b	天理本	古梓堂b	足利本	上圖本（影）	上圖本（八）	古文尚書晁刻	書古文訓	尚書篇目
丞丞乂不格姦			〔丞〕 P3315											〔丞〕	〔丞〕			堯典
丞民乃粒萬邦作乂														〔丞〕	〔丞〕		丞	益稷
永底丞民之生								〔丞〕					〔丞〕	〔丞〕	〔丞〕			咸有一德
暴殄天物害虐丞民			〔丞〕 S799	〔丞〕b										〔丞〕	〔丞〕			武成
戊辰王在新邑丞祭歲			〔丞〕 P2748					〔丞〕						〔丞〕	〔丞〕	〔丞〕		洛誥
逸厥逸圖厥政不蠲丞			〔丞〕 S2074					〔丞〕						〔丞〕	〔丞〕	〔丞〕		多方
夷微盧丞三亳阪尹			〔蒸〕 S2074 / 〔丞〕 P2630					〔丞〕						〔丞〕	〔丞〕	〔丞〕		立政

182、不

「不」字在傳鈔古文《尚書》有下列不同字形：

（1）不：𣎴 魏三體 𣎴 漢石經 𣎴 隸釋 𣎴 郭店.成之 22 𣎴 汗 5.64

魏三體石經《尚書》「不」字古文作 𣎴，篆文作 𣎴，《汗簡》「不」字石經作 𣎴汗 5.64，《箋正》云：石經尚書古文作此，與 𣎴 魏三體（篆）同形。漢石經尚書殘碑與《隸釋》錄漢石經尚書「不」字各作 𣎴 𣎴₃，為《說文》篆文 𣎴 之隸變。今本〈君奭〉「惟冒丕單稱德」句郭店〈成之聞之〉22 引作「唯於不罿禹惪」，「丕」字作「不」𣎴 郭店.成之 22，與戰國「不」字作：𣎴 不降矛 𣎴 璽彙 0266 𣎴 陶彙 3.649 𣎴 楚帛書丙 𣎴 包山 26 𣎴 包山 38 等類同。

（2）弗：𢎵 魏三體 𢎵 𢎵₁ 𢎵₂ 𢎵₃

魏三體石經〈多士〉「惟天不畀」、〈君奭〉「我有周既受我不敢知曰」、「天不庸釋于文王受命」三處「不」字三體均作「弗」字，古文作 𢎵。「弗」、「不」音義皆同相通用。《尚書》敦煌諸本、和闐本、日古寫本「不」字多作 𢎵𢎵₁，《書古文訓》「不」字則皆作 𢎵₂，神田本則作 𢎵₃，皆為 𢎵汗 6.82 𢎵四 5.9 等古文「弗」之隸古定或其訛變（詳見"弗"字）。

【傳鈔古文《尚書》「不」字構形異同表】

不 傳抄古尚書文字 𣎴汗 5.64 箋正：石經尚書	戰國楚簡	石經	敦煌本	和闐本	岩崎本	神田本b	九條本	島田本b	內野本	上圖（元）	觀智院b	天理本	古梓堂b	足利本	上圖本（影）	上圖本（八）	古文尚書晁刻	書古文訓	尚書篇目
烝烝乂不格姦									弗						弗	弗		𢎵	堯典
百姓不親五品不遜									弗						弗	弗		𢎵	舜典
與其殺不辜寧失不經			弗 S5745						弗						弗	弗		𢎵	大禹謨
惟口出好興戎朕言不再			𢎵 S801						弗						弗	✓		𢎵	大禹謨
若不在時侯以明之									弗						弗	弗 弗		𢎵	益稷
祇台德先不距朕行			弗 P2533	弗					弗						弗	弗 弗		𢎵	禹貢
汝不恭命右不攻于右			弗 P5543	✓					弗						弗	弗 弗		𢎵	甘誓

今本經文	隸釋	敦煌本等								篇名
民可近不可下		弗 P2533		弗	弗		弗 弗 弗		弜	五子之歌
其或不恭邦有常刑		帝 P2533　邦 P5557		弗	弗		弗 弗 弗		弜	胤征
我后不恤我眾				弗	弗		邦		弜	湯誓
帝用不臧式商受命				弗	弗		弗		弜	仲虺之誥
山川鬼神亦莫不寧					弗		弗 弗		弜	伊訓
茲乃不義習與性成		弗 和闐本		弗	亦		弗 弗		弜	太甲上
乃不畏戎毒于遠邇		弗 S11399	弗	弗	弗				弜	盤庚上
念敬我眾朕不肩好貨	尕 隸釋	弗 P3670　弗 P2643	弗	弗	弗		弗		弜	盤庚下
不惟逸豫惟以亂民		弗 P2643　弗 P2516	弗	弗	弗		弗 弗		弜	說命中
民有不若德不聽罪	尕 隸釋	弗 P2643　弗 P2516	弗	弗			弗		弜	高宗肜日
郊社不修宗廟不享		弗 S799	弗	弗			邦 弗 弗		弜	泰誓下
不迪乃惟四方之多罪逋逃	尕 隸釋	弗 S799	弗b	弗			邦 邦 弗		弜	牧誓
不愆于六步七步	尕 隸釋		弛b	弗			邦 弗 弗		弜	牧誓
華夏蠻貊罔不率俾		弗 S799	弛b	弗			邦 弗 弗		弜	武成
帝乃震怒不畀洪範九疇			弗b	弗			弗 弗 弗		弜	洪範
人不易物惟德其物			邦b	弗			弗 弗 弗		弜	旅獒
四方之民罔不祗畏			彌b	弗			弗		弜	金縢
弗弔天降割于我家不少			弊b	弗			弗		弜	大誥

句例									篇目
兄亦不念鞠子哀大	夰漢			帝	帝 弗			弜	康誥
瞽不畏死罔弗憝	夰漢							弜	康誥
永不忘在王家			弗 帝		帝 弗			弜	酒誥
王不敢後用顧畏於民罍			帝 帝					弜	召誥
惟曰不享惟不役志于享	帝 S6017		弗			弗		弜	洛誥
惟天不畀不明厥德	帝魏		弗			弗		弜	多士
朕不敢有後	夰隸釋	弗 P2748	弗			弗		弜	多士
不遑暇食	夰魏	弗 P3767 弗 P2748	弗			弗		弜	無逸
此厥不聽人乃訓之	夰隸釋		✓			✓		弜	無逸
不啻不敢含怒	夰魏	弗 P2748	✓			✓		弜	無逸
我不敢知曰	弗魏	弗 P2748	弗			弗		弜	君奭
其終出于不祥	夰隸釋 夰魏		帝			弗		弜	君奭
天命不易	夰魏	弗 P2748				✓		✓	君奭
天不庸釋于文王受命	弗魏		弗			✓		✓	君奭
王人罔不秉德明恤	夰魏	弗 P2748	弗			✓		✓	君奭
若卜筮罔不是孚	夰魏	弗 P2748	弗			✓		✓	君奭
予不允惟若茲誥	夰魏		✓	弗		✓		✓	君奭
爾罔不知洪惟天之命	弗 S2074		弗	弗				弜	多方
不集于享天降時喪	夰魏		✓	✓			✓	✓	多方
至于海表罔有不服		弗 P2630	弗	弗			弗	弜	立政

罔不承德歸于宗周				弗		弗 弗 弗		弜　周官
凡人未見聖若不克見				弗　弗b		弗 弗 弗		弜　君陳
既見聖亦不克由聖				弗　茀b		弗 弗 茀		弜　君陳
政由俗革不臧厥臧			弗	弗			弗	弜　畢命
出入起居罔有不欽		弗	弗			弗 弗		弜　冏命
罔不寇賊鴟義		弗	弗		弗 弗 弗			弜　呂刑
峙乃糗糧無敢不逮	弗 P3871	弗 弗				弗		弜　費誓
仡仡勇夫射御不違	弗 P3871	弗 弗			弗 弗 弗			弜　秦誓

183、姦

「姦」字在傳鈔古文《尚書》有下列不同字形：

（1）悬：悬1悬2息3

敦煌本《經典釋文·堯典》P3315「姦」字作姦，下云「古𡘇字，《說文》作悬」，《說文》女部姦「𢙃古文姦，从心旱聲」，《書古文訓》「姦」字作悬1形即𢙃說文古文姦之隸古定字，又或訛作悬2息3。

（2）𡚍1𡚍2

敦煌本《經典釋文·堯典》P3315「姦」字下云「古𡚍1字」，島田本〈微子〉「好草竊姦宄」「姦」字作𡚍2，从二女从干，應是「奸」之異體，形符「女」繁化。𡚍所从「干」直筆未上貫，寫本常見。「奸」、「姦」音近而通假。

（3）姦姦

上圖本（元）、足利本、上圖本（影）、上圖本（八）「姦」字作姦姦，其下二女作「＝＝」爲重文符號，類同於「協」字作協協之「劦」旁（參見“協”字）。

【傳鈔古文《尚書》「姦」字構形異同表】

姦	戰國楚簡	石經	敦煌本	岩崎本	神田本b	九條本	島田本b	內野本	上圖本（元）	觀智院b	天理本	古梓堂b	足利本	上圖本（影）	上圖本（八）	古文尚書晁刻	書古文訓	尚書篇目
烝烝乂不格姦															姦		悬	堯典
寇賊姦宄															姦		悬	舜典
乃敗禍姦宄															宄	姦	悬	盤庚上
顛越不恭暫遇姦宄												姦			宄	姦	悬	盤庚中
好草竊姦宄								衔							姦	宄	悬	微子
毒痛四海崇信姦回															姦	姦	悬	泰誓下
以姦宄于商邑今予發															姦	姦	悬	牧誓
寇攘姦宄殺越人于貨															姦	姦	悬	康誥
肆徂厥敬勞肆往姦宄															姦	姦	悬	梓材
司寇掌邦禁詰姦慝刑暴亂															姦	姦		周官
狃于姦宄敗常亂俗															姦	姦	悬	君陳
姦宄奪攘矯虔															姦	姦	悬	呂刑

堯典	戰國楚簡	漢石經	魏石經	敦煌本 P3315		岩崎本	神田本	九條本	島田本	內野本	上圖本（元）	觀智院	天理本	古梓堂	足利本	上圖本（影）	上圖本（八）	晁刻古文尚書	書古文訓	唐石經
帝曰我其試哉女于時觀厥刑于二女				女于……刑于……						帝曰我亓試才女于時觀本爾于二女						帝曰我亓試才女于時觀式爾于二女	帝曰我其試才女于時觀厥刑于二女	帝曰我亓試才女于時觀厥刑于二女	帝曰我亓試才女于時觀厥刑于式女	帝曰我其試哉女于時觀厥刑于二女

184、我

「我」字在傳鈔古文《尚書》有下列不同字形：

（1）� 魏三體 𢎥 𢎥 𢎥 𢎥 𢎥 𢎥 𢎥1 𢎥2 𢎥3

魏三體石經《尚書》「我」字古文作𢎥𢎥，《說文》古文作𢎥，晁刻古文尚書作【𢎥】，《書古文訓》多作𢎥𢎥𢎥𢎥𢎥𢎥𢎥1形，或少一畫作𢎥2，或訛从「弋」作𢎥3，晁刻古文尚書、《書古文訓》之形皆𢎥𢎥魏三體、𢎥說文古文之隸古定字形，楚簡上博1、郭店〈緇衣〉引《尚書》〈君陳〉〔註176〕「我」字作𢎥上博1緇衣11𢎥郭店緇衣19亦與此同，皆源於𢎥我鼎 𢎥盂鼎 𢎥毛公旅鼎 𢎥兮甲盤 𢎥齊鞄氏鐘 𢎥弔我鼎 𢎥命瓜君壺等形。

（2）我 𢎥 𢎥1 𢎥 𢎥 𢎥2 𢎥3 𢎥4

內野本「我」字或作𢎥𢎥𢎥1，形如漢代作𢎥老子甲後179，足利本或作𢎥𢎥𢎥2，「戈」下或訛似「才」，皆爲𢎥、𢎥之隸變俗訛；足利本又或作𢎥3，訛近「戎」字。上圖本（八）〈文侯之命〉「扞我于艱若汝予嘉」「我」字作𢎥，左訛作「禾」，與華山廟碑作𢎥華山廟碑同形，爲篆文「我」𢎥隸變俗訛。

【傳鈔古文《尚書》「我」字構形異同表】

我	戰國楚簡	石經	敦煌本	岩崎本	神田本b	九條本	島田本b	內野本	上圖（元）	觀智院b	天理本	古梓堂b	足利本	上圖本（影）	上圖本（八）	古文尚書晁刻	書古文訓	尚書篇目
帝曰我其試哉																	 𢎥	堯典
敕我五典五惇哉																	 𢎥	皋陶謨
自我五禮有庸哉																	 𢎥	皋陶謨
天明畏自我民明威																	 𢎥	皋陶謨

〔註176〕郭店〈緇衣〉19引作「〈君陳〉員：『未見聖，如其弗克見，我既見，我弗迪聖。』」
上博〈緇衣〉10、11引作「〈君陳〉員：『未見聖，如其其弗克見，我既見，我弗貴聖。』」
今本〈緇衣〉引作「〈君陳〉：『未見聖，若己弗克見，既見聖，亦不克由聖。』」
古文《尚書・君陳》云：「凡人未見聖，若不克見，既見聖，亦不克由聖。」

汝曰我后不恤我眾									戠	湯誓
舍我穡事而割正夏								我	戠	湯誓
寔繁有徒肇我邦								我	戠	仲虺之誥
曰天子天既訖我殷命								我	戠	西伯戡黎
我祖底遂陳于上									戠	微子
我聞吉人爲善惟日不足					我		戎		戠	泰誓中
我之弗辟							戎		戠	金縢
嗚呼天明畏弼我丕丕基	戎魏								戠	大誥
惟天其罰殛我					我		我戎我			康誥
肇我民惟元祀天降威					我				戠	酒誥
我民用大亂喪德					我					酒誥
我有師師司徒司馬司空尹旅									戠	梓材
我乃卜澗水東								我	戠	洛誥
我聞曰上帝引逸							戎	我戠	戠	多士
非我一人奉德不康寧	戎魏								戠	多士
我聞曰昔在殷王中宗					我			我	戠	無逸
惟人在我後嗣子孫	戎魏								戠	君奭
我聞在昔成湯既受命	戎魏								戠	君奭
厥亂明我新造邦					我				戠	君奭
誕無我責	戎魏								戠	君奭
今我曷敢多誥	戎魏								戠	多方
我惟大降爾四國民命	戎魏									多方
爾曷不夾介乂我周王									戎	多方

即我御事	隸魏						戎	文侯之命
扞我于艱若汝予嘉						我		文侯之命
我商賚爾乃越逐							戎	費誓
甲戌我惟征徐戎	我 P3871						戎	費誓

185、觀

「觀」字在傳鈔古文《尚書》有下列不同字形：

（1）觀₁ 觀₂ 觀₃ 觀₄

敦煌本 P2748「觀」字作觀，爲「觀」字之隸變，如漢作觀銅華鏡形，九條本、天理本、足利本、上圖本（影）、上圖本（八）或作觀₂觀₃亦與此相類爲隸變之形。岩崎本、九條本或作觀₄，所从二口省作二點，「雚」之「艹」變作「一」，與楚簡雚郭店緇衣37、雚郭店老乙18作「人」隸變類同。

【傳鈔古文《尚書》「觀」字構形異同表】

觀	戰國楚簡	石經	敦煌本	岩崎本	神田本b	九條本	島田本b	內野本	上圖（元）	觀智院b	天理本b	古梓堂b	足利本	上圖本（影）	上圖本（八）	古文尚書晁刻	書古文訓	尚書篇目
女于時觀厥刑于二女													觀	觀	觀			堯典
予欲觀古人之象													觀					益稷
七世之廟可以觀德												觀	觀	觀	觀			咸有一德
予若觀火													觀	觀	觀			盤庚上
觀政于商			觀										觀	觀	觀			泰誓上
丕惟曰爾克永觀省						觀							觀	觀	觀			酒誥
則達觀于新邑營						觀							觀	觀	觀			召誥
萬年其永觀朕子懷德			觀 P2748										觀	觀	觀			洛誥

則其無淫于觀于逸于遊于田								觀 觀 觀		無逸
觀于五刑之中										呂刑

186、刑

「刑」字在傳鈔古文《尚書》有下列不同字形:

（1）型：坙 上博1緇衣8 𡊁 上博1緇衣14 坓 魏三體 𡎸 汗2.21 坓 四2.21 坓

楚簡上博1〈緇衣〉引〈呂刑〉 〔註177〕 篇名作「呂型」，句中「刑」字皆作「型」：坙 上博1緇衣8 坓 上博1緇衣14 坓 上博1緇衣14 坓 上博1緇衣14 坓 上博1緇衣15 坙 上博1緇衣15，魏三體石經〈呂刑〉「五刑之屬三千」「刑」字古文作坓，《汗簡》、《古文四聲韻》錄古尚書「刑」字作：坓 汗2.21 坓 四2.21，《隸續》錄石經「刑」字古作坓，凡此皆假「型」爲「刑」，如㿻壺「大去 罰」，「刑」字金文作坓 散盤 坓 子禾子釜，或从土作「型」坓 㿻壺 坓 楚帛書.丙11.3「△百事」坓 郭店.成之5「是古（故）畏備（服）△罰之婁（屢）行」等。《書古文訓》「刑」字皆作坓。

（2）刑：坓 漢石經 刑 隸釋

〔註177〕楚簡上博、郭店〈緇衣〉引《尚書‧呂刑》共三處：

（一）郭店〈緇衣〉13引〈呂坓（刑）〉員：「一人又（有）慶，墒（萬）民賹（賴）之。」

上博〈緇衣〉8引〈呂型（刑）〉員：「一人又（有）慶，墒（萬）民訣（賴）之。」

今本〈緇衣〉引〈甫刑〉云：「一人有慶，兆民賴之。」

今本《尚書‧呂刑》：「一人有慶，兆民賴之。」

（二）郭店〈緇衣〉26引〈呂坓（刑）〉員：「非甬（用）臸，折（制）以型（刑），隹作五虐之型（刑）曰濛。」

上博〈緇衣〉14引〈呂型（刑）〉員：「貝毛（苗）民非甬（用）需（命），折（制）以型（刑），隹作五坓（虐）之型（刑）曰法。」

今本〈緇衣〉引〈甫刑〉曰：「苗民匪用命，制以刑，惟作五虐之刑曰法。」

今本《尚書‧呂刑》：「苗民弗用靈，制以刑，惟作五虐之刑曰法。」

（三）郭店〈緇衣〉29引〈呂坓（刑）〉員：「番月坓（刑）之迪。」

上博〈緇衣〉15引〈呂型（刑）〉員：「𣎴（播）型（刑）之由（迪）。」

今本〈緇衣〉引〈甫刑〉曰：「播刑之不迪。」

今本《尚書‧呂刑》：「今爾何監，非時伯夷制播刑之迪。」

漢石經尙書〈康誥〉「非汝封刑人殺人」「刑」字作■，《隸釋》錄漢石經尙書〈無逸〉「乃變亂先王之正刑」「刑」字作刑，皆从井从刀之「荆」字。刑、荆本爲一字，《說文》誤分二部：刀部「刑，剄也」、井部「荆，罰辠也……易曰：井，法也」，「刑」字金文作■散盤■子禾子釜即从井从刀。

（3）荽：■郭店緇衣 13 ■郭店緇衣 26

楚簡郭店〈緇衣〉引〈呂刑〉篇名作「呂荽」，句中「刑」字亦皆作「荽」：■郭店緇衣 13 ■郭店緇衣 26 ■郭店緇衣 26 ■郭店緇衣 26 ■郭店緇衣 29 ■郭店緇衣 29，皆爲「型」之省，以「型」爲「刑」。

（4）■1■2

敦煌本《經典釋文・堯典》P3315「刑」字作■1，下云「古刑字，法也」內野本、足利本、上圖本（影）「女于時觀厥刑于二女」「刑」字作■2形，上圖本（八）則他處或作 2 形。■1 與《古文四聲韻》錄「形」字作：■四 2.21 崔希裕纂古同形，爲「刑」字之俗寫訛變，■2 爲此形又變。「形」字岩崎本作■，與■P3315刑、■四 2.21 崔希裕纂古.形相類，■岩崎本.形可見由「刑」訛變之跡，其上一橫拉長，其下■猶保有「刑」之形體，■之右■可見「■」（刀之篆形■隸寫）、「■」（彡俗多作此形）之重疊，吳承仕〈唐寫本尙書舜典釋文箋〉〔註178〕說明■P3315 云：「其形从一从州，無以下筆，疑『形』字（絜案：依其前後文當爲『刑』）。字引長首畫，即變爲『刑』，故訛作■。本非古文，寫者偶誤作此形……《古文四聲韻》引崔希裕《纂古》『形（刑）』字正作■四 2.21 崔希裕纂古.形，可證《纂古》所收即據《尙書》隸古定本」■爲此形又變，乃「州」字俗寫或作■睡虎地 37.100■武威簡.有司 40■上圖本（八），而訛增筆畫變作从三羽。

（5）形：■

神田本、〈泰誓下〉「屛棄典刑囚奴正士」「刑」字作「形」■，刑、型、形音同通用，如《古文四聲韻》「形」字又錄■四 2.21 古老子 ■四 2.21 華嶽碑皆爲「型」字，後者「刀」形作■，與「則」字■汗 4.52 所从類同，■四 2.21 古老子右所从「彡」應爲「刀」之訛。

〔註178〕吳承仕〈唐寫本尙書舜典釋文箋〉，《國華月刊》第 2 期第 3.4 冊，1925，1.2 月。

（6）戮：戮

足利本、上圖本（影）〈呂刑〉「越茲麗刑并制罔差有辭」「刑」字作戮，「戮」、「刑」義近而用。

【傳鈔古文《尚書》「刑」字構形異同表】

傳抄古尚書文字 刑 𠛬汗2.21 𠛬四2.21	戰國楚簡	石經	敦煌本	岩崎本	神田本b 九條本	島田本b	內野本	上圖（元）	觀智院b 天理本b	古梓堂b	足利本	上圖本（影）	上圖本（八）	古文尚書晁刻	書古文訓	尚書篇目
女于時觀厥刑于二女			𠛬 P3315					𠛬				𠛬	𠛬		𠛬	堯典
象以典刑流宥五刑															𠛬	舜典
屏棄典刑囚奴正士			𠛬b												𠛬	泰誓下
非汝封刑人殺人	𠛬 漢														𠛬	康誥
乃變亂先王之正刑	刑 隸釋														𠛬	無逸
刑殄有夏惟天不畀純															𠛬	多方
厥民刑用勸以至于帝乙													𠛬		𠛬	多方
惟羞刑暴德之人															𠛬	立政
苗民弗用靈制以刑〔註179〕	𠛬 上博1 緇衣14 𠛬 郭店 緇衣26												𠛬		𠛬	呂刑
惟作五虐之刑〔註180〕	𠛬 上博1 緇衣14 𠛬 郭店 緇衣26			𠛬b									𠛬		𠛬	呂刑

伯夷播刑之迪〔註181〕	上博1緇衣15 郭店緇衣29						刐	呂刑
越茲麗刑并制罔差有辭						𢼨 丽 刑	刐	呂刑
何擇非人何敬非刑						刑	刐	呂刑
大辟之罰其屬二百五刑之屬三千	魏						刐	呂刑

187、二

「二」字在傳鈔古文《尚書》有下列不同字形：

（1）弍：弍汗6.73 弍 弍

《汗簡》錄古尚書作弍汗6.73，《書古文訓》作弍，內野本、足利本、上圖本（影）、上圖本（八）或作弍，皆與《說文》古文作弍同形。

（2）弍：弍

上圖本（八）「二」字或作弍，即弍說文古文二形，所從「二」寫作連筆，與「弍」字作弍形混。

【傳鈔古文《尚書》「二」字構形異同表】

二 傳抄古尚書文字 弍汗6.73	戰國楚簡	石經	敦煌本	岩崎本	神田本b	九條本b	島田本b	內野本	上圖（元）	觀智院b	天理本	古梓堂b	足利本	上圖本（影）	上圖本（八）	古文尚書晁刻	書古文訓	尚書篇目
女于時觀厥刑于二女																	弍	堯典
釐降二女于嬀汭																	弍	堯典
歲二月東巡守																	弍	舜典
二十有八載帝乃徂落							弍											舜典
兢兢業業一日二日萬幾							弍						弍	弍			弍	皋陶謨
惟三祀十有二月朔																	弍	太甲中

出處	例字	例字	古文
德二三動罔不凶			弍
次二曰敬用五事		弍	弍
既克商二年		弍	弍
惟二月既望		弍	弍
我亦惟茲二國命嗣		弍	弍
我二人共貞		弍	弍
予以秬鬯二卣曰明禋		弍	弍
襄我二人		弍	弍
二人雀弁執惠		弍	弍
一二臣衛敢執壤奠		弍	弍
惟十有二年六月		弍	弍

（右欄出處依序為：咸有一德、洪範、金縢、召誥、召誥、洛誥、洛誥、君奭、顧命、康王之誥、畢命）

堯典	戰國楚簡	漢石經	魏石經	敦煌本 P3315		岩崎本	神田本	九條本	島田本	內野本	上圖本（元）	觀智院	天理本	古梓堂	足利本	上圖本（影）	上圖本（八）	晁刻古文尚書	書古文訓	唐石經
釐降二女于媯汭嬪于虞帝曰欽哉				釐降二女于媯汭嬪…						釐降二女于媯汭嬪于延帝曰欽才					釐降二女于媯汭嬪于延帝曰欽才	釐降二女于媯汭嬪于延帝曰欽才	釐降二女于媯汭嬪于延帝曰欽哉	釐夆弍女于嬴內娿于炎帝曰欽才	釐降二女于媯汭嬪于虞帝曰欽哉	

188、降

「降」字在傳鈔古文《尚書》有下列不同字形：

（1）夅：夅

「降」字，《書古文訓》多作夅，晁刻古文尚書作夅，「夅」之形構爲左右兩足向下，即「降」之初文。

（2）降：降₁降₂降降降₃降降降₄降降₅

敦煌本 P2748 或作降₁，左下「中」多一飾點，神田本、岩崎本、九條本或作降降₄，飾點變作短橫。內野本、足利本、上圖本（影）、上圖本（八）「降」字或作降降降降₃，於右上「夂」形加飾筆，飾筆或左右對稱作降降形而與「際」字右上形訛混。足利本、上圖本（影）、上圖本（八）「降」字或作降降降₂，左下「中」訛作「干」形；上圖本（影）、上圖本（八）又或作降降₅，「中」又訛變作「丰」。

（3）泽：泽

《書古文訓》〈大禹謨〉「帝曰來禹降水儆予」〈禹貢〉「至于大伾北過降水」、「降」字皆作泽。〈大禹謨〉「帝曰來禹降水儆予」《傳》云：「水性流下故曰下水」《正義》曰：「降水，洪水也。水性下流故曰下水」阮元《校勘記》謂此處作「泽」爲古文，云：「《石經考文提要》云：『坊本作「泽水」沿蔡沈集傳』按蔡傳云：『泽水，洪水也，古文作降』，而《纂傳》引朱子則曰：『降水，洪水也，古文作泽』與蔡傳相反，蓋蔡氏用師說而誤倒其文也，薛氏古文訓正作『泽』。」《說文》：「洪，泽水也，泽水不循道也。」《撰異》謂《孟子》「書曰泽水儆予，泽水者，洪水也。泽洪古音同」，是舉其同音故訓。

〈禹貢〉「至于大伾北過降水」《傳》云：「降水，水名，入河」《釋文》：「降如字，鄭，戶江反。」阮元《校勘記》云：

> 「北過降水」「降」蔡氏作「泽」，按此與〈大禹謨〉「降水」字同義
> 異，《說文》「泽，水不遵道，一曰下也。」然則禹謨「降」字可作
> 「泽」，此「降」字必不可作「泽」也。唐石經、宋臨安石經亦俱作
> 「降」，知自古無作「泽」者。

〈大禹謨〉、〈禹貢〉之「降水」日古寫本俱皆作「降」，〈大禹謨〉「降水」作「降」即其本義本字，不必作「泽」爲「洪」之假借，〈禹貢〉「降水」《史記・夏本紀》、《漢志》俱作「降」，此爲「水名」本即作「降」。

（4）際：際

　　上圖本（影）〈伊訓〉「皇天降災假手于我有命」「降」字作「際」際，此乃「降」字右上「夂」形加左右對稱之飾筆，如（2）降降₁形，而作際與「際」形混。

　　（5）津：溓

　　敦煌本 P2748〈多士〉「予大降爾四國民命」「降」字作「津」溓，乃「降」字左下「屮」多一飾筆訛作「丰」，如（2）降₅形，而形訛作溓。

【傳鈔古文《尚書》「降」字構形異同表】

降	戰國楚簡	石經	敦煌本	岩崎本	神田本b	九條本	島田本b	內野本	上圖（元）b	觀智院b	天理本	古梓堂b	足利本	上圖本（影）	上圖本（八）	古文尚書晁刻	書古文訓	尚書篇目
釐降二女于嬀汭																	夅	堯典
德乃降黎民懷之															降	淨	夅	大禹謨
帝曰來禹降水儆予								降							降		洚	大禹謨
民棄不保天降之咎								降						降	降		夅	大禹謨
桑土既蠶是降丘宅土			隆 P3615					降						降	隆		夅	禹貢
至于大伾北過降水														降	✓	✓	洚	禹貢
惟皇上帝降衷于下民								降						降	降	降	夅	湯誥
降災于夏									✓					✓	✓	降	✓	湯誥
皇天降災假手								降						際	降		夅	伊訓
殷降大虐			淳												降		夅	盤庚中
高后丕乃崇降罪疾			滓											隆	降		夅	盤庚中
天曷不降威大命不摯			降											降	降		夅	西伯戡黎
王子天毒降災荒殷邦			津														夅	微子
降災下民沈湎冒色								降									夅	泰誓上

經文									篇目
上帝弗順祝降時喪			降b					冬	泰誓下
祀茲酒惟天降命			降	降		隆	降	冬	酒誥
故天降喪于殷			降			降			酒誥
弗弔旻天大降喪于殷				降		降	降	冬	多士
惟帝降格	降 P2748					降	隆	降 冬	冬	多士
厥惟廢元命降致罰	降 P2748			降		降	隆	降 冬	冬	多士
予大降爾四國民命	隶 P2748			降		降	隆		冬	多士
天降喪于殷	降 P2748			降			隆		冬	君奭
文王蔑德降于國人	降 P2748			降		降	降		冬	君奭
收罔勖不及耉造德不降	降 P2748		降			降	降		冬	君奭
降霍叔于庶人			降	降		隆	降		冬	蔡仲之命
我惟大降爾命			隆	降		降	隆	降	冬	多方
惟帝降格于夏			隆	降			降		冬	多方
乃大降顯休命于成湯	降 S2074		降	降		降	隆	降	冬	多方
道有升降政由俗革			隆	降		降	隆		冬	畢命
絕地天通罔有降格			隆	降		降	降		冬	呂刑

189、嬀

「嬀」字在傳鈔古文《尚書》有下列不同字形：

（1）羸

敦煌本《經典釋文・堯典》P3315「嬀」字作羸，下云「字又作贏」，《國語・周語》「反及贏內」，韋昭注：「贏內，地名」《疏》引宋公序《補音》云「贏音嬀，內音汭」。唐寫敦煌本《經典釋文》P3315 爲陸德明據宋齊舊本所撰，其所傳東晉初之隸古定本「嬀」字即作羸、贏，其下中間皆爲女之訛變，前者乃省口形。

（2）𡠉

《書古文訓》「嬀」作𡠉，與敦煌本 P3315「𡠉」字又作「𡠉」同形。

【傳鈔古文《尚書》「嬀」字構形異同表】

嬀	戰國楚簡	石經	敦煌本	岩崎本	神田本b	九條本	島田本b	內野本	上圖（元）	觀智院b	天理本	古梓堂b	足利本	上圖本（影）	上圖本（八）	古文尚書晁刻	書古文訓	尚書篇目
釐降二女于嬀汭			𡠉 P3315														𡠉	堯典

190、汭

（1）内内

敦煌本《經典釋文・堯典》P3315「汭」字作内，下云「音汭，如銳反，水之內也，杜預注《左傳》云：水渨之曲曰汭」，《書古文訓》「汭」字則皆作内，「汭」爲「內」之後起字。

【傳鈔古文《尚書》「汭」字構形異同表】

汭	戰國楚簡	石經	敦煌本	岩崎本	神田本b	九條本	島田本b	內野本	上圖（元）	觀智院b	天理本	古梓堂b	足利本	上圖本（影）	上圖本（八）	古文尚書晁刻	書古文訓	尚書篇目
釐降二女于嬀汭			内 P3315														内	堯典
弱水既西涇屬渭汭																	内	禹貢
會于渭汭																	内	禹貢
東過洛汭至于大伾																	内	禹貢
須于洛汭作五子之歌																	内	五子之歌
御其母以從徯于洛之汭																	内	五子之歌

191、嬪

「嬪」字在古本《尚書》有下列不同字形：

（1）𡝩 汗 5.66 𡝩 四 1.32 𡝩 六 59 嬪1 妙2

《汗簡》、《古文四聲韻》、《訂正六書通》錄古尚書「嬪」字作：🔲汗 5.66 🔲
四 1.32 🔲六 59，敦煌本《經典釋文・堯典》P3315「嬪」字作🔲1，下云「本
又作🔲（姘），皆古🔲字，毗真反，婦也」，《書古文訓》作🔲2，🔲1🔲2
即🔲汗 5.66 🔲四 1.32 🔲六 59 等形之隸定，右從《說文》篆文「㝔」🔲，乃「賓」
之初文，古作🔲甲 1222 🔲亡㝔鼎等，🔲四 1.32 則內訛作「又」形，🔲2 則從「㝔」
之隸變。

（2）🔲

內野本、足利本、上圖本（影）、上圖本（八）「嬪」字作🔲，皆從《說文》
篆文🔲之隸變，如🔲老子乙前 22 下🔲武威簡.士相見 1 等。

【傳鈔古文《尚書》「嬪」字構形異同表】

傳抄古尚書文字 🔲汗 5.66 🔲四 1.32 🔲六 59		戰國楚簡	石經	敦煌本	岩崎本	神田本b	九條本b	島田本b	內野本	上圖（元）	觀智院b	天理本	古梓堂b	足利本	上圖本（影）	上圖本（八）	古文尚書晁刻	書古文訓	尚書篇目
嬪	嬪于虞			🔲 P3315					🔲						🔲	🔲	🔲		🔲	堯典